Liebe in Flammen

BROKEN BOW
BUCH ZWEI

ASHLEY A QUINN

TCA PUBLISHING LLC

ISBN: 978-1-959943-38-9

Verlag: TCA Publishing, 216 N Hayes St., Bellefontaine, OH 43311

Ansprechpartner: ashley@ashleyaquinn.com

KAPITEL

Eins

Die heiße Juni-Sonne brannte auf Tara Millers Nacken, während sie an ihrem uralten Truck arbeitete. Sie wusste, dass sie eigentlich den schicken SUV in ihrer Garage fahren sollte, aber es gab etwas am Fahren des alten Fords, das ihre Seele beruhigte. Das Leben war hektisch, und der Truck erinnerte sie an einfachere Zeiten. Als das Leben noch nicht so kompliziert war. Oder schmerzhaft.

Ihre Hand rutschte vom Schraubenschlüssel ab, mit dem sie die Schraube am Luftfilter festzog, und sie schlug ihre Knöchel am Motorblock an.

»Scheiße!«

Sie zog ihre Hand zurück und hielt sie zwischen ihren Brüsten. Als sie sich aufrichtete, drehte sie sich vom Fahrzeug weg und blickte über die Ranch ihrer Familie, The Broken Bow. Goldenes Präriegrass wogte in der leichten Brise, Vögel zwitscherten und Kühe muhten. An den Berg geschmiegt gehörte die Ranch seit den 1860er Jahren ihrer Familie. Sie und all ihre Geschwister lebten noch immer dort. Einige von ihnen – wie sie selbst – waren weggegangen und zurückgekommen, aber sie fanden immer wieder nach Hause.

Sie schüttelte ihre schmerzende Hand und wischte sich dann mit dem blauen Stofftaschentuch, das sie in ihrer Hosentasche hatte, den Schweiß vom Gesicht. Es war heiß. Der Sommer war dieses Jahr früh gekommen und hatte nicht nachgelassen.

Ein roter Pickup mit einem Motorrad auf der Ladefläche fuhr die Einfahrt hoch und zog ihre Aufmerksamkeit auf sich. Sie verengte ihre Augen und beobachtete, wie er seinen Weg zum Haus ihres Bruders Seb nahm.

Toll. Jace ist hier.

Der Truck hielt vor dem Haus an. Die Fahrertür öffnete sich, und lange, in Denim gekleidete Beine tauchten auf und landeten auf dem Boden, gefolgt von einer schmalen Taille, einer breiten Brust, kräftigen Armen, einem umwerfenden Gesicht und einem Kopf mit goldenem Haar, das sie dazu verlockte, mit ihren Fingern hindurchzufahren.

Hitze schoss nach unten und durchflutete Taras Innerstes. Warum musste Jace Travers nur so verdammt sexy sein? Und warum glaubte ihr Bruder, dass es eine gute Idee wäre, den Mann in seinem Haus wohnen zu lassen, bis er eine eigene Wohnung gefunden hatte?

Sie schüttelte erneut ihre Hand und wandte sich wieder ihrem Truck zu, fest entschlossen, ihn und seine Sexiness zu ignorieren. Sie würde einfach so tun, als wäre er nicht hundert Meter entfernt.

Sie blickte auf. Seine Muskeln spannten sich an, als er die Heckklappe herunterließ und in den Laderaum sprang, um die Gurte zu lösen, die das Motorrad an Ort und Stelle hielten. Er beugte sich mit dem Rücken zu ihr, und sie ließ beim Anblick dieses straffen Hinterns in noch engerer Jeans ihren Schraubenschlüssel fallen. Mit lautem Klirren fiel er durch den Motor auf die Steine darunter.

Er schaute wegen des Lärms auf. Sie duckte den Kopf und betete, dass er nicht herüberkommen würde, um zu sehen, ob sie Hilfe brauchte.

Tara zählte bis dreißig und wagte einen weiteren Blick über die Wiese. Er hatte das Motorrad bestiegen und schob es langsam rückwärts eine Metallrampe hinunter. Erleichtert hockte sie sich hin, um das Werkzeug aufzuheben, das sie fallen gelassen hatte. Es war weiter nach hinten gefallen als gedacht. Sie legte sich flach hin, rutschte auf dem Bauch unter das Fahrzeug und streckte sich. Ihre Finger schlossen sich um das kühle Metall, und sie schob sich wieder zurück.

Als sie unter dem Stoßfänger hervorkam, rollte sie sich auf, um sich aufzusetzen, und fand sich vor einem Paar langer, jeansbedeckter Beine wieder. Ihr Blick wanderte über kräftige Oberschenkel, eine sehr interessante Wölbung, einen flachen Bauch und eine gut gebaute Brust zu einem Gesicht, das so schön war, dass es eigentlich nur auf einer Kinoleinwand zu sehen sein sollte.

Er hob eine perfekte goldene Augenbraue, und ein Mundwinkel zuckte. Die Brise zerzauste sein honigfarbenes Haar, und in diesen tiefblauen Augen lag ein Funken Humor, als er auf sie hinabsah.

»Brauchst du Hilfe?«

Und diese Stimme...

Sie floss über sie wie feiner Wein. So weich und voll, aber mit Biss.

Sie räusperte sich und stand auf, wobei sie die Hand wegwinkte, die er ihr anbot. »Nein. Ich habe nur meinen Schlüssel fallen lassen.« Sie hielt das beschuldigte Werkzeug hoch.

Er nickte langsam, dann schaute er auf den türkisfarbenen Ford. »Autopanne?«

Sie schüttelte den Kopf und pustete eine Haarsträhne aus den Augen, die sich aus ihrem Pferdeschwanz gelöst hatte. »Nur Routinewartung.«

»Wie Ölwechsel?«

Sie nickte. »Unter anderem.«

»Du weißt, wie man das alles macht? Ich dachte, du wärst Köchin.«

»Ich bin auf einer Ranch aufgewachsen. Ich kann den Traktor auseinandernehmen und den Motor mitten auf der Weide wieder zusammenbauen, wenn ich muss.«

»Mit nur Zahnseide und einer Haarnadel?« Er blitzte ein neckendes Grinsen.

Sie verdrehte die Augen, verschränkte die Arme und tippte mit dem Fuß, wobei sie die MacGyver-Anspielung ignorierte, egal wie treffend oder lustig sie war. »Hattest du einen Grund, herzukommen, oder hattest du nur Lust, mich zu nerven?«

Sein Lächeln verblasste, und sie glaubte, einen Anflug von Verletzung in seinen Augen zu sehen. Ihr Gewissen nagte an ihr, aber sie schob es zurück in seine Schachtel. Er war gefährlich für ihren Verstand und musste gehen.

Er hob die Hände. »Ich dachte nur, du könntest Hilfe brauchen. Mein Fehler.« Er wich zurück. »Bis später, Tara.« Mit einem kurzen Winken drehte er sich um und joggte zurück zu Sebs Haus.

Tara wandte sich wieder ihrem Truck zu und versuchte, nicht zu beobachten, wie sich dieser perfekte Hintern beim Laufen anspannte. Sie konzentrierte sich auf den Luftfilter, zog die Abdeckung fest und senkte die Motorhaube. Sie schloss sich mit einem Knall, und sie warf ihren Schraubenschlüssel in den Werkzeugkasten am Boden.

Sie hob ihn auf, ging in ihre Garage und legte ihn auf die Werkbank, bevor sie ins Haus ging, ihre Kleidung auszog und sie direkt in die Waschmaschine stopfte. Nackt ging sie ins Badezimmer und stellte die Dusche an. Sie mochte zwar eine Schrauberschlampe sein, aber das hieß nicht, dass sie auch so riechen oder aussehen wollte.

Nach einer kurzen Dusche zog sie sich eine mintgrüne Caprihose, eine ärmellose weiße Bluse und braune Ledersandalen an und ging dann nach draußen zu ihrem Truck. Sie hatte Zeit für einen schnellen Trip in die Stadt, bevor sie im Restaurant sein musste, um das Abendessen vorzubereiten. Sie brauchte einen Latte und eine Dosis von Macys Verrücktheit, um das Bild von Jace Travers aus ihrem Gehirn zu verbannen.

Mit heruntergelassenen Fenstern genoss sie die Brise während der zehn Meilen Fahrt in die Stadt und ließ sie etwas von der Anspannung wegwaschen. Sie musste einen Weg finden, mit seiner Anwesenheit umzugehen, da er für mindestens ein paar Wochen ihr Nachbar sein würde.

Es war nicht so, dass sie ihn nicht mochte – sie mochte ihn zu sehr. Der Mann war ein wandelnder Sextraum. Und er war nett. Jede Single-Frau bei klarem Verstand würde es lieben, ihn in der Nähe zu haben. Aber sie hatte Adrenalinjunkies und Männern, die aussahen, als könnten sie ihr Herz brechen, abgeschworen. Sie hatte genug Herzschmerz gehabt.

Dieser alte, vertraute Stich bohrte sich in ihre Brust, als sie sich an ihren Mann erinnerte, und sie nahm einen tiefen, beruhigenden Atemzug. Nein, sie wollte nie wieder einen solchen Mann. Sie könnte es nicht verkraften.

Sie fuhr nach Silver Gap und steuerte direkt auf Peppy Brewster zu, Macys Café. Sie parkte ihren Oldtimer-Truck zwischen zwei SUVs und schaltete den Motor aus.

»Autsch.« Ein Blick in den Spiegel zeigte, dass der Wind ihrer Frisur zugesetzt hatte. Wenigstens war sie jetzt trocken. Sie band ihr Haar zu einem unordentlichen Dutt und stieg aus dem Fahrzeug.

Im Laden empfing sie der Duft von frischem Kaffee. Sie atmete tief den himmlischen Geruch ein.

»Hey, Süße. Was führt dich in die Stadt?«

Tara lächelte Macy an und ging zur Theke. »Ich brauchte einen Latte vor der Arbeit und wollte meinen Kopf freibekommen. Jace ist angekommen.«

Macys Grinsen war teuflisch. »Ooo, lecker! Der Typ ist so heiß.« Sie nahm den Filter für die Espressomaschine und füllte ihn mit Kaffeemehl, bevor sie ihn an der Maschine befestigte. »Willst du das Übliche?«

»Ja, aber mit Eis. Und heiß oder nicht, er nervt mich trotzdem.«

Macy kicherte und schöpfte etwas Eis in einen Plastikbecher und goss Milch darüber. »Ja, weil er dich ganz heiß und aufgeregt macht. Würde es weh tun, dem nachzugeben? Es könnte dich ein bisschen auflockern und dich entspannen lassen.«

»Ich habe keine Zeit zum Entspannen.« Ihr Handy piepte, und sie öffnete ihre Handtasche. Es hoffentlich nicht wieder ihr alter Verleger. Er rief ständig an, aber sie hatte seine Nachrichten weder angehört, noch seine Texte gelesen oder ihn zurückgerufen. Sie war an diesem Leben nicht mehr interessiert.

Sie fand ihr Handy, aktivierte den Bildschirm und sah eine Nachricht von ihrer Assistenzmanagerin Cassie, wobei sie beim Lesen stöhnte. Ihre Gemüselieferung war verspätet.

»Genau mein Punkt.« Sie seufzte und zeigte Macy die Nachricht. »Ich muss jetzt dieses Chaos in Ordnung bringen und hoffen, dass ich genug Zeug habe, um *etwas* für die Speisekarte zu kreieren.«

»Geh zu Rayna. Schau, was sie hat, das dich heute über Wasser halten könnte.« Sie kippte die beiden Espressoschüsse in die Milch und rührte um.

Taras Gesicht hellte sich auf. »Hey, das ist eine gute Idee.«

Macy lächelte, steckte einen Deckel auf das Getränk und reichte es Tara. »Klar doch.« Sie warf ihr Haar zurück und klimperte mit den Wimpern.

Tara lachte. »Danke. Ich kann mich immer auf dich verlassen, um meine Stimmung zu heben.« Sie reichte ihrer Freundin ihre Kreditkarte und nahm einen Schluck. »Und darauf.« Sie stöhnte vor Vergnügen. »Ich kann mich auch immer darauf verlassen. Ich weiß nicht, wie du das machst. Meine werden nie so gut.« Sie hatte eine Espressomaschine im Restaurant, aber ihre Lattes schmeckten nie so gut wie Macys.

Macy zuckte mit den Schultern und gab ihr die Karte und einen Beleg zurück. »Magie.«

»Klar.« Sie verengte die Augen bei ihrer Freundin. »Eines Tages wirst du mir verraten, woher du deine Kaffeebohnen bekommst.«

»Betriebsgeheimnis.« Sie lehnte sich auf die Theke und grinste.

Tara neigte ihren Becher zu Macy, während sie rückwärts ging. »Eines Tages.«

Macy lachte.

Tara grinste. »Danke für den Tipp wegen Rayna. Ich fahre jetzt zu ihr raus.«

»Gern geschehen. Ich hoffe, sie hat noch ein paar Sachen für dich übrig. Ihr Bauernmarkt brummt in letzter Zeit. Dieses Gewächshaus, das sie gebaut hat, hat sich bereits bezahlt gemacht.«

Allerdings. Rayna war eine der wenigen Einheimischen, die ganzjährig Gemüse anbauten, und sie war die Einzige, die in so großem Maßstab anbaute.

Tara winkte und verließ das Café. Sie sprang zurück in ihren Truck, fuhr rückwärts aus der Parklücke und nahm Kurs Richtung Ranch. Raynas Familie besaß das Grundstück, das im Osten an The Broken Bow grenzte. Sie züchteten Rinder, aber Rayna hatte auch einen Teil der Ranch in eine profitable Gemüse- und Kräuterfarm verwandelt. Tara wünschte nur, sie wäre größer. Sie würde all ihr frisches Gemüse von den Nyderts kaufen, wenn sie könnte. Aber Rayna führte diesen Teil der Ranch allein, und was sie anbaute, war so viel, wie sie bewältigen konnte.

Die Brise wehte durch die Fahrerkabine, und sie sang zum Radio mit, in einer viel besseren Stimmung als beim Verlassen ihres Hauses. Sie wusste, dass es nicht viel brauchen würde. Sie brauchte nur ein gutes Lachen. Und Kaffee.

Sie nahm ihren Becher und trank noch einen Schluck. Kein goldener Junge mehr, der ihre Gedanken verstopfte. Dank Macys Zauberlatte und der hektischen Nachricht ihrer Assistentin konnte sie sich jetzt konzentrieren und umschalten, um ein neues Menü für heute Abend zu planen. Zum Glück war ihre Fleischlieferung angekommen. Sie musste sich nur um Beilagen sorgen. Raynas Gewächshaus produzierte das ganze Jahr über Lebensmittel, also wenn sie nach dem heutigen

Markt noch Produkte übrig hatte, würde sie einige anständige Auswahlmöglichkeiten haben.

Sie passierte die Einfahrt zur Broken Bow und fuhr weitere drei Meilen auf der Landstraße weiter, bevor sie die Abzweigung zur Ranch der Nyderts, der Double Moon, erreichte.

Holpernd fuhr sie die Schotterpiste hinunter zum Gewächshaus, wo Raynas SUV draußen stand. Als sie anhielt, kam Rayna heraus, um sie zu begrüßen.

»Hey. Macy hat angerufen und gesagt, dass du Hilfe brauchst.«

Tara stieg aus ihrem Truck und schloss die Tür. »Ja. Ich bin auf ein kleines Problem gestoßen. Meine Gemüselieferung ist nicht angekommen. Ich brauche alles, was du hast.«

Rayna blies die Luft aus und strich mit der Hand über ihr Haar und ihren Pferdeschwanz. »Das ist nicht viel. Aber komm rein und schau nach.«

Tara folgte ihr hinein zu einer Reihe von Tischen, beladen mit Kisten. Sie spähte über den Rand der ersten paar und schaute dann zu ihrer Freundin auf.

»Wow. Ich bin sowohl glücklich als auch traurig. Glücklich für dich, aber traurig, dass mir heute Abend die Beilagen ausgehen werden.«

Rayna lachte. »Ich habe noch einige andere Dinge, die ich noch nicht geerntet habe. Sie sind kurz vor der Reife, also wollte ich sie für den morgigen Markt pflücken. Keine Sorge, wir werden genug für dich finden, um dich über Wasser zu halten. Nimm eine Kiste.« Sie zeigte auf einen Stapel leerer Kisten auf dem Boden.

Sie gingen durch die Pflanzenreihen, und bald hatte Tara genug Produkte, um die Nacht zu überstehen.

Sie lud die letzte Kiste in ihren Truck und schloss die Heckklappe.

»Vielen Dank. Ich werde dir einen Scheck ausstellen, sobald ich zurück im Restaurant bin.«

Rayna zuckte mit den Schultern. »Ich weiß, dass du gut dafür bist. Und du hast mich davor bewahrt, all das morgen zum Markt zu schleppen. Ich habe nichts gegen einen ruhigen Tag.« Sie lehnte sich an die Seite des Trucks und lächelte Tara verschmitzt an. »Also. Macy hat auch gesagt, dass du eine Begegnung mit einem bestimmten muskulösen Detektiv hattest.«

Tara verdrehte die Augen und stöhnte. »Es war nichts. Er ist heute in Sebs Haus eingezogen. Wir haben uns begrüßt.«

Sie wackelte mit den Augenbrauen. »Wirklich? Ist das alles, was passiert ist?«

Das Bild seines Hinterns in diesen Jeans tauchte in ihrem Kopf auf. »Ja.«

Rayna drückte ihre Zunge in die Wange. »Aha. Okay.«

»Was? Was willst du, dass ich sage? Er kam rüber und sagte hallo, dann ging er. Was mich betrifft, kann er wegbleiben.«

Rayna antwortete mit einem Augenrollen. »Ach komm. Du weißt, dass du den Mann attraktiv findest.«

»Natürlich tue ich das. Hast du ihn gesehen? Aber ich bin nicht bereit für eine Beziehung, besonders nicht mit einem Mann, der Motorrad fährt und aussieht wie der Sonnengott selbst.«

»Das sind die besten Männer. Und Tara, es ist drei Jahre her, seit Sean gestorben ist.«

»Trauer kennt keinen Zeitplan, Rayna.«

Rayna richtete sich auf und kam näher, um eine Hand auf Taras Arm zu legen. »Ich weiß das, Süße, aber du trauerst nicht. Du lebst nicht einmal wirklich.«

Tara schaute weg, ihr Mund zu einer festen Linie zusammengepresst. »Wovon redest du? Natürlich lebe ich. Ich habe mein Restaurant eröffnet.«

Rayna schüttelte den Kopf. »Nein, das ist eine Ablenkung, und es hält dich davon ab, über Dinge nachzudenken. Vom Fühlen.«

Tara rutschte hin und her, unwohl mit der Wendung des Gesprächs. Sie wollte sagen, dass Rayna falsch lag, aber tief im Inneren wusste sie, dass ihre Freundin recht hatte. Aber es war einfacher, beschäftigt zu bleiben und ihre Gefühle dort zu verstauen, wo sie niemals das Tageslicht sehen würden, als sich mit ihnen auseinanderzusetzen.

Sie zuckte mit den Schultern und öffnete die Tür des Trucks. »Ja, nun, so gehe ich damit um. Hör zu, ich muss los. Danke, dass du mir ausgeholfen hast.«

Rayna seufzte und nickte. »Jederzeit. Aber denk an das, was ich gesagt habe, okay? Denk wenigstens darüber nach?«

Tara nickte und stieg ein. Die Tür schloss sich mit einem Knarren. Sie hatte nicht vor, so etwas zu tun. Diese bestimmte Büchse der Pandora konnte genau da bleiben, wo sie war. Aber sie schenkte Rayna ein aufrichtiges Lächeln. »Habe ich dir in letzter Zeit gesagt, wie sehr ich dich schätze? Danke, dass du auf mich aufpasst.«

Die andere Frau strahlte. »Gern geschehen. Jetzt geh. Mach etwas Köstliches.«

Tara fuhr mit einem Winken davon.

Verdammt. Sie nahm den mittlerweile lauwarmen Latte und nahm einen Schluck. Seine Magie war jedoch verschwunden.

Aber es waren nicht Gedanken an Jace, die jetzt ihren Kopf nicht verlassen wollten. Es waren Gedanken an einen anderen Mann, der nie zurückkommen würde.

S chweißperlen bildeten sich auf Jace Travers' Nacken und rannen daran herunter. Er hatte nicht viel auszuladen, aber es war genug, um ihn beim Hineintragen ins Schwitzen zu bringen. Er hob die letzte Kiste auf, die voller Bücher war, und ging ins Haus, wo es wohltuend kühl war. Er stellte seine Last auf dem Boden neben dem einzigen Stuhl ab und ging in die Küche, um etwas zu trinken zu holen. Während er ein Glas Wasser hinunterkippte, blickte er aus dem Fenster über der Spüle auf die Berge, die die Ranch umgaben. Es war so wunderschön hier. Haskell war flach und mit Präriegrass bedeckt. Es barg auch viele schlechte Erinnerungen, die er lieber vergessen wollte. Er hoffte, dass er durch den Umzug hierher endlich in der Lage sein würde, weiterzumachen.

Das Bild der dunkelhaarigen Schönheit, die nebenan wohnte, schlich sich in seine Gedanken. Sie brachte sein Blut mit ihren tiefen, dunklen Augen und ihrer großen, kurvigen Figur in Wallung, aber sie wollte anscheinend nichts mit ihm zu tun haben. Er wusste auch nicht, warum. Von dem Moment an, als sie sich trafen, hatte sie eine sofortige Abneigung gegen ihn entwickelt, obwohl er nur nett zu ihr war. Es war verwirrend.

Er würde jedoch herausfinden warum und das ändern. Sie wusste es nicht, aber ihre Einstellung war wie ein hingeworfener Fehdehandschuh. Er würde sie so lange bearbeiten, bis sie ihn mochte.

Er stieß sich von der Arbeitsplatte ab und beschloss, trotz der Hitze einen Spaziergang zu machen und seine neue Umgebung zu erkunden. Er war bereits vor einigen Wochen hier gewesen, aber er war so beschäftigt damit, Seb bei den Ermittlungen zum Serienmörder zu helfen, dass er keine Gelegenheit hatte, viel von der Ranch zu sehen.

Er trat vor die Haustür und schaute automatisch nach rechts zu Taras Haus. Dieser Oldtimer-Truck von ihr war weg. Es verblüffte ihn immer noch, dass sie wusste, wie man Autos repariert. Die meisten Frauen, die er kannte, konnten nicht mehr als einen Platten wechseln. Er fand es außerordentlich sexy, dass sie Motoren mochte. Er auch. Er hatte den Motor seines Motorrads selbst gebaut. Als er sie früher traf, wollte er sich den Truck genauer ansehen, aber ihre abweisende Haltung hielt ihn davon ab, länger zu bleiben.

Er drehte sich nach links und beschloss, Taras Eltern, Lee und Jenny Archer, zu begrüßen und ihnen mitzuteilen, dass er angekommen war. Seine Stiefel knirschten auf dem Kies, während er ging, und ergänzten die Geräusche um ihn herum. Er schaute nach oben, als ein Habicht über ihm schrie, und hörte in der Ferne ein Pferd wiehern. Was fehlte, war der Verkehrslärm. In Haskell stand sein Haus in der Stadt. Hier draußen gab es nur die Natur, und das war eine willkommene Abwechslung.

Seine Schritte hallten auf der Holzveranda wider, als er die Stufen hinaufstieg und an die Tür klopfte. Er sah Jenny um die Ecke kommen, um sein Klopfen zu beantworten, und winkte ihr durch das Glas zu.

Sie öffnete die Tür mit einem strahlenden Lächeln auf ihrem hübschen Gesicht. »Jace. Du hast es geschafft. Komm rein. Ich habe gerade Sonne-Tee gemacht.« Sie stieß die Fliegengittertür auf und bat ihn mit einer Geste herein.

»Tee klingt großartig. Es ist wirklich warm.« Er folgte ihr in die Küche.

»Ja, das ist es. Das ist ungefähr so heiß, wie ich mich erinnern kann, dass es so früh im Sommer war. Und es ist keine Besserung in Sicht.«

»Ich habe gehört, dass es auch nicht viel regnen soll.«

Sie schüttelte den Kopf und nahm einen Krug Tee aus dem Kühlschrank. »Nein. Wir werden einige Dürreprobleme bekommen und fürchte, wir stehen vor einer schlimmen Feuersaison.«

»Waldbrände?«

Sie nickte, als sie zwei Gläser Tee einschenkte. »Mit diesen Temperaturen und ohne Regen ist das ein Rezept für jede Menge davon.«

Er nahm das Glas und löffelte etwas Zucker aus der Schüssel auf der Theke hinein. Sie reichte ihm einen Löffel, und er rührte kurz um, bevor er einen Schluck nahm.

»Der ist gut. Danke.«

Sie gab Zucker in ihr Glas und lächelte ihn an. »Gern geschehen. Lass uns ins Wohnzimmer gehen und uns setzen.«

Er folgte ihr und setzte sich dann auf die Couch gegenüber dem Sessel, den sie wählte.

»Wie war deine Fahrt?«

»Lang.« Er lächelte. »Hauptsächlich, weil ich ungeduldig war, hierher zu kommen.«

»Nun, wir freuen uns, dich hier zu haben. Besonders Seb.«

Er nickte. »Ich wünschte nur, das Jobangebot wäre unter besseren Umständen gekommen.«

Ihr Lächeln verblasste, als das Gespräch einen ernsteren Ton annahm. »Ja. Was mit Deputy Bering passiert ist, war tragisch. Aber zumindest ist der Verantwortliche tot.« Sie blickte aus dem Vorderfenster, ein trauriges Lächeln auf ihrem Gesicht. »Ich kann immer noch nicht glauben, dass es Ryan war. Er war eine feste Größe in dieser Gemeinschaft, und niemand hat je vermutet, was er war.«

»Einige Serienmörder sind sehr geschickt darin, ihre wahre Natur zu verbergen. Ich bin nur froh, dass wir ihn aufgehalten haben, bevor er London verletzen konnte. Wie geht es Adelaide übrigens? Sie war in ziemlich schlechtem Zustand, als sie entkam.«

Jenny schaute auf ihre Hände und wischte mit dem Daumen einen Tropfen Kondenswasser von ihrem Glas. »Sie kommt zurecht. Sie geht zu einem Therapeuten und sie geht in die Kirche. Ich bin wirklich beeindruckt davon, wie sie sich verändert hat. London hat einen großen Anteil daran. Sie hat das Mädchen unter ihre Fittiche genommen und sich geweigert, sie in eine depressive Stimmung verfallen zu lassen. Ich sage nicht, dass es einfach war oder dass sie keine Rückschläge haben wird, aber sie geht in die richtige Richtung.«

»Das ist gut. Ich bin froh. Also, weißt du, was mit dem Eisenwarenladen passieren wird?«

»Ryan hatte keine Familie mehr, also ist sein ganzes Eigentum an den Staat gegangen. Der Laden und sein Haus stehen beide zum Verkauf, aber keines davon ist bisher verkauft worden.«

Er nickte zu dieser Information, dann schaute er sich in dem gemütlichen Raum um. Die Wände waren in einem sanften

Grau gestrichen. Beige Möbel mit hellgrünen und pfirsichfarbenen Akzentkissen waren um einen Fernseher auf einem cremefarbenen Bauernhausständer gruppiert. Ein cremefarbener Teppich mit grünen und grauen Wirbeln bedeckte einen Teil der warmen Holzböden. Bilder der Archer-Geschwister säumten die eingebauten Regale um einen Backsteinkamin. Seine Augen blieben an einem Bild hängen, das aussah, als wäre es von Tara. Sie hielt eine Zeitschrift in den Händen, zeigte das Cover und hatte ein riesiges Lächeln auf ihrem Gesicht.

»Also, was hast du heute Nachmittag vor?«, fragte Jenny. »Ziehst du ein?«

Er schüttelte den Kopf. »Das habe ich schon erledigt. Ich habe nicht viel mitgebracht. Es schien nicht viel Sinn zu machen, bis ich meinen eigenen Platz gefunden habe. Ich denke, ich werde einfach ein bisschen erkunden. Ein Gefühl für die Ranch bekommen.«

Ihr Lächeln war schnell. »Das klingt nach einer wunderbaren Idee. Schade, dass Tara arbeiten muss. Sie liebt es, wann immer möglich hinauszugehen und Fotos zu machen. Sie kennt diesen Ort besser als ihr Vater, glaube ich.«

»Ich würde mich freuen, wenn sie mir alles zeigen würde. Ich glaube aber, ich bin nicht ihre Lieblingsperson.«

Sie winkte ab. »Lass dich nicht von ihr beirren. Ich denke, du bringst sie dazu, aus der Box auszubrechen, in die sie sich selbst gesteckt hat.«

Er runzelte die Stirn, nicht ganz sicher, was sie meinte. »Sie hat sich selbst in eine Box gesteckt?«

Jenny nickte. »Tara geht in den letzten Jahren nur durch die Bewegungen des Lebens. Ihr Mann ist gestorben, und das hat sie verändert. Sie spielt jetzt sehr auf Sicherheit, und ich denke, sie sieht dich als das Gegenteil von sicher.«

Der Schock ließ Jace für einen Moment sprachlos werden. Tara war verheiratet gewesen? »Was ist passiert?«

»Sean – ihr Ehemann – war ein SEAL. Er starb im Kampf.«

Heilige Scheiße. Er hatte einige dieser Jungs getroffen, als er seinen kurzen Aufenthalt in der Armee hatte. Sie waren eine andere Sorte. Furchtlos, kühn, entschlossen. Er konnte sich die verkrampfte Tara nicht mit so einem Mann vorstellen. Aber so wie es klang, war sie nicht immer so gewesen.

»Es tut mir leid, das zu hören. Einen geliebten Menschen zu verlieren, ist nie einfach.« Bei der Wahrheit seiner Worte durchzuckte ihn ein Schmerz.

Jenny bemerkte die Anspannung in seinen Zügen. »Du sprichst aus Erfahrung.«

Er nickte. »Ich war auch einmal verheiratet. Und ich hatte eine Tochter. Sie starben bei einem Bootsunfall vor fünf Jahren, zusammen mit meinen Eltern.«

Sie keuchte auf. »Oh mein Gott! Das ist furchtbar. Es tut mir so leid.«

»Danke.«

»Was ist passiert, wenn es dir nichts ausmacht, dass ich frage?«

Jace holte tief Luft und rollte sein Glas zwischen seinen Fingern. Dieser vertraute Klumpen erschien in seinem Hals, aber er schob ihn beiseite. »Ein plötzlicher Sturm kam auf, während sie auf dem See waren, und das Boot kenterte. Sie ertranken alle.«

Sie bedeckte ihren Mund mit ihrer Hand, ihre Augen weit aufgerissen. »Das ist einfach schrecklich. Wie alt war deine Tochter?«

»Vier. Haley war vier.« Seine Stimme klang rau, als er an sein kleines Mädchen dachte. Er vermisste ihr strahlendes Lächeln und dieses kleine Lachen, das so ansteckend war. Sein Herz schmerzte jeden Tag wegen dem, was er verloren hatte.

Unwohl mit der Richtung seiner Gedanken, trank er den Rest seines Tees aus und stand auf. »Danke für den Tee. Ich sollte dich zu dem zurückkehren lassen, was du gerade getan hast.«

Sie erhob sich ebenfalls. »Es tut mir leid, wenn ich neugierig war.«

Er schenkte ihr ein kleines Lächeln. »Warst du nicht. Ich werde ihren Tod nie überwinden, aber ich habe gelernt, damit zu leben. Es macht mich aber immer noch traurig, über sie zu sprechen, besonders über Haley.«

»Nun, es tut mir trotzdem leid, ein so schmerzhaftes Thema angesprochen zu haben.«

Er gab ihr sein Glas zurück. »Es ist okay. Nochmals danke für den Tee. Ich finde selbst hinaus.«

Mit düsteren Gedanken und schmerzenden Herzen ging er. Draußen hielt er kurz inne, um einen Atemzug der sauberen Bergluft zu nehmen, bevor er sich umdrehte und zum Pferdestall ging. Er hoffte, Brady zu finden und ihn zu überreden, ihm ein Pferd satteln zu lassen, damit er ausreiten konnte.

Stattdessen fand er Lee, der sich um eines der Jährlinge kümmerte.

»Jace, hallo. Schön, dich zu sehen.« Lee streckte die Hand aus, um seine zu schütteln, bevor er wieder den Striegel benutzte, um das Fohlen zu putzen.

Jace ergriff seine Hand. »Ja, Sir. Bin gerade eben angekommen. Ich war schon bei Ihnen zu Hause und habe Jenny begrüßt.«

»Gut. Was führt dich hierher? Nur am Erkunden?«, fragte Lee, während er einen Striegel über den Rücken des jungen Pferdes führte.

Er nickte. »Jap. Musste mir ein bisschen die Beine vertreten. Ich nehme an, Sie hätten nichts dagegen, wenn ich ein Pferd satteln und ausreiten würde, oder?«

Der ältere Mann hob eine dunkle Augenbraue. »Nun, das hängt davon ab. Kannst du reiten?«

»Ja. Meine Eltern besaßen eine Farm. Ich hatte als Kind ein Pferd, und ich bin ziemlich viel geritten, sogar bis in die letzten Jahre.«

Lee trat vom Jährling zurück. »In Ordnung dann. Lass uns dir ein Pferd satteln.«

Jace folgte ihm tiefer in den Stall hinein zu einem Sattelraum, wo Lee einen Sattel nahm und ihm reichte. »Hier. Du bist ungefähr so groß wie Seb, also kannst du seinen Sattel haben. Du kannst auch sein Pferd reiten.« Er nahm ein Zaumzeug und eine Satteldecke auf, verließ dann den Sattelraum und führte Jace aus dem Stall zu einer umzäunten Weide, wo mehrere Pferde grasten.

Lee gab einen scharfen Pfiff, und die Pferde schauten auf, dann kamen sie angetrabt. Er duckte sich zwischen den Stangen hindurch und ging auf einen großen, grauen Wallach zu, dessen Fell so glänzend war, dass es wie Silber in der Sonne schimmerte.

»Das ist Pike.« Lee klopfte dem Pferd auf den Hals. Er steckte eine Hand in seine Tasche und zog ein Stück Karotte heraus, das er Jace anbot.

Jace stellte den Sattel auf den Boden und nahm den Lecker-bissen, trat dann vor und bot ihn dem Pferd an. Pike schleckte es auf und stupste seine Hand nach mehr an.

»Das ist alles, was ich habe, Kumpel.« Er hielt seine Hände hoch, damit das Pferd sie sehen konnte, dann glitt er mit einer Handfläche über Pikes Gesicht, um ihn zwischen den Ohren zu kratzen. Das Pferd wieherte und drückte seinen Kopf in Jace's Hand.

»Pike ist ein gutes Pferd. Zuverlässig. Du wirst mit ihm keine Probleme haben. Und wenn du dich verläufst, lass einfach die Zügel los; er bringt dich nach Hause. Er ist sehr futterorientiert und weiß, wo seine Leckerlis herkommen«, sagte Lee mit einem Kichern.

Jace grinste. »Klingt gut.«

»Nimm den Sattel. Ich helfe dir, ihn fertig zu machen.« Er führte das Pferd in Richtung Scheune.

Gemeinsam hatten die beiden Männer das Pferd in wenigen Minuten fertig. Jace schwang sich in den Sattel, und Lee reichte ihm die Zügel.

»Wenn du weiter in die Hügel gehst, gibt es einen schönen Pfad, und er öffnet sich in einige hübsche Wiesen. Der Fluss ist auch in der Richtung.« Er zeigte hinter ihnen, an den Häusern vorbei.

»Das werde ich tun. Danke.«

»Kein Problem. Wenn du zurückkommst, reib ihn trocken und gib etwas frisches Heu in seinen Stand.«

»Mach ich.«

Lee trat zurück, und Jace führte Pike aus dem Stall. Sobald sie die Türen passiert hatten, konnte er die unterdrückte Kraft spüren, die durch Pikes Muskeln vibrierte, während das große Tier seinen Drang zu laufen zügelte. Jace stieß ihn in die Seiten und ließ ihn los.

Sie jagten durch das Gras, vorbei an den Häusern und tiefer in das Land der Broken Bow. Der Wind rauschte vorbei und nahm etwas von Jace's Herzschmerz mit, als er die Freiheit, wieder auf einem Pferd zu sein, genoss.

Er ritt in die Hügel hinauf und verlangsamte das Tempo, als die Gebäude außer Sicht waren. Pike schnaubte, holte Atem nach dem Lauf, setzte aber immer noch ein stetiges Tempo fort, als sie sich höher hinauf schlängelten.

Jace bewunderte die Schönheit seiner Umgebung, während er ritt. Es war so wild hier. Keine Straßen oder Häuser. Keine Städte in der Ferne. Nur Natur. Er machte sich eine gedankliche Notiz, nach einem Haus außerhalb der Stadt zu suchen, wenn er mit der Suche begann. Ein Ort, der eine Veranda oder ein Deck hatte, damit er morgens mit einer Tasse Kaffee dort sitzen und die Einsamkeit genießen konnte. Er fühlte sich bereits friedlicher.

Er bog um eine Kurve, und die Landschaft öffnete sich zu einer riesigen Wiese. Wildblumen in voller Blüte ließen das Feld in Farben erstrahlen. Rinder streiften umher und grasten träge in der warmen Sonne. Er lenkte Pike durch sie hindurch zu der Stelle, wo der Fluss durchschnitt. Als er sein Ufer erreichte, sprang er ab und ließ das Pferd trinken, während er vorwärts ging, um einen genaueren Blick auf das Wasser zu werfen. Es plätscherte über Steine und um Baumstämme herum. Kleine Sandbänke waren über die Fläche verteilt, ein Ruheplatz für Vögel, die ein Bad nehmen wollten, während Fische im kristallklaren Wasser schwammen.

Er nahm Pikes Zügel, schwang sich wieder in den Sattel und führte das Pferd entlang des Flussufers, genoss die Ruhe, bis sein Magen knurrte und ihn daran erinnerte, dass er das Mittagessen ausgelassen hatte. Er führte das Pferd zurück über die Wiese zu den Bäumen und umkreiste den Weg, den er gekommen war. Eines Tages bald würde er einen der

Archer-Geschwister dazu bringen, ihn auf einen längeren Ritt mitzunehmen und ihm all die Stellen zu zeigen, die er alleine nie finden würde.

Als sie den Hügel überquerten und die Ranchgebäude wieder in Sicht kamen, konnte Jace spüren, wie Pikes Aufregung wieder zunahm, als sein Tempo sich beschleunigte.

»Willst du wieder laufen?«

Als ob er ihn verstanden hätte, warf Pike seinen Kopf und tanzte vorwärts. Jace lachte und gab dem Pferd seinen Kopf. Es sprang los, und sie jagten den Hügel hinunter. Mit voller Kraft verlangsamten sie nicht, bis sie die Lichtung um die Häuser und die Scheune erreichten.

Jace zog an Pikes Zügeln, ein breites Lächeln auf seinem Gesicht. »Whoa, Pike.«

Das Pferd ging zum Schritt über, und Jace führte ihn in die Scheune und hinaus zum Corral, wo er ein paar Runden mit ihm lief, um seine Muskeln abzukühlen, bevor er wieder hineingebracht.

Als er eine weiche Bürste über den Rücken des Pferdes führte, während Pike an frischem Heu kaute, zog ein Geräusch weiter unten im Korridor seine Aufmerksamkeit auf sich.

Er hielt inne und lauschte. Das war keine Stallkatze gewesen. Es sei denn, sie konnte schwere Werkzeuge umwerfen und eine Tür schließen. Er legte die Bürste nieder, befestigte dann ein Seil an Pikes Halfter und schlang es um den Türpfosten, bevor er den Stand verließ und die Tür offen ließ. Er hielt seine Schritte leicht und tat sein Bestes, damit seine Stiefel kein Geräusch machten.

Eine Schaufel lehnte an der Wand, und er nahm sie mit. Es war wahrscheinlich nur einer der Archers, aber irgendetwas hielt ihn davon ab, zu rufen. Er hatte keine Anzeichen von jemandem gesehen, als er in den Stall ritt, noch seitdem.

Er blickte in jeden Stand, als er vorbeiging, bewegte sich aber weiter auf die Vorrats- und Sattelräume am hinteren Ende des Stalls zu. Das Geräusch war nicht in einem Stand gewesen; er hätte ein Pferd irgendein Geräusch machen hören.

Als er das hintere Ende des Gebäudes erreichte, war die Tür zum Vorratsraum offen, wie sie es gewesen war, als er hineinritt, aber die Tür zum Sattelraum war geschlossen, und Jace hatte sie offen gelassen, nachdem er Pikes Sattel weggeräumt hatte.

Mit klopfendem Herzen wünschte er, er hätte seine Waffe dabei, aber die war in Sebs Haus eingeschlossen. Er murmelte einen Fluch und packte den Knauf, drehte ihn schnell und stieß die Tür auf. Er trat in den Türrahmen, die Schaufel schwingend, nur um einem leeren Raum gegenüberzustehen. Eine Hufzange lag jedoch auf dem Boden.

Er senkte die Schaufel, trat in den Raum und hob das Werkzeug vom Boden auf, dann legte er es zurück auf die Werkbank. Er schaute sich um, aber nichts anderes schien fehl am Platz zu sein. Mit gerunzelter Stirn ging er rückwärts aus dem Raum, ließ die Tür offen und ging den Gang zurück zu Pikes Box, um ihn fertig zu putzen.

Sein Nacken kribbelte, und er schaute sich um. Die Scheune war leer, aber er konnte das Gefühl nicht abschütteln, beobachtet zu werden.

KAPITEL
Drei

Tara wischte sich die Hände am Handtuch ab, das in ihrer Schürze steckte. Der Abendrummel war in vollem Gange, und ihre Küche lief wie ein gut geöltes Uhrwerk. »Cassie, ich gehe eine Runde durch den Speisesaal«, sagte sie zu ihrer stellvertretenden Managerin.

Die jüngere Frau nickte und warf ihr einen schnellen Blick zu, während sie weiterarbeitete.

Sie machte kurz Halt in der Personaltoilette, bevor sie hinausging, um sicherzustellen, dass sie nicht irgendwelche zufälligen Zutaten im Gesicht hatte – das war mehr als einmal vorgekommen – und ging dann durch die Schwingtüren, die in den Speisesaal führten.

Der Lärm überfiel sie, als sie hindurchtrat. Das Gewusel von fast hundert Menschen füllte den Raum und hallte durch die höhlenartige Halle. Sie lächelte, sie liebte es.

Kochen war etwas, das sie schon als Mädchen geliebt hatte. Es war eine Herausforderung gewesen zu sehen, welche Zutaten sie kombinieren konnte, um etwas Spektakuläres zu kreieren. Lange Zeit war ihr Traum ein Restaurant wie dieses gewesen. Dann kauften ihr ihre Eltern zum fünfzehnten Geburtstag eine Kamera, und sie hatte eine neue Leidenschaft. Und ein Talent, Bilder aufzunehmen, die jede Emotion einfingen, die das Motiv ausdrückte, ob es gesehen werden wollte oder nicht.

Tara besuchte die Universität von Colorado mit einem Vollstipendium für Fotografie. Dort verliebte sie sich in den Fotojournalismus. Er bot einen Adrenalinkick, der mit allem mithalten konnte, was sie je bei den dummen, lebensgefährlichen Eskapaden ihrer Jugend gefühlt hatte. Fast zehn Jahre lang bereiste sie die Welt und berichtete über einige ziemlich erschütternde Weltereignisse.

Das führte sie auch zu dem Mann, der ihr Herz stahl, dem Navy SEAL Sean Miller. Fünf Jahre lang hatte sie alles, was sie sich je gewünscht hatte. Eine aufregende Karriere, die Chance, die Welt zu sehen, einen Mann, der sie über alle Maßen liebte, und den Beginn einer großen, glücklichen eigenen Familie. Dann, in einem Augenblick, zerbrach ihre Welt in Millionen winziger Stücke. Seans Team geriet in einen Hinterhalt, und er wurde getötet. Taras Leidenschaft für den Fotojournalismus starb mit ihm. Ihre Leidenschaft für alles, was den Adrenalinspiegel in die Höhe trieb.

Sie war nach Hause gekommen, weil sie nicht wusste, wohin sie sonst gehen sollte. Nach einem Jahr der Trauer wusste sie, dass sie entscheiden musste, was sie mit ihrem Leben anfangen wollte. Sie wusste auch, dass eine Rückkehr zu dem Beruf, den sie geliebt hatte, keine Option war. Sie liebte es immer noch, Fotos zu machen, aber der Nervenkitzel, dies an einigen der gefährlichsten Orte der Erde zu tun, hatte für sie keinen Reiz mehr.

Es war die Idee ihrer Mutter, dass Tara ein Restaurant eröffnen sollte. Sie vermutete, dass Tara vielleicht eine völlig andere Richtung für ihr Leben brauchte.

Sie hatte so recht gehabt. Stück für Stück kehrte die Freude in Taras Leben zurück. Sie war noch nicht geheilt, aber sie war auf dem Weg dorthin.

Tara ging an der Bar vorbei, um zwischen den Tischen zu wandern, mit ihren Gästen zu sprechen und sicherzustellen, dass alles zu ihrer Zufriedenheit war. Sie war stolz darauf, jedem, der zu Besuch kam, ein hervorragendes Erlebnis zu bieten, und darauf hatte sie ihren Ruf aufgebaut. Das zeigte sich in dem vollen Haus, das sie fast jeden Abend hatte.

Sie umrundete eine Säule und blieb abrupt stehen. Jace saß ein paar Meter entfernt an einem Tisch, die Nase in eine Speisekarte vergraben.

»Toll«, murmelte sie leise vor sich hin. Es war ihr gelungen, alle Gedanken an ihn abzuschütteln. Jetzt war er hier in all seiner goldenen Herrlichkeit, um sie alle zurückzubringen. Verdammt.

Sie seufzte tief und trat vor, wobei sie ein Lächeln aufsetzte. Sie würde verdammt sein, wenn jemand sah, dass sie nicht nett zu ihm war. Ihr Ruf würde nicht darunter leiden, nur weil dieser Mann gegen ihren Willen ihre weiblichen Teile aufweckte und auf sich aufmerksam machte.

»Darf ich das 230-Gramm-Sirloin und das Hausgemüse empfehlen?«, sagte sie, als sie an seinen Tisch trat.

Er sah auf und durchbohrte sie mit diesen tiefblauen Augen, die sie an das Mittelmeer erinnerten. Taras Inneres erzitterte.

»Steak klingt gut.« Er schloss die Karte und lächelte. »Was ist das Hausgemüse?«

»Gelber Kürbis und Karotten – aus lokaler Produktion – in einer Brauner-Zucker-Glasur. Oder wir haben einen Haussalat, ebenfalls lokal angebaut, wenn du das bevorzugen würdest.«

»Kürbis und Karotten passen mir. Bist du meine Kellnerin?« Er lehnte sich in seinem Sitz zurück, legte einen Arm über die Rückenlehne des Stuhls und grinste zu ihr hinauf.

Sie hob eine herrische Augenbraue und ignorierte den Anblick seiner breiten Brust, die sein lehmfarbenes T-Shirt spannte, und den Hauch von Tinte auf seinen muskulösen Armen. »Nein. Ich bin nur rausgekommen, um nach meinen Gästen zu sehen.«

Er schmollte, und Tara verspürte den verrückten Drang, diese volle Unterlippe zwischen ihre Zähne zu saugen und hineinzubeißen.

Sie unterdrückte ein Stöhnen. Warum beschlossen ihre lange schlafenden Hormone, ausgerechnet bei diesem Mann aufzuwachen?

»Das ist zu schade. Du würdest das Abendessen sicherlich interessanter machen. Wie wäre es, wenn du dich stattdessen zu mir setzt?«

»Ich arbeite.«

»Dann mach eine Pause. Ich habe das Gefühl, du arbeitest die ganze Zeit. Setz dich für einen Moment.«

»Ich kann nicht. Es ist Stoßzeit beim Abendessen. Ich bin wirklich nur rausgekommen, um nach dem Rechten zu sehen.«

Er breitete die Arme aus. »Alle sehen aus, als würden sie sich amüsieren. Ich wette, die Küche läuft gut, sonst wärst du nicht hier draußen.« Er schob den Stuhl ihm gegenüber mit dem Fuß weg. Der Stuhl kam neben ihren Beinen zum Stehen. »Setz dich.«

Sie schnaubte, während die Unentschlossenheit in ihrem Kopf tobte. Sie wusste, dass sie Abstand von ihm halten musste, wenn sie ihren Verstand bewahren wollte, aber ihr Körper hatte andere Ideen. Er überstimmte ihr Gehirn, und sie setzte sich.

»Zufrieden?« Sie verschränkte die Arme auf dem Tisch.

Er lehnte sich vor und ahmte ihre Haltung nach, immer noch mit diesem Grinsen im Gesicht. »Ja.«

Sie starrte in seine blauen Augen und konnte nicht anders, als zu denken, dass sie den Verstand verloren hatte. Warum saß sie hier?

»Also, erzähl mir von den Bildern«, sagte er und deutete auf die Wände. »Ich habe sie beim letzten Mal bemerkt, als ich hier war. Ähnliche hängen auch in Sebs Haus. Er sagte, du hättest sie alle gemacht.«

Sie blickte auf das Foto, das ihnen am nächsten hing. Es zeigte ihren Vater auf einem Traktor, der ein Heufeld pflügte, während die Sonne zu seiner Rechten aufging. Goldene Wolken zogen über den Himmel, und die Berge warfen Schatten in die Ferne. Ihr gesamtes Restaurant war mit Bildern dekoriert, die sie von der Gegend gemacht hatte.

»Habe ich. Was willst du wissen?«

»Was war deine Inspiration dafür? Und warum benutzt du sie im Restaurant?«

Sie zuckte mit den Schultern. »Ich wollte, dass dieser Ort einladend ist. Wo sich die Leute wie zu Hause fühlen. Silver Gap – Boone County – ist für mich Heimat. Egal, wo ich auf der Welt war, dieser Ort war *immer* mein Zuhause. Als ich anfing, über Namen und Einrichtung nachzudenken, kam mir die Idee für diese Fotoserie in den Sinn. Ich hatte schon ein paar, die funktionieren würden. Wie dieses.« Sie zeigte auf das Bild ihres Vaters. »Also ging ich raus und machte mehr und vergrößerte sie auf verschiedene Größen.«

»Seb sagte, du warst Fotojournalistin, warum führst du also ein Restaurant? Ich meine, du bist eine verdammt tolle Fotografin.«

Sie setzte sich auf, ein stechender Schmerz durchzuckte ihr Herz, als sie an ihr früheres Leben dachte. Es war kein Thema, über das sie gerne sprach.

Bevor sie antworten konnte, kam die für diesen Bereich zuständige Kellnerin herüber. Tara stand auf, erleichtert.

»Es tut mir leid, Frau Miller. Ich kann später wiederkommen«, sagte das Mädchen.

Tara winkte ab. »Schon gut, Ainsley. Ich muss sowieso zurück in die Küche.« Sie blickte zu Jace hinunter, um sich zu verabschieden, nur um festzustellen, dass er zu ihr aufsah mit einem wissenden Blick in seinen Augen. Sie hatte das Gefühl, dass sie diese Frage in Zukunft beantworten müsste. Er sah nicht so aus, als würde er sie vergessen.

Sie nickte ihm zu und eilte davon. Sie würde ihm einfach aus dem Weg gehen müssen, dann könnte er nicht fragen, beschloss sie.

EINE KÜHLE BRISE WEHTE DURCH DAS OFFENE FENSTER VON Taras Truck, als sie nach Hause fuhr, und zerzauste ihr verschwitztes Haar. Sie konnte es kaum erwarten, in die Badewanne zu steigen. Ihre Füße schmerzten vom Stehen die ganze Nacht, und sie war schmutzig vom Aufenthalt in der heißen Küche. Sie würde sich ausziehen, den Wein aus ihrem Kühlschrank nehmen und ihre Wanne mit etwas von Raynas spezieller Badeölmischung füllen und sich entspannen, bevor sie ins Bett fiel.

Sie parkte in ihrer Einfahrt und ging hinein. Wie schon am Nachmittag, bevor sie in die Stadt gefahren war, zog sie ihre Kleidung aus und warf sie in die Waschmaschine, bevor sie durch ihr Haus ins Badezimmer schlenderte und nur anhielt, um den Wein zu holen. Die Flasche war etwas weniger als halb voll, also machte sie sich nicht einmal die Mühe mit einem Glas. Sie wünschte sich fast, es wäre mehr da. Es könnte ihr helfen, Jace Travers' gutaussehendes Gesicht aus ihrem Kopf zu bekommen.

Tara schaltete die Stereoanlage im Badezimmer ein, und Musik erfüllte den Raum. Singend füllte sie die Wanne mit dampfend heißem Wasser und griff zum Regal über der Toilette nach ihrem Badeöl.

Ihre Hand schloss sich um die Flasche, aber etwas an ihrem Standort ließ sie innehalten. Sie verbrachte mehrere Abende pro Woche in der Badewanne, linderte müde Muskeln und ließ den Stress des Tages den Abfluss hinuntergehen. Sie hatte das Badezimmer mit diesem Gedanken eingerichtet und hielt es ordentlich. Es gab Waschlappen, die in einem Weidenkorb gestapelt waren, und all ihre verschiedenen Badeöle, Peelings und Seifen in dekorativen Flaschen, die auf beiden Seiten in einer bestimmten Weise angeordnet waren. Sie stellte sie *immer* an den gleichen Platz zurück. Das Badeöl gehörte rechts vom Korb an die Außenseite. Aber es war auf der Innenseite.

Jetzt stirnrunzelnd, blickte sie über die Regale und bemerkte einige andere kleine Unstimmigkeiten. Eine Sukkulente war verschoben, ein kleines inspirierendes Schild leicht in die falsche Richtung geneigt. Sie hatte einige der Gegenstände seit dem letzten Abstauben hier letzte Woche nicht berührt.

Alarmiert drehte sie den Wasserhahn ab und öffnete den Wäscheschrank. Auch der sah durcheinander aus. Nichts Schlimmes, nur einige Dinge, die nicht richtig ausgerichtet oder falsch gedreht waren, anders als sie es in Erinnerung hatte.

Sie schloss die Tür und starrte darauf, während ihre Gedanken wirbelten. Warum sollte jemand ihr Badezimmer durchsuchen? Hatten sie auch woanders gesucht?

Dieser Gedanke trieb sie in den Flur und in ihr Schlafzimmer. Auch hier gab es kleine Dinge. Ein paar Kissen auf dem Bett waren umgestellt worden und einige ihrer Schuhe verschoben.

Ihre Haut kribbelte, als ein Grollen der Angst durch sie hindurchschoss. Sie griff nach einem Schuhkarton auf dem obersten Regal des Schranks und riss den Deckel ab. Sie nahm die Ringschachtel heraus und klappte sie auf, seufzte erleichtert, als ihr Eheset sie anstarrte.

Sie durchsuchte den Rest der Schachtel, die hauptsächlich Bilder enthielt, fand aber nichts, was fehlte. Sie stellte die Schachtel zurück auf das Regal, schnappte sich einen Bademantel von einem Kleiderbügel und zog ihn an, dann wanderte sie ins Wohnzimmer und in die Küche und ließ einen prüfenden Blick über beide Räume schweifen.

Es war dasselbe wie im Badezimmer und Schlafzimmer. Ein paar Dinge waren verschoben. Nicht genug, um auf den ersten Blick aufzufallen, aber für jemanden wie sie, die ein bisschen pingelig war, stach es in greller Deutlichkeit hervor.

Sie biss sich auf die Lippe und überlegte, was zu tun sei. Das Haus war leer, also war sie nicht in unmittelbarer Gefahr. Aber würde sie wirklich schlafen können, wenn sie nicht jemand anderem mitteilte, was sie vermutete?

Ihr Blick schweifte zur Uhr an der Wand. Es war fast Mitternacht. Seb schlief tief und fest bei London, und sie wollte ihn nicht für so etwas aus dem Bett holen.

Aber Jace ist gleich nebenan.

Tara verfluchte ihr Unterbewusstsein. Es musste sie natürlich daran erinnern. Sie schaute sich noch einmal in ihrem Wohnzimmer um und überlegte, was zu tun sei. All die kleinen Stellen, an denen die Dinge nicht richtig waren, sprangen ihr ins Auge.

Sie schnaubte. »Na gut.« Sie drehte sich auf dem Absatz um und marschierte zurück ins Badezimmer, um ihre Musik auszuschalten, dann ging sie weiter in ihr Schlafzimmer. Wenn sie schon rübergehen und ihn aufwecken wollte, würde sie das nicht nur in einem Seidenbademantel tun.

Vorsichtig, um die Dinge, die nicht an ihrem Platz waren, nicht zu stören, sammelte sie einige Kleidungsstücke und zog sich einen Sport-BH und ein T-Shirt mit einer Baumwollshorts an. Sie steckte ihre Füße in Segeltuchschuhe und ging aus der Tür, bevor sie ihre Meinung ändern konnte.

Die Nachtluft traf sie, dick und feucht. Tau benetzte das Gras und durchnässte ihre Schuhe, als sie zwischen den Häusern ging. Sie erreichte die Haustür von Sebs verdunkeltem Haus und klopfte an das Holz, dann verschränkte sie die Arme, um sich vor der Kühle zu schützen. Sie hätte einen Pullover mitnehmen sollen. Tagsüber mochte es schwül sein, aber es war noch früh genug im Jahr, dass die Nächte noch einen Biss hatten.

Innerhalb von Sekunden ging das Wohnzimmerlicht an. Sie konnte Jaces Silhouette durch die Vorhänge sehen, als er sich vom Schlafzimmer zur Tür bewegte.

Das Verandalicht ging an und sie hörte das Schloss klicken. Er riss die Tür auf, und Tara stand stumm vor dem Anblick. Er trug eine lockere Jogginghose, die tief auf seinen Hüften saß, und sonst nichts. Seine Haut leuchtete im schwachen Licht so golden wie seine Haare. Die Tattoos, die sie früher im Restaurant kurz gesehen hatte, waren jetzt voll zur Schau gestellt. Ein verdrehter, knorriger Baum wand sich seinen rechten Arm hoch. Sein linker hatte eine Textzeile, die an der Innenseite herunterlief. Dunkles blondes Haar bedeckte seine perfekte Brust und Bauchmuskeln, verengte sich zu einem V und verschwand unter dem Bund seiner Hose. Sie ballte die Fäuste, damit sie nicht die Hand ausstreckte und ihn berührte, um herauszufinden, ob es so weich war, wie es aussah.

»Tara?«

Seine vom Schlaf raue Stimme riss sie aus ihrer Benommenheit, und sie brachte ihre Augen zu seinem Gesicht. Dieses wunderschöne Haar war zerzaust und hing ihm über die Stirn. Der Schlaf zeigte sich noch in seinen Augen, selbst durch sein Stirnrunzeln hindurch.

Sie schluckte und ließ ihre Arme fallen. »Es tut mir leid, dich zu wecken. Ich wollte Seb nicht so spät hierher ziehen, aber ich fühlte mich nicht wohl dabei, ins Bett zu gehen, ohne es erst jemandem zu zeigen.«

»Hä? Was ist los?«

Sie wusste, dass sie nicht viel Sinn machte, aber sein nackter Oberkörper hatte ihr Gehirn durcheinandergebracht. »Es ist einfacher zu zeigen. Kannst du ein Shirt und Schuhe anziehen und einfach rüberkommen? Bitte?«

Er starrte sie einen Moment an, dann trat er mit einem Nicken zurück. »Ja. Warte kurz.«

Tara unterdrückte ein Stöhnen, als er sich umdrehte und sie einen ungehinderten Blick auf seinen Rücken bekam. Er war genauso gut definiert wie seine Vorderseite, und zwischen seinen Schulterblättern war ein Tattoo eines fliegenden Raben.

Sie schlug die Hände über die Augen und legte den Kopf zurück, als er außer Sichtweite war. »Warum, Gott? Warum er?«

Warum konnte der erste Mann, zu dem sie sich seit dem Tod ihres Mannes hingezogen fühlte, nicht jemand Sichererer sein? Wie ein glatzköpfiger Buchhalter oder ein Schullehrer mit einem ernsthaften Papa-Körper? Warum musste es ein Motorradfahrer, tätowierter Polizist sein, der aussah, als würde er in seiner Freizeit für GQ modeln?

Das leise Auftreten von Turnschuhen auf dem Holzboden lenkte ihre Aufmerksamkeit wieder auf ihn. Ein schwarzes T-Shirt bedeckte jetzt seinen köstlichen Körper, aber die Erinnerung hatte sich in ihre Augäpfel eingebrannt.

Sie drehte sich um und führte ihn von der Veranda durch das Gras.

»Willst du näher erläutern, was los ist?«

Sie sah zu ihm hinüber. »Ich kam nach Hause und ging direkt ins Badezimmer, um zu baden. Ich füllte die Wanne und wollte etwas Badeöl hinzufügen, als ich bemerkte, dass es nicht an der Stelle stand, an der ich es gelassen hatte.«

»Wo war es?«

»Es stand immer noch im Regal, aber die Flaschen waren in der falschen Reihenfolge.«

»Deine Flaschen haben eine bestimmte Reihenfolge?«

Sie warf ihm einen strengen Blick zu. »Ja. Als ich mit Militäreinheiten im Ausland eingebettet war, habe ich schnell herausgefunden, dass ich in der Lage sein musste, schnell zu verschwinden, also hatte alles seinen Platz und ich habe Dinge *immer* an ihren Platz zurückgestellt, damit ich wusste, dass ich alles hatte.«

Tara öffnete ihre Haustür. Jace folgte ihr hinein und schloss sie.

»Als ich nach Hause zog, habe ich diese Angewohnheit nie abgelegt.« Sie hatte die Struktur gebraucht, um mit den intensiven Emotionen umzugehen. »Jedenfalls begann ich, mich im Raum umzusehen und bemerkte noch ein paar andere Dinge, die ein bisschen verschoben waren, also durchsuchte ich den Rest des Hauses. Einige Kissen auf meinem Bett waren umgestellt und meine Schuhe durcheinander gebracht. Hier draußen waren einige der Bücher verschoben, und in der Küche hat jemand meine Schränke durchsucht.«

Während sie sprach, vertieften sich die Linien in seinem Gesicht, und seine Mundwinkel zogen sich nach unten.

»Und das hast du erst heute Abend bemerkt?«

Sie nickte. »Ich weiß, dass du nicht wirklich etwas tun kannst, aber es macht mich ein bisschen verrückt.«

Er stützte die Hände in die Hüften und schaute sich um. »Ich wünschte, ich könnte dir etwas anderes sagen, aber du hast Recht. Ich kann alle Schlösser auf Manipulationen überprüfen und morgen einen Bericht machen, dann jemanden kommen lassen, um nach Fingerabdrücken zu suchen. Ich wette aber, wir werden keine finden, die nicht hierher gehören.«

»Ich weiß. Ich konnte einfach nicht ins Bett gehen, ohne jemand anderem mitzuteilen, was ich vermutete. Ich schwöre, ich bin nicht verrückt, Jace.«

»Ich glaube dir. Ich denke, jemand war heute früher in der Scheune. Ich war ausreiten, und als ich zurückkam und Pike abkühlte, hörte ich etwas im Raum mit der Ausrüstung fallen und die Tür zuschlagen. Als ich nachsah, lag eine Hufzange auf dem Boden. Keiner aus deiner Familie oder von den Angestellten würde ein Werkzeug fallen lassen und nicht zurücklegen.«

Ihre Augen weiteten sich. »Was zum Teufel geht hier vor?«

Er schüttelte den Kopf. »Ich bin mir nicht sicher. Ich denke, wir sollten morgen mit dem Rest deiner Familie sprechen und sie bitten, in ihren Häusern nachzusehen, ob sie etwas Ungewöhnliches bemerken.«

Sie schlang die Arme um sich selbst, beunruhigt von der Vorstellung, dass jemand auf ihre Familie abzielen könnte. Sie konnte sich nicht vorstellen, warum. Sie waren nur eine normale Rancher-Familie.

Jace wanderte davon, um ihre Türschlösser zu überprüfen. Tara setzte sich auf einen Barhocker und wartete, noch angespannter als beim Reinkommen vor einer Weile. Selbst wenn sie jetzt den Wein trinken und ein Bad nehmen würde, könnte sie trotzdem nicht schlafen. Jedes Knarren und Rumpeln, das sie hörte, würde sie fragen lassen, ob es jemand im Haus war.

»Alles ist fest verschlossen. Ich glaube, jemand hat das Schloss an deiner Hintertür geknackt. Es hat einige Kratzer, die ich nicht Schlüsseln zuschreiben würde.«

Sie nickte und strich sich mit zittriger Hand die Haare zurück. Sie hatte so etwas vermutet, aber es von ihm bestätigt zu bekommen, machte es irgendwie schlimmer.

Er bemerkte es und trat vor, umfasste eine ihrer Hände mit seiner. »Wer auch immer es war, ist längst weg. Willst du, dass ich bleibe? Ich kann auf der Couch schlafen.« Er zeigte auf ihre beigefarbene Mikrofasercouch mit den Kissen, die nicht da waren, wo sie sein sollten.

Oh, wie sehr sie das wollte! Aber sie war sich nicht sicher, ob es klug war, wie er ihre Hormone in Überdrive versetzte. Aber sie würde keinen Schlaf bekommen, wenn er es nicht tat.

»Ja. Ich weiß, es ist verrückt. Ich habe unter schlimmeren Umständen an schlimmeren Orten geschlafen, aber das fühlt sich anders an.«

»Das liegt daran, dass du nicht erwartest, dass so etwas in deinem Zuhause passiert. Wenn du in einem Kriegsgebiet bist – nun, du weißt, dass schlechte Dinge möglich sind.«

Sie verengte ihre Augen zu ihm. »Das klingt, als hättest du Erfahrung damit.«

Er nickte. »Ich habe vier Jahre in der Armee verbracht, direkt nach der High School. Habe zwei Einsätze gemacht. Einen in Afghanistan und einen im Irak.«

Schatten in seinen Augen sagten ihr alles, was sie über diese Einsätze wissen musste. Sie sagte nichts. Musste es nicht, weil er wusste, dass sie verstand.

Nach einem Moment sah er weg und fuhr sich mit einer Hand durch die Haare. »Lass mich meine Dienstwaffe holen. Hast du ein Extrakissen und eine Decke?«

Sie nickte. »Ich hole die raus, während du weg bist. Danke, Jace. Ich weiß das zu schätzen.«

»Jederzeit.« Er machte zwei Schritte zurück in Richtung Tür und drehte sich um. »Ich bin gleich zurück.«

Als er gegangen war, ging Tara in ihr Gästezimmer, das sie in ihr Heimbüro verwandelt hatte, und nahm ein Kissen und eine Decke aus dem Schrank. Sie griff nach einem Kissenbezug aus dem Flurschrank und überzog das Kissen, dann brachte sie alles ins Wohnzimmer. Sie legte die Sachen auf die Couch und entfernte die Zierkissen, die sie auf dem Sessel stapelte.

Unsicher, was sie mit sich anfangen sollte, während sie wartete, wanderte sie durch den Raum und rückte die Dinge wieder an ihren Platz. Sie war in der Küche und brachte die

Sachen in den Schränken in Ordnung, als die Tür sich öffnete und Jace eintrat. Er hatte seine Waffe im Holster in der Hand, zusammen mit einer Flasche Whiskey.

Er schloss und verriegelte die Tür, bevor er in die Küche ging. Sie beobachtete, wie er kam, sein Gang glatt und anmutig, wie ein Raubtier.

»Ich dachte, du könntest das gebrauchen.« Er stellte die Whiskeyflasche neben ihr auf die Theke. »Hast du ein paar Gläser?«

Sie dachte an den Wein, der im Badezimmer wartete, und entschied, dass der Schnaps eine viel bessere Option war, um ihre Nerven zu beruhigen. Sie drehte sich um und nahm zwei Tumbler aus dem Schrank rechts von der Spüle und reichte sie ihm. Er goss einen Schuss in beide und schob einen zu ihr hin.

Tara nahm ihn und hob ihn an ihre Lippen, kippte die bernsteinfarbene Flüssigkeit in einem Schluck herunter. Sie brannte ihre Kehle hinunter und verbreitete eine angenehme Wärme in ihrem Bauch.

Jace trank seinen und stellte sein Glas ab. »Willst du noch einen?«

Sie schüttelte den Kopf und stellte ihren Tumbler in die Spüle. »Nein. Einer reicht. Danke. Ich habe Wein im Badezimmer, aber der Whiskey ist besser.«

Er schraubte die Kappe wieder auf die Flasche. »Gut.«

Sie starrte ihn einen Moment lang an, ihre Augen wanderten über sein wunderschönes Gesicht, verweilten auf diesen vollen Lippen, bevor sie sich einen guten mentalen Schubs gab und sich von der Theke wegdrückte. »Ich sollte ins Bett gehen.«

»Ja. Ich auch.« Er hob seine Waffe auf und folgte ihr aus der Küche.

Sie warf ihm einen Blick über die Schulter zu, als sie den Flur betrat. »Gute Nacht. Und nochmals danke.«

»Gern geschehen. Schlaf gut.«

Tara nickte und wandte sich ab, zwang ihre Füße, sie den Flur hinunter zu tragen. Sie hatte das Gefühl, der Schlaf würde jetzt aus einem völlig anderen Grund schwer zu finden sein.

Vier

Jace betrat am nächsten Nachmittag Londons B&B, The Lilac Inn, auf der Suche nach Seb. Als er Taras Haus kurz nach Sonnenaufgang verlassen hatte, war er zu Sebs Haus zurückgekehrt und hatte die Schlösser überprüft. Auch sie sahen aus, als hätte jemand das Schloss geknackt. Wer immer das war, hatte keine Angst – oder war sehr verzweifelt – wenn er bereit war, ins Haus des Sheriffs einzubrechen.

Er nickte dem Langzeitgast des Gasthofs, Doug Brown, zu, der im Wohnzimmer saß und las. Jace fragte sich unwillkürlich, was mit dem Mann los war. Er stand letzten Monat auf ihrer Verdächtigenliste für die Serienmorde, bevor Seb ihn entlastet hatte. Er führte immer noch etwas im Schilde, aber sie hatten noch nicht herausgefunden, was genau. Während er durch das Gasthaus wanderte und nach seinem neuen Chef oder London suchte, nahm er sich vor, nachzufragen, ob Seb etwas Neues über den Mann herausgefunden hatte.

Er fand London zuerst, im Obergeschoss, wo sie eines der Gästezimmer reinigte. Sie blickte auf und lächelte, als er in der Türöffnung stehen blieb.

»Hi. Ich habe gehört, du bist sicher angekommen. Hast du dich in Sebs Haus gut eingerichtet?«

»Ja, hab ich.«

»Gut. Was führt dich her? Einfach nur Hallo sagen?«

»Gewissermaßen. Ich muss mit Seb reden. Ist er da?«

»Er ist hinten im Garten und repariert den Rasenmäher. Der lief nicht richtig.«

»Super. Danke.« Er winkte ihr zu und ging wieder nach unten, durchquerte den Wohnbereich und betrat die Küche, um durch die Hintertür nach draußen zu gehen. Seb stand am Schuppen, über den Rasenmäher gebeugt.

»Hey. Brauchst du Hilfe?«

Seb blickte auf und lächelte. »Hey.« Er trat auf Jace zu und streckte ihm die Hand entgegen. Die Männer schüttelten sich die Hände, dann wandte sich Seb wieder dem Rasenmäher zu.

»Was ist damit los?«

Seb zog eine Mutter mit seinem Schraubenschlüssel fest und richtete sich auf. »Ach, er brauchte nur eine Wartung. Ich werde das Öl wechseln, dann sollte er wieder funktionieren.« Seine Augen verengten sich, als er Jace ansah. »Aber ich vermute, du bist nicht hergekommen, um etwas über Londons Rasenmäher zu hören oder nur Hallo zu sagen.« Er verschränkte die Arme. »Was gibt's?«

Jace seufzte und schüttelte den Kopf. Es würde einige Zeit dauern, sich an die Scharfsinnigkeit seines neuen Chefs zu gewöhnen. Er fuhr sich mit der Hand durch die Haare. »Auf der Ranch passiert etwas Seltsames.«

Sebs Gesicht wurde ernst. »Inwiefern?«

»Dein Vater hat mir erlaubt, gestern mit Pike auszureiten. Als ich zurückkam, dachte ich, ich wäre allein in der Scheune, aber dann hörte ich, wie etwas herunterfiel und eine Tür geschlossen wurde. Jemand hat eine Hufzange auf den Boden der Sattelkammer fallen lassen und ist dann geflohen. Später weckte mich Tara gegen Mitternacht, um mir zu sagen, dass sie glaubte, jemand sei in ihrem Haus gewesen. Sie sagte, Dinge seien verschoben worden. Ich überprüfte alle Schlösser und ich glaube, jemand hat die Hintertür geknackt. Sie war ziemlich erschrocken, also schlief ich auf ihrer Couch. Als ich heute Morgen nach Hause ging, überprüfte ich die Schlösser dort und auch in deinem Haus war jemand.«

Sebs Gesicht verdunkelte sich, während Jace sprach. »Hast du mit den anderen gesprochen?«

Jace schüttelte den Kopf. »Nein. Ich wollte es erst mit dir besprechen.«

»Das ergibt keinen Sinn. Warum sollte jemand Gebäude auf der Ranch durchsuchen, aber nichts mitnehmen?«

»Ich bin nicht sicher, aber vielleicht solltest du mit deiner Familie sprechen. Lass sie ihre Häuser überprüfen und überlegen, ob es einen Grund geben könnte, warum jemand den Ort durchsuchen wollte.«

Seb seufzte. »Und ich dachte, der ganze Wahnsinn wäre vorbei, jetzt wo Marsters tot ist. Also gut. Ich schaue später vorbei, nachdem ich mit dem Garten fertig bin. Danke für die Information.«

»Klar.« Jace steckte seine Hände in die Gesäßtaschen seiner Jeans und wippte auf seinen Fersen, während er auf den Rasen zu den Bäumen starrte. Es gab etwas, das er Seb fragen wollte, aber er war sich nicht sicher, wie er es ansprechen sollte.

Seb bückte sich, um eine Ölwanne unter den Rasenmäher zu schieben. Als er sich aufrichtete, bemerkte er, dass Jace noch immer dort stand. Er zog eine Augenbraue hoch. »Gibt es noch etwas, worüber du reden möchtest, oder bist du einfach nur gelangweilt und willst zusehen?«

Jace lachte. »Ersteres.« Sein Lächeln verschwand, und er runzelte verwirrt die Stirn. »Gibt es einen Grund, warum Tara mich nicht mag? Ich meine, selbst gestern Abend, als ich vorbeikam, um bei ihr nach dem Rechten zu sehen, war sie distanziert.«

Seb nahm seinen Schraubenschlüssel und hockte sich hin, um den Bolzen für den Ölbehälter zu entfernen. Als er ihn geöffnet hatte, stützte er seine Arme auf seine Knie und blickte grinsend nach oben. »London zufolge hasst sie dich nicht. Sie hasst, was du mit ihr machst.«

»Häh?«

»Sie findet dich attraktiv.«

»Das ist schlecht? Ich finde sie auch attraktiv.«

»Für sie schon. Ihr Mann ist vor ein paar Jahren gestorben. Sie hat seitdem niemanden mehr an sich herangelassen.«

Jace verschränkte die Arme und blickte nachdenklich weg, während er darüber nachsann. »Deine Mutter hat mir von ihm erzählt. Das ist hart. War sie damals auch dort drüben?«

»Du weißt von ihrer Zeit im Ausland?« Seb sah mit Schock in den Augen auf.

»Sie hat es erwähnt, ja.« Er runzelte seinem neuen Freund die Stirn. »Ich nehme an, sie spricht nicht viel darüber?«

Seb schüttelte den Kopf. »Nein. Sie hat über ihre frühere Karriere ziemlich geschwiegen, seit sie wieder zu Hause ist.

Ich glaube, es macht sie traurig, weil sie es mit Sean in Verbindung bringt.«

Dieses Gefühl hatte er auch. Er wusste, wie schmerzhaft es war, auch nur an seine Frau zu denken. Erst im letzten Jahr oder so war es ihm angenehmer geworden – darüber zu sprechen. Und über Haley.

»Mach dir aber nicht zu viele Gedanken darüber«, fuhr Seb fort. »Sie wird sich schon eingewöhnen.«

Jace war sich da nicht so sicher. Er glaubte nicht, dass Seb verstand, wie sehr sie nicht in seiner Nähe sein wollte. Er würde jedoch sein Bestes tun, um sie dazu zu bringen, sich in seiner Gegenwart zu entspannen. Es war lange her, dass er dieses Maß an Interesse an einer Frau gehabt hatte. Das wollte er nicht einfach aufgeben.

TARA BETRAT DAS HAUS IHRER ELTERN FÜR EIN Familientreffen, immer noch in ihrer Kochjacke gekleidet. Verschwitzte Haarsträhnen, die sich aus ihrem Pferdeschwanz gelöst hatten, klebten an ihrem Nacken und ihrer Stirn. Sie kam direkt vom Restaurant – und würde auch direkt wieder zurückgehen.

»Mensch, Tara. Konntest du dir nicht den Schweiß abwischen, bevor du herkommst?«

Sie streckte ihrem Zwillingsbruder Thomas die Zunge heraus, der sie mit gerümpfter Nase anschaute. Er stand mit ihrem Bruder Brady in der Nähe des Kamins.

»Ich rieche immer noch besser als du, wenn du bei der Arbeit bist.« Als örtlicher Tierarzt kam Thomas oft von einem Farmbesuch zurück und roch nach Mist.

Brady lachte. »Da hat sie dich erwischt.«

Thomas verzog das Gesicht, hatte aber keine Erwiderung parat. Stattdessen verschränkte er die Arme und wechselte das Thema.

»Weißt du, warum wir hier sind? Seb hat nur gesagt, wir müssten über etwas reden, das uns alle betrifft.«

Sie nickte. »Ja, aber lasst uns warten, bis er hier ist.« Sie wollte nicht mehr als einmal erklären müssen. Es war beunruhigend, überhaupt darüber nachzudenken.

Die Tür öffnete sich und Seb, London und Jace traten ein. Taras Magen verkrampfte sich beim Anblick von Jace. Würde das jemals aufhören?

Seine Augen fanden ihre, und Hitze durchflutete ihren Körper. Sie schaute weg und lächelte ihre zukünftige Schwägerin an. London trat neben sie, genau als die Hintertür zuschlug. Schritte im Flur kündigten die Ankunft von Taras jüngster Schwester Maggie an.

Seb bewegte sich in die Mitte des Raumes, während Jace sich einen Abschnitt der Wand suchte und sich dagegen lehnte.

»Wir sind alle hier, also lasst uns anfangen.«

Das Gespräch verstummte, als sich alle zu Seb wandten.

»Wir könnten Ärger auf der Ranch haben. Jemand ist herumgeschlichen und hat die Gebäude durchsucht. Jace glaubt, gestern sei jemand in der Scheune gewesen, und bei Tara ist jemand eingebrochen und hat ihr Haus durchsucht. Es wurde nichts gestohlen, aber sie sagte, Dinge seien verschoben worden. Jace hat ihre Schlösser und die in meinem Haus überprüft, und ich habe gerade eben die Schlösser hier kontrolliert. An allen drei Orten gibt es Hinweise, dass jemand die Schlösser geknackt hat.«

Ein Murmeln ging durch den Raum.

»Jemand war in unserem Haus?«, sagte Lee mit gerunzelter Stirn.

Seb nickte. »So sieht es aus. Ihr müsst euch umsehen und prüfen, ob etwas fehlt oder nicht am richtigen Ort steht. Brady, Thomas, Maggie, ihr müsst das Gleiche tun. Morgen werde ich Berichte über die Einbrüche einreichen und das CSI-Team kommen lassen, um nach Fingerabdrücken zu suchen.«

»Warum würde jemand das Grundstück durchsuchen und nichts mitnehmen?«, fragte Brady. »Das scheint einfach seltsam.«

»Stimmt«, sagte Seb. »Und ich weiß es nicht. Wir müssen auch die Augen offen halten. Wenn irgendetwas auch nur ein bisschen seltsam erscheint, meldet es entweder mir oder Jace. Die kleinste Kleinigkeit könnte uns einen Hinweis geben, wer das tut und wonach sie suchen.«

»Glaubst du, es ist ein Gast aus dem Restaurant?«, fragte Tara. »Wir haben hier viel Publikumsverkehr.«

»Das ist möglich.«

»Vielleicht sollten wir darüber nachdenken, einige Sicherheitskameras hinter dem Restaurant anzubringen«, sagte Brady. »Wir haben einige zusätzliche Masten. Wir könnten sie daran befestigen.«

»Das ist eine gute Idee, Sohn.« Lee wandte sich an Seb. »Könntest du dich darum kümmern?«

Seb nickte. »Natürlich. Wir hätten wahrscheinlich schon Sicherheitsvorkehrungen treffen sollen, als das Restaurant eröffnet wurde.«

»Es ist ja nicht so, als wäre Silver Gap ein Brennpunkt für Kriminalität«, sagte Tara.

»Nein, aber wir hatten nicht erwartet, dass dein Restaurant Menschen aus anderen Teilen des Bundesstaates anziehen würde, wie es das tut. Ich kenne einen Typen aus meiner FBI-Zeit, der Sicherheitssysteme installiert. Ich werde ihn anrufen und ihn bitten, den Ort zu begutachten. Bis dahin sollten wir einige Wildkameras aufstellen, um die Dinge im Auge zu behalten.«

Brady stieß sich von der Wand ab. »Ich werde nachsehen, was wir haben.«

Thomas folgte ihm. »Ich helfe dir.«

Tara sah ihren Brüdern nach und seufzte. Sie hoffte, dass sie herausfinden könnten, was vor sich ging, und dass es nichts mit ihrem Restaurant zu tun hatte. Sie hasste den Gedanken, dass ihr Geschäft ihre Familie in Gefahr bringen könnte.

»Alles in Ordnung?«, fragte London und legte eine Hand auf Taras Arm.

Sie blickte zu ihrer Freundin auf. »Ja. Es ist einfach verrückt.«

»Ich weiß. Man sollte meinen, nach allem, was wir mit Marsters durchgemacht haben, wäre das nicht so ein Schock. Vielleicht liegt es daran, dass es so heimlich ist.«

Tara nickte. »Ja. Es war sehr beunruhigend zu denken, dass jemand in meinem Haus war und meine Sachen durchwühlt hat. Ich glaube nicht, dass ich letzte Nacht überhaupt geschlafen hätte, wenn Jace nicht geblieben wäre.«

Londons Augen weiteten sich. »Jace hat bei dir übernachtet?« Ihre Stimme war zu einem lauten Flüstern gesunken. Sie warf einen Blick auf den Mann, der neben Seb stand.

Tara fluchte leise. Es war ein Zeichen dafür, wie müde sie war, dass sie dieses kleine Detail hatte durchrutschen lassen.

»Ja. Es war spät, als ich entdeckte, dass jemand im Haus gewesen war, und ich war total durch den Wind. Er hat angeboten zu bleiben, und ich wusste, dass ich nicht würde schlafen können, wenn er es nicht täte. Ich habe immer noch nicht gut geschlafen, aber ich habe wenigstens etwas Ruhe bekommen.«

»Bleibt er auch heute Nacht wieder? Und wo hat er geschlafen?« Sie gab Tara ein verschmitztes Grinsen. »In deinem Bett?«

»Nein!« Tara errötete und senkte ihre Stimme, als die anderen sich zu ihr umdrehten. »Nein. Er hat auf der Couch geschlafen. Und ich denke, ich werde heute Abend in Ordnung sein.«

London hob nur eine Augenbraue. »Wenn du meinst.«

Tara verdrehte die Augen. »Allerdings. Ich muss zurück ins Restaurant. Kannst du Seb sagen, er soll mich wissen lassen, ob er für den Polizeibericht etwas von mir braucht?«

Sie nickte. »Klar.«

»Danke.« Sie trat weg und winkte allen zu, bevor sie sich davonmachte.

Tara schreckte aus dem Schlaf. Sie starrte an die Decke und war sich nicht sicher, was sie geweckt hatte. Bewegungslos lag sie da und lauschte.

Ein Stuhl kratzte über den Boden in der Küche.

Sie setzte sich auf und starrte auf die Tür, während ihr Herz in ihren Ohren hämmerte.

Jemand war in ihrem Haus.

Lautlos schlug sie die Decke zurück und schwang ihre Beine über die Bettkante. Auf Zehenspitzen ging sie zum Kleiderschrank und nahm ihre Schrotflinte heraus, die sie schnell mit mehreren Patronen lud. Sie drehte sich um und öffnete langsam die Schlafzimmertür.

Sie muss ein Geräusch gemacht haben, denn sie hörte einen geflüsterten Fluch, dann das Geräusch von Schritten, die über den Fliesenboden rannten.

Ohne sich jetzt um Heimlichkeit zu bemühen, stürmte sie vorwärts, als die Hintertür zuknallte. Sie rannte darauf zu und riss sie auf. In der Türöffnung stehend, suchte sie den

Hof und das Grundstück dahinter ab, aber es war zu dunkel, um viel zu erkennen. Sie warf einen Blick zum mondlosen Himmel.

»Verdammt«, flüsterte sie. Sie senkte ihre Waffe, ging rückwärts ins Haus und schloss die Tür ab. Ihre Hände zitterten, als sie die Schrotflinte auf die Arbeitsplatte legte, während das Adrenalin ihr Herz rasen ließ. Sie ging zum Kühlschrank und zog den Haftnotizzettel ab, auf dem Jaces Nummer in seiner kräftigen, männlichen Handschrift gekritzelt stand. Sie hatte ihn gestern fast abgenommen und weggeworfen, als sie ihn fand. Sie hatte keine Lust, mit ihm persönlich oder am Telefon zu sprechen. Aber die Erinnerung daran, warum er in ihrem Haus gewesen war, hatte dieses kleine gelbe Quadrat genau dort gelassen, wo er es hinterlassen hatte.

Sie nahm ihre Schrotflinte und ging zurück in ihr Schlafzimmer. Sie lehnte die Waffe ans Bett und nahm ihr Handy, um die Nummer auf dem Zettel einzugeben. Es klingelte mehrmals, bevor Jaces raue Stimme durch die Leitung kam.

»Travers.«

»Jace, hier ist Tara. Ich habe gerade jemanden aus meinem Haus verjagt.«

»Was?« Die Schläfrigkeit war jetzt aus seiner Stimme verschwunden.

»Ich habe ein Geräusch gehört und bin nachsehen gegangen. Jemand ist durch meine Hintertür gerannt. Es war zu dunkel, um zu sehen, wohin er ging. Oder sogar, was er anhatte.«

»Ich komme sofort vorbei.«

Die Leitung wurde unterbrochen. Tara hielt das Telefon von ihrem Ohr weg und starrte es einen Moment an, bevor sie aufstand. Sie schlenderte zurück ins Wohnzimmer und schaltete einige Lichter ein.

Ein schneller Blick durch den Raum zeigte, dass wer auch immer drin gewesen war, wieder ihre Sachen durchsucht hatte. Nur diesmal war er nicht so subtil. Der Stuhl, den sie gehört hatte, stand schief, und die Bücher und dekorativen Gegenstände in ihren Bücherregalen waren umgestellt worden. Mehrere Schränke standen ebenfalls offen, einige ihrer Inhalte lagen auf der Arbeitsplatte.

Sie zuckte zusammen, als Jace an ihre Haustür hämmerte, und stieß einen leisen Schrei aus. Mit klopfendem Herzen legte sie eine Hand auf ihre Brust und eilte zur Tür, um ihn hereinzulassen.

JACE BEKÄMPFTE DEN DRANG, ERNEUT AN TARAS TÜR ZU klopfen, während er darauf wartete, dass sie öffnete. Es gab keinen Grund für dieses hektische, nervöse Gefühl, das durch ihn strömte, aber er konnte es verdammt nochmal nicht loswerden. Ihr Anruf hatte sein Adrenalin in die Stratosphäre schnellen lassen, und sein rationaler Verstand kämpfte darum, die Kontrolle zu behalten.

Die Tür schwang nach innen, aber seine Erleichterung war nur von kurzer Dauer, als eine andere Emotion ihn in Alarmbereitschaft versetzte. Tara stand in der Türöffnung, ihr dunkles Haar fiel ihr um die Schultern, vom Schlaf zerzaust. Kilometer cremefarbener Haut schimmerten golden im Licht, das von innen kam, dank ihrer winzigen grauen Baumwollshorts und ihrem leichten rosa Spaghettiträger-Top. Letzteres schmiegte sich an ihre vollen Brüste und verbarg kaum, was darunter lag.

Jace wusste, dass er starrte, aber er konnte nichts dagegen tun. Sie war eine schöne Frau, selbst vollständig bekleidet. In diesem winzigen Outfit, mit ihrem unordentlichen Haar, sah sie aus wie ein Pin-up-Model.

Sie runzelte die Stirn, als er weiter dort stand. »Kommst du rein?«

Er räusperte sich. »Äh, ja.« Er trat einen Schritt vor, dankbar, dass er diesmal eine Jeans übergestreift hatte. Sie half, seine Reaktion auf ihren Kleidungszustand zu verbergen.

Seine Augen huschten durch den Raum, als er an ihr vorbeistreifte und sein Bestes tat, sie nicht anzusehen. Er bemerkte den schief stehenden Stuhl am Tisch und die offenen Schränke.

»Du sagtest, er ist durch die Hintertür gegangen?« Er blickte zu ihr und wünschte sich sofort, er hätte es nicht getan. Sie hatte ihre Arme erhoben, um mit den Händen durch ihr Haar zu fahren, was ihr ohnehin schon enges Oberteil noch enger anspannte und es ein paar Zentimeter hochzog, um ihren durchtrainierten Bauch zu zeigen.

Jaces Blut schoss wieder nach Süden, und sein Mund wurde trocken. Taras Augen trafen seine, weiteten sich, als sie endlich bemerkte, dass sie praktisch nackt war.

Sie ließ ihre Arme sinken und verschränkte sie vor ihrer Brust. Ihr Gesicht rötete sich und sie schaute weg.

»Äh, ja. Hat er. Du kannst nachsehen gehen. Ich hole mir schnell einen Bademantel.«

Er hatte keine Chance zu antworten, bevor sie um ihn herumhuschte in Richtung Flur und außer Sicht verschwand.

Verdammt. Jace holte schnell Luft durch seine Nase und stieß sie aus, um seinen Kopf klar zu bekommen. Sie hatte ihn nicht angerufen, damit er sie begaffte.

Mit einer etwas klareren Einstellung ging er zur Hintertür und schloss sie auf. Er zog seine Pistole, öffnete die Tür und trat in die Nacht hinaus. Pechschwarze Dunkelheit empfing ihn. Ohne den Mond konnte er nur ein paar Meter vor sich sehen. Er strengte sich an, durch die Dunkelheit zu sehen, aber es war zwecklos. Er senkte seine Waffe und trat zurück ins Haus.

Tara stand an der Spüle und drehte die Schärpe ihres leichten Seidenbademantels zwischen ihren Fingern. »Hast du etwas gesehen?«

Er schüttelte den Kopf. »Nein. Es ist zu dunkel. Ich denke, wer auch immer es war, ist längst weg.«

Ihr Körper schien in sich zusammenzusacken. Sie lehnte sich gegen die Arbeitsplatte. Feuchtigkeit schimmerte in ihren Augen, und Jace trat vor.

»Hey. Es ist okay. Du bist sicher. Ich schlafe heute Nacht wieder auf der Couch.«

Sie richtete ihre wässrigen braunen Augen auf ihn, und alle Luft verließ seine Lungen, als die Angst und Müdigkeit in ihrem Gesicht ihn in den Magen boxte.

»Für heute Nacht bin ich sicher. Was ist mit morgen? Was geht hier vor? Warum bricht immer wieder jemand in mein Haus ein? Was wollen sie?«

Gegen sein besseres Urteil trat er näher und legte eine Hand auf ihren Bizeps. »Ich weiß es nicht. Aber wir werden es herausfinden.«

Sie nickte und schniefte, hob ihre Hände, um die Tränen in ihren Augen wegzuwischen. »Gott, ich bin ein Wrack. Das ist lächerlich.«

»Du darfst aufgebracht und verängstigt sein, Tara.«

Sie ließ ihre Hände sinken. »Ich weiß. Aber ich sollte es nicht sein. Ich habe Schlimmeres durchgemacht.« Sie holte tief Luft und blies sie aus, gewann etwas mehr Kontrolle über sich. »Hast du Seb angerufen?«

Jace ließ zu, dass sie das Thema wechselte, ohne näher zu erläutern, was sie damit meinte. »Noch nicht. Ich wollte erst die Lage checken.« Er griff nach seinem Handy in der Gesäßtasche seiner Jeans und rief ihren Bruder an.

Seb nahm nach zwei Klingeln ab, missmutig. »'lo?«

»Hey, hier ist Jace. Jemand ist wieder in Taras Haus eingebrochen. Diesmal war sie hier. Er rannte weg, als sie dem Geräusch nachging.«

»Was? Geht es ihr gut?«

Jace blickte zu Tara, die gegen die Arbeitsplatte lehnte und sich in ihrem Bademantel versteckte. »Sie ist in Ordnung. Erschüttert, aber okay. Er ist wahrscheinlich längst weg, aber wir sollten trotzdem eine Suche durchführen.« Er hörte Rascheln über die Leitung und Londons leise Stimme, als Seb ihr erzählte, was los war.

»Ich bin unterwegs. Ich rufe die anderen an, also erwarte Gesellschaft.« Er legte auf.

Jace steckte sein Handy zurück in seine Tasche und schaute Tara an. Ihm gefiel der leere Ausdruck auf ihrem Gesicht nicht. Er bevorzugte die Tränen bei weitem. Wenigstens war sie dann nicht in ihrem Kopf eingeschlossen.

»Seb wird deine Familie anrufen. Sie sollten bald hier sein.«

Ihr Kopf bewegte sich, und sie stieß sich von der Arbeitsplatte ab. »Ich ziehe mich an.« Mit weiterhin verschlossenem Gesichtsausdruck ging sie weg.

Er starrte ihr nach und runzelte die Stirn. Ihr früherer Kommentar darüber, dass sie Schlimmeres durchgemacht hatte, hallte durch seinen Kopf. Er hatte das Gefühl, dass ihre abgeschotteten Emotionen mehr mit dem zu tun hatten, was in ihrer Vergangenheit passiert war, als mit dem heutigen Eindringling.

TARA LEHNTE AN DER WAND NEBEN DEM BÜCHERREGAL UND
hörte ihrer Familie beim Plaudern zu. Nur eiserner Wille hielt sie aufrecht. Das Adrenalin hatte sie vor einer Stunde verlassen und sie war noch müder als zu dem Zeitpunkt, als der Eindringling sie geweckt hatte. Alles, was sie wollte, war ins Bett zu fallen und zu vergessen, dass dieser Abend je passiert war.

Sie starrte auf Sebs Hinterkopf und wünschte sich, er würde alle nach Hause schicken. Er, ihre Brüder und Jace hatten bereits die Gegend um die Häuser durchsucht. Sie hatten ein paar Fußabdrücke gefunden, aber keine anderen Anzeichen und keine Ahnung, wohin der Kerl gegangen war, als er aus ihrem Haus floh.

Ein Gähnen sprengte ihren Kiefer. Sie versuchte, es zu verbergen, aber ihre Mutter bemerkte es und stupste Seb an. Sie murmelte ihm etwas zu, er sah zurück zu ihr. Seine Lippen kräuselten sich zu einem Stirnrunzeln, und er nickte, ließ dann einen scharfen Pfiff ertönen. Das Gespräch verstummte, als sich alle zu ihm umdrehten.

»Ich denke, es ist Zeit, dass wir für heute Schluss machen. Wir müssen aber einige Änderungen an den Wohnverhältnissen vornehmen. Bis wir herausfinden, was falsch ist, denke ich, sollten Tara und Maggie ins Haupthaus zu Mom und Dad ziehen, und Thomas, Brady und Jace sollten zusammen übernachten.«

»Wir haben nicht genug Betten dafür«, sagte Jenny. »Erinnerst du dich? Ich habe das Zimmer der Mädchen in einen Nähraum umgewandelt. Und im Zimmer der Jungs steht jetzt nur noch ein Kingsize-Bett.«

»Ich kann hier bei Tara bleiben«, sagte Jace. »Maggie kann bei euch bleiben, und Thomas und Brady können zusammen bleiben.«

Taras Augen weiteten sich. Bevor sie jedoch protestieren konnte, stimmte ihre Mutter Jaces Plan zu.

Nein! Nein, nein, nein!

Sie widerstand dem Drang, ihr Gesicht mit den Händen zu bedecken und auf den Boden zu sinken. Ein Bild von ihm in nichts als diesen Jogginghosen mit all seinen Tattoos blitzte in ihrem Kopf auf. Das Letzte, was sie wollte, war Mr. Griechischer Gott ständig in ihrem Haus. Es war jetzt schon alles, was sie tun konnte, um ihm zu widerstehen. Wenn sie Tag und Nacht über ihn stolpern müsste – nun, dann würde er nicht lange auf der Couch bleiben.

Während ihre Hormone bei diesem Gedanken jubelten, hatte sie kein Verlangen, sich mit einem Mann wie ihm einzulassen. Sie wollte sich eigentlich mit gar keinem Mann einlassen. Es tat zu sehr weh, wenn alles auseinanderfiel.

Maggie bemerkte die Grimasse auf ihrem Gesicht und schenkte ihr ein verschmitztes Grinsen. »Wie wäre es, wenn du bei Mom und Dad bleibst? Ich habe nichts dagegen, Jace bei mir zu haben.«

Eifersucht erhob ihr Haupt. Tara starrte ihre jüngere Schwester böse an. »Ich werde nicht bei Mom und Dad bleiben.« Sie schaute zu ihren Eltern. »Nicht böse gemeint. Meine Arbeitszeiten sind verrückt, und ich will euch nicht stören, wenn ich jede Nacht um Mitternacht oder später nach Hause komme. Es ist einfach am besten, wenn ich hier bleibe.«

Jenny nickte und akzeptierte Taras fadenscheinige Ausrede ohne Frage. »Das ist dann geklärt.«

Der Glanz in Jennys Augen verriet Tara, dass ihre Mutter sie durchschaute. Sie verengte ihre Augen. Sie hoffte, ihre Mom hatte keine Ideen, Tara mit Jace zu verkuppeln. Das würde schnell nirgendwo hinführen.

Jenny lächelte Tara an und zog dann am Arm ihres Mannes. »Komm, Liebling. Lass uns gehen. Hoffentlich können wir noch ein paar Stunden Schlaf bekommen.« Sie sah ihre Jüngste an. »Kommst du mit uns nach Hause oder sehen wir dich morgen?«

»Ich sehe euch morgen. Ich bezweifle, dass bei all der Aktivität heute Nacht noch etwas passieren wird.«

Einer nach dem anderen verabschiedeten sich Taras Familienmitglieder, bis nur noch sie und Jace übrig waren. Sie schloss die Tür hinter Seb und drehte sich langsam um. Er stand in der Nähe der Couch, seine Hände in den Gesäßtaschen verstaut.

Sie ließ ihren Blick über seine große Gestalt schweifen, bevor sie auf seinem Gesicht ruhte. Zwei saphirblaue Seen starrten zurück, Fragen lauerten in ihrer Tiefe.

Da sie keine Lust hatte, irgendetwas zu beantworten, brach sie den Blickkontakt ab und schaute auf die Uhr an der Wand hinter ihm. »Du kannst auch nach Hause gehen. Maggie hat recht. Heute Nacht wird nichts mehr passieren.«

Er schüttelte den Kopf und schlenderte auf sie zu, hielt an, als nur noch ein paar Meter sie trennten. Eine perfekte Augenbraue hob sich.

»Glaubst du wirklich, dass du ohne mich hier schlafen kannst?«

»Ja«, stieß sie hervor und wusste dabei sehr wohl, dass es eine Lüge war.

Sein Mund verzog sich zu einem amüsierten halben Lächeln. »Du lügst.« Er drehte sich auf dem Absatz um und steuerte auf den Flur zu.

Tara runzelte verwirrt die Stirn. »Wo gehst du hin?«

»Um meine Decke und mein Kissen zu holen.«

Sie seufzte und ließ ihren Kopf hängen, zu müde, um mit ihm zu streiten. Zu ihrem Entsetzen fühlte sie, wie Tränen in ihre Augen stiegen.

Was zum Teufel ist mit mir los? Warum konnte sie ihre Emotionen nicht im Zaum halten? Was war es an diesem Mann – dieser Situation – das sie so aus der Fassung brachte?

Sie wischte die Feuchtigkeit mit den Handrücken weg und folgte ihm den Flur entlang. Es war nur Stress und Erschöpfung. Sie war überarbeitet, und es setzte ihr zu. Nichts, was eine gute Nachtruhe nicht heilen würde.

Selbst als sie das dachte, entlarvte ein anderer Teil ihres Gehirns sie als erneute Lügnerin.

»In welchem Zimmer bewahrst du sie auf?«

Sie schob die Tür zu ihren Gedanken zu und schaute Jace an. Er stand im Flur zwischen den Türen und deutete auf die Zimmer.

Tara seufzte und ergab sich seiner weiteren Anwesenheit. Er *ließ* sie sich tatsächlich sicherer fühlen.

Sie zeigte auf das Büro. »Sie sind im Schrank.«

Er ging in den Raum und öffnete die Tür, trat hinein, um eine Decke und ein Kissen vom Regal zu nehmen. Er klemmte sie sich unter einen Arm und machte sich auf den Weg zurück zu ihr. Sie wich zur Seite, um ihn vorbei zu lassen, aber er blieb vor ihr stehen und starrte sie einfach an.

»Was?«

Mit gerunzelter Stirn schien Besorgnis aus seinen tiefblauen

Augen. »Willst du mir sagen, warum dich das so aus der Fassung bringt?«

Nun war sie an der Reihe, die Stirn zu runzeln. »Jemand ist in mein Haus eingebrochen. Während ich drin war.«

»Ich weiß, aber du wirkst ziemlich widerstandsfähig. Also, warum hast du Schwierigkeiten, damit umzugehen?«

Sie verschränkte die Arme und stemmte eine Hüfte heraus, während sie ihn anstarrte. »Was lässt dich denken, dass du mich kennst?«, entgegnete sie.

Er zuckte mit den Schultern. »Vergangene Erfahrungen. Du hast nicht mit der Wimper gezuckt, als ein Serienmörder deine Freundin entführt hat. Nein, du hast diese Situation direkt angegangen. Warum machst du das hier nicht genauso?«

»Das war anders.« Sie wollte sich kaum selbst eingestehen, wie verletzlich der Einbruch sie fühlen ließ. Sie würde Jace ganz sicher nicht darüber aufklären.

»Inwiefern?«

Sie verdrehte die Augen und ließ ihre Arme fallen. »Es war einfach anders. Ich gehe zurück ins Bett.« Sie wirbelte auf dem Absatz herum, um in ihr Zimmer zu gehen, aber er packte ihren Arm, um sie aufzuhalten. Ein elektrischer Stoß schoss ihren Arm hoch, und sie zuckte zusammen.

Sie drehte sich um und warf ihm einen tödlichen Blick zu. »Was?«

Ihr Todesblick hatte wenig Wirkung. Er hielt ihren Arm weiterhin in einem sanften Griff. Der Stoß verwandelte sich in ein gleichmäßiges Summen.

»Du bist nicht allein, weißt du. Deine Familie, ich – wir sind alle für dich da.«

Sie nickte und verlagerte ihr Gewicht. Tara konnte fühlen, wie ihr Herzschlag sich beschleunigte, während die Hitze sich von seiner Berührung an ihrem Arm ausbreitete. Er musste loslassen. Ihre Emotionen waren bereits im Mixer, und das Gefühl seiner Hand auf ihr half nicht. Sie zerrte gegen seinen Griff, und er ließ sie los.

»Ich weiß.« Sie trat einen Schritt zurück, begierig darauf, etwas Abstand zwischen sie zu bringen, damit sie ihr Gleichgewicht wiedererlangen konnte.

»Tust du das?«

Tara runzelte die Stirn. »Was meinst du? Warum sollte ich nicht?«

Er zuckte mit den Schultern. »Du verhältst dich einfach so, als müsstest du mit allem alleine fertigwerden. Nimm nicht als selbstverständlich hin, was deine Familie dir anbietet, Tara. Sie lieben dich und wollen dir auf jede erdenkliche Weise helfen. Sei dankbar, dass du sie hast.«

Zwei rote Flecken blühten auf ihren Wangen. »Ich bin dankbar für meine Familie. Sie haben in den letzten drei Jahren mehr für mich getan, als ich je erwartet oder von ihnen verlangt hätte. Du musst mir verzeihen, wenn ich nicht will, dass sie noch mehr für mich opfern. Ich brauche dich nicht, um hier zu stehen und mir eine Standpauke zu halten, also wie wäre es, wenn du dich raus hältst und vielleicht deine Bemühungen auf deine eigene Familie konzentrierst? Ich bin sicher, sie vermissen dich wahrscheinlich, seit du weggezogen bist.«

Ein gequälter Ausdruck überkam sein Gesicht, bevor eine Härte in seinen Augen erschien.

»Ich habe keine Familie mehr.«

Taras Mund klappte bei seinem Geständnis auf, ihre Augen weit.

»Es tut mir leid, wenn ich zu weit gegangen bin. Es wird nicht wieder vorkommen.« Er wirbelte auf dem Absatz herum und ließ sie fassungslos zurück.

Er war bereits im Wohnzimmer, bevor sie sich genug gefasst hatte, um ihm nachzugehen.

»Warte.« Sie rannte den Flur hinunter und kam am Rand des Wohnzimmers rutschend zum Stehen. Er drehte sich um, um sie anzusehen, sein Gesicht verschlossen.

»Was meinst du damit, dass du keine Familie mehr hast? Was ist mit ihnen passiert?«

»Sie sind gestorben.«

Sie widerstand dem Drang, mit den Augen zu rollen. »Das habe ich verstanden.«

Seine Brust hob sich mit einem harschen Seufzer. Er warf das Kissen und die Decke auf die Couch, stützte dann seine Hände auf die Hüften und starrte auf den Boden. Als er wieder zu ihr aufblickte, lag ein gequälter Ausdruck in seinen Augen.

»Ich bin ein Einzelkind. Meine Eltern starben vor fünf Jahren bei einem Bootsunfall.« Er schluckte schwer. »Zusammen mit meiner Frau und meiner vierjährigen Tochter.«

Tara keuchte und bedeckte ihren Mund. Tränen stiegen in ihre Augen. »Oh, Jace. Es tut mir so leid. Ich hatte keine Ahnung.«

Er nickte und sah weg. »Ja, nun, es ist nicht etwas, was ich an die große Glocke hänge. Seb weiß es nicht einmal.« Er fuhr sich mit einer Hand durch sein goldenes Haar. »Hör zu, es tut mir leid, dass ich dich angefahren habe. Allie und Haley beschäftigen mich seit meinem Umzug sehr. Es hat viele Erinnerungen und Gefühle zurückgebracht, von denen ich dachte, ich hätte sie verarbeitet.«

Sie kam näher. Sie wollte ihn berühren – Trost spenden – aber sie wagte es nicht. Er schloss ihren Verstand kurz, wenn er nur da stand. »Wenn jemand sich entschuldigen sollte, dann ich. Ich war nicht so nett zu dir, wie ich hätte sein können. Du erinnerst mich an meinen Ehemann. Nicht in deinem Aussehen, sondern in deiner Einstellung zum Leben.«

»Das ist etwas Schlechtes? Nach dem, was Seb und deine Mutter sagten, war er ein guter Kerl.«

»Das war er, aber er war ein Draufgänger. Und das hat ihn umgebracht. Als ich ihn am meisten brauchte, war er nicht da, weil er tot war.« Sie sog scharf die Luft ein und drängte die Trauer zurück. In dieses Kaninchenloch zu gehen, würde nichts helfen. »Es tut mir leid, dass ich so eine Zicke war. Wie du kämpfe auch ich mit Gefühlen, von denen ich dachte, sie wären längst begraben. Ich werde mich bemühen, es besser zu machen und zumindest höflich zu sein. Wie wäre es, wenn wir von vorne anfangen?« Sie streckte eine Hand aus. »Hallo. Ich bin Tara Miller. Schön, dich kennenzulernen.«

Ein langsames, sexy Grinsen breitete sich auf seinem Gesicht aus. Taras Atem stockte in ihrer Brust, als es seine ohnehin schon gutaussehenden Züge in atemberaubend verwandelte. Er sah wirklich aus wie der Sonnengott, hell und strahlend und über alle Maßen wunderschön.

Seine Hand schloss sich um ihre. Sie schluckte gegen die Flut von Feuer, die ihren Arm hinaufraste, und erwiderte sein Lächeln.

»Hallo, Tara. Ich bin Jace Travers. Freut mich auch, dich kennenzulernen.«

Er starrte weiter, und ihr Lächeln verblasste, als sich Bewusstsein einschlich. Das Feuer verwandelte sich in einen Flächenbrand, und ihr Körper erwachte. Ihre Augen wanderten zu seinem Mund, und sie konnte nicht anders, als sich zu fragen, wie es sich anfühlen würde, wenn er auf ihrem wäre.

Er zog an ihrer Hand und zog sie näher, bis sie nur noch Zentimeter voneinander entfernt waren. Sie konnte seinen Atem über ihr Gesicht fächeln spüren, als er auf sie herabsah. Er hob seine freie Hand, um eine Strähne ihres Haares mit einem Finger zu berühren. Gänsehaut breitete sich aus, wo er sie berührte, und ihre Augenlider flatterten.

»Du bist so schön.«

Seine geflüsterte Stimme rollte über ihre Nervenenden. Sie blickte zu ihm auf, als er seinen Kopf senkte. Die Erkenntnis, dass er im Begriff war, sie zu küssen, sandte eine Schockwelle durch ihr Gehirn und riss sie aus ihrem verlangensgetränkten Nebel.

Mit einem Keuchen trat sie zurück. Er warf ihr einen verwirrten Blick zu.

»Es tut mir leid. Ich kann nicht.« Sie drehte sich um und eilte davon, während sie sich wünschte, dass die Tränen nicht fallen würden, bevor sie ihr Zimmer erreichte.

Hinter der geschlossenen Tür lehnte sie sich dagegen und ließ los. Sie wusste, dass Sean tot war und nie zurückkommen würde, aber es fühlte sich wie ein solcher Verrat an, nach einem anderen Mann zu verlangen, selbst nach drei Jahren. Er war ihr Ein und Alles gewesen. Warum konnte sie das nicht hinter sich lassen?

Tara schniefte und wischte die Tränen von ihrem Gesicht, bevor sie sich von der Tür abstieß und ins Bett kletterte. Sie war über das Weinen wegen ihres Mannes hinaus. Es tat nichts anderes, als ihr geschwollene Augen zu bringen und ihr Kopfschmerzen zu bereiten.

KAPITEL
Sechs

J ace betrat die Pferdeställe mit einer Mission: Er wollte Tara finden. Seit ihrem Beinahe-Kuss in der Nacht des Einbruchs vor zwei Tagen hatte sie sich rar gemacht. Er hatte sie gesehen, wenn sie gegen Mitternacht von der Arbeit nach Hause kam, aber sie hatte ihm kaum mehr als eine gute Nacht gewünscht, bevor sie sich in ihr Zimmer zurückzog. Tagsüber hatte er sie überhaupt nicht gesehen. Er war sogar an beiden Abenden nach der Arbeit ins Restaurant gegangen, um zu essen, aber sie hatte sich in der Küche versteckt.

Jenny hatte ihm jedoch erzählt, dass sie heute eine Pause einlegen würde. Sie hatte beschlossen, ihr Pferd Brandywine zu satteln und auszureiten. Jace gefiel die Idee nicht, dass sie nach dem Vorfall allein irgendwohin ging. Außerdem hätte er nichts dagegen, mehr von The Broken Bow zu sehen. Er hoffte, er könnte sie überreden, ihn mitzunehmen.

Er schob seine Sonnenbrille auf seinen Kopf, als er das dämmrige Innere betrat. Eine Frauenstimme hallte durch die Scheune, die ein sanftes, gefühlvolles Lied sang. Er folgte dem wunderschönen Klang und fand Tara in einer Box stehend, wie sie eine kastanienbraune Stute striegelte und ihr dabei vorsang.

»Gibt es etwas, was du nicht kannst?«

Sie schrie auf. Die Stute, erschrocken, wieherte und trat zur Seite, wobei sie Tara auf den Hintern ins Stroh warf.

Jace betrat die Box und ging zum Pferd, ergriff ihren Halfter und strich mit beruhigender Hand über ihren Hals, um zu verhindern, dass sie auf Tara trat.

»Ruhig, Mädchen.« Er blickte zu Tara hinunter, die sich aufrichtete und den Staub von ihrem Hintern klopfte. »Alles okay?«

Sie nickte und pustete eine Haarsträhne aus ihrem Gesicht. »Mir geht's gut. Was machst du hier, außer mir einen Riesenschreck einzujagen?«

»Deine Mutter sagte, du wolltest ausreiten. Ich hatte gehofft, du würdest mich mitnehmen.«

»Du willst einen Ausritt machen?«

Er nickte und streichelte Brandywines Gesicht. »Ja. Der kurze Ausritt, den ich am Tag meiner Ankunft gemacht habe, war nicht genug. Ich würde gerne mehr von der Ranch sehen. Was meinst du? Kann ich mitkommen?« Er versuchte, nicht zu hoffnungsvoll auszusehen, während sie über seine Bitte nachdachte.

Sie kaute an ihrer Lippe, während sie weiter ihr Pferd striegelte. Jace streichelte weiterhin Brandywines Gesicht und wartete auf ihre Antwort.

»Ich denke, es wäre in Ordnung, wenn du mitkommst. Aber ich sollte dich warnen, ich plane einen langen Ausritt. Mehrere Stunden.«

»Das ist in Ordnung. Ich möchte wirklich mehr von diesem Ort sehen.«

Sie sah ihn an und nickte knapp. »Okay. Du kannst wieder Pike nehmen. Erinnerst du dich, wo alles ist?«

»Jep.« Er trat zurück und verließ Brandywines Box, bevor sie ihre Meinung ändern konnte. Er holte Pikes Ausrüstung und sattelte das Pferd in Rekordzeit. Wenn er sie aufhalten würde, würde sie nicht zögern, ohne ihn loszuziehen.

Er hörte das Klappern von Brandywines Hufen auf dem Stall-fußboden, als er den letzten Sattelgurt an Pikes Sattel festzog. Er schnallte dem Pferd das Zaumzeug an und führte ihn aus seiner Box hinaus auf die Weide hinter der Scheune.

Sie schaute zu ihm herüber, als er neben ihr anhielt. »Ich habe dir etwas Wasser aus dem Vorrat im Arbeitsraum mitgenommen. Meine Snacks teile ich aber nicht.«

Jaces Lippen zuckten, aber er hielt das Lächeln zurück. »Fair genug. Ich werde nicht verhungern, bevor wir zurückkommen. Bist du bereit?«

Sie nickte und wandte sich wieder ihrem Pferd zu, bestieg die Stute in einer schnellen, anmutigen Bewegung. Er tat es ihr gleich. Pike tänzelte unter ihm, bereit, wieder loszulaufen.

Tara sah über ihre Schulter zu ihm zurück und warf ihm ein verschmitztes Lächeln zu. »Halt mit, ja?«

Bevor er antworten konnte, stieß sie Brandywine leicht in die Seiten, und das Pferd schoss los.

Pike tänzelte schneller, wollte ihr hinterher. Jace gab ihm einen sanften Druck, und er schoss vorwärts. Wind rauschte an Jaces Gesicht und durch sein Haar vorbei. Er lehnte sich über Pikes Hals und trieb das Pferd an, schneller zu laufen. Begeisterung ließ seinen Herzschlag schneller werden. Sebs Pferd war unglaublich. Er war schon schnell gewesen, als Jace ihn vor ein paar Tagen ausgeführt hatte, aber jetzt, da er etwas zu jagen hatte, flog er.

Nach wenigen Augenblicken zog er an Tara vorbei Richtung Weidegatter. Ihr Lachen hallte hinter ihm nach. Er blickte zurück und sah, wie sie sich tiefer über Brandywine beugte. Die Stute spürte, dass sie verlor, und schaltete einen Gang höher. Pike war jedoch größer und behielt mühelos seinen Vorsprung.

Als sie sich dem Gatter näherten, zog er an den Zügeln des Wallachs. Das Pferd kam ein paar Meter vor dem Pfosten zum Stehen.

Pike schnaubte und stampfte mit einem Huf. Jace klopfte dem Tier auf den Hals. »Ruhig, Junge.«

Tara hielt neben ihm an, grinsend von Ohr zu Ohr. Ihre dunklen Augen funkelten, und eine Röte färbte ihre Wangen von der Aufregung und Anstrengung. »Wo hast du gelernt, so zu reiten?«

»Meiner Familie gehörte ein Bauernhof. Meine Eltern züchteten Milchkühe. Wir hatten auch ein paar Pferde. Ich bin geritten, wann immer ich konnte.«

»Du bist auf einem Bauernhof aufgewachsen? Wie bist du dann Polizist geworden?«

Jace lenkte Pike näher ans Gatter und öffnete den Riegel. Er gab dem Tor einen Schubs und bedeutete Tara, durchzugehen. Er folgte ihr und schloss es.

»So sehr ich es auch liebte, auf dem Land aufzuwachsen, mochte ich das Landleben nicht. Immer an den Ort gebunden zu sein, nie einen Tag frei zu haben – ich wollte mehr von der Welt sehen als nur unsere kleine Ecke von Nebraska. Also bin ich zur Armee gegangen. Sie haben mich einer Militärpolizeieinheit zugeteilt, und ich liebte die polizeilichen Aspekte davon. War nicht besonders begeistert von den Auslandseinsätzen im Nahen Osten, aber das sind nur wenige. Ich habe aber vier Jahre durchgehalten. Genug, um mein College bezahlt zu bekommen.«

»Was ist mit dem Bauernhof passiert?«

»Meine Eltern haben den Milchbetrieb verkauft, während ich weg war. Beide waren schon älter – ich war ein Nachkömmling – und Dad hatte etwa zwei Jahre, nachdem ich von zu Hause weggegangen war, einen Herzinfarkt. Er beschloss, dass es Zeit war, in den Ruhestand zu gehen. Sie verkauften alles außer den Gebäuden und dem Grundstück, auf dem sie standen. Das gesamte Weideland, die Tiere – außer meinem Pferd – und die Maschinen gingen an einen benachbarten Betrieb.« Sein Mund verzog sich. »Sie haben einen Teil des Geldes für das Boot verwendet, auf dem sie waren, als der Sturm aufkam.«

»Es tut mir leid.« Ihre sanfte Stimme trug die Brise zu ihm herüber.

»Danke.« Er räusperte sich und schüttelte die plötzliche Melancholie ab. »Wohin fahren wir also?«

Ihr Gesicht erblühte zu einem hübschen Lächeln, das ihn unvorbereitet traf. Seine Reaktion auf diese Frau brachte ihn immer noch aus dem Konzept. Er rutschte im Sattel hin und her und konzentrierte sich auf ihre Worte.

»Es ist ein Geheimnis.«

Er hob eine Augenbraue. »Geheimnis? Und du teilst es mit mir?«

Sie lachte. »Ich schätze, es ist kein so großes Geheimnis. Es gibt einen Ort im hinteren Teil des Grundstücks, zu dem nur die Familie geht.«

»Okay.« Er dehnte das Wort und runzelte die Stirn. »Nochmal, du teilst es mit mir?«

Sie verdrehte die Augen und trieb Brandywine vorwärts. »Ja. Ich weiß, dass wir etwas schlecht gestartet sind, aber mir ist klar, dass du hier bleiben wirst. Und du hast geholfen, London zu retten. Das allein macht dich schon zum Teil der Familie.«

»Ich habe nichts getan, was nicht jeder andere Cop auch getan hätte.«

»Aber du bist nicht jeder andere Cop. Würdest du aufhören, mit mir zu streiten, und einfach danke sagen?« knurrte sie.

Er konnte sich das Grinsen nicht verkneifen angesichts des genervten Blicks, den sie ihm zuwarf. »Danke.«

»Besser. Komm schon. Wir sollten uns beeilen, sonst reiten wir im Dunkeln zurück.«

Jace stupste Pike an. »Wie weit ist dieser Ort entfernt?«

»Etwa eine Stunde.«

Was bedeutete, mindestens zwei Stunden im Sattel. Seine Beine würden ihn später hassen. Es war Jahre her, seit er auf einem Pferd geritten war. Sein Ausritt vor ein paar Tagen hatte nur etwas mehr als eine Stunde gedauert, und er hatte es am nächsten Tag gespürt.

Er ergab sich in schmerzende Muskeln und O-Beine und er und Pike fielen neben ihr in Schritt, als sie sie in die Hügel führte.

WAS ZUM TEUFEL HAB ICH MIR DABEI GEDACHT?

Tara versuchte, Jace nicht anzusehen, während er neben ihr ritt. Seine große Gestalt saß aufrecht im Sattel. Die Brise zerzauste sein wunderschönes, sonnengestreiftes Haar und gab ihm ein verwegenes Aussehen, das nur zu der Anziehungskraft beitrug, die er ausstrahlte.

Es war dieses verdammte Versprechen, das sie sich selbst gegeben hatte. Sie wusste, dass sie ihn weiterhin wie einen Ausgestoßenen hätte behandeln sollen. Sie wäre nicht mitten im Nirgendwo mit ihm und ohne Anstandsdame in Sichtweite, wenn sie das getan hätte.

Sie stieß einen Seufzer aus und tat ihr Bestes, um sich auf ihre Umgebung zu konzentrieren. The Broken Bow war wunderschön. Flaches Grasland wich felsigen Vorsprüngen und baumbestandenen Hügelseiten. Jetzt befanden sie sich in den Hügeln, aber sie wusste, dass es sich schließlich in ein Tal öffnen würde, wo das Vieh um einen kleinen See graste.

Dorthin waren sie unterwegs. Es war eine Weile her, seit sie den Weg gemacht hatte, aber sie brauchte die Einsamkeit und den Frieden, den der See bot. Er sprach zu ihr in seiner Abgeschiedenheit und erlaubte ihr nachzudenken. Als sie zuerst nach Hause zurückkehrte, verbrachte sie viele Stunden am Seeufer, nur mit Nachdenken und Trauern. Es hatte ihr geholfen, damit klarzukommen, dass ihr Leben nie mehr dasselbe sein würde und dass Sean nicht zurückkommen würde.

Sie warf einen verstohlenen Blick auf Jace und fragte sich, wie er mit dem Tod seiner Frau umgegangen war – mit dem seiner Tochter und seiner Eltern. Tara konnte sich nicht vorstellen, ihre gesamte Familie auf einmal zu verlieren. Sie wäre ein heulender Haufen Elend.

Sie ritten mehrere Minuten schweigend, bevor die Neugier sie übermannte.

»Jace?«

Er drehte sich zu ihr um, sein Gesicht entspannt.

Sie hatte fast einen Rückzieher gemacht, weil sie seine Stimmung nicht verderben wollte. Letztendlich *musste* sie aber wissen, wie er mit so viel Verlust umgegangen war. Manche Tage hatte sie das Gefühl, kaum über Wasser zu bleiben. Sie könnte einige Einsichten gebrauchen, wie man mit solchen Tagen umgeht.

»Wie hast du es verkraftet? Deine Familie so plötzlich zu verlieren? Und alle auf einmal?«

Die Linien um seine Augen wurden tiefer, und sein Mund wurde flach. »Ich habe es nicht verkraftet. Jedenfalls nicht am Anfang. Ein Kind zu verlieren –« Er brach ab und schaute zum Horizont. »Nun, es ist nichts, worauf du jemals vorbereitet bist. Und gleichzeitig meine Frau und meine Eltern zu verlieren – ich habe viel Zeit zu Hause mit einer Flasche Whiskey verbracht.

»Zum Glück hatte ich ein paar gute Freunde in Haskell, die eine Intervention durchführten. Sie kamen eines Tages vorbei und nahmen allen Alkohol aus meinem Haus, warfen mich in die Dusche – buchstäblich, und mit meinen Klamotten an – und brachten mich dann zum Reden. Sie brachten mich dazu, alles rauszulassen, was ich fühlte. Den ganzen Schmerz und die Trauer. Ohne das bin ich mir nicht sicher, ob ich heute dort wäre, wo ich bin. Es erlaubte mir, einen kleinen Lichtstrahl zu sehen. Dass ich vielleicht eines Tages atmen könnte, ohne dass sich meine Brust anfühlt, als würde sie weit aufreißen. Mit jedem Tag wurde das Licht etwas heller und der Schmerz etwas weniger. Er ist immer noch da, aber er bringt mich nicht mehr in die Knie.« Er schaute dann wieder zu ihr, ein schiefes Lächeln auf seinem Gesicht. »Normalerweise.«

Sie bot ihm ein schwaches Lächeln, aber es erreichte ihre Augen nicht. Sie hatte gedacht, sie wäre an diesem Punkt, bis er auftauchte. Rayna hatte Recht. Tara hatte nicht vollständig mit allem umgehen können, was sie verloren hatte. Sie war an einen Punkt gekommen, an dem der Kummer beherrschbar war, und hatte dann den Rest einfach begraben. Ihre Reaktion auf Jace zwang sie, sich damit auseinanderzusetzen. Ihr Körper wollte weitermachen, aber ihr Herz und ihr Verstand mussten aufholen.

»Ich würde dir sagen, dass du Glück hast, weil du nur einen Ehepartner verloren hast und nicht ein Kind, aber es gibt dabei keinen Gewinner. Einen geliebten Menschen zu verlieren tut weh, egal, wer er für dich ist.«

Zu ihrem Entsetzen spürte sie, wie ihr Tränen in die Augen stiegen. Sie wandte ihr Gesicht ab und schniefte leise.

Jaces Bein streifte ihres. »Tara?«

Die Muskeln in ihrem Oberschenkel zuckten, als er sie berührte. Sie lenkte Brandywine ein paar Schritte nach rechts. Sie konnte sich nicht mit ihrer Anziehung zu ihm befassen, wenn sie sich so fühlte.

»Hey. Ist alles in Ordnung mit dir?«

Sie schniefte wieder und drehte sich zu ihm um. Ihr Kopf ruckte mit einem Nicken. »Mir geht's gut.«

Besorgnis leuchtete aus der Tiefe seiner blauen Augen. »Nein, es geht dir nicht gut. Es tut mir leid. Was habe ich gesagt, das dich aufgeregt hat?«

Tara nahm einen zittrigen Atemzug und drückte ihren Handrücken auf ihren Mund, um das Schluchzen zurückzuhalten, das ausbrechen wollte. Ihr Blick traf seinen, und sie öffnete ihren Mund, um zu sprechen, bevor sie ihn wieder schloss und so stark die Stirn runzelte, dass ihre Augenbrauen sich berührten. Konnte sie es ihm sagen? Oder besser gefragt, warum *wollte* sie es ihm sagen?

Sie starrte ihn noch einen Moment länger an, ein Krieg tobte in ihrem Kopf. Niemand außer ihrer Mutter wusste, was wirklich passiert war. Warum sie nach Hause ziehen *musste*.

Im nächsten Moment ärgerte sie sich über sich selbst, wischte ihre Tränen weg und sammelte sich. Sich Jace anzuvertrauen, war eine lächerliche Idee. Sie konnte kaum in der Nähe des Mannes sein. Warum sollte sie ihm etwas so Persönliches erzählen?

Weil er es verstehen könnte.

Tara ignorierte die Stimme in ihrem Kopf. »Mach dir keine Sorgen. Mir geht's gut. Lass uns weitergehen.« Ohne auf seine Antwort zu warten, gab sie Brandywine einen Druck. Die Stute beschleunigte zu einem Trab.

Sie wusste, dass sie davonlief, aber es war ihr egal. Jace wirklich kennenzulernen, wäre katastrophal. Sie hatte jetzt schon genug Mühe, ihm zu widerstehen. Wenn sie ihn reinließe, hätte sie keine Chance. Obwohl sie das Gefühl hatte, dass sie sowieso keine hatte.

Jace hob sein Gesicht der Sonne entgegen und schloss die Augen. Das Trillern eines Rotflügel-Schwarzvogels und das gelegentliche Muhen einer der Kühe, die über die grasige Ebene wanderten, waren die einzigen Geräusche, die die Stille in dem Tal störten, zu dem Tara ihn geführt hatte. Es war wie eine völlig andere Welt hier, verglichen mit der, aus der er kam. Nebraska hatte seine weiten, abgelegenen Orte, aber nichts kam dem hier gleich. Er fühlte sich, als wäre er in ein Paralleluniversum transportiert worden. Ein wunderschönes, aber dennoch fremdes. Abgelegen beschrieb noch nicht einmal annähernd, wie sich diese malerische Landschaft anfühlte.

Er öffnete die Augen und blickte von seinem Platz auf einem Felsen am Ufer über das Wasser. Das Gespräch von vorhin ging ihm durch den Kopf. Tara hatte seitdem nicht mehr als eine Handvoll Worte gesagt. Er wusste, dass er sie verärgert hatte, aber er verstand nicht, wie.

Er verstand auch seinen verrückten Drang nicht, mehr über diese Frau erfahren zu wollen. Sie hatte ihn bei jeder Gelegenheit abgewiesen. Aber er schien keinen Hinweis zu verstehen und den Abstand zu wahren, den sie zwischen ihnen halten wollte. Er hatte noch nie einer Frau nachgestellt – musste es noch nie – aber Tara ließ ihn genau das wollen. Und nicht, weil sie nichts mit ihm zu tun haben wollte. Sie faszinierte ihn. Sie hatte viele Schichten, und er wusste, dass er nur an der Oberfläche gekratzt hatte. Ihre mürrische Einstellung sollte verhindern, dass er ihr zu nahe kam. Er wollte durch diese oberen Schichten brechen und die wahre Frau darunter finden.

Jace seufzte und fuhr sich mit der Hand durch die Haare. Verflucht, er klang wie ein Trottel. Allie würde sich kaputtlachen, wenn sie seine Gedanken hören könnte. Sie hatte ihn immer beschuldigt, der am wenigsten romantische Mann des Planeten zu sein, und sie hatte nicht unrecht. Er war ein bisschen zu grob um die Kanten für den ganzen Herzchen- und Blümchenkram. Er hatte ihr Blumen zum Geburtstag und zum Jahrestag gebracht, aber sie hatte ihn ganz sicher nicht wegen seiner Fähigkeit, sie zu verwöhnen und ihr schöne Worte zu sagen, geheiratet.

Er blickte hinauf zum strahlend blauen Himmel. Flauschige Wolken zogen träge vorüber und standen im Widerspruch zum Aufruhr seiner Gedanken.

»Was mache ich nur, Al? Warum kann ich sie nicht aus meinem Kopf bekommen? Ich will niemand anders. Nicht so. Und besonders keine Frau, die meinen Anblick kaum ertragen kann.« Er ließ den Kopf hängen und drückte seine Finger auf die Augen. »Gott, ich wünschte, du wärst hier.« Er seufzte, hob den Kopf, mit schmerzenden Herzen. Weil er sich bewegen musste, bückte er sich und hob einen Stein auf. Er fuhr mit den Fingern über die glatte Oberfläche. Er stand auf und warf ihn aufs Wasser, ließ ihn mehrmals über die spiegelglatte Oberfläche hüpfen. Er stützte die Hände in die Hüften und beobachtete, wie der Stein über das Wasser flitzte und dann unterging.

»Du bist ziemlich gut darin.«

Er schaute über die Schulter zu der Frau, die für seinen derzeitigen emotionalen Zustand verantwortlich war. Er ließ die Hände sinken und drehte sich um, ging auf sie zu. »Das war ein Lieblingszeitvertreib als Kind.«

»Für mich auch.«

Er hob eine Augenbraue. »Ach ja?«

Sie nickte.

»Lust auf einen freundschaftlichen Wettbewerb?«

Ihr Mund verzog sich zu einem langsamen Grinsen. »Klar.« Sie ging an ihm vorbei und hockte sich am Ufer hin, suchte unter den Steinen.

Jace folgte ihr und stellte sich direkt hinter sie, verschränkte die Arme vor der Brust. Sie stand auf und nahm ihre Position ein, dann schwang sie den Arm nach vorne. Der Stein hüpfte sechsmal über das Wasser, bevor er unter der Oberfläche versank.

Das Grinsen, das sie ihm zeigte, brachte seinen Puls zum Rasen. Die Freude darin verwandelte ihr ganzes Gesicht.

»Wenn ich mich recht erinnere, ist deiner nur viermal gehüpft.«

Er ließ die Arme wieder an die Seiten fallen und ging auf sie zu. »Das war nur zum Aufwärmen.«

»Ja?«

»Ja.« Er schaute auf den Boden und suchte nach einem geeigneten Stein. Ein flacher, runder Stein von etwa sechs Zentimetern Durchmesser fiel ihm auf.

Er hob ihn auf und drehte sich zu Tara um. »Pass auf.« Er scheuchte sie weg, damit er näher ans Wasser treten konnte.

Sie verdrehte die Augen, machte aber ein paar Schritte zur Seite.

Jace drehte den Stein ein paar Mal in seiner Hand, fand den perfekten Griff, und ließ ihn dann mit einer schnellen Bewegung von Arm und Handgelenk los. Er hüpfte ein halbes Dutzend Mal über das Wasser und fiel dann hinein.

»Du hast mich immer noch nicht geschlagen.« Sie schlenderte an ihm vorbei, um einen weiteren Stein vom Ufer aufzuheben. Sie ließ ihn fliegen, und Jace zählte acht Hüpfer, bevor er versank.

Tara klopfte sich die Hände ab, ein Grinsen hob ihren Mundwinkel. »Du solltest wissen, dass meine Brüder mich nie geschlagen haben. Maggie kam einmal nah dran. Wir endeten unentschieden. Aber ich bin immer noch die Meisterin, weil ich die Meisterin war, bevor sie mit mir gleichzog.«

Er machte drei lange Schritte vorwärts, bis sie Zeh an Zeh standen. Mit einer Herausforderung in seinen Augen glänzend, beugte er sich vor, um ihr ins Ohr zu flüstern: »Ich bin nicht deine Brüder.« Als er sich aufrichtete, trafen sich ihre Blicke, und Jace wurde klar, dass er einen schweren Fehler gemacht hatte. Sein Magen drehte sich um, als Verlangen ihn in den Magen boxte.

Ihr Lächeln erstarb, als er auf sie hinabschaute. »Nein.« Ihre Stimme klang atemlos. »Das bist du ganz bestimmt nicht.«

Er hätte sich nicht zurückziehen können, selbst wenn er es versucht hätte. Ihr Blick glitt zu seinem Mund, und er war verloren. Eine Hand schoss vor, um sich um ihren Nacken zu legen, und er küsste sie. Sie erstarrte nur für einen Moment, bevor ihre Hände auf seiner Brust landeten und sie ihn zurückküsste.

Eine Million Stroboskoplichter blitzten hinter seinen Augen auf, als er ihre Lippen an seinen gleiten spürte. Er wickelte seine Hand in ihren Pferdeschwanz, neigte ihren Kopf und vertiefte den Kuss. Sie gab ein kleines Wimmern von sich, das direkt in seine Leiste fuhr. Es reichte, um ihn aus ihrer Umarmung aufzuschrecken. Er brach den Kuss ab, starrte einen Moment auf sie hinab, bevor er sie losließ und zurücktrat.

Was zum Teufel war das? Jace fuhr sich mit einer Hand durch die Haare und drehte sich weg, um auf den See zu starren, versuchte, das intensive Verlangen zu verstehen, das durch seinen Körper strömte.

Erschüttert ging er zu der Stelle, wo die Pferde grasten. »Wir sollten wahrscheinlich zurückreiten. Ich habe morgen einen frühen Morgen.« Es war keine Lüge, aber er musste nicht vor Sonnenuntergang ins Bett gehen. Er brauchte jedoch etwas Abstand von der Frau, die gerade seine Welt aus den Angeln gehoben hatte.

Er konnte hören, wie sie sich hinter ihm bewegte, dankbar, dass sie ihm ausnahmsweise nicht widersprach. Als er Pike erreichte, überprüfte er den Sattel, um sicherzustellen, dass er noch fest saß, dann schlang er die Zügel über den Kopf des Pferdes und stieg auf. Das Leder knarrte, als er sich in den Sattel setzte.

Aus dem Augenwinkel konnte er sehen, wie Tara auf Brandywine stieg. Sobald sie im Sattel saß, lenkte er Pike zurück in die Richtung, aus der sie gekommen waren.

Das war nicht das, was ich meinte, als ich dich fragte, was ich tun sollte, Allie. Er verdrehte die Augen zum Himmel, wohl wissend, dass sie wahrscheinlich dort oben war und sich an seinem Unbehagen erfreute. Er würde nicht bezweifeln, dass sie irgendwie ihre Hand im Spiel hatte, um Tara in seinen Weg zu stellen. Sie hatten einmal, nicht lange nach ihrer Hochzeit, darüber gesprochen, was sie tun würden, wenn einer von ihnen sterben würde. Beide hatten den anderen gedrängt, jemanden zu finden und ein erfülltes Leben zu führen.

Er war sich nicht sicher, ob er dafür bereit war, egal wie sehr Taras Kuss ihn zum Brennen brachte.

WARUM, GOTT? WARUM ER? FRAGTE SICH TARA ERNEUT, ALS sie zurück in Richtung Scheune ritten. Sie starrte auf seinen breiten Rücken. Warum musste der erste Mann seit dem Tod ihres Mannes jemand sein, der genau wie er war? Warum konnte sie sich nicht in jemanden wie Bradys Rancher-Freund Knox verlieben? Das Gefährlichste, was er tat, war, eine störrische Kuh einzufangen. Und er sah gut aus.

Ihr Blick wanderte über den Mann vor ihr. Seine kräftigen Schenkel umklammerten Pikes Seiten, und seine starken Hände hielten die Zügel mit sanfter Berührung. Sie schauderte, als sie sich an das Gefühl dieser langen Finger erinnerte, die um ihren Hinterkopf gewickelt und in ihrem Haar verwoben waren.

Weil Knox sie nie mit nur einem Kuss den Verstand verlieren lassen würde; darum ging es.

Vielleicht sollte sie einfach aufhören, dagegen anzukämpfen. Sagten sie nicht immer, dass Beziehungen, die heiß brennen, nie lange halten? Sie sollte einfach mit ihm schlafen. Sie könnten es aus ihrem System bekommen und mit ihrem Leben weitermachen - wenn nicht als Freunde, dann zumindest als angenehme Bekannte.

Ihre Befürchtung war jedoch, dass es nicht nur ihr Körper sein würde, den er mit seiner Berührung in Brand setzte. Dieser Kuss hatte etwas tief in ihr berührt. Einen Ort, der seit drei Jahren kein Licht gesehen hatte.

Tara seufzte. Das Einzige, was sie wusste, war, dass sie sich von seinen Lippen fernhalten musste, bis sie diesen kleinen Happen an Information verdaut hatte. Weitere Küsse würden sie nur noch mehr verwirren.

Sie wandte ihren Blick von Jace ab und sah über die Landschaft, bemühte sich, sich darauf zu konzentrieren, wo sie waren. Es war unwahrscheinlich, dass sie sich verirren würden – Pike kannte den Weg nach Hause – aber für den Fall, dass er einen falschen Abzweig nahm, wollte sie es wissen, bevor sie zu weit in die Irre gerieten.

Die Meilen vergingen wie im Flug – schneller als sie gedacht hatte – und bald kamen die Ranchgebäude in Sicht. Beide Pferde beschleunigten, begierig auf das Heu, das sie wussten, dass es auf sie wartete.

Als sie an einem Baumbestand am Fuße des Hügels vorbeikamen, brachte Jace Pike zum Stehen.

Tara schaute über ihre Schulter und drehte ihre Stute um. Er starrte auf das Wäldchen.

»Was?«

»Ich weiß nicht. Ich habe, glaube ich, etwas in den Bäumen gesehen.« Er lenkte sein Pferd darauf zu.

Sie folgte, neugierig.

»Was hast du gesehen?« fragte sie und hielt neben ihm an.

Er spähte in die Zweige hinauf, während er sprach. »Es war wie eine Reflexion. Wie Licht auf einem Spiegel oder so etwas.« Er schwang ein Bein über das Pferd und sprang ab.

Tara runzelte die Stirn und schaute nach oben, dann stieg sie ebenfalls ab.

Jace umrundete einen der Bäume und blieb stehen. »Was zum Teufel?«

Sein Tonfall ließ sie zu ihm eilen. Sie schaute nach oben, wohin er zeigte, und ihre Augen weiteten sich. Auf halber Höhe des Baumes saß eine Kamera, befestigt am Stamm.

»Warum ist da eine Kamera im Baum?«

»Das ist eine gute Frage. Ich nehme an, es ist keine, die deine Familie aufgestellt hat?«

Sie schüttelte den Kopf. »Wenn sie es getan haben, haben sie mir nichts davon erzählt. Und es ergibt keinen Sinn, dass sie dort oben ist. Sie wäre auf einem Zaunpfahl mit freier Sicht.«

Er reichte ihr Pikes Zügel und trat auf den Baum zu. »Nun, dann lasst uns das herausfinden, oder?« Er griff nach einem tiefen Ast und begann zu klettern.

Tara stand unten mit den Pferden und beobachtete, wie er sich zur Kamera hocharbeitete. Sie war auf die Häuser gerichtet und hatte ein Teleobjektiv angebracht. Jace streckte ein Bein über einen Ast und löste die Schnalle an dem Band, das sie am Baum befestigte. Sie glitt frei. Er sicherte sie schnell über einer Schulter, dann kletterte er hinunter. Einmal auf dem Boden, legte er die Kamera ab und nahm dann einen Zweig, um den Bewegungssensor auszuschalten.

Sie starrte darauf hinunter. Brandywine stupste ihren Ärmel an, und sie streckte abwesend die Hand aus, um das Pferd zu streicheln. Etwas von der Angst, die sie neulich Abend verspürt hatte, als sie den Eindringling in ihrem Haus erwischte, kehrte zurück. Hatte das etwas mit dem Einbruch zu tun?

Sie schaute zu Jace auf. »Und jetzt?«

Er bückte sich und hob sie am Riemen hoch, ging zur Satteltasche, die sie auf ihr Pferd gelegt hatte, und verstaute das Gerät darin.

»Jetzt gehen wir nach Hause. Ich werde die Kamera zur Wache bringen und sie überprüfen.«

»Das ist alles?«

Er nickte und nahm ihr Pikes Zügel ab. »Sie muss auf Fingerabdrücke überprüft und als Beweismittel registriert werden, bevor wir uns die Aufnahmen ansehen.« Er stieg auf sein Pferd.

Sein Argument – obwohl logisch – tat wenig, um ihr Bedürfnis zu beruhigen, herauszufinden, was zum Teufel vor sich ging. Frustriert und besorgt tat sie ihr Bestes, es beiseite zu schieben. Vorerst war sie sicher, und ihre Familie auch.

Sie stieß einen Atemzug aus und stieg wieder auf Brandywine. Sie drehte die Stute um und führte sie hinunter zur Scheune, versuchte, nicht darüber nachzudenken, was auf dieser Kamera sein könnte. Versuchte es, aber scheiterte kläglich.

KAPITEL

Acht

Tara betrat die Restaurantküche und lächelte, wobei ein Gefühl der Zufriedenheit ihre angespannten Nerven etwas beruhigte. Sie hatte sich den Tag freigenommen, um eine Pause von den Anforderungen der Geschäftsführung zu bekommen, bevor am Wochenende mit der Feier zum Unabhängigkeitstag die Hölle losbrechen würde. Aber nach ihrer Entdeckung brauchte sie ein bisschen Normalität, um ihren Kopf zu beruhigen.

Es war kurz nach dem Abendansturm, also war der Lärm in der Küche gedämpft, während das Personal mit dem langsameren Tempo zurechtkam und nach dem früheren Ansturm aufräumte.

»Hey, Chefin. Was machst du hier?«

Tara schaute zu ihrer Assistenzmanagerin Cassie hinüber und lächelte. »Mir war zu Hause langweilig«, flunkerte sie. »Wie lief der Ansturm? Irgendwelche Probleme?«

Cassie schüttelte den Kopf. »Nein. Es lief wie geschmiert.«

Ihr Handy piepste in ihrer Tasche, und sie holte es heraus. Sie runzelte die Stirn, als der Name ihres Verlegers mit einer weiteren Textnachricht auf dem Bildschirm aufleuchtete.

»Ist alles in Ordnung?«

Tara löschte die Nachricht, ohne sie zu lesen, und schaute bei Cassies Frage auf. Sie steckte das Handy zurück in ihre Tasche und zwang sich zu einem Lächeln. »Es ist alles gut.« Sie schaute sich noch einmal im Raum um. Alles schien reibungslos zu laufen. Cassie hatte alles unter Kontrolle. Die Frau war Gold wert, und Tara konnte sich glücklich schätzen, sie zu haben.

»Ich denke, ich mache eine Runde durch den Gastraum und überprüfe dann ein paar Dinge für die Pioneer Days. Doppelt prüfen, dass wir alles haben.«

Cassie lächelte und nickte. Tara erwiderte ihr Lächeln und ging durch die Küche zu den Türen, die in den Gastraum führten, und stieß sie auf.

Der Klang glücklicher Gäste begrüßte sie. Gespräche flossen mit gelegentlichem Lachen, das durchdrang. Sie hielt am Rand der Bar inne, um alles in sich aufzunehmen. Es erstaunte sie immer noch, an den meisten Abenden ein volles Haus zu sehen. Sie hatte mit großen Hoffnungen eröffnet, wusste aber, dass sie wegen der ländlichen Lage des Restaurants wahrscheinlich die Anzahl der Tage und Stunden, die The Heartwood geöffnet war, reduzieren müsste. Das war aber nicht wirklich der Fall gewesen. Sie hatte ein paar Anpassungen einige Monate nach der Eröffnung vorgenommen, aber größtenteils blieben die Geschäfte stabil. Sie war dankbar dafür. Dieser Ort hatte ihren Verstand gerettet. Sie zählte darauf, dass er es wieder tun würde.

Mit einem Lächeln im Gesicht wanderte sie durch den Gastraum, hielt an, um mit den Gästen zu sprechen und sicherzustellen, dass sie alles hatten, was sie brauchten. Auf der

Außenterrasse bemerkte sie einen einsamen Mann und ging zu ihm hinüber.

»Hi, Doug.« Doug Brown, Londons Langzeitmieter, war einer ihrer häufigsten Kunden. Niemand wusste, warum er wirklich in der Stadt war, aber er schien nett genug zu sein. Die Kellnerinnen liebten ihn. Er war immer höflich und gab großzügiges Trinkgeld.

Er schaute bei ihrer Begrüßung auf und lächelte.

»Hey. Ich dachte, du hättest heute frei. Kaylee sagte, du bräuchtest eine Pause.«

Sie verzog ihr Gesicht und blickte für einen Moment auf die Bäume. »Das hatte ich auch. Ich bin ausgeritten.«

Er runzelte die Stirn. »Und du hattest keine gute Zeit?«

Die Erinnerung an Jaces Mund, der gegen ihren gepresst war, flutete ihr Gehirn, und sie kämpfte gegen die Röte, die sich ausbreiten wollte. »Es war in Ordnung. Es war das, was passierte, als wir zurückkamen, was nicht so toll war.«

»Oh?« Er lehnte sich in seinem Stuhl zurück, legte einen Arm über die Rückenlehne und drehte sich zu ihr. »Was ist passiert? Ich habe gehört, ihr hattet da draußen einige Probleme. Alles in Ordnung?«

Sie seufzte und zog den anderen Stuhl heraus, um sich ihm gegenüber zu setzen. »Ich weiß nicht. Jace – der neue stellvertretende Sheriff – ist mit mir ausgeritten. Als wir zurückritten, bemerkte er etwas in einem der Bäume. Die Sonne traf es wohl genau richtig. Jedenfalls ritten wir hinüber, um nachzusehen, und fanden eine Kamera, die auf die Häuser gerichtet war.«

»Wirklich?« Er griff nach seinem Wasserglas und nahm einen Schluck. »Hast du eine Ahnung, wer sie dort platziert hat?«

Sie schüttelte den Kopf. »Noch nicht. Jace rief Seb an und verschwand damit. Ich bin sicher, sie nehmen Fingerabdrücke ab und schauen nach, ob es irgendwelche gespeicherten Aufnahmen darauf gibt. Es ist einfach verrückt, weißt du? Ich meine, wer würde in unsere Häuser einbrechen und uns ausspionieren wollen? Meine Familie ist langweilig.«

Doug zuckte mit den Schultern, spielte mit dem Besteck auf dem Tisch, während er sprach. »Ihr alle denkt, ihr seid normal, aber die Broken Bow ist Millionen wert. Vielleicht versucht jemand, sie in die Finger zu bekommen.«

Sie verengte ihre Augen. Eine von Sebs Theorien über Doug war, dass er ein Immobilienentwickler war. Tatsächlich hatte er allen erzählt, er sei hier, um Grundstücke zu besichtigen, bevor Seb entdeckte, dass gerade dieser Teil seiner Identität gefälscht war. Sie alle wussten, dass er etwas im Schilde führte, aber niemand wusste, was. Seb hatte den Schluss gezogen, dass er wahrscheinlich ein Privatdetektiv war, aber nicht wusste, was er untersuchte. Er war ziemlich verschwiegen darüber gewesen. Es war alles ziemlich seltsam.

»Woher weißt du, was die Ranch wert ist? Und wer würde sie nehmen wollen?«

Er lehnte sich zurück und hob seine Hände. »Ich mache nur eine Beobachtung. Ein Betrieb dieser Größe ist viel Geld wert. Es gibt wahrscheinlich ziemlich viele Leute da draußen, die ihn haben wollen.«

Sie runzelte die Stirn, als sie seine Worte erwog. Das stimmte. Sie wusste, dass ihre Eltern im Laufe der Jahre mehrere Angebote erhalten hatten. Aber wenn das der Grund für all ihre Probleme war, wie weit würde diese Person gehen, um die Broken Bow in die Hände zu bekommen?

Jace betrat die Polizeistation und ging in Richtung von Sebs Büro. Nachdem er und Tara die Tiere in ihre Ställe gebracht hatten, rief er Seb an und bat um ein Treffen. Er war am Telefon etwas kryptisch gewesen, weil er den Fall im Moment nicht in Taras Anwesenheit besprechen wollte. Sie schien von der Entdeckung etwas erschüttert zu sein. Er nahm es ihr nicht übel. Es sah so aus, als wäre das Objektiv direkt auf ihr Haus gerichtet gewesen.

Er klopfte mit den Knöcheln an Sebs Tür und trat ein, als Seb aufblickte.

Die Augen des anderen Mannes fielen sofort auf die Kamera im Ziploc-Beutel, den Jace trug.

»Was ist los?«

Er legte den Beutel auf Sebs Schreibtisch. »Ich habe das in einem Baum auf der Südseite der Häuser auf der Ranch gefunden.«

Seb runzelte die Stirn und schaute in den Beutel. Überraschung erhellte sein Gesicht. »Eine Kamera? Wie hast du sie gefunden?« Er holte Handschuhe aus seiner Hosentasche und zog sie an, bevor er die Kamera aus dem Beutel nahm.

»Tara und ich sind ausgeritten, und als wir zurückkamen, traf die Sonne das Objektiv genau richtig, und ich sah es aus dem Augenwinkel. Ich ging nachsehen, was geblitzt hatte, und fand das.« Er zeigte auf die mattschwarze Kamera in Sebs Hand.

»Hast du dir die Speicherkarte schon angesehen?« Seb drehte die Kamera in seinen Händen, auf der Suche nach dem Kartenschlitz. Als er ihn gefunden hatte, entfernte er die Karte und legte die Kamera ab.

Jace schüttelte den Kopf. »Nein. Ich wollte sie hierherbringen, damit du die Karte gegebenenfalls als Beweismittel sicherstellen kannst.«

»Nun, soweit ich weiß, hat keiner von uns diese Kamera aufgestellt, also wird sie wahrscheinlich dahin gehen. Wir haben andere, die wir gelegentlich aufstellen, um nach Raubtieren Ausschau zu halten, aber das sind nur Trail-Kameras und sehen ganz anders aus als diese.« Er setzte sich an seinen Schreibtisch, nahm einen Kartenleser aus einer Schublade und steckte ihn in seinen Computer. Jace ging um ihn herum, um hinter ihm zu stehen.

»Lass uns sehen, was wir haben.« Seb drückte einige Tasten, und ein Ordner öffnete sich. Hunderte von Bildern erschienen.

Sie zeigten alle die Rückseite von Taras Haus. Auf mehr als einem war die Frau selbst zu sehen. Ein bestimmtes Bild ließ Jaces Blut kochen. Es war eine klare Aufnahme durch das Küchenfenster, und Tara war nackt.

Seb murmelte einen Fluch.

Jace richtete sich auf und schaute weg. Er schluckte hart und schob seine Emotionen zurück in einen engen Tresor in seinem Kopf. »Warum würde jemand deine Schwester ausspionieren?«

Sebs Stirnrunzeln war tief. »Ich weiß es nicht.« Er scrollte weiter, aber es gab keine Bilder von etwas anderem als Tara und ihrem Haus. Er stieß einen Atemzug aus und warf die Karte aus, dann schob er seinen Stuhl zurück, um aufzustehen.

»Komm mit mir. Lass uns das Kriminallabor besuchen und sehen, ob wir sie dazu bringen können, schnell nach Fingerabdrücken zu suchen.« Er nahm die Kamera und führte Jace aus dem Raum.

Sie gingen durch die Hintertür der Station und überquerten den Parkplatz zum Gebäude nebenan. Drinnen meldeten sie sich schnell an und gingen durch die Tür links, die zu einem langen Flur führte, und steuerten auf das Labor am Ende zu.

Als sie an den Büros vorbeigingen, die den Flur säumten, öffnete sich eine Tür, und die leitende Tatortermittlerin, Katie Mitchum, trat heraus.

Sie sah sie und das Objekt in Sebs behandschuhten Fingern und stöhnte. »Ernsthaft? Ich war so kurz davor, hier rauszukommen.« Sie hielt zwei Finger nur Millimeter voneinander entfernt, dann seufzte sie laut. »Was ist das, und was wollt ihr?«

»Ich habe es draußen auf der Ranch gefunden«, sagte Jace. »Es hat Bilder von Tara und ihrem Haus.«

Katies Augen weiteten sich.

»Kannst du es auf Fingerabdrücke untersuchen?«, fragte Seb.

Sie nickte und wandte sich in Richtung des Labors. Eine Notbesetzung saß verstreut im Raum für die Nachtschicht, die für Notfälle und zur Bearbeitung des Rückstands im Dienst war.

Seb und Jace folgten ihr durch den Raum zu ihrem Arbeitsplatz. Sie warf ihre Tasche auf den Boden, zog dann ein Paar Latexhandschuhe an und nahm ein Glas mit Fingerabdruckpulver und einen Pinsel.

»Lass mich es sehen.« Sie hielt eine Hand für die Kamera aus. Seb reichte sie ihr.

Sie legte sie auf den Tisch, tauchte ihren Pinsel in das Pulver und fuhr damit leicht über die Kamera.

Jace verschränkte seine Arme und beobachtete ihre Arbeit, ungeduldig auf einige Ergebnisse wartend. Es störte ihn zu denken, dass jemand Tara im Auge behalten hatte. Und nicht nur, weil sie die Schwester seines Chefs war. Die Frau brachte ihn dazu, Dinge zu denken und zu fühlen, die er lange nicht mehr getan hatte. Nicht seit seiner Frau.

Katie legte ihren Pinsel ab und betrachtete die Kamera mit einer Lupe, ein Lächeln, das eine Seite ihres Mundes verzog. Sie richtete sich auf und schaute sie an. »Nun, er oder sie ist kein sehr kluger Krimineller. Das Ding ist voller Fingerabdrücke.« Sie nahm eine der speziellen Karten, die sie benutzten, um Fingerabdrücke von Objekten zu nehmen, und klebte sie auf einen Abdruck auf dem Einschaltknopf.

»Wie schnell kannst du das durchlaufen lassen?«, fragte Seb.

Sie schaute zu ihm auf, als wäre er ein bisschen dumm. »Wie lange arbeitest du schon mit mir?« Sie winkte mit einer Hand und drehte sich um, um die Karte auf einen Scanner zu legen. Ein paar Tippser auf ihrer Tastatur, und es lief durch die Fingerabdruckdatenbank.

Mit einem Grinsen drehte sie sich um, um sich gegen die Theke zu lehnen, richtete ihre durchsichtig-rosa Brille neu aus und verschränkte dann die Arme. »Hoffentlich wird es nicht zu lange dauern. Ich habe es zuerst durch unsere Datenbank laufen lassen. Wenn ich keine Treffer bekomme, wird es zu einer landesweiten Suche übergehen, dann national.«

Kaum waren die Worte aus ihrem Mund, da piepte der Computer. Sie drehte sich um, und Seb und Jace traten vor.

»Was steht da?«, fragte Seb.

»Hmm. Das ist seltsam.«

»Was?«, fragte Jace.

Sie schaute zu ihnen auf. »Es führte zurück zu den Fingerabdrücken, die ihr mich analysieren ließt, als ihr letzten Monat diesen Mordfall untersucht habt.«

»Welche genau? Du hast mehrere für mich überprüft«, sagte Seb.

»Die, die du von diesem Gast von London genommen hast. Doug Brown.«

»Was?« Seine Stimme rollte wie ein Donnerschlag durch den Raum.

Jaces Gesicht spiegelte Sebs Ausdruck wider. Was wollte Brown von Tara?

»Weite die Suche auf das ganze Bundesland aus«, sagte Seb. »Ich habe herausgefunden, dass seine Firma eine Scheinfirma ist, aber bevor ich tiefer graben konnte, haben wir die Identität des Mörders entdeckt, und ich habe es fallen lassen.«

Sie wandte sich wieder ihrem Computer zu und tippte ein paar Tasten. »Das wird länger dauern als die lokale Suche. Es könnte morgen oder später werden, bevor wir etwas wissen.«

Er nickte knapp. »Sobald du etwas weißt, ruf mich an.«

Sie nickte.

»Wie wäre es, wenn wir den guten Herrn Brown fragen, während wir warten?« sagte Jace.

»Gute Idee. Lass uns gehen.«

Jace drehte sich auf dem Absatz um und führte den Weg zurück durch das Gebäude. Sie meldeten sich ab und gingen zum Polizeiparkplatz. Sie legten einen kurzen Zwischenstopp ein, um Sebs Sachen zu holen, und dann waren sie auf dem Weg zu ihren Trucks.

»Glaubst du, er ist in der Pension?«

Seb zögerte. »Vielleicht. Normalerweise geht er zum Abendessen aus.«

Die Männer sahen sich an, die Antwort traf sie beide gleichzeitig. Sie teilten sich auf und rannten zu ihren Trucks.

»Ich rufe London an und finde heraus, ob er in der Pension ist. Wenn er dort ist, rufe ich dich an.«

Jace nickte und stieg in sein Fahrzeug. Er hatte das Gefühl, dass die Antwort auf diese Frage nein sein würde. Doug Brown war höchstwahrscheinlich im Heartwood Grill und spionierte Tara nach.

»ICH HABE MIT LONDON GESPROCHEN«, SAGTE SEB, ALS ER AUS seinem Fahrzeug stieg. Er schloss die Tür und joggte auf Jace zu, der ihn um dreißig Sekunden geschlagen hatte. »Sie hat ihn nicht gesehen, aber sie sagte, sie würde die Augen offen halten. Ich habe auch Gentry rübergeschickt.«

»Gut. Ich möchte nicht, dass er uns durch die Finger schlüpft.«

Sie erreichten die Vordertür, und Jace öffnete sie. Der appetitanregende Duft von gegrilltem Fleisch und Gewürzen stieg ihm in die Nase, sobald er eintrat, und erinnerte ihn daran, dass er das Abendessen ausgelassen hatte. Je nachdem, wie ihr Besuch verlaufen würde, könnte es noch eine Weile dauern, bis er etwas essen würde.

Seb winkte der Empfangsdame zu und führte ihn dann durch den Raum in die Küche. Hier war der Geruch von Essen viel stärker, und Jaces Magen knurrte. Er ignorierte es und scannte den Raum nach Tara, und runzelte die Stirn, als er sie nicht sah. Sie hatte gesagt, sie würde hierher kommen.

Er blickte zu Seb und bemerkte ein ähnliches Stirnrunzeln auf seinem Gesicht, aber er trat auf einen der anderen Köche zu, bevor Jace etwas sagen konnte.

»Cassie.«

Die Frau schaute von ihrer Arbeitsstation auf und lächelte. »Sheriff. Hallo.«

»Hey. Ist Tara hier?«

Sie nickte und zeigte mit ihrem Kochmesser auf eine Tür am hinteren Ende der Küche. »Sie ist im Büro.«

»Danke.«

Die beiden Männer bahnten sich ihren Weg durch die Tische. Seb klopfte, wartete aber nicht auf eine Antwort und drehte den Knauf.

Tara blickte vom Schreibtisch auf, mit einem erwartungsvollen Gesichtsausdruck, der sich schnell in ein Stirnrunzeln verwandelte, als sie Jace neben ihrem Bruder sah.

»Was macht ihr zwei hier?«

Seb trat ein, und Jace lehnte sich an den Türpfosten.

»Ist Doug Brown hier?« fragte Seb.

Taras Stirnrunzeln wurde neugierig. »Er war hier. Er ist vor etwa einer halben Stunde gegangen. Warum?«

Seb schaute zurück zu Jace, der seine Hände in einer bittenden Geste hob. Er war bereits auf ihrer schlechten Seite nach ihrem Kuss. Seb konnte sie diesmal verärgern.

Er seufzte und wandte sich wieder seiner Schwester zu. »Wir haben Fingerabdrücke auf der Kamera gefunden. Sie gehören Brown.«

Ihre Augen weiteten sich, und ihr Mund klappte auf. »Was?« Das Wort kam mit einem knappen Atemzug heraus, und sie sah weg, nachdenklich. »Oh mein Gott.« Sie richtete ihren Blick wieder auf die beiden, nun lag etwas anderes neben der Überraschung. »Ich habe ihm erzählt, was wir gefunden haben.«

»Warum hast du das getan?« Jace konnte sich nicht zurück-halten. Der Schock lockerte seine Zunge.

Sie funkelte ihn noch härter an. »Er war immer nett zu mir und meinem Personal. Er wusste, dass ich heute Abend nicht hier sein sollte, und fragte, warum ich es bin. Es war ein unschuldiges Gespräch. Und ich war frustriert.« Sie stützte ihre Ellbogen auf den Schreibtisch und vergrub ihr Gesicht in den Händen. »Verdammt. Ich habe ihn gewarnt.«

Seb zog sein Telefon heraus. »Das hast du auf jeden Fall.« Er blickte zu Jace. »Ich werde eine Fahndungsmeldung für sein Auto herausgeben.« Er quetschte sich an Jace vorbei, um hinauszugehen und den Anruf zu tätigen.

Jace sah ihm nach, Unbehagen in seinem Bauch, da er nun allein mit Tara war und sie trösten sollte. Er vermutete, dass das Sebs Plan war. Der Bastard.

Er trat in das winzige Büro und stellte sich neben ihren Schreibtisch. Er verschränkte die Arme und winkelte eine Hüfte an, dann entknotete er sie und steckte seine Finger in seine vorderen Hosentaschen.

Sie richtete ihre Augen auf ihn, immer noch funkelnd. »Willst du mich dafür tadeln, dass ich ein Idiot war?«

»Nein. Du hattest keine Ahnung, dass er es war. Er war ein mitfühlendes Ohr, als du eines brauchtest.«

Sie stieß einen Atemzug aus. »Was für ein Chaos.«

Er legte eine Hand auf ihre Schulter. Sie spannte sich an, dann schob sie sich vom Schreibtisch weg und stand auf. »Konntet ihr die Aufnahmen auf der Kamera anschauen?«

Jace versteifte sich. Er nickte, blieb aber still.

Sie hob eine Augenbraue. »Nun? Was war drauf?«

Sein Kiefer arbeitete. Er wollte es ihr nicht sagen, aber er wusste, dass sie es früher oder später herausfinden würde.

Er senkte den Kopf, stieß dann einen Atemzug aus und sah sie an. »Die Kamera war auf die Rückseite deines Hauses gerichtet. Alle Bilder waren von deinem Haus. Und von dir.« Er ließ den nackten Teil aus. Das konnte sie auf einem anderen Weg herausfinden.

»Was?« Unglaube machte ihre Augen weit. »Was zum Teufel geht hier vor?«

Er schüttelte den Kopf. »Ich weiß es nicht.«

Tränen schimmerten in ihren Augen, und Jace konnte sich nicht davon abhalten, sie wieder zu berühren. Er hasste es, sie verletzt zu sehen. Er streckte die Hand aus, nahm ihre und drückte sie. »Ich werde es aber herausfinden.«

Seb wählte diesen Moment, um wieder hereinzukommen. Jace unterdrückte ein Stöhnen, als der Mann beim Anblick ihrer verschlungenen Hände grinste. Jeder Boden, den er bei Tara gewonnen hatte, war gerade ausradiert worden.

Sie riss ihre Hand frei und verschränkte die Arme, dann sah sie ihren Bruder an.

»Fahndung ist raus. Ich habe auch einen Durchsuchungsbefehl für sein Zimmer in der Pension beantragt. Ich warte auf die Unterschrift vom Richter.«

»Klingt gut. Ich folge dir zurück.«

Seb runzelte die Stirn. »Es wäre vielleicht eine gute Idee für dich, hier zu bleiben.« Er schaute zu Tara. »Hat er dir gesagt, was wir auf der Speicherkarte gefunden haben?«

Sie nickte.

Er blickte zurück zu Jace. »Jemand sollte bei ihr bleiben, bis wir Brown finden und herausfinden, worum es hier geht.«

»Ich komme mit euch zur Pension. Hier gibt es nicht viel für mich zu tun, und ich habe keine Lust, zu Hause zu sitzen und Däumchen zu drehen, während er«, sie zeigte auf Jace, »mich anstarrt. Ich hänge bei London ab, während ihr beide sucht.«

Sebs Lippen zuckten, aber er hielt das Lächeln zurück. »Okay. Ich werde zum Haus von Richter Brandt fahren, um den Durchsuchungsbefehl zu holen. Wir sehen uns in der Pension.« Er ging rückwärts hinaus und ging weg, bevor einer von ihnen protestieren konnte.

Tara beschwor ihn mit einem Blick. »Ich nehme an, du würdest mich nicht meinen eigenen Truck zu London fahren lassen?«

Jace schüttelte den Kopf. Er deutete mit dem Daumen über seine Schulter, wo Seb nur Momente zuvor gestanden hatte. »Und seinen Zorn riskieren? Nein.«

Sie verzog das Gesicht, argumentierte aber nicht. »Schön.« Sie räumte die Akten weg, an denen sie gearbeitet hatte, und nahm ihre Handtasche, schaltete die Lichter aus, als sie hinausgingen. Sie winkten Cassie zu und verließen das Gebäude.

TARA DRÜCKTE SICH AN DIE TÜR VON JACES TRUCK, WÄHREND ER sie zu Londons B&B fuhr. Sie starrte aus dem Fenster auf die dunkler werdende Landschaft, ohne sich darum zu kümmern, dass sie nicht viel sehen konnte. Sie wollte einfach keine Konversation machen müssen.

Aber sie konnte seine Augen auf sich spüren und ahnte, dass die Stille nicht lange anhalten würde.

»Hat Brown dir jemals etwas darüber gesagt, was er hier tat? Hat er dich etwas gefragt, das... neugierig erschien?«

Sie drehte den Kopf, um ihn anzuschauen. »Ich glaube nicht. Die meisten unserer Gespräche waren harmlos genug. Er fragte, woher ich die Idee für ein Gericht hatte oder was ich für das Menü an einem bestimmten Tag geplant hatte. Wir redeten über Dinge, die in der Stadt passierten. Er zeigte Mitgefühl für das, was mit London und Adelaide passiert ist. Nichts, worüber ich nicht auch mit jedem anderen reden würde. Und ich habe ihn nur einmal gefragt, was er hier macht, als er zum ersten Mal in der Stadt ankam. Er sagte, geschäftlich. Ich habe nicht nachgebohrt, weil er nicht darüber reden zu wollen schien.«

»Ja«, murmelte Jace. »Jetzt wissen wir warum.«

Tara schaute durch die Windschutzscheibe, ihre Augen sahen nichts, da sie in Gedanken verloren war. »Ich kann nicht glauben, dass er mich die ganze Zeit ausspioniert hat. Warum?«

»Wenn er ein Privatdetektiv ist, wie Seb vermutet, hat ihn jemand angeheuert. Wir müssen nur herausfinden, warum.«

»Das ist es ja gerade. Was gibt es über mich – über mein Leben –, dass jemand einen anderen anheuern würde, um mich auszuspionieren? Ich bin langweilig. Ich stehe auf, gehe zur Arbeit, komme nach Hause, schlafe, wiederhole. Wirf ein paar Mädelsabende und Familienfeiern ein, und du hast mein Leben.«

»Ich weiß es nicht, aber da ist etwas. Wir müssen nur herausfinden, was es ist. Und Seb hat recht. Bis wir das herausgefunden haben, gehst du nirgendwo allein hin.«

»Ich habe keine Zeit für so etwas«, stöhnte sie. »Die Pionier-Tage-Feier beginnt in zwei Tagen. Ich richte ein Freiluftrestaurant im Park ein. Wir machen alles auf die altmodische Art. Ich habe morgen drei verschiedene Trucks, die kommen, um das ganze Essen zu liefern, und ich muss mit dem Fleisch anfangen. Ich habe keine Zeit, darauf zu warten, dass jemand auftaucht und mich beschattet, jedes Mal wenn ich eine Fahrt von der Ranch in die Stadt machen muss.«

»Nun, dann hast du wohl einen neuen Koch.«

Sie starrte ihn an, die Augen weit, als seine Bedeutung einsank. »Was? Nein. Du kochst nicht in meiner Küche.«

»Warum nicht? Abgesehen davon, dass es die Notwendigkeit beseitigt, auf eine Begleitung zu warten, klingt es, als könntest du ein paar zusätzliche Hände gebrauchen.«

»Kannst du überhaupt kochen?«

»Ja. Meine Mama hat dafür gesorgt, dass ich für mich selbst sorgen kann. Und Allie mochte das Kochen nicht besonders, also haben wir uns die Küchenpflichten geteilt.«

Jace bog in Londons Einfahrt ein und ersparte ihr eine Antwort. Es würde ein kalter Tag in der Hölle sein, bevor sie ihn neben sich kochen ließ. Sobald er den Truck parkte, war sie aus der Tür und auf dem Weg ins Haus.

Aaron Gentry, Sebs jüngster Deputy im zarten Alter von nur zweiundzwanzig Jahren, saß auf der Couch im Wohnzimmer. Londons Nichte, Abigail, saß ihm gegenüber und lächelte den gut aussehenden Neuling mit Sternen in den Augen an.

Tara unterdrückte ein Lächeln. Abigail war zu jung für Aaron, und das wussten beide, aber es hielt das Mädchen nicht davon ab, einen hübschen Jungen zu bewundern, wenn er in der Nähe war.

London steckte ihren Kopf aus der Küche und winkte sie herein. Sie hörte Jace hereinkommen und die Tür schließen, schenkte ihm jedoch keinen Blick, während sie schnurstracks zu ihrer Freundin eilte.

Sobald sie durch die Türöffnung getänzelt war, schob London die Schiebetür zu.

»Schokolade. Ich brauche Schokolade.«

London kicherte und schob einen Teller mit Brownies über die Theke zu ihr. »Zum Glück habe ich die heute gemacht.«

Tara nahm einen und stopfte sich einen Bissen in den Mund. Sie stöhnte, als der süße Geschmack von cremiger Milchschokolade ihre Zunge traf. »Oh, das ist gut.«

»Also, was lässt dich nach dem Nektar der Götter lechzen, abgesehen von unserem lieben Herrn Brown?« Sie wackelte mit den Augenbrauen und gab Tara ein verschmitztes Lächeln. »Hat es irgendetwas mit dem gutaussehenden Hünen von Mann zu tun, der hinter dir hereingekommen ist?«

Tara stöhnte, stopfte sich dann noch einen Bissen Brownie in den Mund und funkelte sie an. »Nein«, murmelte sie um ihr Essen herum. Sie spürte, wie sich ihre Wangen bei dieser Leugnung erhitzten.

London lachte. »Oh, das klingt vielversprechend. Was ist passiert?«

»Nichts.«

»Dein rotes Gesicht erzählt mir etwas anderes. Spuck's aus.«

Tara verdrehte die Augen und beendete ihren Brownie. »Er hat mich geküsst und es hat mir die Zehen gekräuselt und wir sind beide ausgeflippt. Ende der Diskussion.«

Londons Augen weiteten sich. »Nein. Nicht Ende der Diskussion. Wann ist das passiert? Und warum ist er auch ausgeflippt?«

»Es war heute früher, als wir ausreiten waren. Bevor wir die Kamera gefunden haben. Und ich nehme an, es hat etwas damit zu tun, dass er einmal verheiratet war. Sie starb bei einem Bootsunfall.« Tara schluckte schwer und blinzelte ein paar Mal. »Zusammen mit ihrer kleinen Tochter und seinen Eltern.«

London keuchte. »Oh mein Gott! Das wusste ich nicht. Das ist schrecklich.«

Tara nickte. »Er sagte, er spricht nicht viel darüber. Nur wenn das Thema Familie aufkommt und jemand fragt.«

»Also denkst du, er ist ausgeflippt wegen ihr? Als wäre es ein Verrat an ihr oder so etwas?«

Tara zuckte mit den Schultern. »Ich habe keine Ahnung. Er zog sich zurück, und wir ritten nach Hause. Wir haben nicht darüber gesprochen.« Sie stöhnte und nahm noch einen Brownie vom Teller. »Mein Leben ist so ein Chaos.«

London lachte wieder. »Nein, ist es nicht. Es gibt schlimmere Gründe, sich Schokolade in den Mund zu stopfen, als von einem blonden Gott angezogen zu sein.«

Die gab es tatsächlich. Und sie hatte noch einen guten. »Lass uns dann über das andere reden, ja? Brown ist nicht mehr zurückgekommen, seit er mein Restaurant verlassen hat?«

Die andere Frau wurde ernst. »Nein. Es sei denn, er ist hereingeschlüpft, bevor Seb anrief. Ich war oben in der Wohnung, also ist es möglich, dass ich ihn verpasst habe. Ich kann mich aber nicht erinnern, jemanden hereinkommen gehört zu haben. Seb wird die Sicherheitsaufnahmen überprüfen, da bin ich sicher. Er liebt das neue System, das er hat einbauen lassen.«

Tara grinste. »Hat er dich mit dem ganzen technischen Kram verrückt gemacht?«

»Ja.« London verdrehte die Augen und lächelte. »Aber er sah dabei sehr süß aus. Ich habe nicht viel gelernt, aber er hat meine Wertschätzung für seine Begeisterung zu schätzen gewusst.«

»Oh, igitt! Keine Sex-Gespräche über meinen Bruder.« Sie brauchte mehr Schokolade – wahrscheinlich sogar etwas Wein –, wenn das auf dem Programm stehen sollte. Sie könnte sowieso etwas davon gebrauchen.

Die Schiebetür öffnete sich und Seb steckte seinen Kopf herein. »Wer redet über Sex? Und warum?«

»Ich habe Tara gerade erzählt, wie sehr ich das Sicherheitssystem zu schätzen weiß, das du installiert hast.«

Sebs Grinsen war raubtierhaft, als er seine Verlobte ansah. »Oh ja. Das war ein guter Nachmittag.«

Tara wedelte mit den Armen und stand auf. Sie ging zum Kühlschrank, die Gläser in der Tür klimperten, als sie ihn aufzog. »Keine Details, bitte.« Sie nahm die Weinflasche vom obersten Regal und schloss die Tür. »Ich nehme an, aus der Tatsache, dass du hier bist, hast du den Durchsuchungsbefehl für Dougs Zimmer bekommen?«, sagte sie und wechselte das Thema. Sie wühlte in der Spülmaschine nach einem sauberen Glas, ohne sich darum zu kümmern, dass es ein Wasserglas war. Sie zog den Korken aus der Flasche, goss eine ordentliche Menge des frischen Weißweins in den Becher und nahm einen großen Schluck.

»Säuferin«, sagte Seb, als er den Raum betrat.

Tara streckte ihm die Zunge heraus. »Hör auf, über dein Sexleben vor mir zu reden, und vielleicht muss ich nicht trinken, um es zu vergessen. Jetzt beantworte meine Frage.«

Er kicherte. »Ich werde es versuchen.«

Sie konnte an seinem Tonfall erkennen, dass er es nicht tun würde, und verengte ihre Augen zu Schlitzen, blieb aber still.

»Und ja, habe ich. Ich bin gerade hereingekommen, um den Schlüssel zu holen, damit ich nicht die Tür eintreten muss.«

London zog einen Schlüsselbund aus ihrer Tasche. »Bitte tu das nicht.« Sie ging zu ihm hinüber und reichte ihn ihm.

Er nahm die Schlüssel und beugte sich runter, um einen Kuss auf ihre Lippen zu drücken. »Danke, Schatz. Ich komme zu dir, wenn wir fertig sind.«

»Seb.« Tara machte einen Schritt auf ihn zu, und er sah sie an.

»Ich will wissen, was ihr findet. Egal was es ist. Ich habe ein Recht zu erfahren, welche Art von Informationen er über mich gesammelt hat.«

Mit ernstem Gesichtsausdruck nickte er. »Warte hier. Ich bin gleich zurück.«

Tara nahm noch einen Schluck von ihrem Wein und sah ihm nach, während sie sowohl fürchtete als auch erwartete, welche Antworten seine Suche bringen würde.

»Hast du den Schlüssel?«, fragte Jace Seb, als er zurück ins Wohnzimmer kam.

Seb nickte und hielt den Schlüsselbund hoch. »Jep. Lass uns gehen.« Er hielt nicht an und führte den Weg zur Treppe auf der anderen Seite des Raumes.

Beide Männer nahmen die Stufen im Zweier-Schritt, um den zweiten Stock des Gasthauses zu erreichen.

»Was hat so lange gedauert? Alles in Ordnung da drin?«, fragte Jace, als sie außer Abigails Hörweite waren.

Seb seufzte und suchte den Schlüssel für Browns Zimmer, als sie seine Tür erreichten. »Ja. Ich hoffe, du bist auf eine betrunkene Tara vorbereitet. Sie kippte gerade ein Glas Pinot Grigio runter. Und es war noch mehr in der Flasche.«

»Ehrlich gesagt, habe ich das irgendwie erwartet. Ich bin erstaunt, dass sie sich bisher so gut zusammengerissen hat.«

»Ja, nun, meine Schwester ist ziemlich zäh. Sie hat schon einige wirklich miese Scheiße durchgemacht.« Er steckte den Schlüssel ins Schloss und öffnete die Tür.

»Ich weiß. Aber es war trotzdem ein harter Tag, und herauszufinden, dass jemand, den man vielleicht nicht als Freund, aber auch nicht wirklich als Bedrohung ansieht, einen ausspioniert und in dein Haus einbricht, ist aufwühlend.«

»Stimmt. Lass uns sehen, ob wir herausfinden können, warum.« Er bedeutete Jace hineinzugehen.

Browns Zimmer sah aus, als wäre eine Bombe explodiert. Papiere, Kleidung und andere Dinge waren über alle Oberflächen verstreut. Jace blickte zu Seb hinüber, dessen schockierter Ausdruck seinen eigenen widerspiegelte.

»Ich nehme an, dass es nicht immer so aussieht?«

Seb schüttelte den Kopf. »Nein. Normalerweise ist er penibel ordentlich. Er muss zurückgekommen sein, nachdem er The Heartwood verlassen hat, und London hat ihn nicht gesehen. Lass uns herausfinden, was er zurückgelassen hat.«

Jace nahm die andere Seite des Raumes. Er zog seine Handschuhe an und begann, die auf dem Schreibtisch verstreuten Papiere durchzublättern. Vieles davon waren Notizen über Taras Bewegungen. Orte, die sie besuchte, wie oft, an welchen Tagen – ein detaillierter Überblick über jeden Ort, an dem sie in den letzten drei Monaten gewesen war. Er konnte nicht glauben, wie viele Daten der Mann hatte. Es war mehr, als eine Person sammeln konnte. Besonders wenn man bedenkt, dass er wusste, dass Brown manchmal an anderen Orten als Tara gewesen war.

»Hey, Seb?«

»Ja?«

»Wenn wir zurück zur Ranch kommen, müssen wir die Fahrzeuge deiner Schwester auf Peilsender überprüfen.«

»Ist das dein Ernst?«

Jace sah über seine Schulter und wedelte mit einem Blatt Papier in seine Richtung. »Er hat sie verfolgt. Überallhin.«

Seb fluchte. »Okay. Ja, wir müssen die finden und sicherstellen, dass sie deaktiviert werden, damit er es nicht weiter tun kann.«

»Wir sollten zur Sicherheit die Autos von allen überprüfen.«

»Einverstanden.«

»Hast du schon etwas gefunden?«

»Nein. Nur ein Haufen leerer Taschen.« Er warf die Hose, die er gerade durchsucht hatte, hin und nahm eine andere.

Jace wandte sich wieder den Papieren zu. Unter den Berichten über ihren Aufenthaltsort fand er einen Zettel mit einer Telefonnummer darauf. Er machte schnell ein Foto davon mit seinem Handy und wählte dann die Nummer.

»Was machst du da?« Seb trat hinter ihn.

Jace hob einen Finger, während das Telefon klingelte. Es lief zu einer Nachricht, die ihm mitteilte, dass die Nummer nicht mehr in Betrieb sei, und er legte auf. »Ich habe das unter all diesen Berichten gefunden. Die Nummer ist abgeschaltet.«

Seb nahm sein Handy heraus. »Ich habe einen Kontakt beim FBI, der uns vielleicht etwas darüber sagen kann. Lass mich ihn darauf ansetzen. Such weiter. Meine Seite ist ein Reinfall. Es ist nur ein Haufen Kleidung.«

Er begann wieder, die Papiere zu durchsuchen, während Seb telefonierte, aber es war mehr vom Gleichen. Als er nach unten blickte, bemerkte er mehrere Zettel auf dem Boden und im Papierkorb. Er kniete sich hin und hob sie auf. Auf allen standen ein Datum und eine Uhrzeit. Vielleicht Zeiten, zu denen Brown sich mit demjenigen treffen sollte, der ihn angeheuert hatte. Jace legte sie auf den Schreibtisch und nahm sich vor, Tara zu fragen, wo sie zu diesen Zeiten gewesen war. Es könnten Daten sein, die es noch nicht in die Berichte geschafft hatten.

Er wandte sich dem zerknitterten Bett zu und schüttelte die Bettwäsche aus. Außer einem T-Shirt und einer Socke gab es nichts. Er öffnete die Schublade des Nachttisches. Darin befanden sich ein Telefonladegerät und ein Lippenbalsam.

Als er seinen Kopf abwandte, fiel ihm etwas hinter dem Kopfteil auf dem Boden auf. Er schaltete die Taschenlampe seines Handys ein und leuchtete in den Spalt. Da war etwas. Es sah aus wie mehr Papier.

Jace legte das Telefon beiseite und zog das Bett von der Wand weg, um einen Aktenordner zu finden.

»Was ist da hinten?«

Er richtete sich mit dem Ordner in der Hand auf. »Das hier.« Er klappte ihn auf, und ein Bild von Tara, die in den Armen eines großen, dunkelhaarigen Mannes lag, starrte ihn an. Eine Welle von Eifersucht rollte durch seinen Bauch.

»Ist das Taras Ehemann?« Er drehte den Ordner um, damit Seb ihn sehen konnte.

Seb trat näher und runzelte die Stirn, nickend.

Jace drehte ihn zurück und blätterte weiter. Er hörte Seb am Telefon sprechen, hörte aber nicht, was gesagt wurde. Er sank auf das Bett, unfähig zu glauben, dass Brown das zurückgelassen hatte.

»Seb. Wir haben ein Problem.«

Tara unterbrach ihren Schluck und blickte über den Rand ihres Glases hinweg, als ihr Bruder und Jace in die Küche kamen. Sebs Augenbrauen waren so tief heruntergezogen, dass sie sich berührten. Jaces Mund war zu einer dünnen, grimmigen Linie verzogen.

Sie stellte ihr Glas ab, während ihr Magen sich zusammenzog. Was auch immer sie zu sagen hatten, es würde ihr nicht gefallen.

»Was ist los?«

Seb deutete mit dem Aktenordner in seiner Hand zum Tisch. »Setz dich, T. Wir müssen reden.«

Tara schluckte angesichts seines ernsten Tonfalls. Was auch immer sie gefunden hatten, es beunruhigte sie sehr. »Oh Gott. Ich weiß, ich sagte, ich will es wissen, aber jetzt bin ich mir nicht mehr so sicher. Hat er einen Haufen Nacktfotos von mir oder sowas?«

»Die haben wir auf der Kamera gefunden«, murmelte Jace.

Auf dem Weg durch die Küche geriet sie ins Straucheln und stolperte gegen den Tisch. Sie setzte sich härter auf den Stuhl, als sie beabsichtigt hatte, und er rutschte mehrere Zentimeter, bevor sie zum Stillstand kam.

»Herrgott, Tara. Wie viel hast du getrunken?«, fragte Seb und ließ sich auf den Stuhl ihr gegenüber sinken.

Sie pustete sich die Haare aus dem Gesicht und warf ihm einen genervten Blick zu. »Ich habe mein Glas gerade aufge-füllt, bevor ihr zwei hereingekommen seid. Jetzt sag mir, was ihr außer Nacktbildern gefunden habt. Hat er die auch verkauft?«

Seb seufzte und klappte den Ordner auf. »Nein. Aber wir haben das hier gefunden.«

Er drehte den Ordner um, und Tara sah ein Foto ihres Mannes in Uniform.

Ihre Augen huschten nach oben. »Was geht hier vor? Warum hat er ein Bild von Sean?«

Seb blickte zu Jace auf, der mit London neben ihnen stand. Tara sah zu ihm hinüber. Sein Mund war immer noch fest geschlossen, und in seinen Augen spiegelte sich Besorgnis.

»Der Rest der Akte enthält Details über Seans letzten Einsatz in Afghanistan. Was auch immer Brown hier sucht, es geht nicht um dich. Es geht um Sean.«

Tara lehnte sich mit weit aufgerissenen Augen in ihrem Stuhl zurück und blickte erschüttert zur Seite. Das war das Letzte, was sie erwartet hatte. »Warum?« Sie sah wieder zu ihrem Bruder. »Was könnte er denken, dass ich über Seans Militär-karriere habe oder weiß? Und nach drei Jahren?«

»Ich bin mir nicht sicher, aber ich werde ein paar Anrufe täti-gen. Schauen, was ich über die Informationen in diesem Ordner herausfinden kann. Ich komme vielleicht nicht weit, denn ich vermute, dass vieles in dieser Akte nur für Eingeweihte bestimmt ist. Wie Brown daran gekommen ist, kann jeder nur raten, aber wenn wir ihn schnappen, wird er sich nicht nur vor mir verantworten müssen.«

Sie rieb sich die Hände übers Gesicht, unfähig, das alles zu verarbeiten. »Das ist doch irre. Lass mich den Ordner sehen. Ich war bei seiner letzten Tour mit der Einheit, vielleicht erinnere ich mich an etwas.« Sie griff nach der Akte, aber Seb zog sie zurück.

Sie blickte ihn stirnrunzelnd an.

»Du musst das erst einmal sacken lassen. Du bist jetzt so geschockt, dass nur ein Teil deines Gehirns auf das achten wird, was du liest. Es ist spät. Geh nach Hause, ruh dich aus, und morgen fangen wir frisch an.«

»Seb, ich habe morgen tausend Dinge zu erledigen. Am Samstag beginnt das Festival. Wir müssen das jetzt machen.«

»Ich weiß, dass du beschäftigt bist. Wir sind es auch.« Er deutete auf sich selbst und Jace. »Aber ich garantiere dir, dass du etwas übersehen wirst, wenn wir nicht warten. Du musst erst einen Schritt zurücktreten.«

Ihr Seufzen klang eher wie ein Knurren, aber sie nickte. »Gut. Aber es muss das Erste sein. Ich will nicht, dass das den ganzen Tag über mir schwebt.«

»Das ist in Ordnung. Ich lasse die Akte bei Jace. Ihr könnt sie durchgehen, bevor du zur Arbeit gehst. Aber«, er machte eine Pause und sah beide an, »ihr werdet bis zum Morgen warten.« Er warf seinem neuen Deputy einen strengen Blick zu. »Lass nicht zu, dass sie dich mit diesen dunklen Augen oder anderen Körperteilen - dazu bringt, ihr die Akte früher zu zeigen. Du solltest wahrscheinlich sogar darauf schlafen. Ich traue ihr zu, dass sie mitten in der Nacht aus dem Bett schleicht und sie liest.«

»Hey!«

»Fang gar nicht erst an. Mom musste deine Weihnachtsgeschenke in einer Truhe auf dem Dachboden einschließen und den Schlüssel an einer Kette um ihren Hals tragen, weil du nicht aufhören konntest zu versuchen, nachzuschauen.«

»Thomas hat das auch gemacht«, grummelte sie.

»Nun, ihr habt euch einen Mutterleib geteilt, also ist da was dran.« Er stand auf, schloss den Ordner und nahm ihn vom Tisch. »Morgen früh. Bei Sonnenaufgang. Nicht früher.«

Er hielt Jace den Ordner hin. »Bring sie nach Hause. Und behalte die Umgebung im Auge. Ich weiß nicht, ob Brown heute Nacht versuchen wird, an sie heranzukommen oder nicht. Das hängt davon ab, wie verzweifelt er ist, das zu bekommen, was er glaubt, dass sie hat.«

Jace nickte und trat vor, streckte eine Hand aus. »Komm schon, Tara. Seb hat recht. Lass uns etwas Ruhe finden.«

Tara starrte auf die langen, gebräunten Finger, die er ihr entgegenstreckte, während ihr Gehirn versuchte mitzukommen. So viel war in so kurzer Zeit passiert. Sie wollte einfach nur Antworten. Die entschlossene Haltung ihres Bruders verriet ihr jedoch, dass sie würde warten müssen. Und so sehr sie es auch nicht mochte - und hasste, es zuzugeben - er hatte recht. Sie war in keinem Zustand, um sich kritisch mit dem Inhalt dieser Akte auseinanderzusetzen, sowohl wegen ihres emotionalen Zustands als auch wegen der halben Flasche Wein, die sie getrunken hatte.

Sie zog einen beruhigenden Atemzug durch die Nase und legte ihre Hand in Jaces, ließ sich von ihm aus dem Stuhl ziehen. Sie schenkte London das beste Lächeln, das sie zustande bringen konnte, und ließ sich von ihm aus dem Raum führen.

JACE ÜBERPRÜFTE DIE SCHLÖSSER NOCH EINMAL UND SCHALTETE
auf seinem Weg zum Badezimmer die Lichter in der Küche
aus, um sich bettfertig zu machen. Es war erst neun Uhr, aber
nach dem Tag, den sie hatten, waren beide bereit, sich auszu-
ruhen. Tara war sofort duschen gegangen und hatte sich ihren
Schlafanzug angezogen, während Jace ein Sandwich aß und
das Grundstück kontrollierte.

Er nahm saubere Kleidung mit, duschte den Tag ab und
putzte sich die Zähne. Als er das Badezimmer verließ und
sich umdrehte, um zurück ins Wohnzimmer zu gehen, erregte
ein Geräusch hinter Taras geschlossener Tür seine Aufmerksamkeit.

Was war das?

Er ließ seine Kleidung auf dem Flurboden fallen, behielt aber
seine Waffe. Mit leichten Schritten schlich er über den Flur,
um zu lauschen. Es dauerte nur einen Moment, bis er registrierte, was er hörte. Er entspannte den Sicherungshebel
seiner Waffe und ließ sie sinken.

Mit einer sanften Drehung am Knauf gab er der Tür einen
leichten Schubs. Der Anblick, der sich ihm bot, brach ihm fast
das Herz. Tara lag wie ein Baby zusammengerollt auf ihrem
Bett und schluchzte in ein Kissen. Sie sah ihn kurz an, bevor
sie wieder in die Matratze sank, der Strom ihrer Tränen unge-
brochen.

Jace war im Zimmer, bevor sein Gehirn registriert hatte, dass
seine Füße sich bewegten. Er legte seine Waffe auf den Nachttisch und setzte sich hinter sie, dann zog er sie auf seinen
Schoß. Sie drehte ihr Gesicht an seine Brust, und bald spürte
er die feuchte Hitze ihrer Tränen durch den Stoff seines T-
Shirts.

Er ließ sie weinen. Er wusste, manchmal muss man es einfach rauslassen. All den aufgestauten Schmerz und Zorn mit den Tränen wegfließen lassen. Also saß er dort auf ihrem Bett mit ihr in seinen Armen und streichelte ihr Haar, während er sanfte Beschwichtigungen in ihr Ohr murmelte. Langsam beruhigte sie sich, bis die herzzerreißenden Schluchzer zu leisen Schluckaufs und Schniefen wurden.

Ihre Finger ließen sein Shirt los, und sie setzte sich zurück, um ihn anzusehen. Selbst mit ihren roten, geschwollenen Augen war sie die schönste Frau, die er je gesehen hatte.

»Danke«, flüsterte sie.

»Jederzeit. Willst du darüber reden?«

Sie saugte ihre Unterlippe zwischen die Zähne und kaute einen Moment darauf, bevor sie ausatmete. »Nicht wirklich, aber da ich gerade dein Shirt vollgeheult habe, wäre es wahrscheinlich höflich.«

Er lächelte zu ihr herunter. »Du musst über nichts reden. Ich habe viele T-Shirts.«

Das brachte sie zum Grinsen. »Wenn wir weiterhin Überraschungen wie die heute Abend finden, werden wir sie wahrscheinlich alle durchgehen.« Sie tätschelte den feuchten Fleck auf seinem Shirt.

Jace bedeckte ihre Hand mit seiner, und ihr Lächeln verblasste. Er räusperte sich und schaute weg, weil er wusste, dass er sie sonst wieder küssen würde. Es fühlte sich nicht richtig an, nachdem sie gerade über ihren toten Mann geweint hatte, egal wie sehr er es wollte.

Sie rutschte von seinem Schoß, um neben ihm auf dem Bett zu sitzen. Er ahmte ihre Haltung nach und zog die Knie an die Brust, schlang seine Arme darum.

»Ich dachte, ich wäre fertig damit, über ihn zu weinen. Es erscheint irgendwie sinnlos. Es bringt ihn nicht zurück.«

»Nein. Aber manchmal baut sich die Trauer auf. Wir merken es nicht einmal, aber sie tut es, und dann braucht sie einen Ausweg, wenn etwas diesen Damm mit dem langsamen Leck überfluten lässt.«

»Weinst du noch über deine Frau?«

»Seit einiger Zeit nicht mehr, aber früher ständig. Sie würde mir in den Hintern treten, wenn sie mich nach all der Zeit immer noch über sie weinen sähe.« Er lächelte und fuhr dann fort. »Ich weine aber immer noch über Haley. Ich glaube, das wird sich nie ändern. Ich denke, es wird immer seltener werden - das ist es schon - aber ich glaube, es wird immer etwas geben, das mich all die Dinge beweinen lässt, die ich mit ihr verpasse.«

Tara lehnte ihren Kopf an seine Schulter. »Wie waren sie?«

Als ihm klar wurde, dass sie sich auf ein längeres Gespräch einließen, rutschte Jace an das Kopfteil und zog sie neben sich, legte einen Arm um ihre Schultern und zog sie an seine Seite. Sie drehte sich zu ihm und legte einen Arm über seinen Bauch.

»Allie war eigentlich wie du. Eigensinnig, entschlossen, ehrgeizig, klug, hübsch -« Er warf einen Seitenblick auf sie hinunter. »Frech.«

Sie sah zu ihm auf und streckte ihre Zunge heraus, was ihn zum Grinsen brachte.

»Sie war aber ruhiger als du. Sie konnte warten und ihre Zeit abpassen, so viele Informationen über ein Problem sammeln wie möglich, und dann mit allem, was sie hatte, darauf losgehen. Du bist impulsiver, aber nicht weniger fähig, die Oberhand zu behalten.«

Ein Bild seiner Frau, die in der Küche stand und ihn ausschimpfte, weil er zum zweiten Mal hintereinander den Müll nicht an die Straße gestellt hatte, erschien in seinem Kopf. »Sie hatte auch keine Angst, mich anzuschreien, aber gewöhnlich war es wegen etwas, das ich vergessen hatte zu tun, nicht einfach nur, weil ich ich war.«

Tara verdrehte die Augen. »Darüber bin ich hinweg. Größtenteils.«

Er gluckste. »Du hättest sie gemocht, glaube ich. Sie hätte gut zu dir und London und deinen Freundinnen gepasst.«

»Sie klingt nett.«

»Das war sie. Wir haben uns in der Highschool kennengelernt, aber wir fingen erst an, uns zu treffen, nachdem ich von meiner Zeit in der Army nach Hause kam. Sie war ein paar Jahre jünger als ich und arbeitete im örtlichen Supermarkt, während sie Lehramt studierte. Meine Mutter schickte mich in letzter Minute zum Laden, um Schlagsahne für das Thanksgiving-Essen zu holen, kurz bevor sie schlossen, und sie war die diensthabende Kassiererin. Ich erinnerte mich, sie ein paar Mal gesehen zu haben, seit ich zurückgekehrt war, aber aus irgendeinem Grund war ich in dieser Nacht einfach überwältigt von diesem wunderschönen Mädchen. Ich bat sie um ein Date, und sie sagte ja. Wir haben direkt nach ihrem Abschluss im Frühjahr geheiratet.«

»Wie sah sie aus?«

»Sie hatte blondes Haar und braune Augen. Groß, aber nicht so kurvig wie du. Ich habe ein Foto in meiner Brieftasche. Warte kurz.« Er stand auf, um seine Kleidung aus dem Flur zu holen, und zog seine Brieftasche aus der Hosentasche, während er zurückkam. Er blätterte sie durch, fand das Bild und reichte es ihr, dann ließ er seine Sachen auf den Boden fallen und kletterte neben sie zurück, zog sie wieder an seine Seite.

»Sie war wunderschön«, sagte Tara und starrte auf die Fotografie. »Und deine Tochter ist einfach zauberhaft.«

Ein wehmütiges Lächeln huschte über sein Gesicht, als er sich das Bild zusammen mit ihr ansah. »Ja. Haley war umwerfend. Innen und außen. Dieses Foto wurde etwa einen Monat vor ihrem Tod aufgenommen.« Er räusperte sich, als Emotion seine Kehle verstopfte. »Du hättest sie auch gemocht. Sie war ein Energiebündel mit einem Lächeln, das den Raum erhellte, und einem Witz, der weit über ihr Alter hinausging. Selbst mit vier Jahren kam sie mit diesen Einzeilern daher, die uns vor Lachen in Stücke fallen ließen.« Eine Träne sickerte aus einem Augenwinkel, und er wischte sie mit dem Daumen weg. »Ich vermisse sie«, sagte er mit gebrochener Stimme.

»Es tut mir so leid, Jace. Ich wollte keine alten Erinnerungen aufwühlen.«

Er schniefte und blinzelte ein paar Mal, um sich wieder in den Griff zu bekommen. »Ist schon gut. Der Schmerz über den Verlust eines Kindes geht nie wirklich weg. Manchmal sind es die guten Erinnerungen, die wehtun.«

Taras Lippe bebte. »Ich weiß«, flüsterte sie.

Jace nickte. Da seine Gedanken bei seiner Tochter waren, dauerte es einen Moment, bis er registrierte, was sie gesagt hatte. Als er es tat, sah er mit weit aufgerissenen Augen zu ihr hinunter. »Was?«

Sie nahm einen zittrigen Atemzug und begegnete seinem Blick. »Ich sagte, ich weiß es.«

Er runzelte die Stirn. »Ich verstehe nicht. Du hast keine Kinder, und niemand hat jemals welche erwähnt.«

»Weil niemand davon wusste. Außer Mom. Als Sean starb, war ich schwanger. Ich verlor das Baby in der gleichen Woche, in der ich zurück zur Ranch zog.« Ihre braunen Augen wurden feucht, als sie zu ihm aufsah. »Also weiß ich genau, wie du dich fühlst. Ich habe vielleicht nicht meine *gesamte* Familie am selben Tag verloren, aber ich habe zwei der kostbarsten Menschen - und das Einzige, was mich nach Seans Tod zusammenhielt - innerhalb von etwa zwei Wochen verloren.«

»Herrgott, Tara. Das tut mir leid.«

Sie nickte und schaute weg, wischte an den Tränen, die still über ihr Gesicht liefen.

»Wie weit warst du?«

»Neunzehn Wochen.«

Vor Erstaunen sah er sicherlich aus wie ein Fisch, aber er wusste nicht, was er sagen sollte.

Das musste ihm ins Gesicht geschrieben sein, denn als sie ihn wieder ansah, lächelte sie. »Ich weiß. Wie habe ich das versteckt? Warum?«

Er nickte.

»Ich war noch im Auslandseinsatz mit Seans Einheit, als es passierte. Er bekam ein seltenes Wochenende Urlaub, und wir fuhren für eine Nacht nach Athen. Einen Monat später bemerkte ich endlich, dass ich überfällig war. Ich wollte nicht zurück in die Staaten geschickt werden, während er noch im Mittleren Osten war, also hielt ich es geheim - sogar vor Sean. Er hatte nur noch ein paar Monate seiner Tour vor sich, und ich war entschlossen, so lange wie möglich bei ihm zu bleiben. Ich erzählte es ihm schließlich, als ich es nicht mehr vor ihm verbergen konnte, was etwa in der zwölften Woche war. Ich flehte ihn an, nichts zu sagen. Dass er kurz davor war, fertig zu werden, und wir würden zurück nach San Diego gehen, und ich würde einen Job im Inland finden.«

»Er hat dem zugestimmt?«

Sie nickte. »Er wusste, dass ich auf mich selbst aufpassen konnte und dass ich vorsichtig war. Ich kannte die Risiken, eine Frau in diesem Teil der Welt zu sein, und ich hatte damals schon jahrelang dort gelebt. Er vertraute mir, dass ich auf uns aufpassen würde.«

»Also, warum hast du es vor deiner Familie versteckt? Deine Eltern wären begeistert gewesen, ein Enkelkind zu haben.«

»Ich wollte es ihnen nicht sagen, während ich noch im Mittleren Osten war. Meine Mutter hätte sich ständig Sorgen gemacht, bis ich nach Hause gekommen wäre. Sie machte sich schon genug Gedanken darüber, dass ich dort war, und ich wollte diese zusätzliche Last nicht hinzufügen. Sean und ich hatten alles geplant. Da ich der Ultraschalluntersuchung zur Mitte der Schwangerschaft so nahe sein würde, wenn seine Tour endete, wollten wir das Geschlecht herausfinden und sie überraschen, wenn wir zu Besuch kommen.«

»Warum hast du es aber vor ihnen geheimgehalten, nachdem er gestorben war?«

Sie zuckte mit den Schultern. »Es fühlte sich falsch an, so fröhlich zu sein, wenn ich so traurig war. Und es war Winter, also konnte ich meinen Zustand mit sperrigen Pullovern und Mänteln verbergen. Ich hatte einfach keine Lust zu feiern und mir von Leuten sagen zu lassen, wie glücklich ich sein könnte, noch ein Stück von ihm bei mir zu haben. Alles, woran ich denken konnte, war, dass mein Baby nie erfahren würde, wie wunderbar sein Vater war. Ich wollte nicht, dass mich jemand mit dem, was sie für hilfreiche Kommentare hielten, daran erinnert.«

»Und dann hattest du eine Fehlgeburt.«

Sie zog die Luft tief durch die Nase ein und stieß sie aus. »Ja. Nach der Beerdigung in Denver, wo Seans Familie lebt, kam ich zurück zur Ranch und wollte nur ein oder zwei Wochen bleiben, bevor ich nach San Diego zurückging, um unser Haus zu packen und nach einer neuen Arbeit zu suchen. Ich musste wieder auf die Beine kommen und irgendwo ein Zuhause für mein Baby schaffen. Aber zuerst brauchte ich etwas Zeit zum Heilen, und diese Ranch ist der beste Ort, den ich kenne, um das zu tun.« Sie bewegte sich und wischte sich das nasse Gesicht ab.

»Jedenfalls waren Mom und ich ein paar Tage, nachdem ich hier war, in der Küche am Backen, als ich einige Krämpfe spürte, aber es war nicht das erste Mal, also dachte ich nicht viel dabei. Mom sah mein Gesicht und fragte, ob alles in Ordnung sei, und sagte dann, sie wüsste von dem Baby. Dass ich sie nicht mit den weiten Kleidern täuschen würde. Ich wollte ihr gerade sagen, dass es mir gut ging, als ein schrecklicher Schmerz durch meinen Bauch schoss und meine Fruchtblase platzte. Und sie war blutig.« Sie machte eine Pause, um sich zu sammeln.

Jace zog seinen Arm fester um sie und streichelte mit der anderen Hand ihr Haar. Heftiger Stolz brannte in seiner Brust für diese Frau und wie sie durch solch eine Tragödie hindurchgegangen war, um die Frau zu werden, die sie heute war.

»Sie brachte mich ins Krankenhaus, aber es gab nichts, was sie tun konnten. Das Baby war bereits tot. Ich blutete so stark, dass sie einen Notfallkaiserschnitt machen mussten.« Sie wischte sich wieder übers Gesicht. »Ich hatte ein Mädchen. Sie sagten, sie sei am Tag zuvor gestorben. Die Plazenta war missgebildet. Sie sah eher wie vierzehn Wochen aus als neunzehn.«

Ihr Atem zitterte und Jace nahm selbst einen unsicheren Atemzug.

»Ich nannte sie Lucy. Das bedeutet Licht, weil sie mein Licht in der Dunkelheit meiner Trauer war. Als ihr Licht erlosch, war ich mir nicht sicher, ob ich jemals wieder sehen würde.«

Feuchtigkeit ließ Jaces Sicht verschwimmen. Gott, wie gut kannte er dieses Gefühl. An manchen Tagen vermisste er Haley so sehr, dass es alles war, was er tun konnte, um morgens aufzustehen. Er blinzelte ein paar Mal, um seine Augen zu klären.

»Aber das hast du, oder?«, sagte er leise.

Sie schniefte und nickte. »Es hat eine Weile gedauert, aber ja.«

»Warum weiß deine Familie jetzt nichts von ihr?«

»Damals wollte ich kein weiteres Mitleid. Ich hatte genug davon, dass Leute mich verhätschelten. Ich wollte einfach in Frieden trauern, also ließ ich Mom versprechen, es niemandem zu erzählen. Ich glaube, sie hat es Dad gesagt. Ich habe nicht wirklich erwartet, dass sie es nicht tut, aber sie hat den anderen erzählt, dass ich nur plötzlich krank geworden sei. Blinddarmentzündung. Sie haben es geglaubt. Als ich mich von dem Verlust von Lucy genug erholt hatte, um bereit zu sein, über sie zu sprechen, waren sechs Monate vergangen, und es fühlte sich wirklich seltsam an, all meinen Geschwistern einfach zu sagen, dass die Krankheit, die ich hatte, tatsächlich eine späte Fehlgeburt war, und dass die Asche ihrer Nichte oben am See begraben ist.«

Jace erstarrte stirnrunzelnd. »Warte? Der gleiche See, an dem wir gerade waren?«

Sie nickte.

»Warum hast du mir dann nicht gesagt, dass ich

verschwinden soll, als ich dich gefragt habe, ob ich mit dir reiten kann?«

»Weil ich ehrlich gesagt nicht dorthin gehen und weiter in meiner Trauer schwelgen wollte. Ich wollte mit ihr sprechen und ihr sagen, dass ich sie vermisse, aber nicht mehr in diese knochentiefe Trauer versinken, aus der ich mich so verzweifelt herauszugraben versuche. Ich wusste, dass deine Anwesenheit meinen Besuch kurz halten würde und dass es dort genug Platz gab, damit ich weggehen und ihr Grab besuchen konnte, ohne dass du es siehst.«

»Du hast mich also benutzt«, scherzte er, um die Stimmung aufzuhellen.

Es funktionierte, und sie lachte kurz. »Ja, so ziemlich.«

»Es tut mir leid, dass du das alles durchmachen musstest. Wenn es etwas bedeutet, bewundere ich, was du seitdem aufgebaut hast.«

Sie schaute zu ihm auf, ein zittriges Lächeln auf ihrem Gesicht. »Das tut es. Danke.«

»Jederzeit.«

Er machte eine Pause, dann wechselte er das Thema, weil er wusste, dass sie beide aus dieser besonderen Gedankenwelt herauskommen mussten. »Erzähl mir mehr über Seans Militärkarriere. Vielleicht können wir einen Ausgangspunkt finden, um nach dem zu suchen, was Brown herausfinden sollte.«

Tara stieß einen Atemzug aus. »Ich weiß nicht, wo ich anfangen soll. Mal sehen. Wir haben uns bei meinem allerersten Auslandseinsatz kennengelernt. Er war brandneu bei den Teams und konnte jemandem den Zucker aus einer Süßigkeit herausschmeicheln. Alle nannten ihn Sweets. Jedenfalls teilte sein Kommandant ihm PR-Aufgaben zu, und es war sein Job, mir alles zu zeigen, mir O-Töne zu geben, mich aus Schwierigkeiten herauszuhalten - so was in der Art.«

»Lass mich raten. Du kamst nicht gut damit klar, einen Aufpasser zu haben.«

Sie lachte. »Wie hast du das erraten? Nein, tat ich nicht. Er merkte schnell, dass er mich nicht mit Charme um den Finger wickeln konnte. Es hielt ihn nicht davon ab, es zu versuchen, aber er begann, mich anders anzusehen. Ich war nicht mehr nur die heiße Journalistin. Jetzt hatte ich ein Gehirn und Prinzipien. Als das geschah, öffnete er sich mehr und zeigte mir nicht nur den wahren Sean, sondern auch, was wirklich in der Gegend vor sich ging. Der erste Artikel, den ich schrieb, festigte meine Präsenz dort drüben. Mein Redakteur weigerte sich, jemand anderen für meinen Job in Betracht zu ziehen. Ich blieb bei den SEAL-Teams dort, auch nachdem sein Einsatz zu Ende war. Als er abzog, fragte er, ob er in Kontakt bleiben könne, und unsere Beziehung wuchs von da an.

»Er war danach immer wieder im Mittleren Osten, und für ihn war es immer dasselbe. Sie waren Jäger. Er und seine SEAL-Kameraden durchstreiften die Berge auf der Suche nach Taliban und Al-Qaida. Er verlor einige Freunde, wurde ein paar Mal verletzt. Es war nicht anders als das, was jeder andere SEAL oder Ranger dort erlebt hat.«

»Außer dass seine Freundin, später Ehefrau, mitging.«

»Unsere Situation war einzigartig, ja, aber abgesehen von etwas Sticheleien von seiner Einheit bekamen wir nicht viel Ärger. Sowohl mein Redakteur als auch sein Kommandant erklärten uns die Regeln sehr genau, und wir hielten uns daran. Keiner von uns wollte getrennt werden, also taten wir unser Bestes, keine Wellen zu schlagen. Die meisten Menschen wussten nicht einmal, dass wir ein Paar waren, es sei denn, jemand erzählte es ihnen.«

»Hatte er jemals eine Mission, die schiefging? Vielleicht eine, bei der etwas, was er tat, jemand anderen beeinflusste?«

»Die einzige Mission, die absolut schiefging, war seine letzte. Ich sage das nicht nur, weil er dabei starb. Ihre Informationen waren solide - zumindest hat mir das der Kommandeur gesagt. Sie waren hinter einem regionalen Kriegsherren her, den sie seit drei Jahren zu fassen versuchten. Mohammed Al-Aziz. Sie bekamen Informationen von einem Dorfbewohner, dass er in einem Haus tief in den Bergen nördlich von Bagram sein würde.

»Sie gelangten ohne Zwischenfälle zum Gelände und hinein. Dann passierte etwas, aber niemand weiß genau was. Ihre Videoverbindung brach ab. Die Navy denkt, jemand hat das Signal gestört. Als es schließlich wieder anging, sah man Seans Einheitsführer, Jared Fetter, der seinen Helm in der Hand hielt, mit Blut überall im Gesicht, während er einen Lagebericht gab.«

»War dein Mann der Einzige, der getötet wurde, oder gab es noch andere?«

»Nur Sean. Jared sagte, als sie Al-Aziz' Schlafzimmer betraten, wartete er auf sie. Sean war der Erste, der reinging, und der Typ erschoss ihn mit einem automatischen Gewehr.« Sie brach ab, um die Tränen zurückzuschlucken. Jace streichelte ihr seidiges, dunkles Haar und drückte sie beruhigend.

»Er wurde achtmal getroffen. Zwei der Kugeln trafen Arterien. Eine in seinem Oberschenkel und eine in seinem Arm. Seine Teamkollegen bekamen ein paar kleine Schüsse ab, aber Seans Körper blockte die meisten anderen. Sie schnappten ihn und zogen ihn raus, aber als sie es schafften, aus dem Haus zu kommen, war er bereits an Blutverlust gestorben.«

Ihre Geschichte ließ Jace schwitzen, als Erinnerungen an seine eigene Tour dort hochkamen. Er hatte ein paar Mal Gebäude durchsucht. Jedes Mal war seine größte Angst gewesen, um eine Ecke zu gehen und einen Aufständischen zu finden, der bereit war, ihn mit einem Gewehr zu erschießen oder mit einer Granate in die Luft zu jagen. Er war einmal dabei angeschossen worden, aber die Kugel war durch und durch seine linke Flanke gegangen.

Etwas an der Geschichte störte ihn jedoch. »Was ist mit dem Kriegsherren passiert?«

»Seans Team hat ihn getötet.«

»Was ist mit den Leuten dieses Typen? Sicherlich war er in diesem Gelände nicht allein.«

»Sie töteten mehrere auf dem Weg hinein und noch einige auf dem Weg hinaus.«

»Aber der Typ wusste, dass sie kommen würden, richtig? Also warum wurden sie nicht auf dem Weg nach draußen niedergemäht? Oder warum floh Al-Aziz nicht einfach, bevor sie überhaupt ankamen?«

Tara runzelte die Stirn und dachte über seine Fragen nach. »Ich bin mir nicht sicher. Ich habe nicht zu viele Fragen gestellt. Das ist die Geschichte, die mir seine Teamkollegen erzählt haben, und was ich aus dem offiziellen Bericht herausgelesen habe. Der Version, die ich lesen durfte, jedenfalls.«

Jace brummte und starrte auf einen Punkt an der Wand über ihrem Kopf. Es klang immer noch seltsam. Vielleicht gab es etwas an dieser Mission, das jemand wissen wollte, und deshalb wurde Tara zur Zielscheibe.

Aber was könnte ein toter Mann wissen, das die Lebenden nicht wussten? Und warum spielte es jetzt, drei Jahre später, eine Rolle?

KAPITEL

Zehn

Schmerz durchzuckte Taras Kopf, als sie erwachte.

Uff. Zu viel geweint, zu wenig getrunken.

Sie versuchte, sich aufzusetzen, aber ein Gewicht über ihrer Mitte hielt sie an der Matratze fest. Als sie ihre verkrusteten Augen öffnete, sah sie einen gebräunten Unterarm mit blonden Härchen, der über ihre Seite gelegt war und zwischen ihren Brüsten ruhte.

Mit weit aufgerissenen Augen, als ihre Erinnerung einsetzte, sank sie zurück auf ihr Kissen und schloss sie wieder. Verlegenheit ließ ihre Wangen heiß werden. Was hatte sie sich nur *gedacht*?

Gar nichts; das war das Problem. Sie hatte gestern Abend gerade genug Wein getrunken, um ihre Zunge zu lockern und es ihr egal sein zu lassen, dass sie ihm ihr Herz ausschüttete. Aber jetzt, im Licht des Tages – und nüchtern – konnte sie es nicht ertragen, ihm in die Augen zu schauen und das Mitleid für all das zu sehen, was sie offenbart hatte.

Gott, was für ein Chaos.

Vielleicht, wenn sie unter ihm herauskäme, könnte sie duschen gehen und das Unvermeidliche ein wenig hinauszögern. Sie nahm seine Hand und hob sie vorsichtig von ihrer Brust. Er atmete scharf ein, und sie schaute zurück, um zu sehen, wie diese indigoblauen Augen aufblinkten. *Mist!*

Begierig, ohne Diskussion wegzukommen, begann sie sich aufzusetzen, aber sein Arm festigte sich und er zog sie näher.

»Noch nicht. Die Akte kann noch ein paar Minuten warten.«

»Ich wollte nicht-«, sie brach ab und runzelte die Stirn. Sie hatte noch gar nicht an diese Akte gedacht. »Ich wollte nur duschen gehen.«

Er machte ein Geräusch, das bestätigte, was sie sagte, machte aber keine Anstalten, sie aufstehen zu lassen.

Tara starrte auf die Wand und spielte mit seinen Fingern. Sie war sich nicht sicher, ob es ihr gefiel, sein Gesicht nicht sehen zu können. Aber wenn sie sich umdrehte, wären diese vollen Lippen in Kussreichweite. In Anbetracht ihrer Lage war das wahrscheinlich keine gute Idee. Besonders da sie beide einen vollen Tag vor sich hatten.

»Hast du gut geschlafen?« fragte er. »Nachdem du eingeschlafen bist, meine ich.«

Sie nickte. »So gut wie möglich, denke ich.« Ehrlich gesagt hatte sie einen der besten Nächte seit Jahren gehabt, auch wenn es etwas kurz war. Vielleicht war an der Erleichterung der Seele doch etwas dran.

»Gut.«

Seine Stimme vibrierte durch sie hindurch und weckte sie mehr als jede Dusche es je könnte. Sie warf einen Blick über ihre Schulter, was ein Fehler war. Diese intensiven blauen Augen starrten zurück. Bewusstsein schimmerte in ihren Tiefen.

Sie schluckte schwer, konnte aber nicht wegsehen.

Er hob seine Hand von ihrer Ruheposition, um ihr Gesicht zu streicheln.

»Du lässt mich wieder fühlen. Dinge, von denen ich dachte, sie wären mit Allie gestorben und verschwunden.«

Ihre Augen weiteten sich bei seinem Geständnis. Was auch immer zwischen ihnen geschah, war nicht einseitig.

»Ja«, hauchte sie. »Geht mir genauso.«

Sein Daumen streifte ihre Lippe, und ihr Herz schlug im Stakkato in ihrer Brust.

»Jace. Das ist keine gute Idee«, warnte sie und versuchte, ihren Verstand zu bewahren.

»Warum nicht?« Er rückte näher.

Sie starrte ihn einen Moment lang mit leerem Blick an. Sie hatte nicht erwartet, dass er ihr widersprechen würde, und seine Nähe beeinträchtigte ihre Fähigkeit, einen zusammenhängenden Satz zu bilden.

»Was? Keine Antwort?« Das Lächeln, mit dem er sie bedachte, war geradezu unartig. »Gut.« Er stürzte sich auf sie und bedeckte ihren Mund mit seinem.

Tara wusste, wie es sich anfühlte, ihn zu küssen, dank ihres Intermezzos am See, aber es war immer noch ein Schock für ihr System. Jace zu küssen war wie ohne Feuerschutz in einen Flächenbrand zu treten. Die Hitze überwältigte sie, verzehrte sie in ihrem Kielwasser. Es ließ sie vergessen, warum es eine schlechte Idee war, dies zu tun. Dass sie beide aufstehen und sich für die Arbeit fertig machen mussten. Dass sie keine Beziehung wollte, die wieder mit einem Mann aufflammte, der täglich sein Leben riskierte. Ihr einziger Fokus war das Feuer, das er mit seinen großen Händen schürte, während er sie ihre Seiten hinab fuhr, um ihre Hüften zu halten, und seine weichen Lippen, während er ihren Mund plünderte.

Das Schrillen ihres Weckers riss sie auseinander.

Tara stöhnte, während Jace fluchte. Sie rollte weg, um ihn auszuschalten, und setzte sich auf, um den Ausschaltknopf zu drücken.

Was zum Teufel mache ich da?

Alle Gründe, nichts mit Jace anzufangen, stimmten noch immer. Sie konnte keinen weiteren Mann ertragen, der sich in die Schusslinie begab. Der gefährliche Dinge tat. Ihr Herz würde es nicht aushalten.

Sie rieb sich mit den Händen übers Gesicht und fuhr sich dann durchs Haar. Egal wie nett er war oder wie sehr er verstand, was sie durchgemacht hatte, und egal, dass seine Küsse sie atemlos machten und nach mehr verlangen ließen, sie konnte es nicht weiter gehen lassen. Wenn sie es täte, und sie sich in ihn verliebte, und dann ihm etwas zustoßen würde, würde es sie zerbrechen. Vollständig und auf eine Art, von der sie nicht sicher war, dass sie sich jemals davon erholen würde. Verdammt, sie hatte sich nicht einmal vollständig von Seans Tod erholt. Was würde Jaces Tod ihr antun?

Das Bett wippte und dann senkte sich die Matratze, als er hinter ihr auf die Knie kam. Als er sich nach vorne lehnte, um seine Arme um sie zu legen, sprang sie auf.

»Ich gehe jetzt duschen.« Ohne zu ihm zurückzublicken, ging sie in ihren Kleiderschrank und griff nach einigen Kleidungsstücken. Nach einem kurzen Halt an ihrer Kommode für Unterwäsche, huschte sie ins Badezimmer und schloss die Tür.

Einmal im Badezimmer eingeschlossen, atmete sie tief aus. Sie wünschte, sie hätte Zeit für ein Bad, um etwas von ihrem

Stress abzubauen, aber der Tag wartete, und es würde ein geschäftiger werden.

JACES AUGEN WEITETEN SICH, ALS ER SEINEN ERSTEN BLICK AUF das Stadtzentrum warf, wo das Festival stattfinden würde. Leinwandzelte und überdachte Wagen säumten die Straße, jeder beherbergte einen anderen Aspekt des Pionierlebens oder bot Waren zum Verkauf an. Verkäufer eilten umher, Arme und Wagen voll, während sie ihre Bereiche aufbauten.

Er ging die Hauptstraße entlang, schaute in Zelte und winkte den Leuten zu, als er vorbeiging. Sie gaben hier wirklich alles für dieses Fest. Als Seb die jährliche Feier zum vierten Juli erwähnte, stellte sich Jace ein paar Vorführungen und einige Food Trucks vor. Vielleicht ein Feuerwerk nach Einbruch der Dunkelheit. Nicht diese Pionierstadt, die aus dem Boden geschossen war.

Am Ende des Blocks öffnete sich die rechte Straßenseite zum Stadtpark. Ein größeres Zelt stand in der Mitte des Grasbereichs mit Picknicktischen darunter und drumherum. Er sah die hochgewachsenen Gestalten von Brady und Thomas Archer, die mit Kisten beladen durch das Zelt gingen. Ihre Mutter stand an der Seite und wies sie an, wohin sie gehen sollten.

Seine Augen schweiften über den Rest des Zeltes, suchten nach Tara, aber er sah sie nicht. Sie hatte heute Morgen kaum zwei Worte mit ihm gewechselt. Als sie aus der Dusche kam, sagte sie ihm, sie würde den ganzen Tag um ihr Küchenpersonal sein und er könne sich bei Seb für eine Aufgabe melden. Als er sie nach der Akte über Sean fragte, sagte sie, sie habe sie in ihre Tasche gepackt und würde sie bei der Arbeit lesen. Dann gab sie ihm ein kurzes Winken und ging.

Um ehrlich zu sein, war er mehr als ein wenig verärgert über sie. Nach allem, was sie gestern Nacht geteilt hatten, wollte sie ihn immer noch auf Abstand halten. Verdammt, wenn er sie lassen würde. Nicht jetzt, wo sie die Tür zu den Gefühlen geöffnet hatte, die er verstaut hatte. Sie wollten nicht mehr eingeschlossen sein, und er wollte sie nicht wirklich wieder verschließen. Es war schön, sie wieder offen zu haben.

Mit diesem Gedanken joggte er zum Zelt hinüber.

»Jenny«, rief er, als er näher kam.

Sie sah zu ihm herüber und lächelte dann. »Jace, hallo. Hat Seb dich hergeschickt, um zu helfen?«

»Nein. Ich patrouilliere gerade durch die Stadt und habe all die Aktivität gesehen. Ich dachte, ihr könntet noch ein Paar Hände gebrauchen.«

»Sicher. Folge den Jungs. Sie werden dir zeigen, was getan werden muss.«

»Das werde ich, danke.« Er sah sich noch einmal um, auf der Suche nach Taras dunklem Kopf.

»Sie ist nicht hier, Schätzchen. Sie ist zum Restaurant zurückgefahren, um noch eine Ladung zu holen.«

Er gab ihr ein verlegenes Grinsen. »War ich so offensichtlich, hm?«

Sie lächelte. »Nur für mich. Ich habe gebetet und gebetet, dass Tara jemanden findet, der das Licht in ihre Augen zurückbringt. Du hast das geschafft, auch wenn sie dich die meiste Zeit anfunkelt. Hab einfach Geduld mit ihr. Das Leben war in den letzten Jahren nicht gut zu ihr. Aber sie kommt dahin.«

Jace trat einen Schritt näher. »Ich weiß. Wir hatten gestern Abend ein langes Gespräch. Sie hat mir von Lucy erzählt.«

Jennys Hände flogen hoch, um ihren Mund zu bedecken, als sie nach Luft schnappte, ihre Augen weit vor Schock. Eine Träne quoll über, als sie ihre Hände sinken ließ.

»Sie hat es dir erzählt? Du machst es besser, als ich dachte. Nicht einmal ihre Geschwister wissen von ihr.«

Er wünschte, er hätte ihr Vertrauen. Jedes Mal, wenn er dachte, er hätte Fortschritte gemacht, blockte sie ihn wieder ab. »Das hat sie auch gesagt. Ich lerne, dass Tara eine sehr private Person ist und nicht gerne ihre wahren Gefühle zeigt.«

»Nein, tut sie nicht. Ein Teil davon kommt daher, dass sie mit vier Brüdern und Schwestern aufgewachsen ist. Besonders Thomas war unerbittlich darin, sie zu necken, wenn sie weinte. Und als sie dann in den Nahen Osten ging, hätte es sie dort umbringen können, Emotionen zu zeigen, also hat sie alles noch tiefer verdrängt. Sean war der einzige, mit dem sie wirklich gesprochen hat. Als er starb, verlor sie diesen Auslass. Ich habe versucht, ihn zu ersetzen, aber es war nicht dasselbe.«

Überraschung ließ ihn erstarren, als sie einen Schritt nach vorne machte und ihn in eine schnelle Umarmung zog.

Sie ließ ihn los und trat zurück, wischte sich die Tränen weg. »Oh, ich bin so froh, dass du aufgetaucht bist. Wage es ja nicht, sie aufzugeben.«

Er räusperte sich und sah sich um. Sein Blick traf auf Thomas', der auf sie zukam. Er sah zurück zu Jenny hinunter. »Das werde ich nicht. Ich sollte Brady und Thomas helfen gehen«, sagte er und deutete auf ihren Sohn. »Wir sehen uns später.«

Sie lächelte zu ihm auf und winkte ihn weg. »Okay. Stell sicher, dass Tara dir heute Abend dein Kostüm gibt. Seb sagte, er würde es ihr mitgeben.«

»Kostüm?«

Sie grinste ihn nur an, drehte sich dann weg, als jemand ihren Namen rief.

»Alles in Ordnung?« fragte Thomas, als er ihn erreichte.

Jace blickte von Jenny weg, immer noch mit gerunzelter Stirn. »Ja. Aber was ist das mit Kostümen?«

Thomas grinste und legte eine Hand auf Jaces Schulter. »Es sind die Pioniertage. Wir alle spielen gerne die Rolle.«

Jace hatte plötzlich eine Vision von sich selbst in Chaps und Sporen mit einer Art von schickem Ascotkrawatte um seinen Hals. »Verstehe. Also, welche Art von Kostüm tragen die Männer?«

Thomas ließ seine Hand fallen und zuckte die Achseln. »Hängt von ihrem Job ab. Meines wird nicht viel anders sein als das, was ich jetzt trage.« Er deutete auf seine Jeans und sein kariertes Oxford-Hemd mit kurzen Ärmeln. »Die Hose ist ein bisschen anders und ich habe eine Weste. Du bekommst einen Blechstern, weil du ein Polizist bist. Seb hat einen tollen Staubmantel, den er jedes Jahr trägt. Lässt ihn mehr wie den Stadtbösewicht aussehen als wie den Stadtmarschall.«

»Und deine Mutter?« Er blickte zurück zu der Frau, die das Personal mit militärischer Präzision dirigierte.

»Sie ist die Schullehrerin.«

Jace lachte. Das konnte er sehen. Sie hatte die Befehlsgewalt, die nötig war, um einen wilden Haufen Kinder zu bändigen.

»Bist du hier, um zu helfen?« fragte Thomas.

Er wurde ernst und nickte. »Ja. Außer ich werde irgendwohin gerufen.« Er tippte auf das Funkgerät, das an seinem Gürtel befestigt war.

»Komm mit«, Thomas winkte ihn zum Rand des Zeltes. »Cassie wartet auf dem Parkplatz mit einem Lastwagen voller Tischdekorationen.«

Jace folgte ihm aus dem Zelt. Die Sonne knallte sofort auf seinen Kopf, was ihn wünschen ließ, er hätte einen Hut getragen. Er war dankbar, dass es eine angenehme Brise gab, sonst wäre es unerträglich heiß gewesen.

»Also, bist du sicher, dass alles in Ordnung ist? Ich habe die Umarmung gesehen, die Mom dir gegeben hat. Und es sah aus, als würde sie weinen.«

Er sah zu Thomas hinüber. Sorge zog die Augenbrauen des Mannes zusammen.

»Es ist alles gut. Ich habe ihr von einem Gespräch erzählt, das ich gestern mit Tara hatte. Es hat sie einfach glücklich gemacht.«

»Worüber habt ihr gesprochen? Hast du sie gefragt, ob sie dich heiraten will, oder so?«

Jace lachte. »Nein, nichts dergleichen. Nur ein paar Sachen über unsere Vergangenheit. Deine Mutter ist glücklich, dass sie sich öffnet.«

Wenn möglich, vertiefte sich Thomas' Stirnrunzeln, und er hörte auf zu gehen. »Warte. Hat sie dir von – Nein. Das würde sie nicht. Niemand weiß davon.«

Verdacht ließ Jace die Augen verengen. »Von was erzählen? Meinst du, was passiert ist, als sie nach Seans Beerdigung nach Hause kam?«

Thomas starrte ihn einen Moment lang hart an. »Als sie im Krankenhaus war?«

Jace nickte knapp.

»Verdammt, Mann.« Thomas drehte sich weg und nahm seinen Hut ab, um mit einer Hand durch sein Haar zu fahren.

Mit verschränkten Armen beobachtete Jace, wie der Mann ein paar Schritte auf und ab ging. Tara war nicht so geschickt darin, ihren Zustand zu verbergen, wie sie dachte.

Thomas drehte sich um und durchbohrte Jace mit einem Blick, der Blumen welken lassen könnte. »Warum sollte sie es dir erzählen und nicht uns? Wir sind ihre Familie. Sie kennt dich einen Monat.«

»Bevor wir weitermachen, musst du mir genau sagen, was du denkst, was sie mir erzählt hat. Denn wenn ich es dir sage und es nicht das war, was du dachtest, wird sie nie wieder mit mir sprechen.«

Der andere Mann überwand die Distanz zwischen ihnen. Als er sprach, war seine Stimme leise und Schmerz erfüllte seine Augen. »Über ihr Baby. Sie hat dir von ihrem Baby erzählt.«

Jace sog scharf die Luft ein. Es war eine Sache, zu vermuten, dass Thomas es wusste, aber eine ganz andere, ihn es sagen zu hören. »Okay. Ja. Sie hat mir von Lucy erzählt.«

»Lucy? Sie hatte ein Mädchen? Und sie hat sie benannt?« Wut färbte Thomas' Gesicht rot. »Warum zum Teufel hat sie es dir erzählt und nicht uns?«

Jace seufzte. Es war ein Tag der Offenbarungen, wie es schien. »Weil sie nicht die einzige ist, die ein Kind verloren hat. Ich habe vor fünf Jahren meine vierjährige Tochter verloren. Zusammen mit ihrer Mutter und meinen Eltern.«

Thomas' Augen weiteten sich und etwas von der Wut verließ sein Gesicht. »Verdammt, Mann. Das ist hart. Was ist passiert? Autounfall?«

Jace schüttelte den Kopf. »Bootsunfall.« Er winkte mit einer

Hand durch die Luft. »Aber wir reden nicht über mich. Du weißt von Lucy? Wie?«

Thomas seufzte. »Wir wissen es alle. Wir kennen nur keine der Details. Du kannst so einen Bauch nicht verbergen, selbst nicht mit den weiten Kleidern, die sie bevorzugte. Jedes Mal, wenn wir sie umarmten, konnten wir es fühlen.«

»Warum hast du ihr nichts gesagt?«

»Wir dachten, sie würde es uns sagen, wenn sie bereit ist. Tara war schon immer eine private Person. Seans Tod hat ihr wirklich zugesetzt. Sie zog sich noch mehr in sich selbst zurück und behielt alles noch mehr für sich als sonst. Ich glaube nicht, dass sie es wirklich alles rausgelassen hat.« Er neigte seinen Kopf. »Obwohl sie vielleicht jetzt anfängt, seit du da bist.« Er schüttelte den Kopf. »Ich kann immer noch nicht glauben, dass sie es dir erzählt hat.«

»Ich denke, du solltest ihr sagen, dass du es weißt. Dass ihr alle es wisst. Lucy ist auf der Ranch begraben. Oben am See. Ich denke, es wäre gut für Tara zu wissen, dass ihr alle auch um ihre Tochter trauert.«

»Auch wenn sie uns nie von ihr erzählt hat?«

Jace nickte. »Sie sagte, sie wollte kein Mitleid. Dass sie es satt hatte, umsorgt zu werden. Als sie darüber hinweg war, waren Monate vergangen und der Zeitpunkt fühlte sich nie richtig an. Jetzt, glaube ich, hat sie Angst, dass ihr alle wütend auf sie sein werdet, weil sie so lange ein so großes Geheimnis bewahrt hat.«

»Bin ich. Sind wir«, knurrte Thomas. »Aber wir verstehen es auch. Und wir lieben sie. Alles, was jeder von uns jemals wollte, war für sie da zu sein, aber sie hat uns ausgesperrt.«

Jace öffnete den Mund, um zu sprechen, schloss ihn dann wieder, stirnrunzelnd, bevor er es erneut versuchte. »Alles, was ich sagen kann, ist, sei nachsichtig mit ihr. Ich kann dir aus Erfahrung sagen, dass diese Art von Schmerz – es ist schwer, damit umzugehen. Und es ist schwer, ihn zu teilen. Ich habe ein paar Monate auf dem Boden einer Flasche verbracht, bevor einige meiner Freunde mich rausholten und mich zurück ins Leben zwangen.«

»Aber du teilst, was passiert ist. Sie nicht.«

»Ich glaube, das liegt mehr daran, dass das, was meiner Familie passiert ist, öffentlich bekannt war. Tara war die einzige, die von ihrer Schwangerschaft wusste. Ich bin mir nicht sicher, ob ich teilen würde, was passiert ist, wenn andere es nicht bereits wüssten. Es ist selbst jetzt noch schwer, daran zu denken. Ich habe in den letzten Tagen mehr über meine Familie gesprochen als in Jahren.«

Thomas' Mund glättete sich, und er starrte in die Ferne. »Ja, ich verstehe das wohl.« Er sah zurück zu Jace und musterte ihn. »Ich hoffe, du bist bereit für das, was kommt.«

Jace gab ihm einen fragenden Blick. »Was meinst du? Sie wird nicht wütend auf mich sein. Ihr wusstet es bereits.«

Ein Mundwinkel von Thomas zuckte. »Davon rede ich nicht. Obwohl, ich bin sicher, sie wird einen Weg finden, dir die Schuld in die Schuhe zu schieben. Was ich meine, ist, ich hoffe, du bist bereit für ein Leben mit ihr. Ich habe gesehen, wie sie dich anschaut und wie du sie anschaust. Gekoppelt mit ihrer Bereitschaft, sich dir anzuvertrauen, denke ich, du steckst mit ihr fest.«

Jace lächelte. »Ich weiß. Und ich habe nicht vor, sie mich für immer wegstoßen zu lassen. Wenn es eine Frau gibt, die mich wieder das wollen lässt, was ich mit meiner Frau hatte, dann ist es deine Schwester.«

Thomas gab ihm ein kurzes Nicken. »Gut.« Er neigte seinen Kopf in Richtung Parkplatz. »Jetzt, da wir das alles offen gelegt haben, wie wäre es, wenn wir mehr Sachen ausladen gehen? Mom wird uns bald verfolgen, wenn wir nicht in die Gänge kommen. Ich glaube, sie hat das Lineal mitgebracht, das zu ihrem Kostüm gehört.«

Jace lachte. »Ich bin sicher, sie würde es auch benutzen. Okay. Gehen wir.«

Während sie ihren Weg über das Gras bahnten, zu der Stelle, wo Cassie mit dem Lkw wartete, spürte Jace, wie sich etwas in seinem Kopf verschob. Diese Tür öffnete sich ein wenig weiter, um Möglichkeiten einzulassen, die er verschlossen hatte, als Allie starb. Als er im Park umherschaute, wurde ihm klar, dass dieser Ort sich langsam wie ein Zuhause anfühlte.

KAPITEL

Elf

»Tara, ich glaube nicht, dass das funktionieren wird«, sagte Jace, als er am nächsten Morgen aus dem Badezimmer in ihrem Haus trat. Als sie gestern Abend zurückkamen, hatte sie ihm ein Bündel Kleidung zum Anziehen für heute gegeben, aber er war zu müde gewesen, um sie vor dem Schlafengehen anzuprobieren. Das hätte er tun sollen. Es war unmöglich, dass er diese Hose den ganzen Tag tragen könnte.

Er trat über die Schwelle ihres Schlafzimmers und zog an der Hose, um sie zu lockern. Sie klebte an seinem Hintern und seinen Oberschenkeln auf eine Art und Weise, von der er nicht wusste, dass Hosen so kleben konnten.

Sie hielt inne, während sie ihr Haar zu einem Zopf flocht, und sah zu ihm hinüber. In ihren Augen funkelte Heiterkeit, und sie presste ihre Lippen nach innen, als sie sein Aussehen musterte.

»Wie bist du überhaupt in diese Dinger reingekommen?«

»Sie haben etwas Dehnbarkeit.« Er zupfte am Schritt. Seine Hoden fühlten sich an, als würden sie stranguliert.

Sie befestigte ihren Zopf und erhob sich von ihrem Platz am Schminktisch. Der Rock ihres Pionierkleides raschelte, als sie auf ihn zuging. »Weißt du, ich wusste, dass du muskulöser als Seb bist, aber ich dachte nicht, dass es so viel ausmacht.«

Er zog wieder an der Hose, als sie erneut an seinem Hintern hochrutschte, während er sich bewegte. »Ich auch nicht. Ich sollte wohl ab und zu mal den Beintag ausfallen lassen.«

Sie funkelte ihn böse an. »Untersteh dich.«

Feuer flackerte in seinen Augen. »Vielleicht sollte ich einfach leiden und sie trotzdem tragen.« Er beugte sich etwas näher zu ihr.

Ihre Augen landeten für einen Moment auf seinen Lippen, bevor ihre Wangen Farbe bekamen und sie einen Schritt zurücktrat, mit einem leisen Lachen. »Nein. Ich fürchte, was mit allem südlich deines Gürtels passieren würde, wenn du den ganzen Tag in diesen Dingen herumlaufen müsstest. Hast du eine khakifarbene Jeans, die du tragen könntest?«

Er nickte.

»Zieh die an.« Ein leichtes Stirnrunzeln verunstaltete ihr Gesicht, und sie betrachtete seine Schultern und seine Brust. »Was ist mit dem Hemd? Es sieht auch etwas eng aus.«

Er hörte auf, an der Hose zu zerren, und schwang seine Arme ein paar Mal über seine Brust. Das Hemd war etwas klein, aber er sprengte keine Nähte. »Es ist ein bisschen eng, aber solange ich den Kragen nicht zuknöpfen muss, sollte es in Ordnung sein.«

»Bist du sicher? Ich kann Brady anrufen und fragen, ob er ein Extra hat, da er größer als Seb ist.«

Jace streckte seine Arme noch einmal über den Körper, dann hob er sie über seinen Kopf. Das Hemd spannte, aber er konnte sich immer noch bewegen. »Nein, dieses ist okay. Ich lasse die Ärmel einfach aufgeknöpft und hochgekrempelt. Es ist sowieso heiß draußen.«

»Okay.« Sie schaute auf seine sockenbedeckten Füße. »Du hast doch Stiefel, oder?«

Er nickte. »Ich muss nebenan laufen und sie holen. Das mache ich, wenn ich meine Jeans hole.«

»Klingt nach einem Plan.«

»Gut. Ich werde jetzt diese Dinger abschälen.« Er drehte sich auf dem Absatz um, um zurück ins Badezimmer zu gehen und sich umzuziehen.

»Mmm-hmm.«

Er sah über seine Schulter zurück, als er den abgelenkten Ton in ihrer Stimme hörte, und entdeckte, dass sie auf seinen Hintern starrte, während er wegging. Ein Lächeln drohte sich zu zeigen, aber er biss es zurück und ging weiter ins Badezimmer. Er hätte ihr einfach sagen können, dass die Hose zu eng war, aber er wollte ihre Reaktion sehen. Es war jede unangenehme Sekunde wert gewesen. Sie war nicht immun gegen ihn, und er wollte, dass es so blieb.

SCHWEIßPERLEN TROPFTEN AN TARAS SCHLÄFE HERUNTER, während sie Tomaten und Paprika schnitt. Sie wischte die Seite ihres Gesichts an der Schulter ihres Kleides ab und blies eine widerspenstige Haarsträhne aus ihren Augen. Sie liebte die Pioniertage, aber sie hasste das Outfit. Der lange, schwere Rock behinderte die Luftzirkulation, und das enge Mieder über dem Korsett hielt die Hitze an ihrem Oberkörper gefangen. Was hätte sie jetzt nicht alles für Shorts und ein Tanktop gegeben.

Maggie trat neben sie, ein leeres Tablett in den Händen, und sah genauso heiß und elend aus. »Erinner mich noch mal, warum wir das jedes Jahr machen?« Sie fächelte sich mit dem Tablett Luft zu.

»Weil es Spaß macht?« konterte Tara und schaufelte die Tomatenscheiben in eine Schüssel.

Maggie warf ihr einen trockenen Blick zu.

»Ach komm schon. Wann sonst kannst du so tun, als wärst du eine Frau aus den 1860er Jahren? Oder alle Männer in der Stadt in Chaps sehen?«

Die jüngere Frau kicherte. »Da ist was dran.« Sie stieß ihre Schwester an. »Ich habe Jace gesehen, als ich vorhin meine Pause gemacht habe. Er sah verdammt gut aus in diesen Chaps.«

Taras Wangen röteten sich, als sie daran dachte, wie gut er an diesem Morgen in der zu engen Hose ausgesehen hatte. Sein Hintern war perfekt. »Ich habe ihn nicht mehr gesehen, seit er heute Morgen weggegangen ist. Er hatte die Chaps noch nicht angezogen.« Sie reinigte ihr Messer und steckte es zurück in die Hülle, dann griff sie nach der Frischhaltefolie.

»Hmm.« Maggie warf ihr einen schrägen Blick zu. »Der Mittagsansturm ist vorbei. Du solltest ein bisschen herumlaufen. Schauen, ob ein bestimmter Vize-Sheriff noch auf dem Festival unterwegs ist.«

»Mir geht's gut. Jetzt, wo es ruhig ist, gibt es andere Sachen, die ich erledigen muss.« Sie riss ein Stück Folie ab und bedeckte die Schüssel. »Außerdem sollte ich nicht alleine herumlaufen.« Sie hätte nichts gegen eine Pause, aber sie wollte sich nicht in der Menge verlieren, wo Doug von überall her kommen und sie erreichen könnte.

Maggie runzelte die Stirn. »Daran hatte ich nicht gedacht.«

Tara schob sich mit der Schüssel vom Tisch weg und ging zu einem der Kühlschränke, die sie für die Lebensmittel aufgestellt hatten. Sie mochten aussehen, als lebten sie im neunzehnten Jahrhundert, aber die Essenszubereitung war definitiv einundzwanzigstes Jahrhundert. Sie stellte die Tomaten in den Kühlschrank und drehte sich zu ihrer Schwester um.

»Du kannst gerne wieder eine Pause machen. Ich könnte einen von Macys Eiskaffees gebrauchen.«

Bevor Maggie antworten konnte, hob sich die Klappe am hinteren Teil des Küchenbereichs und Jace trat ein. Taras Atem stockte. Maggie hatte nicht übertrieben. Diese Chaps taten etwas für seine Beine, was selbst diese enge Hose nicht geschafft hatte. Sie zeigten die Dicke seiner Oberschenkel und rahmten seine sehr männlichen Hüften ein. Wieder perlte Schweiß an ihrem Haaransatz, aber das hatte nichts mit der Hitze im Zelt zu tun.

»Ich habe etwas über Kaffee gehört.«

Er schob seinen Hut mit einem Finger zurück, aus Rücksicht auf das dunklere Innere des Zeltes, und eine Strähne seines blonden Haares fiel über seine Stirn. Taras Finger juckten, sie zurückzustreichen. Sie ballte ihre Hände, um sie an ihren Seiten zu halten.

»Tara hat gesagt, sie ist bereit für eine Pause«, warf Maggie schnell ein. Sie gab Tara ein schelmisches Lächeln und fuhr fort. »Wir haben gerade darüber gesprochen, dass sie ein bisschen herumlaufen sollte, aber sie will wegen allem, was passiert ist, nicht alleine gehen. Aber jetzt bist du ja hier, also ist es perfekt. Du kannst sie mitnehmen.«

Tara funkelte ihre kleine Schwester böse an. Oh, sie würde dafür bezahlen.

Sie sah Jace an. »Es ist okay. Maggie kann mir einen Latte holen. Ich habe sowieso Dinge zu erledigen.«

»Die alle warten können«, sagte Maggie. »Du warst den ganzen Tag noch nicht aus diesem Zelt raus. Geh ein bisschen herum.« Sie machte eine scheuchende Bewegung mit ihren Händen.

Jace grinste. »Maggie hat recht. Du musst eine Pause machen.« Er nahm ihre Hand und zog sie zum Ausgang. »Komm schon. Ich könnte auch einen Kaffee gebrauchen. Und du musst Macys Outfit sehen. Es ist ein Anblick.«

Trotz sich selbst lachte Tara. »Das glaube ich.« Macy hatte eine Vorliebe für das Dramatische. In Anbetracht dessen hatte sie wahrscheinlich ihr Café in einen Saloon verwandelt und war wie ein Saloon-Girl gekleidet.

Er zog sie hinaus in den hellen Sonnenschein und das Treiben des Festivals. Sie lächelte über all die Aktivitäten. Kinder rannten herum, Ballons an ihre Handgelenke gebunden. Einige von ihnen trugen Pelzmützen und trugen Pfeil und Bogen. Andere hatten Futterpuppen in ihren Händen und klebrige Gesichter. Erwachsene naschten Popcorn aus Papiertüten und trugen Einkaufstaschen, während sie die Zelte durchstöberten.

»Ich habe noch nie ein so beliebtes Festival gesehen, das nicht die traditionellen Jahrmarktsspiele und Fahrgeschäfte hat. Ganz zu schweigen vom Festivalessen.«

»Ja. Der Stadtrat tut viel, um es als 'authentisch' zu vermarkten. Wir haben zwar einige moderne Annehmlichkeiten, aber wir versuchen, bei der Zeitperiode zu bleiben. Diese Gemeinschaft hat eine ziemliche Geschichte und ist stolz darauf. Es ist eine großartige Möglichkeit, sie zu ehren.«

»Stimmt.«

Sie zog an seiner Hand, aber er verschränkte seine Finger mit ihren und hielt fest. Da sie keine Szene machen wollte – und wem machte sie etwas vor? Es fühlte sich gut an – ließ sie ihn sie durch die Menge zur Hauptstraße führen.

Ohne Eile schlenderten sie zwischen den Zelten umher und hielten hier und da an, um genauer hinzusehen. Taras Favoriten waren die Vorführungszelte. Es machte Spaß, dem Schmied zuzusehen, wie er ein Messer mit einer Kohleesse schmiedete, oder zu sehen, wie ein Steinmetz mit nur einem Meißel und einem Hammer wunderschöne Skulpturen anfertigte.

Im Zelt des Lederarbeiters blieb Jace stehen, um sich einige handgearbeitete Gürtel anzusehen, während Tara die Armbänder bewunderte, die der Mann zum Verkauf hatte. Sie liebte Lederschmuck.

Jace trat hinter sie, einen Gürtel in der Hand. Er streckte die Hand aus, um eines der Armbänder zu berühren. »Die sind toll.« Er zeigte auf die Tafel über der Auslage. »Du kannst alles darauf haben, was du willst.« Seine Augen trafen ihre. »Du solltest eins mit Lucys Namen darauf nehmen.«

Sie ließ das Armband, das sie betrachtet hatte, zurück auf den Tisch fallen. »Und was sage ich, wenn einer meiner Geschwister mich fragt, wer Lucy ist?«

»Die Wahrheit.«

Sie verdrehte die Augen. »Das würde gut ankommen. 'Sie ist meine Tochter, Thomas. Die, die ich verloren habe und von der ich beschlossen habe, dir nichts zu erzählen, obwohl ich auf der Ranch lebte, als ich-'« Sie brach ab und bedeckte ihren Mund mit ihrem Handrücken, als Emotionen ihre Kehle verstopften und Tränen in ihren Augen aufstiegen.

Jace fuhr mit einer Hand ihren Arm hinunter. »Hey. Es tut mir leid. Ich wollte dich nicht aufwühlen. Ich denke nur, dass du sie in dein Leben bringen musst. Sie ist Teil davon, ob du sie im Schatten verbirgst oder nicht, und wenn du jemals beim Trauern um sie weiterkommen willst, musst du über sie reden.«

Er griff um sie herum und nahm zwei der Manschetten, eine große und eine kleinere. »Ich mache dir einen Vorschlag. Wenn du eins mit Lucys Namen nimmst, hole ich eins mit Haleys.«

Sie sah durch ihre Wimpern zu ihm auf, Trotz in ihren Augen. »Wie ist das fair? Du hast keine Angst, ihren Namen zu sagen.«

»Das ist mein Punkt. Du solltest auch keine haben.«

Taras Mund verzog sich zu einem Stirnrunzeln, während sie seine Worte abwog. Konnte sie wirklich allen von ihrer Tochter erzählen nach all der Zeit? Würden sie verstehen und sie nicht hassen, weil sie ein so enormes Geheimnis bewahrt hatte?

Sie kannte die Antwort darauf nicht, aber sie wusste, dass sie es leid war, dieses kostbare Leben zu verstecken. Sean hätte nicht gewollt, dass sie ihr Baby geheim hält.

»Okay, einverstanden«, gab sie nach.

Sein Lächeln war strahlend. »Gut.« Er holte die Aufmerksamkeit des Lederarbeiters und sagte ihm, was sie wollten.

Der Mann nahm die Manschetten und machte sich an die Arbeit, prägte ihre Töchter Namen in das Leder. Jeder Schlag des Stempels, der Lucys Namen auf die Manschette prägte, öffnete die Box in Taras Brust ein wenig weiter. Jeder Schlag machte es ein bisschen leichter zu atmen.

Als die Manschetten fertig waren, bezahlte Jace sie und seinen Gürtel. Er hielt Taras Manschette mit einem erwartungsvollen Blick hoch. »Handgelenk, bitte.«

Sie hob ihren linken Arm, und er schnappte das dunkelbraune Leder um ihr Handgelenk. Mit einem Wirbel von Emotionen berührte sie den eingravierten Namen und stellte sich das winzige Gesicht ihrer Tochter und ihre perfekten kleinen Hände vor.

Hart schnüffelnd, sah sie zu Jace auf. Er hatte seine eigene Manschette angelegt und starrte nun auf sie herab, Zärtlichkeit und Verständnis leuchteten aus seinen tiefblauen Augen.

»Danke«, flüsterte sie um den Kloß in ihrem Hals herum.

Er hob eine Hand und wischte die Träne auf ihrer Wange mit seinem Daumen weg. »Gern geschehen. Lass uns jetzt diesen Latte holen, okay?«

Sie nickte und lächelte durch die Tränen. Sie schnüffelte noch einmal und nahm einen tiefen Atemzug, um ihre Emotionen zu beruhigen. »Bitte.«

Er bot ihr wieder seine Hand an, und sie nahm sie ohne zu zögern.

Zurück im Sonnenschein hob Tara ihr Gesicht zu seiner Wärme und lächelte. Diese Box öffnete sich ein wenig mehr.

Bereits nahe beim Peppy Brewster, erreichten sie bald die Tür des Cafés. Jace öffnete sie, und Tara trat hinein. Als ihre Augen sich an das dunklere Innere gewöhnt hatten und sie ihre Freundin hinter der Theke entdeckte, konnte sie das Lachen nicht zurückhalten, das herausplatzte.

Macy grinste sie an und nahm einen Handfächer, der neben der Kasse lag, und wedelte damit nahe ihrem Gesicht.

Tara lachte noch härter.

»Ich würde auch singen, aber niemand will das hören«, sagte Macy und trat hinter der Theke hervor, um ihr volles Outfit zu zeigen.

Sie war tatsächlich als Saloon-Mädchen gekleidet, aber nicht als irgendein Saloon-Mädchen. Sie war eine Künstlerin. Ihr Kleid war ein reiches Grün, das wunderschön mit ihrem kastanienroten Haar kontrastierte, das gelockt und auf ihrem Kopf aufgetürmt und mit einer grünen Samtschleife zusammengebunden war. Ein paar Strähnen hingen lose um ihr Gesicht. Pfauenfedern wippten über ihrem Kopf bei jeder Bewegung, die sie machte. Das Mieder des Kleides fiel vorn tief aus, fast unanständig tief. Schwarze und goldene Schnüre kreuzten sich vorne und hielten es zusammen. Der grüne Taftrock war auf beiden Seiten ihrer Hüften gerafft, entblößte ihre Beine vorne bis knapp über die Knie und hing hinten tief. Dunkle Strümpfe umhüllten ihre langen Beine, und schwarze Schnürstiefel vervollständigten ihr Outfit.

»Du siehst unglaublich aus. Wo hast du das Kleid gefunden?«

»In einem Kostümladen in Denver. Es war länger und bescheidener, als ich es kaufte. Rayna hat mir geholfen, es zu ändern.« Sie drehte sich herum, auf ihren hohen Absätzen wackelnd. »Ist es nicht toll?«

Tara nickte. »Allerdings. Sag mir bitte, dass du das heute Abend zum Tanz trägst.«

Macys Grinsen war teuflisch. »Natürlich. Es wäre sonst eine Verschwendung.« Sie deutete auf Taras viel schlichteres und bescheideneres lavendelfarbenes Hemdblusenkleid. »Du hast doch etwas Besseres anzuziehen, oder?« Sie wackelte mit den Augenbrauen und grinste, ihre Augen huschten zu Jace. »Etwas, das dieses Korsett zeigt, das du, wie ich weiß, unter diesem langweiligen Kleid trägst?«

Taras Wangen erhitzten sich, und sie schielte aus dem Augenwinkel zu Jace. Sein Gesichtsausdruck verriet, dass er versuchte, sich vorzustellen, wie ihr Korsett aussah, und ihre Röte vertiefte sich.

»Ich habe ein Festkleid, ja«, sagte sie zu Macy.

»Kann ich kommen und dir beim Anziehen helfen?« Macys Lächeln wurde schlau. »Ich bringe mein Nähzeug mit, um sicherzustellen, dass du am besten aussiehst.«

Tara lachte, aber schüttelte einen Finger zu ihrer Freundin. »Oh nein. Du kannst das tragen.« Sie wirbelte ihren Finger zu Macys Kleid. »Aber ich würde nur aussehen wie ein Kind, das sich verkleidet. Ich würde die ganze Nacht am Oberteil herumzupfen und beten, dass nichts herausrutscht, wenn ich mich bücke.«

Jace hustete.

Sie sah zu ihm hinüber und bemerkte, dass seine Wangen rot waren.

Er klopfte sich auf die Brust und räusperte sich. »Entschuldigung. Hatte ein kleines Kitzeln.«

Macy lachte. »Das glaube ich dir aufs Wort.«

»Macy!«

»Ach komm schon, Tara. Es ist ja nicht so, als hätte er sich nicht schon vorgestellt, was du unter diesem Kleid trägst.« Sie drehte sich um und schlenderte zurück hinter die Theke. Ihr Kleid raschelte, als sie ging und ihre Absätze klackerten auf dem Boden.

Tara schüttelte den Kopf. Macy hätte Schauspielerin werden sollen.

»Also, ich vermute, du möchtest einen Eiskaffee.« Macy lehnte sich auf die Theke. »Oder bist du nur hergekommen, um mein Outfit zu bewundern?« Sie tätschelte ihr Haar und grinste.

»Eiskaffee, Madam.« Tara knickste. »Wenn ich bitten darf?«

»Gerne. Was ist mit Ihnen, Herr Polizist?«

Jace lachte. »Nur einen schwarzen Kaffee.«

Macy verzog das Gesicht. »Das hätte ich erraten können.«

Sie nahm einen Becher vom Stapel auf der Theke und füllte ihn mit dem dunklen Gebräu, dann reichte sie ihn ihm. Er ging zur Seitentheke, wo Macy Deckel und Kaffeesahne bereithielt, um sich einen Deckel und eine Papierhülle zu holen. Tara schloss die Distanz zur Theke und lehnte sich auf ihre Ellbogen.

»War viel los?«

Macy nickte. »Sehr. Es hilft nicht, dass ich ständig anhalten muss, damit die Leute Fotos machen können.«

Tara lächelte. »Du bist diejenige, die das angezogen hat. Und du hast einen tollen Job gemacht, diesen Ort zu dekorieren.« Sie schaute sich im Speisebereich um. Macy hatte alle Tische mit indigofarbenen Tischdecken bedeckt und alle ihre Metall-stühle durch hölzerne ersetzt. Steckbriefe hingen an der Vorderseite der Theke und an den Wänden, zusammen mit einigen ausgestopften Tierköpfen. Sie hatte sogar Trinkgläser und leere Schnapsflaschen in der Vitrine aufgereiht.

»Wo hast du all die Stühle her?«

»Einige davon sind meine Esszimmerstühle. Ich habe auch Declans genommen. Rayna hat mir einige geliehen, die sie auf der Farm im Lager hatten. Brady hat mir auch zwei von seinem Platz gebracht.« Sie goss Milch über Eis in einen Plas-tikbecher, während Espresso in einen Edelstahlkrug tropfte.

Tara schüttelte den Kopf. »Wann hatte er Zeit dafür? Er hat mir gestern den ganzen Tag geholfen, zusätzlich zu seiner Rancharbeit.«

Macy schüttete den Kaffee über die Milch und setzte einen Deckel auf den Becher. »Es war ziemlich spät, als er sie vorbeibrachte.« Sie reichte Tara den Becher. »Apropos, hast du ihn heute gesehen? Ich dachte, er würde vorbeischauen – ich habe ihm den ganzen Kaffee angeboten, den er heute trinken kann, dafür, dass er mir diese letzten Stühle und einige der Geweihe gebracht hat – aber er war noch nicht hier.«

»Nein.« Sie sah zu Jace, der wieder an ihre Seite getreten war. »Hast du Brady heute gesehen?«

Er nahm einen Schluck von seinem Kaffee und nickte. »Ich bin ihm begegnet, als ich heute Morgen die Ranch verließ. Er sagte, er würde später in der Stadt sein. Es gab Dinge, die er zuerst erledigen musste. Er hatte Thomas dabei, also machen sie wahrscheinlich irgendeine Art von Tierarztkontrolle bei der Herde.«

»Nun, wenn du ihn siehst, schick ihn unbedingt zu mir. Er muss das hier sehen.« Macy richtete ihr Haar und passte ihr Mieder an.

Ihr Bruder wusste es nicht, aber er war dem Untergang geweiht. Nach allem, was mit London passiert war, hatte Macy entschieden, dass das Leben zu kurz war, um herumzutänzeln, und hatte es auf Brady abgesehen. Sie hatte seit Jahren einen Schwarm auf ihn, aber er behandelte sie immer wie eine seiner Schwestern. Tara bezweifelte, dass er so über sie denken würde, nachdem er sie in diesem Kleid gesehen hatte.

Sie grub in der Tasche ihres Kleides und zog einen Zehn-Dollar-Schein heraus, den sie ihrer Freundin reichte. »Wenn er vorbeikommt, werde ich ihm sagen, dass er reinschauen soll. Versuch aber, ihm keinen Schlaganfall zu verpassen, okay? Wir brauchen ihn irgendwie auf der Ranch.«

Macy lachte. »Ich verspreche nichts.«

»Armer Brady«, murmelte Jace.

Tara lachte. »Er wird in Ordnung sein. Komm, ich sollte zurückkehren.« Sie wandte sich zu Macy. »Danke für den Kaffee.«

»Gern geschehen. Bis heute Abend.«

Tara und Jace verließen das Café und mischten sich wieder unter die Menge von Festivalbesuchern. Sie nippte an ihrem Getränk, während sie in einem viel schnelleren Tempo als bei ihrem Hinweg zum Park zurückkehrten.

»Also, wann fing das zwischen Macy und Brady an?« fragte Jace.

»Hat es nicht, noch nicht wirklich. Jedenfalls noch nicht. Er hat keine Ahnung, aber er wird es bald herausfinden.«

»Er hat keine Chance, oder? Sie ist eine Naturgewalt.«

Sie kicherte. »Auf jeden Fall. Sie mochte ihn schon immer. Aber er heiratete eine Hexe einen Monat nach seinem Hochschulabschluss. Peyton hatte ihn so verführt. Sie mochte sein Geld und setzte ihren Charme ein. Irgendwie überzeugte sie ihn, dass sie heiraten sollten, obwohl wir ihn alle warnten, dass ihre Designerstiefel und teuren Handtaschen bedeuteten, dass sie ein Stadtmädchen war.« Sie schüttelte den Kopf. »Es hielt nicht lange. Sobald sie einen Geschmack davon bekam, was es wirklich bedeutete, die Frau eines erfolgreichen Ranchers zu sein, wehrte sie sich. Sie begann zu verlangen, dass er sie jedes Wochenende nach Denver oder nach Aspen bringt. Wenn er zu beschäftigt war, ging sie allein.«

»Also, haben sie einfach entschieden, dass es nicht funktionierte und die Sache beendet?«

Sie schüttelte den Kopf. »Nein. Sie betrog ihn. Sie war zum Skifahren gejettet und kam an Heiligabend zurück. Es war ihr erstes Weihnachten zusammen als Mann und Frau. Ich war oben und machte mich für das Abendessen fertig, als sie zurückkam, und sie wusste es nicht. Ich hörte sie am Telefon mit ihrem Liebhaber sprechen, während sie sich umzog. Sie sagte ihm, dass sie zurück sein würde, sobald sie könnte, und ich zitiere, 'aus diesem Höllenloch raus'.«

»Meine Güte.«

»Ja.«

»Ich nehme an, du hast es Brady erzählt?«

Sie gab ihm ein reuevolles Lächeln. »Nicht ganz. Ich marschierte ins Schlafzimmer und sagte ihr, dass ich ihr beim Packen helfen würde.«

Er lachte.

»Sie legte schnell auf und versuchte dann, mir zu erzählen, ich hätte alles falsch verstanden – dass sie mit einer ihrer Freundinnen gesprochen hätte. Aber du sagst deiner *Freundin* nicht, dass du das Mrs. Claus-Kostüm tragen und Schlagsahne mitbringen wirst, damit sie sie von deinen Brüsten essen kann, es sei denn, sie ist deine *Freundin*, und Peyton schwang definitiv nicht in diese Richtung.«

Jace verschluckte sich an seinem Kaffee.

»Brady hörte uns streiten und kam herein, um herauszufinden, was los war. Dann explodierte alles. Er brachte sie dazu, zu gestehen, und warf sie dann raus. Sie rannte zurück nach Aspen zu ihrem Jungen.«

»Wow. Gute Riddance.«

»Jep. Das Beste war, dass sie in der Scheidung versuchte, einen Teil der Ranch zu beanspruchen. Sie dachte, er besäße einen Teil davon, aber sie ist auf Mamas und Papas Namen. Sie haben Geld in Treuhandfonds für uns angelegt, aber wir bekamen erst mit dreißig Jahren Rechte an dem Geld. Uns wurde eine Zulage daraus gewährt, die für Unterkunft und Schule zahlte. Brady war erst vierundzwanzig, als sie sich scheiden ließen, und weil es rechtlich noch nicht seins war, bekam sie keinen Cent.«

»Ich wette, das hat sie wütend gemacht.«

Sie nahm noch einen Schluck von ihrem Latte. »Und wie. Sie legte Berufung gegen das Urteil ein, aber der Trust ist eisenfest. Sie versuchte, Bradys Namen zu beschmutzen, als sie nicht bekam, was sie wollte. Ich denke, Papa hat sie ausgezahlt, weil sie plötzlich aufhörte. Brady ist seitdem ziemlich scheu, was Beziehungen angeht.«

»Aber er kennt Macy. Sie würde nie so etwas versuchen.«

»Ja, aber sie ist wild und Brady ist – nun, Brady. Er ist ruhig und introvertiert. Er würde lieber zu Hause mit einem Buch sitzen als auf eine Party zu gehen. Macy *ist* die Party.«

Sie verließen den Gehweg und traten ins Gras, auf dem Weg zum Essenszelt.

»Sie wäre eine bessere Partie für Thomas, aber das wird nie passieren.«

»Rayna?«

Sie sah zu ihm auf, überrascht. »Woher wusstest du das?«

Er zuckte mit den Schultern. »Ich bin ein Detektiv, erinnerst du dich? Ich beobachte Menschen. Da ist eine Geschichte.«

»Lang und kompliziert«, stimmte sie zu.

Sie erreichten das Zelt, und sie zögerte. So sehr sie auch nicht mit ihm hatte gehen wollen, jetzt wollte sie nicht, dass er ging. Sie fummelte an der Manschette an ihrem Handgelenk herum und fuhr mit den Fingern über die Buchstaben.

»Jace – danke dafür.« Sie tippte auf ihr Armband. »Es ist albern, aber ich fühle mich – leichter.«

»Es ist nicht albern.« Er nahm ihre Hände in seine und rieb mit seinen Daumen über ihre Handrücken, während er sprach. »Du hast die Last deiner Trauer so lange alleine getragen. Es hilft wirklich, andere sie auch tragen zu lassen.«

Tara, die den Druck der Tränen wieder spürte, unterdrückte ihre Emotionen. Sie hatte in den letzten Tagen genug geweint. »Nun, ich bin dankbar, dass du nicht nur zugehört, sondern mich auch gedrängt hast, zu teilen. Ich habe immer noch Angst, es den anderen zu erzählen, aber selbst wenn sie schreien und eine Weile nicht mit mir reden, werde ich in Ordnung sein. Das weiß ich jetzt.«

Ein Mundwinkel hob sich. »Ich glaube, du wirst überrascht sein, wie sie auf deine Neuigkeiten reagieren werden, also sei nicht zu nervös, okay?«

Sie nickte. Sie war froh, dass er so sicher schien, denn sie war es ganz sicher nicht. Vielleicht könnte sie sich etwas von seiner Zuversicht leihen.

»Ich muss zurück an die Arbeit.« Sie zog an ihren Händen.

Anstatt loszulassen, zog er, und sie landete mit einem Uff an seiner Brust.

»Ich komme zurück, wenn das Essenszelt schließt, um dich abzuholen. Geh nicht ohne mich.«

Ihr Puls beschleunigte sich durch das Gefühl seines muskulösen Oberkörpers unter ihren Händen, sowie durch das Glitzern in seinen Augen. Sie schaffte es zu nicken, aber alles, was sie sagen wollte, schwebte weg in den Äther, als er sich hinunterbeugte und einen sanften Kuss auf ihre Lippen drückte.

Er zog sich zurück und starrte sie einen Moment an, bevor er tief Luft holte und zurücktrat, ihre Hände loslassend. »Ich sehe dich später.« Er ging mehrere Schritte zurück, gab ihr dann einen kurzen Winken und drehte sich um, joggte zurück Richtung des Verkäuferbereichs.

Tara hob eine Hand zu ihren Lippen, während sie ihm nachsah. Sie kribbelten noch immer von seiner Berührung. Sie war so verwirrt. Er war nicht der Typ Mann, den sie wollte, aber jedes Mal, wenn sie dachte, sie hätte diese Mauer gegen ihn wieder aufgebaut, tat er etwas anderes, um einen Riss darin zu schaffen. Und er hatte gerade einen riesigen Riss geschaffen.

Sie drehte die Manschette an ihrem Handgelenk und ging ins Zelt.

Jace pfiff leise anerkennend, als Tara aus dem Flur ins Wohnzimmer trat.

»Wow.«

Sie drehte sich einmal für ihn im Kreis und lächelte. »Ich weiß, es ist nicht so dramatisch wie Macys Kleid, aber ich mag es.«

»Nein. Es ist – du siehst wunderschön aus.« Seine Augen wanderten über ihre große Gestalt in dem tiefblauen Seidendamastkleid. Es hatte kurze Ärmel, der Sommerhitze angepasst, aber einen hohen Kragen. Das Oberteil schmiegte sich an ihren Oberkörper und zog sich an der Taille ein, betonte ihre üppigen Kurven, bevor das Kleid unter einer dicken weißen Schärpe zu einem weiten Rock wurde. Eine Reihe Perlknöpfe lief den Rücken hinauf und endete an der Rundung ihrer Hüften.

»Wie hast du dieses Ding zugeknöpft bekommen?«, fragte er. Sie müsste schon eine Schlangenfrau sein, um einige dieser Perlen ohne Hilfe zu erreichen.

»Es hat einen versteckten Reißverschluss.«

Leichter Zugang.

Jace gab sich gedanklich eine Ohrfeige. Solche Gedanken würden ihm den Abend nicht gerade erleichtern.

»Du siehst auch gut aus«, sagte sie und blieb vor ihm stehen.

Er zupfte an der schwarzen Western-Krawatte an seinem Hals. »Ich bin nur froh, dass Brady mir ein Hemd leihen konnte, sonst würde ich neben dir ziemlich schäbig aussehen.«

Sie lächelte. »Wenn du hier bleibst, wirst du dir deine eigenen Sachen für die Pioniertage besorgen müssen.«

Er nickte. »Das habe ich vor.«

»Woher hast du aber diese Weste? Ich kann mich nicht erinnern, dass meine Brüder so eine getragen haben.«

Er strich mit der Hand über das schwarze Leder. »Die gehört mir. Ich trage sie manchmal, wenn ich mit meinem Motorrad fahre.«

Ihr Lächeln erstarb, und Jace fragte sich unwillkürlich, was er gesagt hatte, um ihre Stimmung zu drehen.

Sie räusperte sich und ging an ihm vorbei zur Tür. »Nun, ich bin froh, dass du passend gekleidet bist. Bist du bereit zu gehen?«

Immer noch verwirrt, aber ohne sie drängen zu wollen – er hatte das mit dem Lucy-Armband früher schon genug getan –, nahm er seinen Hut und folgte ihr zur Tür hinaus zu seinem Truck. Er half ihr einzusteigen und achtete darauf, dass ihr Rock nicht in der Tür eingeklemmt wurde, dann umrundete er den Truck, um auf den Fahrersitz zu gelangen.

»Weißt du, um das wirklich authentisch zu machen, sollten wir alle in pferdegezogenen Wagen ankommen.«

Ihre Stirnfalten glätteten sich, und sie lächelte. »Das haben wir tatsächlich einmal gemacht. Dad sagte, nie wieder. Keiner von uns konnte ein paar Tage lang sitzen, ohne zu zucken. Planwagen bieten sehr wenig in Bezug auf Polsterung oder Stoßdämpfer.«

Er lachte. »Das kann ich mir vorstellen.«

Sie fuhren den größten Teil der Strecke schweigend, bis er an Londons B&B, The Lilac Inn, vorbeifuhr.

»Hast du noch mehr über Doug herausgefunden und warum er mich ausspioniert und in mein Haus eingebrochen ist?«

Jaces Stimmung sank, und sein Mund wurde zu einer dünnen Linie. »Nein. Wir haben eine Fahndung rausgegeben, aber niemand hat ihn gesehen. Seine Fingerabdrücke haben auch nirgendwo anders Treffer ergeben, aber Katie läuft sie immer noch durch verschiedene Datenbanken. Seb hat auch einige Anrufe getätigt, um mehr über Seans Dienstakte herauszufinden. Ich weiß nicht, ob er viel erreichen wird, aber es ist einen Versuch wert.«

Sie nickte und starrte mit gerunzelter Stirn aus dem Fenster.

Er streckte die Hand aus und nahm ihre, wobei er bemerkte, dass sie ihr Armband angelassen hatte. »Wir werden das herausfinden. Und ich gehe nirgendwohin, bis wir es tun.«

Sie sah ihn an. »Ich weiß. Ich frage mich nur, wie irgendetwas, das Sean getan hat, hierzu führen könnte. Er war ein guter Mensch. Ich verstehe einfach nicht, was all diese Mühe wert wäre.«

Er drückte ihre Finger. »Hoffentlich bringen Sebs Nachforschungen etwas. Der Einbruch, während du zu Hause warst, verleiht seiner Anfrage etwas Dringlichkeit, aber wenn die Akten als geheim eingestuft sind, werden wir nicht viel bekommen.«

»Nein, das Militär ist sehr verschwiegen, was seine Missionen angeht. Das Beste, worauf du hoffen kannst, ist jemand, der mitfühlend ist und einen Hinweis gibt, aber du wirst keine vollständigen Berichte oder auch nur Zusammenfassungen bekommen. Ich habe die geschwärzte Version seiner letzten Mission nur bekommen, weil seine Einheit Ärger gemacht hat.«

»Hast du etwas aus der Akte erfahren, die wir gefunden haben?«

Ihre Stirn runzelte sich. »Vielleicht. Etwas fühlt sich seltsam an bei einigen der Missionen.«

Er erwiderte ihre Stirnrunzeln. »Inwiefern?«

Sie zuckte mit den Schultern. »Es ist schwer zu erklären. Sean hat mir keine Details seiner Einsätze gegeben, aber ab und zu kam er wütend zurück.«

»Worüber?«

»Über etwas, das einer seiner Teamkollegen getan hatte. Ich hatte das Gefühl, dass sie sich nicht immer verstanden haben. Aber keine der Missionsdetails in der Akte spiegelt das wider. Da war alles Sonnenschein und Regenbogen.«

»Du denkst also, es gab Reibereien zwischen Sean und den anderen Mitgliedern seines Teams?«

»Vielleicht. Oder nur zwischen anderen Mitgliedern, und es hat ihn gestört. Ich bin nicht sicher. Er würde nie darüber reden. Jedes Mal, wenn ich fragte, warum er wütend war, sagte er nur, es seien Teamdynamiken, und dann tat er sein Bestes, um seine Wut beiseitezuschieben, damit sie die Zeit, die wir zusammen verbringen konnten, nicht ruinierte.«

Jace machte sich eine mentale Notiz, Seb zu bitten, die anderen Mitglieder von Seans Team zu überprüfen. Vielleicht ging es nicht um eine Mission, sondern um einen von ihnen.

»Ist dir sonst noch etwas an der Akte aufgefallen?«

Sie schüttelte den Kopf. »Nein. Nur das.«

»Okay.« Er seufzte, ein wenig enttäuscht, dass es nicht mehr gebracht hatte. »Nun, wenn dir noch etwas einfällt, lass es mich wissen.«

Sie nickte und atmete tief aus. »Das werde ich.«

Sie fuhren in die Stadt, und Jace steuerte einen Parkplatz in der Nähe des Parks an. Er parkte zwischen all den anderen Trucks und SUVs.

»Bleib sitzen. Ich komme und helfe dir runter«, sagte er und schaltete das Fahrzeug aus.

Er stieg aus und ging um den Wagen zu Taras Seite. Sie hatte die Tür geöffnet und die Beine herausgeschwungen, also packte er ihre Taille und hob sie herunter. Ihre Füße berührten den Boden, aber er ließ nicht los. Sie war nur wenige Zentimeter entfernt und roch fantastisch. Wie die süßesten und saftigsten Früchte des Sommers.

Als sie aufblickte, schwang ein ähnlicher Faden von Verlangen in ihren Augen. Das Bedürfnis ließ Jace näher schwanken und sich hinunterbeugen. Ihre Lippen berührten sich, aber der Klang von jemandem, der Taras Namen rief, ließ sie zurückschrecken.

Er unterdrückte das Knurren und drehte sich um, um der Person gegenüberzutreten, die sie unterbrochen hatte. Rayna kam auf sie zu in einem königsvioletten Kleid, das ihre violetten Augen betonte. Ihr rabenschwarzes Haar war zu einem Knoten auf ihrem Kopf hochgesteckt. Ein Mann in einer dunkelbraunen Weste, blauem Hemd und dunkler Jeans lief neben ihr.

»Schicke Outfits«, sagte sie, als sie sie erreichte. »Ich liebe dieses Kleid. Habt ihr zwei euch farblich abgestimmt?«, fragte sie und deutete auf das dunkelblaue Hemd, das Jace von Brady geliehen hatte.

»Nein, das hat sich einfach so ergeben«, sagte Tara. Sie schaute den Mann an. »Wer ist dein Freund?«

Das wollte Jace auch wissen. Fast so groß wie er selbst, hatte der Neuankömmling etwas Hartes an sich. Narben entstellten den Hals und das Gesicht des Mannes, und es gab etwas an der Art, wie der Fremde sich hielt, das Jaces Radar auslöste.

»Das ist Derrick Thorpe.« Rayna schaute zu dem Mann hoch. »Derrick, das ist meine Freundin, Tara Miller, und unser neuster Deputy Sheriff, Jace Travers.«

Der andere Mann hob eine Hand zum Gruß und lächelte. Nur eine Seite seines Mundes bewegte sich. »Hallo. Schön, euch beide kennenzulernen. Rayna hat mir viel über dich erzählt, Tara.«

Tara runzelte die Stirn, mit einem verwirrten Blick im Gesicht. »Wirklich? Sie hat mir nichts über dich erzählt.« Sie durchbohrte Rayna mit einem Blick.

Die andere Frau hatte den Anstand, betroffen auszusehen. »Tut mir leid. Wir sind seit ein paar Monaten zusammen.«

Tara hob eine Augenbraue, stellte aber keine weiteren Fragen. Jace konnte sie jedoch in ihren Augen wirbeln sehen.

»Du und ich müssen später reden«, sagte Tara.

Rayna grinste, ihre Augen landeten auf Jace. »Ja, das müssen wir.«

Taras Wangen röteten sich.

Jace nahm ihre Hand und zog sie in Richtung Festival. Auch er hatte Fragen, aber der Parkplatz war nicht der Ort dafür. »Komm. Wir verpassen die Party.«

Sie fiel in Schritt neben ihm, und er legte ihren Arm durch seinen. Das andere Paar folgte ihnen.

»Thomas wird ausflippen«, flüsterte sie im Gehen.

Er stimmte zu. »Hattest du wirklich keine Ahnung, dass sie jemanden dated?«

»Nein. Sie hat ihn nie erwähnt. Ich kann nicht glauben, dass sie ihn mitgebracht hat, ohne uns vorher zu warnen. Ich hätte zumindest Thomas vorbereiten können.«

»Vielleicht ist das die Absicht. Ihn auf dem falschen Fuß zu erwischen.«

Sie runzelte die Stirn zu ihm hinauf. »Warum sollte sie das tun? Sie und Thomas sind seit Jahren kein Paar mehr. Und sie hat seitdem andere Männer gedatet.«

»Hat sie je einen zu einem Ereignis wie diesem mitgebracht, wo er sie zusammen sehen würde?«

Sie dachte einen Moment nach. »Nein, ich glaube nicht. Aber das erklärt nicht, warum sie es mir, Macy und London nicht erzählt hat.«

»Ich bin sicher, sie hat ihre Gründe. Du kannst sie später darüber ausfragen. Im Moment musst du allerdings eingreifen.« Sie hatten den Bereich des Parks erreicht, der in eine Tanzfläche umgewandelt worden war. Er neigte seinen Kopf zur anderen Seite, wo Thomas stand und mit Brady und Seb sprach.

»Verdammt.« Tara starrte über die Tanzfläche zu ihren Brüdern. Warum musste er ausgerechnet dort stehen? Sie brauchte eine Ablenkung. Nur lange genug, damit jemand Thomas auf Raynas neuen Verehrer vorbereiten konnte.

Sie schaute zu dem Paar, das neben ihnen stand. Rayna zeigte ihrem Date Leute, mit einem lebhaften Lächeln im Gesicht. Taras Herz sank. Es würde Thomas umbringen, sie so glücklich mit einem anderen Mann zu sehen.

»Wenn ich Rayna und Derrick für ein paar Minuten unterhalte, kannst du rübergehen und Thomas die Neuigkeiten beibringen?«, fragte sie mit einem Lächeln.

»Ich?«, flüsterte er schockiert. »Warum kannst du es nicht tun und ich halte sie auf? Er ist dein Zwilling.«

»Und was wirst du tun, um sie fernzuhalten? Praktisch alle Menschen, die du kennst, sind dort drüben bei ihm.«

Er schnaubte. »Na gut.«

Sie wartete nicht darauf, dass er seine Meinung änderte. Sie trat zurück und wandte sich ihrer Freundin zu. »Hey, Rayna?«

Rayna hörte auf, mit Derrick zu reden, und schaute Tara an.

»Wie wäre es, wenn wir Macy und London suchen? Sie sind wahrscheinlich am Erfrischungstisch und helfen Mom. Ich denke, sie würden deinen Freund gerne kennenlernen.«

»Oh, sicher. Das wäre toll.«

Tara lächelte und drehte sich um, wobei sie Jaces Bizeps im Vorbeigehen drückte. Sie hörte sein Seufzen, als sie wegging, versuchte aber nicht zurückzuschauen, während er zu ihren Brüdern hinüberging.

Stattdessen konzentrierte sie sich auf den ruhigen Mann an Raynas Seite.

»Also, Derrick. Erzähl mir von dir, da Rayna so verschwiegen war. Woher kommst du?«

»Ursprünglich aus Montana. Ich lebe jetzt in Pueblo.«

»Oh? Was machst du dort?«

»Ich bin Bauunternehmer.«

»Er baut das neue Veteranenheim dort«, sagte Rayna. Sie lächelte zu ihm auf.

»Das ist schön. Und wie habt ihr zwei euch kennengelernt?«

»Auf dem Bauernmarkt. Er mag meine Tomaten.«

Ein Hauch eines Lächelns bildete sich auf dem ansonsten stoischen Gesicht des Mannes. Ein Gefühl der Vertrautheit überkam Tara. Sie hatte das Gefühl, ihn schon einmal gesehen zu haben, konnte ihn aber nicht einordnen.

»Höhepunkt meiner Woche, wenn sie in die Stadt kommt.«

Tara lächelte. »Sie hat diesen Effekt auf Menschen. Ist dies dein erstes Mal in unserer Stadt?«

Er nickte. »Es ist eine ziemliche Einführung.« Er deutete auf die Festlichkeiten um sie herum.

»Du bist zu einer guten Zeit gekommen. Obwohl es beim nächsten Mal, wenn du in der Stadt bist, wahrscheinlich ziemlich langweilig sein wird.«

Sie erreichten die Erfrischungstische, und Tara entdeckte London, die Punsch in Becher goss. Macy stand in der Nähe der großen Kaffeebehälter und prüfte, ob sie voll waren.

London schaute auf und bemerkte sie. Sie lächelte und winkte, bevor ihre Augen weit wurden, als sie den Mann neben Rayna bemerkte.

Tara führte sie zu ihr hinüber und stellte die beiden vor.

London wandte ihren überraschten Blick Rayna zu, dann verengte sie die Augen auf ihre Freundin. »Nicht cool, Geheimnisse zu haben.« Sie schaute zu Derrick auf, und ihr Ausdruck wurde weicher. »Es ist trotzdem schön, dich kennenzulernen. Ich hoffe, du weißt, worauf du dich einlässt.«

Tara hoffte das auch. Sie hoffte, dass Thomas die Ruhe bewahrte. Es war allerdings seine eigene Schuld. Wenn er nicht so ein Idiot wäre, müsste er nicht damit leben, dass sie andere Männer datete.

Derrick runzelte die Stirn bei Londons Kommentar, aber bevor er fragen konnte, was sie meinte, kam Macy herüber. Tara sah seine Augen sich weiten, als er das Aussehen der anderen Frau wahrnahm. Macy hatte dramatisches Make-up und einen Smaragdanhänger hinzugefügt, der in ihrem Dekolleté ruhte und ihr maximalen Schockwert verlieh.

Rayna lachte. »Dieses Kleid ist fantastisch geworden! Du siehst umwerfend aus.«

Macy grinste. »Danke. Nun, wer ist der Kerl, den du mitgebracht hast, und warum erfahren wir erst jetzt, dass er existiert?« Sie trat näher an ihn heran und streckte eine Hand aus. »Ich bin Macy Briggs. Schön, dich kennenzulernen.«

Er schluckte schwer und nahm ihre Hand. »Derrick Thorpe.«

»Hmm.« Sie hob eine Augenbraue, dann blickte sie zurück zu Rayna. »Erklär das.«

Tara schaute sie auch erwartungsvoll an. Sie wollte ebenfalls wissen, warum Rayna den Mann geheim gehalten hatte.

Die Band stimmte ihre ersten Akkorde an, und Rayna ergriff die Unterbrechung. Sie packte Derricks Arm und zog ihn in Richtung Tanzfläche.

»Wir reden später. Ich will tanzen.«

Tara drehte sich um, um neben ihren Freundinnen zu stehen und schaute dem Paar nach, wie es wegging. Sie studierte Derrick, immer noch mit dem Gefühl, ihn getroffen zu haben.

Es war etwas an der Art, wie er sich bewegte. Sie wusste nicht, wo sie ihn zuvor gesehen hatte. Diese Narben waren nichts, was sie vergessen würde. Sie verdeckten seine Züge zu einem großen Teil.

»Wo kam er denn her?«, fragte Macy und unterbrach ihre Gedanken.

»Keine Ahnung«, sagte Tara. »Hat sie wirklich keiner von euch beiden etwas gesagt?«

Beide Frauen schüttelten den Kopf.

»Wir müssen sie später alleine erwischen«, sagte London. »Sie ausquetschen und herausfinden, warum.«

»Einverstanden«, sagte Macy.

Tara schaute die beiden an. »Ich werde Jace suchen gehen. Ich habe ihn geschickt, um Thomas die Neuigkeit zu überbringen.«

Beide Frauen verzogen das Gesicht.

»Ich weiß nicht, wen ich mehr bedauere«, sagte Macy.

London scheuchte sie weg. »Geh und rette deinen Mann. Thomas verhört ihn sicher gerade über Raynas Date. Er hat auch nicht mehr Antworten als wir.«

Tara ignorierte die Bemerkung, dass Jace ihr gehöre. Es würde ihr nichts bringen zu widersprechen. Ihre Freundinnen würden denken, was sie wollten.

Sie ging rückwärts in Richtung Tanzfläche. »Sagt mir Bescheid, wenn ihr sie in die Ecke drängen wollt, dann holen wir uns ein paar Antworten.«

Sie nickten, und Tara drehte sich um und umging den Rand der Tanzfläche, die jetzt mit Tänzern gefüllt war, bis zu der Stelle, wo sie ihre Brüder gesehen hatte. Die Männer waren leicht zu erkennen. Alle waren deutlich über 1,80 Meter groß und überragten die Menschen um sie herum.

Selbst aus einigen Metern Entfernung konnte sie die Gewitterwolken auf Thomas' Gesicht erkennen. Seine braunen Augen waren schwarz geworden, und eine tiefe Falte verunstaltete seine Stirn. Die Anspannung strahlte von ihm aus, seine Schultern waren steif und sein Rücken gerade.

Sie drehte die Manschette an ihrem Handgelenk, während sie überlegte, was sie zu ihm sagen sollte. Verdammt nochmal, Rayna. Warum musste sie das ihnen allen so plötzlich auftischen?

Jace sah sie zuerst. Erleichterung huschte über sein Gesicht, und er trat auf sie zu und streckte eine Hand aus. Sie nahm sie, aber anstatt sie zu ihren Brüdern zu ziehen, schob er sie zurück Richtung Tanzfläche.

»Da bist du ja. Lass uns tanzen.«

»Was?« Sie versuchte, um ihn herumzuspähen, aber er wirbelte sie herum und schob sie weg. »Jace?«

»Geh einfach weiter«, murmelte er.

Sie runzelte die Stirn und blickte über ihre Schulter zu ihm. »Ich muss mit Thomas sprechen.«

Er schüttelte den Kopf. »Nein, musst du nicht. Ich habe ihm von Derrick erzählt. Es gibt nichts, was du sagen könntest, das helfen würde. Er ist erwachsen. Lass ihn selbst damit klarkommen.«

»Aber-«

Er drehte sie in seine Arme und zog sie dicht an seinen größeren Körper. »Keine Aber. Thomas ist ein großer Junge.«

Sie warf einen besorgten Blick zu ihren Brüdern, während Jace sie herumwirbelte. Thomas hatte die Arme verschränkt und starrte in die Richtung, aus der sie gekommen war. Brady und Seb, die bei ihm standen, runzelten beide die Stirn, aber ihre Blicke waren auf Thomas gerichtet, nicht auf Rayna.

»Das ist so ein Chaos.«

»Ja. Aber es ist Thomas' Chaos.«

Tara stöhnte und ließ ihren Kopf einen Moment an Jaces Brust ruhen. »Er ist so ein Idiot.«

Sein leises Glucksen vibrierte durch ihren Körper. »Betrachte seine Qualen als Rache für all die Male, die er dich aufgezogen hat. Ich bin sicher, es waren einige.«

Sie lachte und schaute zu ihm auf. »Vielleicht ein paar.«

Er lächelte. »Vergiss ihn und Rayna für den Moment. Lass uns einfach den Tanz genießen.«

Könnte sie das? Wäre es so schlimm, für ein paar Stunden aufzuhören, sich nicht nur um Thomas, sondern auch um das, was in ihrem eigenen Leben passierte, zu sorgen?

Die Antwort darauf war einfach. Sie ließ sich in Jaces starken Körper schmelzen. »Okay.«

Sein Arm zog sie enger an sich, brachte sie näher, und sie verlor sich in seinen Augen, während sie zur Musik über die Tanzfläche wirbelten. Tara ließ den Stress und ihre Hemmungen bezüglich einer Beziehung mit ihm los und genoss einfach die Musik und die Gesellschaft eines netten Mannes. Zum ersten Mal seit langem vergaß sie ihre Vergangenheit und den Herzschmerz, der ihr ständiger Begleiter war. Sie fühlte sich wieder wie sie selbst.

Sie umkreisten die Tanzfläche mehrmals im Rhythmus der Musik, verloren in ihrer eigenen Welt, bis der Durst sie zum Anhalten zwang. Am Ende ihres vierten Liedes führte Jace sie zum Erfrischungstisch, wo sie ein Glas Punsch hinunterstürzte.

Jace trank sein eigenes aus und nahm sich dann ein zweites. »Es ist zu heiß dafür. Besonders in dieser Kleidung.«

Sie stimmte zu und fächelte sich mit der Hand Luft zu. Schweiß benetzte ihre Beine und rann unter ihrem Mieder zwischen ihren Brüsten hindurch. Die Sonne war gerade untergegangen, also hatte die Tageshitze noch nicht nachgelassen. Was würde sie jetzt nicht für eine Klimaanlage geben. Stattdessen nahm sie sich ein weiteres Glas Punsch. Immerhin war Eis darin.

»Tara!«

Sie drehte sich um und sah, wie Macy ihr vom Rand der Tanzfläche aus zuwinkte. London war bei ihr. Sie deuteten nach rechts, und Tara sah Rayna allein stehen, die mit ihrem Handy hantierte.

»Ich glaube, jetzt haben wir die Chance, mehr über Raynas mysteriösen Mann herauszufinden«, sagte sie und schaute zu Jace auf. »Macht es dir was aus?«

Er schüttelte den Kopf. »Nein. Geh nur. Ich werde nachsehen, ob Thomas sich schon etwas beruhigt hat.«

»Okay.« Sie gab seinem Arm einen sanften Druck und eilte dann zu ihren Freundinnen.

»Ihr beiden seht recht gemütlich aus«, sagte Macy, als sie sie erreichte.

Tara winkte ab. »Wir reden jetzt nicht über mich und mein Liebesleben. Lass uns herausfinden, was es mit Raynas auf sich hat.«

Macy runzelte die Stirn, ließ es aber fallen. »Na gut.« Sie

drehte sich auf dem Absatz um und steuerte auf ihre Freundin zu.

London und Tara tauschten einen Blick und ein Lächeln, folgten ihr aber.

»Hey, Mädchen«, sagte Macy, als sie näher zu Rayna kamen.

Die andere Frau sah von ihrem Handy auf und lächelte. »Hey.«

»Wo ist Derrick?« fragte London.

»Er hat einen Anruf bekommen, den er annehmen musste, also ist er zu seinem Truck zurückgegangen, wo es ruhiger ist.«

»Ist alles in Ordnung?« fragte Tara.

Rayna zuckte mit den Schultern. »Er sagte, es ginge um eines seiner Gebäude. Sie haben Probleme, die Baustelle zu sichern.« Sie seufzte. »Ich hoffe, er muss nicht weg. Ich habe mich schon eine Weile auf heute Abend gefreut. Es ist das erste Mal, dass ich ihn dazu bringen konnte, euch kennen-zulernen.«

Tara runzelte bei dieser Aussage die Stirn.

»Warum sollte er uns nicht kennenlernen wollen?« fragte Macy und sprach damit Taras Gedanken aus.

»Er ist ein bisschen schüchtern. Ihr habt die Narben in seinem Gesicht gesehen. Sie machen ihn etwas unsicher. Ich habe ihm gesagt, dass ihr – wie ich – euch nicht daran stören würdet, aber es hat trotzdem viel gutes Zureden meinerseits gebraucht, um ihn zu überzeugen mitzukommen.«

»Ist das der Grund, warum du ihn nie erwähnt hast?« fragte London.

»Irgendwie«, wich Rayna aus. »Ich war mir anfangs nicht sicher, ob aus uns etwas werden würde. Es brauchte ein paar Dates, bevor er sich wirklich entspannte. Dann wollte ich nichts sagen, bis ich ihn dazu bringen konnte, euch zu treffen, weil ich wusste, dass ihr ständig fragen würdet, wann ihr könntet. Er ließ mich nicht einmal ein Foto machen, um zu beweisen, dass er echt ist.«

»Das verstehe ich irgendwie«, sagte Tara. »Wenn er so unsicher wegen seiner Narben ist, würde er keine Fotos wollen.«

Rayna nickte. »Das ist der Grund, warum ich ihn euch so plötzlich vorgestellt habe. Es tut mir leid, dass ich ihn nicht früher erwähnt habe. Ich war mir einfach nicht sicher, ob er heute Abend auftauchen würde.«

»Warum datest du ihn überhaupt, wenn er so schüchtern ist?« fragte London. »Das ist nicht wirklich dein Typ.«

»Ich weiß, aber er ist super süß und nett, wenn wir allein sind. Er ist witzig und klug und freundlich. Er hasst nur Menschenmengen.« Sie warf den dreien flehende Blicke zu. »Bin ich vergeben?«

Tara, Macy und London sahen sich an, wägten ab, was ihnen erzählt worden war, bevor sie zurück zu ihr schauten und einstimmig nickten.

»Gut«, sagte Rayna mit einem Lächeln. Sie sah Tara an. »Wenn wir fertig sind, über meinen neuen Mann zu reden, lass uns über Taras reden.«

Tara stöhnte. »Lass uns das nicht tun.«

»Oh doch, lass uns«, sagte Macy grinsend. »Die Dinge sahen ziemlich intensiv aus da draußen auf der Tanzfläche. Ich glaube, keiner von euch beiden hat eine Weile jemand anderen bemerkt.«

Sie wusste, dass ihre Wangen rot waren, aber sie presste ihre Lippen zusammen und zuckte nur mit den Schultern.

»Hast du ihn schon geküsst?« fragte Rayna. »Er sieht aus, als ob er gut küssen könnte.«

Tara konnte nicht anders als zu lachen. »Oh mein Gott, ihr klingt wie Oberschülerinnen.«

»Leute, sie will, dass wir uns wie Erwachsene benehmen«, sagte Macy. Mit einem ziemlich frechen Grinsen schaute sie Tara an. »Hast du ihm schon die Kleider vom Leib gerissen und bist allein beim Anblick dieses gemeißelten Körpers gekommen?«

Rayna und London kicherten.

»Ist das besser?« fragte Macy. »Ist das erwachsen genug für dich?«

Tara bedeckte ihr Gesicht – hauptsächlich, um das Grinsen zu verbergen, das sich befreien wollte. Sie hätte wissen müssen, dass Macy den Spieß umdrehen würde. »Du bist schrecklich«, sagte sie und ließ die Hände sinken.

Macy lachte. »Deshalb liebst du mich. Jetzt beantworte die Frage.«

Die Blicke der anderen sagten ihr, dass sie keine Chance hatte, ohne zu antworten davonzukommen, es sei denn, eine Katastrophe würde ihre Aufmerksamkeit ablenken.

Sie schnaubte und verdrehte die Augen. »Ich habe ihn ohne Hemd gesehen.«

Ihre Augen weiteten sich, und sie beeilte sich, sie zu unterbrechen.

»Weil ich seine Hilfe brauchte, als ich dachte, jemand wäre in meinem Haus gewesen. Er öffnete die Tür nur in Pyjamahose.«

Macy pfiff. »Verdammt. Ich wünschte, ich wäre dabei gewesen. Er ist beneidenswert, wenn er vollständig bekleidet ist. Was ist mit dem Küssen-Teil?«

Taras Wangen wurden rot. Sie hatte gehofft, diesen Teil der Frage zu vermeiden. »Es gab ein paar.«

Als sie nicht weiter ausführte, hob London eine Augenbraue und kreiste mit der Hand. »Und? Wie war es?«

»Es war schön.«

»Schön?« sagte Rayna. »Das ist alles, was du zu bieten hast?«

»Was wollt ihr, dass ich sage? Er hat meine Welt erschüttert, und jetzt bin ich für jeden anderen Mann verdorben?«

Sie lachten.

»Das ist ein Anfang, ja«, erwiderte Rayna.

Tara stöhnte. »Es war gut. Wirklich gut. Das ist alles, was ihr kriegen werdet.«

Macy öffnete den Mund, um mehr zu sagen, wurde aber abgelenkt von Brady, der auf seinem Weg zur Punschschüssel an ihnen vorbeischlenderte.

»Hast du schon mit ihm gesprochen?« fragte Tara.

Macy schüttelte den Kopf und starrte ihn weiter an. »Nein. Ich habe deiner Mutter geholfen, dann ein bisschen mit Declan und dem Bürgermeister geplaudert, bevor wir hierher kamen.«

London lachte. »Ich wette, dem Bürgermeister hat dein Kleid gefallen.« Ihre Worte troffen vor Sarkasmus.

Macy wandte ihren Blick von Brady ab, um London ein freches Lächeln zuzuwerfen. »Es hat Spaß gemacht zu sehen, wie er sich gewunden hat, als er mich den Leuten vorstellen musste. Ihn zu necken macht meinen Tag. Deshalb habe ich darauf geachtet, mit Deck mitzugehen, als er den Mann begrüßte.«

»Du solltest dich für den Stadtratssitz bewerben, der im November zur Wahl steht«, sagte Rayna. »Bring ein bisschen frischen Wind rein.«

»Ich bin nicht sicher, ob ich mit diesen Narren arbeiten könnte, nach der Art und Weise, wie sie Declan letzten Monat behandelt haben. Sie waren bereit, ihn zu teeren und zu federn, bevor die Tinte auf dem Durchsuchungsbefehl überhaupt trocken war.«

»Sie waren nicht die Einzigen, die ihn mit wenig Beweisen verurteilen wollten«, sagte London. »Seb war bereit, den Staatsanwalt zu erwürgen. Ich hoffe wirklich, dass Maggie eines Tages seinen Job übernimmt.«

Das hoffte Tara auch. Ihre kleine Schwester hatte hohe Ambitionen, aber sie stand erst am Anfang ihrer Anwaltskarriere. Sie hatte noch einen langen Weg vor sich, bevor sie in Daniel Kerrs Fußstapfen treten würde.

Brady drehte sich in diesem Moment um und sah sie. Tara winkte und deutete ihm, herüberzukommen.

»Was machst du da?« zischte Macy.

Sie runzelte die Stirn über ihre Freundin. »Ich dachte, du wolltest mit ihm sprechen? Dein Kostüm vorführen?«

»Das will ich, aber ich habe gewartet, bis ich herausgefunden habe, was ich sagen werde. Ich wollte nicht wie eine Schlampe wirken, die ihm ein Angebot macht.«

»Zu spät«, murmelte Rayna. »Da kommt er. Du solltest schnell nachdenken.«

»Du bist ätzend, Tara«, murmelte Macy.

Tara kicherte. »Vielleicht bringt dir das bei, mir nicht den dritten Grad wegen Jace zu geben.«

Macy verdrehte die Augen. »Unwahrscheinlich.«

»Zumindest bist du ehrlich.«

»Ich kann dir auch ehrlich sagen, dass du dafür bezahlen wirst«, sagte sie, bevor sie ein Lächeln aufsetzte, als Brady sie erreichte.

»Meine Damen. Ihr seht alle sehr reizend aus.« Er schaute jede von ihnen an, aber seine Augen verweilten auf Macy und ihrem gewagten Ensemble.

»Reizend?« sagte Tara. »Nimmst du Vokabelstunden bei Thomas?«

Er funkelte sie an. »Ich versuche 'im Charakter' zu sein«, sagte er und deutete Anführungszeichen an.

»Nun, wenn du das wirklich willst, solltest du mit Macy tanzen.«

»Warum?«

»Was?« Macy sprach gleichzeitig mit Brady.

Tara hielt das Lächeln zurück angesichts des Ausdrucks ihrer Freundin, der schwere Vergeltung versprach.

»Sie ist die Einzige von uns ohne Tanzpartner. Eine Dame sollte nicht am Rande leiden müssen, allen anderen beim Tanzen zuzusehen, nur weil sie allein gekommen ist.«

»Sie ist kaum als Dame gekleidet«, sagte Brady. Seine Augen weiteten sich, als er merkte, was er gesagt hatte. Röte kroch seinen Hals hinauf, und er warf Macy einen beschämten Blick zu. »Keine Beleidigung.«

Sein Kommentar schien alles zu sein, was Macy brauchte, um ihre mentale Barriere zu durchbrechen. Ihr freches Grinsen kehrte zurück. »Zumindest bin ich kein Spielverderber. Konntest du nicht ein bisschen Farbe zu diesem Outfit hinzufügen? Sie hatten das in den 1860ern, weißt du.« Sie deutete auf seine Kleidung, die von Kopf bis Fuß in verschiedenen Brauntönen gehalten war.

Eine Falte bildete sich auf seiner Stirn. »Entschuldige. Ich muss nicht überall, wo ich hingehe, im Mittelpunkt stehen.«

Macy stemmte ihre geballten Fäuste in die Hüften. »Ich auch nicht, aber ich habe gerne Spaß, und dieses Kleid macht Spaß. Du solltest es mal versuchen.«

»Ich habe Spaß. Ich muss nur keine Aufmerksamkeit auf mich ziehen, um das zu tun.«

»Beweis es.«

»Bitte was?«

»Du hast mich gehört. Beweis es. Zeig mir, dass du weißt, wie man Spaß hat.« Bevor er antworten konnte, nahm sie seine Hand und zog ihn zur Tanzfläche.

Tara gluckste und sah zu, wie ihr Bruder den ganzen Weg zur Tanzfläche protestierte, vergeblich. Wenn Macy etwas wollte, war sie wie eine Dampfwalze.

»Zwanzig Dollar, dass wir sie später beim Knutschen erwischen«, witzelte Rayna.

London und Tara lachten beide.

»Ich gehe diese Wette nicht ein«, sagte London.

»Ich auch nicht.«

Taras Handy erwachte in ihrer kleinen Beutel-Handtasche zum Leben und spielte die Titelmelodie von Mission Impossible, den Klingelton, den sie für ihren Redakteur eingestellt hatte. Sie stöhnte und fischte es heraus, stellte es stumm.

»Wer war das?« fragte London.

»Mein alter Redakteur. Er ruft mich ständig an und schreibt mir.«

»Was will er?« fragte Rayna.

»Keine Ahnung. Ich weigere mich, zu antworten oder seine Nachrichten zu lesen. Ich will nichts mehr mit Fotojournalismus zu tun haben.«

»Warum hast du seine Nummer nicht einfach blockiert?«, fragte London.

Tara zuckte mit den Schultern. Sie hatte es fast getan, aber irgendetwas hielt sie davon ab, den Knopf zu drücken.

»Ich weiß nicht. Vielleicht berufliche Höflichkeit.« Sie steckte ihr Handy weg.

London hob eine Augenbraue und tauschte einen Blick mit Rayna, ließ das Thema aber fallen. »Ich werde Seb suchen und mit ihnen auf die Tanzfläche gehen. Er hat mir Tanzen versprochen, und bisher hat er nur über Thomas und seine schlechte Laune gegrübelt.«

Rayna verzog das Gesicht. »Es tut mir leid.«

»Du hast nichts, wofür du dich entschuldigen musst«, sagte Tara. »Wenn er nicht so ein Idiot wäre, hätte er keinen Grund zum Grübeln. Du hast absolut das Recht, mitzubringen, wen du willst, wohin du willst. Es ist ja nicht so, als hättet ihr zwei euch erst kürzlich getrennt. Es ist Jahre her. Er muss entweder darüber hinwegkommen oder vor deinen Füßen kriechen und dich überzeugen, ihn zurückzunehmen.«

Rayna kicherte. »Thomas kriechen zu sehen, könnte ziemlich lustig sein. Aber es wäre sinnlos. Ich bin darüber hinweg. Was wir hatten, war toll, aber wir sind beide erwachsen geworden und haben uns verändert. Ich glaube nicht, dass wir noch gut zusammenpassen würden.«

Tara brummte nur unverbindlich. Sie hatte ihre eigene Meinung über Thomas und Rayna, aber Jace hatte Recht. Es ging sie nichts an. Sie waren beide Erwachsene, die durchaus in der Lage waren, ihre eigenen Probleme zu lösen.

»Ich schließe mich der Tanzidee an«, sagte sie stattdessen. »Ich habe mich abgekühlt und neuen Schwung bekommen. Lasst uns unsere Tanzpartner suchen, ja?« Sie bot ihren Freundinnen die Arme an.

Grinsend hakten sich beide Frauen bei ihr ein, und die drei machten sich gemeinsam auf den Weg.

Dreizehn

Mit schmerzenden Füßen sank Tara in die weichen Sitze von Jaces Truck. Sie konnte sich nicht erinnern, wann sie das letzte Mal so viel getanzt hatte. Es war allerdings spaßig gewesen, auch wenn sie ein verschwitztes Durcheinander war.

Jace stieg neben ihr ein und schnallte sich an, dann startete er den Truck. Kühle Luft strömte aus den Lüftungsschlitzen in ihr Gesicht.

»Oh, das fühlt sich so gut an.« Sie griff hinter ihren Nacken und zog den Reißverschluss ihres Kleides ein wenig herunter, um den Stoff zu lockern und etwas Luft hereinzulassen.

Jace riss sich die Krawatte ab und öffnete die oberen zwei Knöpfe seines Hemdes. Seine Lederweste hatte er bereits ausgezogen und auf den Rücksitz geworfen.

»Ich wünschte, es gäbe einen Pool auf der Ranch«, sagte er, schaltete den Wagen in den Gang und fuhr vom Parkplatz. »Ich würde reinspringen, mit Klamotten und allem.«

Sie justierte einen der Lüftungsschlitze. »Es gibt einen Feldweg hinter der Pferdekoppel, der zum Fluss führt.«

Er stöhnte. »Verführ mich nicht.«

Tara kicherte und machte es sich in ihrem Sitz bequem, jetzt, da sie sich etwas abgekühlt hatte. »Es wäre wahrscheinlich keine gute Idee. Am Fluss gibt es viele Disteln, und im Dunkeln sind sie schwer zu sehen.«

Er seufzte. »Dann eben eine Dusche.«

»Und die Klimaanlage voll aufgedreht.«

»Verdammt, ja.« Er drehte an den Reglern auf dem Armaturenbrett, und mehr Luft strömte heraus.

Sie stützte ihren Ellbogen am Fenster ab und lehnte ihren Kopf in ihre Hand, während sie die dunkle Landschaft an sich vorbeiziehen sah, als Jace sie nach Hause fuhr. Müdigkeit zog an ihrem Geist. Es war ein langer Tag gewesen.

»Ich hatte heute Abend eine gute Zeit, danke«, sagte sie leise.

Er schaute zu ihr. Schatten tanzten über sein Gesicht und betonten seinen festen Kiefer. Die blonde Stoppeln glänzten im Licht des Armaturenbretts. Sie wollte mit ihrer Hand darüber fahren und seine Rauheit spüren.

»Das freut mich. Ich auch.«

Sie lächelte ihn an und schaute dann wieder in die Dunkelheit hinaus und ließ ihre Gedanken schweifen. Sie war fast einge-schlafen, als Jace in die lange Einfahrt der Ranch einbog. Der Stoß beim Übergang vom Asphalt zum Kies ließ ihre Augen aufspringen. Sie gähnte und setzte sich auf.

»Hey, macht es dir etwas aus, wenn wir kurz beim Restaurant anhalten?«, fragte sie, als das Gebäude in Sicht kam. »Ich möchte sicherstellen, dass das Personal alles für morgen vorbereitet hat.«

»Natürlich.«

Er bog auf den Parkplatz von Heartwood ein und fuhr um das Gebäude herum bis zum Personaleingang. Tara kramte den Schlüssel aus ihrer kleinen Handtasche und öffnete ihre Tür, um auszusteigen.

»Bleib dort. Ich helfe dir runter.«

Sie öffnete ihren Mund, um ihm zu sagen, dass das nicht nötig sei, überlegte es sich dann aber anders, als sich ihr Stiefel in ihrem Rock verfing, als sie versuchte, nach unten zu rutschen. Verdammtes Kleid... Sie konnte es kaum erwarten, etwas anderes anzuziehen.

Jaces Stiefel knirschten auf dem Kies, als er um die Vorderseite des Trucks herumkam. Er streckte seine breiten Hände aus und legte sie um ihre Taille, hob sie herunter.

Wieder einmal befand sie sich viel zu nah bei ihm. Der moschusartige Männergeruch stieg ihr in die Nase und vernebelte ihr Gehirn. Ihre Augen fielen auf die Haut, die an seinem Hals durch den offenen Kragen zu sehen war. Feines blondes Haar lugte über dem Stoff hervor. Sie wollte mit den Fingern hindurchfahren und die steinharten Muskeln darunter fühlen.

Ihr Blick wanderte den sehnigen Hals hinauf, über seinen markanten, mit Stoppeln bedeckten Kiefer, zu seinen tiefblauen Augen. Er starrte mit einer Intensität auf sie herab, die ihr einen Schauer über den Rücken jagte.

Eine Hand glitt ihren Rücken hinauf und unter den offenen Kragen ihres Mieders. Seine Finger verfingen sich in dem zarten Haar in ihrem Nacken. Kribbeln jagte über ihre Kopfhaut, und sie biss sich auf eine Ecke ihres Mundes, um das Stöhnen in ihrem Hals zurückzuhalten.

Die Schnelligkeit ihrer Reaktion ließ Panik durch sie hindurchrasen. Das Verlangen drohte sie auf eine Weise zu verzehren, wie es vorher noch nie der Fall gewesen war. Alarmiert darüber, wie schnell er sich an ihren Abwehrmechanismen vorbeischlängelte, trat sie aus seiner Umarmung.

»Ich sollte reingehen und nach dem Rechten sehen. Es ist spät.« Ohne auf eine Antwort zu warten, ging sie um ihn herum zur Hintertür.

Er ließ ein frustriertes Grollen hören. Kies knirschte unter seinen Stiefeln, als er auf sie zukam.

»Tara-«

Sie ließ ihn nicht ausreden. Sie steckte den Schlüssel ins Schloss und mit einer Drehung ihres Handgelenks riss sie die Tür auf und trat ein. Nach links tastend suchte sie nach den Lichtschaltern und knipste sie an.

Ein Keuchen entfuhr ihr, als Licht den Raum erfüllte. Töpfe und Pfannen lagen auf den Tischen und dem Boden neben Utensilien, die jemand aus den Schubladen gezogen hatte. Die Türen zum Kühl- und Gefrierschrank standen offen, und sie konnte umgekippte Behälter sehen, einige davon auf dem Boden, deren Inhalt sich über das geriffelte Metall verteilt hatte.

»Was zur Hölle?« Jace trat hinter ihr ein.

Benommen wanderte Tara weiter in die Küche. »Warum? Warum würde jemand so etwas tun?«

Er ging hinter ihr her und legte eine Hand auf ihren Arm. »Fass nichts an. Wir sollten wahrscheinlich auch nicht weitergehen, bis ein Tatortteam den Ort freigegeben hat.«

Tränen bildeten sich in ihren Augen, einige von ihnen rannen über. Sie nickte und trat den Weg zurück, den sie gekommen war. Es war wahrscheinlich sowieso das Beste. Sie war sich nicht sicher, ob sie es ertragen könnte, mehr zu sehen.

Jace war bereits am Telefon und rief Verstärkung, als sie die Tür erreichten. Sie lehnte sich gegen den Türrahmen und hörte zu, wie er zunächst mit der Einsatzleitung, dann mit ihrem Bruder Seb sprach.

»Das war Doug, oder?«, fragte sie, als er auflegte.

»Wahrscheinlich, ja.«

»Warum würde er mein Restaurant verwüsten? Hier gibt es nichts, das irgendetwas mit Sean zu tun hat.«

Jace zuckte mit den Schultern. »Das würde er nicht wissen. Vielleicht dachte er, da er in deinem Haus oder in einem der anderen Gebäude auf der Ranch nichts gefunden hat, dass du versteckt hast, wonach er sucht, hier.«

»Ich habe nichts versteckt!« Sie schwenkte ihre Arme weit auseinander und führte sie dann zurück, um ihr Gesicht zu bedecken, als die Tränen im Ernst zu fließen begannen.

Er trat nach vorne und zog sie an seine Brust. »Hey, ist schon okay. Ich weiß, dass du nichts versteckt hast.«

Sie vergrub ihr Gesicht in seinem Hemd und schlang ihre Arme um ihn. »Was will er?«, flüsterte sie.

Seine Hand umschloss wieder ihren Nacken, aber diesmal war es tröstend statt erregend.

»Ich weiß es nicht, aber wir werden es herausfinden.«

Tara schniefte und hielt ihr Gesicht an ihn gedrückt. Sie wollte so tun, als ob nichts davon geschehen würde. Sie hatte heute Abend eine so schöne Zeit gehabt. Es war ein Tritt in die Zähne, es so ruiniert zu sehen.

»Komm. Lass uns im Truck sitzen und auf alle warten«, sagte er und bewegte seine Hand zu ihrer Schulter.

Sie schaute bei seinen Worten hoch und verfing sich in seinem Blick. Der mitfühlende Ausdruck auf seinem Gesicht verwandelte sich in Verlangen, und seine Berührung ging in einem Wimpernschlag von tröstend zu elektrisierend über. Mit ihren Gefühlen im Mixer konnte sie dem Sog diesmal nicht widerstehen. Als er sich herunterbeugte, um seine Lippen auf ihre zu pressen, schlang sie ihre Arme um seinen Hals und hielt sich fest.

JACE WUSSTE, DASS ER AUFHÖREN SOLLTE – DASS ER SIE NICHT hätte küssen sollen, während sie aufgebracht war – aber seine Willenskraft war erbärmlich in Taras Nähe. Sobald sein Gehirn das Verlangen in ihren Augen registriert hatte, übernahm sein Körper und verbrannte seine Gehirnzellen, um nichts als pures Verlangen zurückzulassen. Es flutete seine Venen und ließ ihn ihren Hinterkopf umfassen, um sie an Ort und Stelle zu halten, damit er besseren Zugang zu ihrem süßen Mund bekommen konnte.

Er strich mit seiner Zunge über den Spalt ihrer Lippen, und sie ließ ihn herein. Der erste Geschmack ihrer honigartigen Süße schickte einen Hitzeschub durch ihn, direkt in seinen Schritt. Er umfasste ihre Hüften durch die schweren Röcke und drückte sie näher, als sein Körper nach Erlösung verlangte.

Sie keuchte, als seine harte Länge mit ihrem Bauch in Kontakt kam. »Jace.«

Entflammt durch das atemlose Stöhnen seines Namens, das von ihren Lippen fiel, verteilte er heiße Küsse über ihren Kiefer und ihren Hals hinunter und schob den gelockerten Kragen ihres Kleides beiseite, um die Mulde am Ansatz ihres Halses zu finden. Sie pochte mit jedem Schlag ihres Herzens und gab eine Hitze ab, die ihren berauschenden Duft trug. Er atmete sie ein und biss leicht auf die weiche Haut über ihrem Schlüsselbein.

Ein heiseres Stöhnen entwich ihren Lippen, und sie wand sich in seinen Armen. Er strich mit seiner Zunge über die Stelle, um sie zu beruhigen. Die Hände um seinen Nacken glitten in sein Haar, und sie zog an den Strähnen, um ihn zurück zu ihrem Mund zu ziehen.

Ihre Lippen trafen sich erneut mit mehr Dringlichkeit, als das Verlangen zunahm. Ihre Hände wanderten über seine Schultern zu seiner Brust. Er spürte die Brise über seiner erhitzten Haut, als sie mehrere Knöpfe durch ihre Löcher schob, und stöhnte, als ihre weichen Hände über seine nackte Brust glitten.

Es reichte aus, um sein Verlangen auf eine neue Ebene zu heben. Er schlang seine Arme um sie, hob sie von den Füßen und ging die kurze Strecke zu seinem Truck, wo er am Türgriff der Beifahrerseite herumfummelte.

Das Licht im Führerhaus flammte auf, als er die Tür aufriss. Er lehnte sich rückwärts in den Beifahrersitz und zog sie auf sich. Sie setzte sich rittlings auf seine Oberschenkel, und er griff nach dem Schalter, um die Rückenlehne des Sitzes zu senken, ohne ihren Kuss zu unterbrechen.

Sie zog an seinem Hemd und löste die letzten Knöpfe aus ihren Löchern, dann schob sie das Material beiseite, um mit ihren Händen die Länge seines Oberkörpers entlangzufahren. Jace stöhnte und riss seinen Mund von ihrem. Er sog scharf die Luft ein und vergrub seine Nase hinter ihrem Ohr, knabberte an der empfindlichen Haut. Sie wiegte sich gegen ihn und fuhr mit ihren Nägeln über seine Brust.

Jace knurrte und griff nach dem Reißverschluss ihres Kleides, weil er ihre Haut unter seinen Händen spüren musste. Das Ticken der Zähne erklang neben ihrem heftigen Atmen, als er den Reißverschluss herunterzog und den seidigen Stoff teilte. Er spreizte seine Hand über ihren Rücken, begierig, ihre nackte Haut zu fühlen, aber seine Fingerspitzen trafen auf den Satin des Korsetts, das sie darunter trug.

»Wie bekomme ich das Ding ab?«, verlangte er zu wissen.

Sie lehnte sich zurück, ihr Kleid rutschte ihre Arme hinunter, und sie befreite ihre Hände, ließ das Mieder um ihre Taille zusammenfallen. Ein zufriedenes Grinsen breitete sich auf ihrem Gesicht aus. »Es wird unten gebunden.«

Jaces Mund wurde trocken beim Anblick ihrer Brüste, die über dem Korsett hervorquollen.

»Verdammt.« Er beugte sich vor, um die Hügel cremiger Haut zu küssen.

Ihr Atem bebte, und sie grub ihre Hände wieder in sein Haar, um ihn dort zu halten. Er fand die Schnürung an ihrem Korsett und zog daran, spürte, wie es sich lockerte. Er zog an den Schnüren, schob sie aus ihren Löchern, und das satinartige Kleidungsstück fiel auseinander. Er hakte einen Finger in die Vorderseite und riss es von ihrem Körper.

Fasziniert vom Anblick ihrer vollen Brüste, betrachtete er sie einen Moment lang, bevor er die Hand ausstreckte, um eine perfekte Kugel zu umfassen. Er beugte sich vor und saugte die rosige Spitze der anderen in seinen Mund, dann strich er mit der Zunge darüber. Sie bewegte ihre Hüften. Die Reibung ließ ihn stöhnen.

Sie tat es noch einmal, und er hob seinen Kopf, um sie mit einem hitzigen Blick zu durchbohren.

»Versuchst du, mich umzubringen?«

Ein freches Lächeln hob einen Mundwinkel. »Wenn ja, dann gehen wir gemeinsam.«

»Ja? Nun, jeder Gentleman sorgt dafür, dass seine Frau zuerst geht.« Er senkte seine Hände zum Saum ihres Rocks und schob sie unter den schweren Stoff. Seine Finger fuhren über ihre weichen, glatten Beine zu ihren Oberschenkeln und um die Kurve ihrer Hüften, bis sie auf ihrem Hintern zur Ruhe kamen.

Sie schloss ihre Augen und biss sich auf die Lippe, während eine Röte über ihre Brust und ihr Gesicht kroch. Er drückte seinen Mund an ihren Hals und schob eine Hand unter den Rand ihres Höschens. Ihr lautes Stöhnen füllte das Führerhaus des Trucks, als er mit ihrem feuchten Kern in Berührung kam.

Mit sanfter Berührung streichelte er sie, wirbelte mit seinen Fingern mehrmals über ihre geschwollene Knospe, bevor er einen langen Finger in sie tauchte. Sie stöhnte erneut, ihre Finger gruben sich in seine Schultern. Jace heftete sich an ihre Brust, rollte die Spitze zwischen seinen Zähnen, während er fortfuhr, mit seiner Hand zu streicheln und zu stoßen. Er flippte mit seinem Daumen über diese kleine Knospe, und sie explodierte, schrie auf, als ihr Höhepunkt durch sie hindurchriss.

Sie wiegte sich gegen seine Hand, während sie auf der Welle der Lust ritt, bis sie verebbte. Befriedigt sackte sie gegen ihn, atmete schwer. Jace zog seine Hand zurück und ließ sie außen auf ihrem Oberschenkel unter ihrem Rock ruhen. Ein heftiges Verlangen ließ ihn hinter dem Reißverschluss seiner Jeans pochen, aber der Beifahrersitz seines Trucks war nicht der Ort, an dem er sie zum ersten Mal nehmen wollte.

Er zwang das Pochen in seiner Hose weg und versuchte, sich auf Tara zu konzentrieren.

»Alles okay bei dir?«, fragte er.

Sie seufzte und nickte an seiner Brust, dann stützte sie sich auf ihre Arme, um mit geschmolzenen Schokoladenaugen auf ihn herabzuschauen. Ein Teil ihrer Haare hatte sich aus ihrem Zopf gelöst, und ein Glühen, das nur durch einen guten Orgasmus erzeugt werden konnte, erhellte ihre Haut im Licht des Wageninneren.

Ein verschmitzter Blick trat in ihre Augen, und sie rutschte zurück, bis sie auf seinen Knien saß. »Du bist dran.«

Bevor Jace reagieren konnte, streckte sie eine Hand aus, um über die Länge seiner Erektion zu streichen. Er biss die Zähne zusammen, als ein Schwall Lust ihn traf.

»Tara, nein. Ich möchte keinen nassen Fleck auf meiner Hose haben, wenn dein Bruder herkommt.«

Sie hielt einen Moment inne, ihre Finger über seiner Gürtelschnalle, dann teilte ein breites Grinsen ihr hübsches Gesicht. Sie richtete sich ein wenig auf und bauschte ihren Rock auf, so dass er seinen Schoß bedeckte. »Problem gelöst.« Ihre Hände tauchten unter den Stoff und machten kurzen Prozess mit seinem Gürtel und Reißverschluss.

Jace sog scharf die Luft ein, als ihre Hände sich unter seine Boxershorts gruben und mit seinem erhitzten Fleisch in Kontakt kamen. Sie befreite ihn aus dem Stoff, und er zuckte im Sitz, als sie zudrückte. Sehnen traten an seinem Hals hervor, als seine Muskeln sich unter der Spannung, die sie mit jedem Strich erzeugte, anspannten.

»Oh, das wird nicht lange dauern«, stöhnte er. Sein Rücken bog sich, stieß seine Hüften in ihre Hand, als er sich dem Rand näherte. Weiße Punkte tanzten in seinem Blickfeld.

Sie grinste, ein zufriedenes Leuchten in ihren Augen, und erhöhte das Tempo.

Mit wenig Vorwarnung traf ihn sein Höhepunkt und entriss seiner Brust einen rauen Schrei. Er setzte sich auf, um den Rest ihres Zopfes zu greifen und einen sengenden Kuss auf ihren Mund zu pressen, während er auf den Wellen der Lust ritt. Als die Wellen nachließen, zog er sich zurück, atmete schwer.

Er ließ seine Stirn gegen ihre ruhen. »Ich habe das in einem Auto seit etwa fünfzehn Jahren nicht mehr getan.«

Zu seiner Freude kicherte sie. »Ich auch nicht.«

Er genoss ihre Umarmung noch einen Moment, bevor er sich zurückzog, um in ihre Augen zu schauen, in der Hoffnung, dass er kein Bedauern sehen würde. Sie gab ihm ein sanftes Lächeln, ihr Ausdruck zufrieden.

»Alles okay zwischen uns?«, fragte er mit leiser Stimme.

Sie seufzte, ein Teil der Zufriedenheit wich. »Keine Ahnung. Aber es ist passiert, und es gibt kein Zurück.«

Er starrte in ihre dunklen Augen. »Ich bereue nichts davon.«

Sie starrte zurück. »Ich auch nicht. Ich bin mir vielleicht nicht sicher über uns – dass es das Beste ist –, aber ich kann nicht bereuen, was du mich fühlen lässt.«

Er schaute noch einen Moment auf sie herab, bevor er einen harten Kuss auf ihren Mund drückte und sich dann zurückzog. Seine Augen wanderten zu ihrer entblößten Brust, und er spürte, wie er sich erneut regte. Mit einem Stöhnen lehnte er sich zurück und griff nach unten, um die Rückenlehne des Sitzes anzuheben. »Wir sollten uns wahrscheinlich anziehen. Seb und das Team werden jeden Moment hier sein.«

Ein amüsiertes Lächeln erhellte ihre Augen. »Ich bin froh, dass sie nicht mittendrin aufgetaucht sind. Seb würde dir wahrscheinlich in den Hintern treten und dich dann aus seinem Haus werfen.« Sie rutschte herum, um von seinem

Schoß zu klettern, zog den Oberteil ihres Kleides hoch, um sich zu bedecken, als sie aus dem Truck stieg.

Jace grinste sie an. »Das könnte er versuchen.« Er schloss seine Hose und folgte ihr nach draußen, reichte ihr eine Handvoll Servietten aus dem Handschuhfach, damit sie ihre Hände reinigen konnte.

Er warf ihr einen heißen Blick zu, als er sie ihr überreichte. »Ich denke, ich könnte einen anderen Platz zum Schlafen finden.« Sein Lächeln wuchs, als sie erschauderte.

Diesmal gab sie ihm jedoch nicht nach und schlug ihm auf die Schulter mit einem gespielten bösen Blick. »Gib mir mein Korsett, Teufel.«

Er lachte und beugte sich hinein, um das Kleidungsstück zu holen, tauschte es gegen die Servietten, die er in seine Tasche stopfte.

»Ähm«, begann sie, dann brach sie in Kichern aus. »Ich glaube, du musst mir helfen, es wieder anzuziehen.« Sie hielt es hoch. Es hing offen, die Schnürung baumelte aus nur einem Loch.

Er grinste. »Ich würde lieber nicht.«

Tara verdrehte die Augen, ließ dann den Oberteil ihres Kleides fallen. Jaces Lächeln verschwand. Sie hatte die perfektesten Brüste. Voll und weich mit rosigen Spitzen.

Sein Anblick war jedoch nur vorübergehend, als sie das Korsett um sich wickelte und sich dann umdrehte, um ihm ihren Rücken zu präsentieren.

Mit einem Seufzer nahm er die lange Schnürung auf und begann, sie durch die Löcher zu fädeln.

»Sag mir, wenn das zu eng ist«, sagte er, zog an den Enden, um es um ihren Oberkörper zu straffen.

»Es ist gut«, sagte sie, als er es unten zusammenband.

Jace schaute mit unverhohlenem Vergnügen zu, wie sie sich zurechtrückte, damit das Korsett bequem über ihrer Brust saß.

Sie schaute hoch und sah ihn starren. »Weißt du, Seb wird trotzdem wissen, dass etwas passiert ist, wenn er ankommt und dein Hemd offen ist.«

Ihre Worte zogen ihn aus seiner Trance, und er schaute auf sich selbst. Ein reuevolles Lächeln breitete sich über sein Gesicht aus. »Ja, ich denke schon.« Er begann, sein Hemd zuzuknöpfen, während Tara ihre Arme wieder in das Mieder ihres Kleides steckte und es hochzog.

Das Geräusch eines Motors, der die Einfahrt hochkam, erreichte ihre Ohren. Beide drehten sich um, um zur Straße zu schauen. Zwei Paar Scheinwerfer waren die Einfahrt hochgefahren.

»Scheiße!« Sie drehte sich um und zeigte auf ihren Rücken. »Zieh den Reißverschluss hoch. Schnell!«

Er ließ die letzten paar Knöpfe an seinem Hemd sein und griff nach dem Reißverschluss. Seine Hände rutschten von dem winzigen Knubbel am Ende ab, als er versuchte, ihn über die Kurve ihrer Taille zu ziehen. »Warum müssen sie diese Dinge so verdammt klein machen?« Er versuchte es erneut, und der Reißverschluss glitt in einer glatten Bewegung an ihrem Rücken hinauf, als er einen guten Griff bekam.

Licht prallte von der Seite des Restaurants ab, als die Autos näher kamen.

»Tara, deine Haare.« Sie waren ein Chaos, dank seiner Hände.

Ihre Augen weiteten sich, und sie tätschelte ihren Kopf. Mit fliegenden Fingern attackierte sie das Band, das es zusammenhielt, und riss es heraus. »Steck dein Hemd ein.«

Er stopfte die Enden in seine Hose, während sie ihr Haar mit den Fingern durchkämmte. Jace dankte seinen Glückssternen, dass sein Truck sie vor Blicken schützte, während sie sich wieder zurechtmachten.

»Alles gut?«, fragte er.

Sie nickte. »Ja.«

Beide traten um den Truck herum, als Seb neben ihnen parkte, der Tatortbus direkt hinter ihm.

Tara überprüfte noch einmal ihre Kleidung, als sie um die Vorderseite von Jaces Truck herumging, um ihren Bruder zu begrüßen. Er war ein scharfer Beobachter und würde etwas Verdächtiges bemerken.

Sebs große Gestalt stieg aus seinem Fahrzeug. Sein Mund war eine dünne Linie, und eine Falte durchschnitt seine Stirn. »Wie schlimm ist es?«

Ihre Stimmung sank bei der einfachen Frage ihres Bruders. Tränen bildeten sich in ihren Augen, als sie sich die Zerstörung im Inneren vorstellte.

Er fluchte. »So schlimm, hm?«

Sie verschränkte die Arme und nickte.

Jace legte tröstend eine Hand auf ihre Schulter. »Er hat sich nicht die Mühe gemacht, seine Suche diesmal zu verbergen.«

Die Türen des Tatortbusses fielen zu. Katie kam auf sie zu, zusammen mit einer der anderen Technikerinnen, einer jungen Frau namens Emma.

»Haben Sie etwas angefasst?«, fragte Katie.

»Nur die Tür und die Lichtschalter«, sagte Tara. »Wir haben den Einbruch erst entdeckt, als wir das Licht eingeschaltet haben.«

»Warum ist Ihr Alarm nicht losgegangen?«, fragte Seb.

»Ich weiß nicht«, sagte Tara, stirnrunzelnd. Er hätte es tun sollen, wurde ihr klar. »Ich habe nicht einmal daran gedacht, nachzusehen.«

Seb schaute Jace nach einer Antwort an, und es traf Tara, dass er die Alarmanlage hätte überprüfen sollen. Bevor sie sich eine Ausrede ausdenken konnte, sprang er ein.

»Ich habe nicht nachgesehen. Wir haben uns umgedreht und sind nach draußen zurückgekehrt, dann bin ich bei ihr geblieben. Mit dem Grad der Eskalation wollte ich sie nicht alleine lassen.«

Seb atmete tief aus und rieb sich die Stirn. »Okay. Nun, lass uns jetzt nachsehen.« Er wandte sich Katie zu. »Sind Sie bereit, Ihre Arbeit zu machen?«

Sie hielt ihre Kamera und den silbernen Koffer, den sie trug, hoch. »Sicher doch, Boss.«

Er neigte seinen Kopf in Richtung des Gebäudes. »Wir werden gleich hinter Ihnen sein.«

Mit einem Nicken gingen sie und Emma an ihnen vorbei und betraten das Restaurant.

Tara starrte ihnen nach, ihre Gedanken gingen bereits zu all dem, was sie tun musste, um den Ort aufzuräumen.

»Alles okay?«, fragte Seb.

Sie schaute von der Tür weg und gab Seb ein kurzes Nicken. »Ja. Ich war wirklich aufgebracht. Jetzt bin ich einfach nur wütend. Das wird lächerlich.«

»Einverstanden«, sagte Jace. »Wir müssen Brown gründlicher durchleuchten. Hast du etwas mehr darüber herausgefunden, wer er wirklich ist?«

»Noch nicht, nein. Ich habe einen Analysten, den ich kenne, gebeten, seine Aufzeichnungen zu überprüfen. Er sagte, auf den ersten Blick seien sie echt, aber als er tiefer grub, bemerkte er einige Unstimmigkeiten. Er versucht, die Schicht falscher Informationen abzuschälen, aber es braucht Zeit. Wer auch immer seine falsche Identität erschaffen hat, ist wirklich gut.«

»Hattest du Glück, mehr Informationen über Seans Dienstakte zu bekommen?«

Seb schnaubte. »Sie ist bis zum Geht-nicht-mehr als geheim eingestuft. Ich bekam ein ‚Wir werden es prüfen und Sie zurückrufen‘.« Er verdrehte die Augen. »Sie werden mich nicht zurückrufen.«

Jace berührte Taras Arm. Sie schaute zu ihm auf. »Ich denke, wir müssen uns hinsetzen und durch deine Erinnerungen gehen. Sehen, welche Namen du dich erinnern kannst. Gesichter. Alles, was ungewöhnlich erschien. Du warst Reporterin, also wette ich, dass es irgendwo in deinem Kopf ist.«

Sie nickte. Es klang entmutigend – und sie würde lieber nicht an diese Jahre denken –, aber wenn es half, diesen Wahnsinn zu stoppen, war sie bereit, es zu versuchen. »Ich könnte auch noch einige meiner alten Notizen haben. Als ich San Diego verließ, habe ich all das einfach in ein paar Kisten geworfen. Sie sind im Kleiderschrank des Gästezimmers.«

»Brown hat sie nicht bekommen, oder?«, fragte Seb.

Sie zuckte mit den Schultern. »Ich weiß es nicht. Ich habe sie bis jetzt völlig vergessen.«

»Geht nach Hause und schaut nach, während wir darauf warten, dass Katie grünes Licht gibt.«

Dringlichkeit trieb sie zu Jaces Truck. Die Antwort darauf, worum es bei all dem ging, könnte in Reichweite sein. Wenn Doug sie nicht bereits gefunden hatte.

Sie ließ Jace ihr in den Sitz helfen. Er rannte um die Vorderseite und stieg neben ihr ein, startete den Motor. Ihr Kopf wirbelte, als sie versuchte, sich zu erinnern, was in diesen Kisten war. Sie warf ihre Notizen nach einer Geschichte nie weg, weil sie nie wusste, ob die nächste damit verbunden sein würde oder nicht. Sie erinnerte sich an jeden Artikel, den sie je geschrieben hatte, aber sie hatte umfangreiche Notizen gemacht und war sich nicht sicher, ob sie ein paar fehlende Seiten bemerken würde.

Der Truck hielt in ihrer Einfahrt, und Jace war um das Fahrzeug herum und half ihr heraus, bevor sie ihren Sicherheitsgurt gelöst hatte. Sie kramte in ihrer Handtasche nach dem Schlüssel und fand ihn sofort. Sie steckte ihn ins Schloss, öffnete die Tür und schaltete das Licht ein. Mehr Chaos begrüßte sie.

»Verdammt«, Jaces geflüsterter Ausruf spiegelte ihre Gedanken wider.

Diesmal gab es jedoch keine Tränen. Wut brannte glühend weiß in ihrer Brust. Ohne sich darum zu kümmern, ob sie Beweise störte, stapfte sie über den Boden zum Flur, in Richtung des Ersatzzimmers.

»Tara, warte.«

»Nein. Ich will wenigstens sehen, ob die Kisten weg sind.« Sie bog um die Ecke zum Schlafzimmer-turned-Büro und betätigte den Lichtschalter. Die Akten auf ihrem Schreibtisch waren über die gesamte Oberfläche und auf dem Boden verstreut. Ihr Aktenschrank stand offen, Manilaordner ragten in alle Richtungen.

Sie ignorierte all das und trat zum begehbaren Kleiderschrank, der offen stand. Das Innere sah genauso aus wie der Rest des Raumes. Wenn es auf einem Regal oder einem Kleiderbügel gewesen war, lag es jetzt auf dem Boden. Ihre Augen huschten durch das Chaos. Sie bewegte sich weiter in das Durcheinander, warf Gegenstände beiseite, während sie voranging.

»Wir sollten diese Sachen wirklich in Ruhe lassen, bis Katie den Raum bearbeitet hat.«

Tara warf ihm einen Blick zu, als sie sich bückte, um einen Koffer aus dem Weg zu heben. »Ich warte nicht auf Antworten, Jace. Ich habe genug von diesem Mist.« Sie trat gegen einen Haufen Kleidung. »Aber ich muss wohl, weil er die verdammten Kisten mitgenommen hat!«

Jace kam, um neben ihr zu stehen, legte eine sanfte Hand um ihren Bizeps. »Hey, es ist okay. Wir werden auf andere Weise Antworten finden.« Er zog leicht an ihrem Arm. »Komm schon.«

Sie stieß einen harschen Atemzug aus und schüttelte ihren Arm aus seinem Griff, stampfte an ihm vorbei. Sauer beschrieb nicht annähernd die Wut, die sie fühlte.

Sie verließen das Haus und stellten sicher, dass sie es hinter sich abschlossen. Ohne ein Wort stiegen sie ins Fahrzeug, und er fuhr sie zurück zum Restaurant.

Tara kochte schweigend während der kurzen Fahrt. Sie war fertig. Wer auch immer hinter all dem steckte, hatte sie lange genug terrorisiert. Sie würde finden, wonach auch immer sie suchten, und sie stoppen.

Im Heartwood angekommen, gingen sie durch die Hintertür hinein und gesellten sich zu Seb, der in der Nähe eines Tisches stand und Katie und ihrer Assistentin bei der Arbeit zusah.

Seb schaute herüber, machte dann ein zweites Mal auf den Ausdruck in Taras Gesicht aufmerksam. »Scheiße. Sag mir nicht. Sie waren weg?«

»Genau.«

Er stöhnte. »Das war die perfekte Nacht dafür. Wir waren alle weg. Ich hoffe, diese Wildkameras, die Dad und Brady aufgestellt haben, haben *etwas* eingefangen.«

»Was ist mit dem Sicherheitssystem hier?«, fragte Jace. »Hast du es überprüft?«

Seb nickte. »Die Leitung wurde umgangen, also ging nie ein Anruf zur Polizeistation oder zur Alarmfirma. Ich habe den Videofeed noch nicht überprüft. Ich warte, bis Katie das Büro bearbeitet hat. Ich bezweifle jedoch, dass etwas auf den Kameras sein wird, wenn sie sich die Zeit genommen haben, die Alarmanlage zu deaktivieren. Unsere beste Wette sind die Wildkameras. Niemand weiß von denen.«

Tara nahm ihr Handy aus ihrer Handtasche.

»Was machst du?«, fragte Seb.

»Ich rufe Brady an. Du sagtest, er und Dad hätten sie aufgestellt. Während wir mit diesem Chaos umgehen, kann er die Speicherkarten herausholen. Ich will Antworten, Sebastian.«

Sie wartete nicht auf seine Antwort. Sie öffnete das Gerät und fand Bradys Namen in ihrer Kontaktliste.

»Hey, Tara«, sagte Brady, als er abnahm. »Habe ich etwas beim Festival vergessen? Ich dachte, ich hätte alles mitgenommen, was ich sollte.«

»Darum geht es nicht. Jemand ist in das Restaurant und in mein Haus eingebrochen und hat beide durchsucht.«

Er murmelte einen Fluch.

»Seb sagte, du hättest einige Wildkameras aufgestellt. Kannst du kommen und die Speicherkarten entfernen, damit wir die Aufnahmen ansehen können?«

»Sicher. Gib mir etwas Zeit. Es sind mehrere. Wo bist du?«

»Im Restaurant. Die Kriminaltechnik ist hier und bearbeitet den Ort.«

»Okay. Ich bin in Kürze da.« Er legte auf.

Sie steckte ihr Telefon weg. »Er holt die Karten.«

»Gut«, sagte Jace. »Hoffentlich wird es etwas geben, das uns sagt, wer dahinter steckt.«

Tara betete, dass das der Fall sein würde. Sie war es leid, ein Opfer zu sein.

Vierzehn

Eine Tasse Kaffee landete vor Jaces Gesicht, während er mit seinem Laptop an einem der Tische im Restaurant-bereich saß. Er schaute auf und sah Seb, der sich auf den Stuhl ihm gegenüber setzte, seine eigene Tasse in der Hand.

»Schon was gefunden?«

Jace seufzte und lehnte sich zurück, griff nach dem damp-fenden Kaffee. »Vielleicht.« Er blies über den Rand der Tasse und nahm einen Schluck, bevor er den Computer zu Seb drehte. »Ich bin noch nicht durch alle Karten durch, aber eine in der Nähe des Restaurants hat jemanden eingefangen, der sich im Schatten entlang des Gebäudes bewegte. Ich hoffe, die Kameras in der Nähe der Häuser haben mehr aufgenommen.«

Seb klickte durch die Bilder auf der Kamera. »Hoffen wir's. Dieses Bild ist nicht sehr deutlich. Es sieht aus wie ein Mann, aber das ist auch schon alles, was man erkennen kann. Ich bin nicht sicher, ob wir von den anderen Kameras viel mehr bekommen werden. Wenn der Typ wieder durch die Hintertür ihres Hauses gegangen ist, werden wir viel-leicht gar nichts sehen. Es gibt keine Bäume oder Zaunpfosten in der Nähe von Taras Hintertür, also haben Dad und Brady dort keine aufgestellt. Sie haben zwei an dem Lichtmast angebracht, wo die Auffahrt sich teilt – eine auf Moms und Dads Haus gerichtet und die andere auf alle unsere Häuser – und eine an dem Strommast, der Taras Haus am nächsten ist, mit Blick auf ihre Haustür. Aber das war's.«

»Davor habe ich Angst«, sagte Jace.

Er drehte den Laptop wieder zu sich und warf die Speicherkarte aus, dann steckte er eine andere ein. Seb rückte seinen Stuhl herum, damit er den Bildschirm sehen konnte.

»Welche ist das?«

»Die mit Blick auf Taras Tür.«

Die Karte lud, und Jace öffnete die Datei. Es gab nur eine Handvoll Bilder, und keines davon zeigte den Eindringling. Nachdem er und Tara an diesem Abend zum Tanz gegangen waren, war das nächste Bild, das die Kamera aufgenommen hatte, das von ihrer Rückkehr, um nach den Kisten mit Taras Aufzeichnungen zu suchen.

»Verdammt.« Jace drückte auf den Auswurfknopf und warf die Karte auf den Tisch zu den beiden, die er bereits angesehen hatte. Er nahm die letzte Karte und schob sie in den Schlitz. »Diese wird wahrscheinlich auch nicht mehr zeigen. Es ist die, die auf das Haus deiner Eltern gerichtet ist.«

Er klickte auf den Ordner. Keines der Bilder zeigte jemanden, der nicht dort sein sollte.

Jace kämpfte gegen den Drang an, den Laptop zuzuschlagen. Stattdessen fuhr er sich mit den Händen übers Gesicht und seufzte. »Ich wusste, dass die Kameras ein langer Schuss waren, aber ich bin trotzdem enttäuscht.«

»Ich auch.«

Jace ließ die Hände sinken und seufzte. »Wir sollten wahrscheinlich in der Küche helfen gehen. Tara ist gerade im Katastrophenmanagement-Modus und versucht zu retten, was sie vom Essen für morgen noch retten kann.«

»Ich weiß. Sie hat die ganze Familie dort, die ihr hilft, alles wieder in Ordnung zu bringen.«

Jace rückte vom Tisch weg. »Hoffentlich dauert es mit uns allen nicht zu lange. Es ist schon nach Mitternacht.«

Seb stöhnte, als er aufstand. »Erinnere mich nicht daran. Wir werden morgen alle todmüde sein.«

»Zumindest kannst du direkt ins Bett gehen, wenn wir zu Hause sind. Taras Haus ist immer noch ein Chaos.«

»Warum kommt ihr beide nicht mit zu uns? Abigail ist bei ihrer Freundin. Tara kann ihr Zimmer haben, und du kannst im Wohnzimmer übernachten. London hat jetzt eine größere Couch, also musst du nicht auf dem Boden schlafen wie ich.« Sein Mundwinkel zuckte, als sie in Richtung Küche gingen.

»Das ist okay. Ich glaube, wir bleiben einfach in deinem Haus. Sie kann das Bett haben, und ich schlafe im Sessel.« Jace stieß die Schwingtüren auf.

»Bist du sicher?«

Er nickte. »Ja. Wir müssten sowieso morgen früh wieder hierher fahren.«

»Okay. Wenn ihr eure Meinung ändert, sag Bescheid.«

»Werde ich.« Er wandte den Blick von Seb ab und betrachtete das kontrollierte Chaos um ihn herum.

Die Archers hatten sich aufgeteilt. Einige kümmerten sich darum, das ganze Geschirr zu spülen, andere füllten Lebensmittelbehälter um, während der Rest verschüttetes Essen aufsammelte und Tische abwischte.

Tara sah sie und zeigte auf den Vorratsraum. »Ihr beide könnt den Besen und den Mopp holen und mit den Böden anfangen.«

Die beiden Männer tauschten einen Blick, bevor Seb ging, um einen Besen zu holen, und Jace auf sie zuging.

Sie schaute von ihren Notizen auf einem Blatt Papier hoch, als er neben ihr stehen blieb.

»Seb und ich haben geredet. Wir sollten heute Nacht in seinem Haus schlafen und uns morgen um deine Wohnung kümmern.«

Sie zögerte nur einen Moment, bevor sie nickte. »Okay. Das gibt mir mehr Zeit, um sicherzustellen, dass das Restaurant richtig sauber gemacht wird.«

Jace legte eine Hand über ihre. »Nein. Das gibt dir mehr Zeit zum Schlafen.«

»Aber ich-«

Er unterbrach sie. »Alles, was du tun musst, ist das Essen für das Festival zu überprüfen. Den Rest kann dein Personal morgen erledigen.«

Ihre besorgten Augen scannten den Raum. Jace legte einen Finger an ihr Kinn und drehte ihren Kopf, damit sie ihn ansah.

»Wir *alle* müssen uns ausruhen, Tara. Wenn du bleibst, glaubst du wirklich, dass der Rest deiner Familie nach Hause gehen wird?«

Sie sank gegen den Tisch. »Verdammt. Warum musst du so logisch sein?«

Er grinste. »Das ist meine Superkraft. Wie weit bist du mit der Einschätzung der Lebensmittelschäden?«

Ein langer Seufzer entwich ihren Lippen. »Bisher scheint sich das meiste auf Beilagen und Produkte zu beschränken. Das Fleisch ist in großen Wannen, die nicht angerührt worden zu sein scheinen. Es betrifft mehr die Sachen in Kisten oder die eng zusammen auf einem Regal stehen. Ich denke, er hat überall nachgesehen, wo man etwas Kleines verstecken könnte.«

Er schaute sich um und bemerkte, dass sie Recht hatte. Schubladen und Regale waren durcheinander, aber nicht alle Inhalte lagen auf dem Boden. Es sah aus, als hätte derjenige, der dies getan hatte, Sachen verschoben, aber nicht alles ausgeleert. Was immer sie suchten, war klein, aber nicht so winzig, dass es sich in einem Haufen anderer Dinge verlieren würde.

Das machte Sinn. Jace hatte das Gefühl, dass sie nach Informationen suchten, die auf einem USB-Stick sein könnten. Der wäre leicht zu verstecken, aber schwer zu finden.

»Okay, was muss getan werden, um die Lebensmittelsituation zu lösen?«

Sie schaute auf ihre Liste. »Ich muss eine weitere große Portion gebackene Bohnen zubereiten, was bedeutet, dass ich mehrere Pfund Speck braten muss. Außerdem brauche ich noch drei weitere Portionen Pudding, mehr geschnittenes Obst – das ich aus dem Supermarkt holen muss – und mehr Teig für Backfisch.«

»Hast du alles, was du brauchst, um all das zu machen?«

»Außer dem Obst und dem Pudding, ja. Ich brauche mehr Eier für den Pudding.«

Er nickte ihr kurz zu, bevor er aufsah und einen scharfen Pfiff ausstieß. Alle Bewegungen in der Küche hörten auf, als sich alle umdrehten, um ihn anzusehen.

»Tara hat einen Plan, um das Festivalessen wieder auf Kurs zu bringen, aber wir brauchen euch alle zur Hilfe.« Er schaute zu ihr herunter und deutete ihr an, fortzufahren.

Mit weit aufgerissenen Augen angesichts des plötzlichen Kurswechsels, sammelte sie sich schnell und straffte die Schultern. Aufrechter stehend, hielt sie ihr Notizbuch fest in den Händen.

»Wir haben genug von der Küche gesäubert, um mit dem Kochen anfangen zu können.« Sie erklärte, welche Gerichte ersetzt werden mussten. »Das ist machbar. Der Pudding wird am längsten dauern und hauptsächlich an mir hängen, da er ziemlich launisch ist.«

»Was willst du, dass wir tun?«, fragte Maggie.

»Geht zu allen Häusern und bringt mir so viele Eier, wie ihr finden könnt. Ich brauche sechs Dutzend. Schaut im Hühner-stall nach, wenn es sein muss.«

Maggie nickte.

»Ich kontrolliere den Hühnerstall«, sagte Thomas.

Tara wandte sich an ihre Mutter. »Mom, kannst du anfangen, Speck zu braten?«

»Ja. Das ist für die Bohnen, richtig?«

»Ja.«

»Hast du genug Bohnen?«

Tara nickte. »Ich muss nur das verwenden, was ich für das Restaurant auf Lager habe. Es gibt einen Karton im Vorratsraum.«

»Ich hole die und stelle sie auf den Herd«, sagte Lee.

»Welches Obst brauchst du?«, fragte Brady. »Wir haben alle

etwas zu Hause und könnten zusammenlegen, was wir haben, damit wir morgen früh nicht in Eile geraten.«

»Pfirsiche, Erdbeeren, Himbeeren, Blaubeeren, Melonen – typisches Sommerobst.«

»Okay. Ich gehe mit Maggie und Thomas und sehe, was ich auftreiben kann.«

»Das lässt noch den Backfisch übrig«, sagte London. »Seb und ich können uns darum kümmern. Jace kann dir mit dem Pudding helfen, sobald du die Eier hast.«

Jace klatschte in die Hände. »Sieht so aus, als hätten wir einen Plan. Lasst uns loslegen.«

Die Gruppe setzte sich in Bewegung, jede Person begann mit der zugewiesenen Aufgabe. Er schaute zu Tara hinunter.

»Wie wäre es, wenn wir ein paar Klamotten holen und sie zu Seb rüberbringen, solange wir ein paar Minuten Zeit haben, damit wir das nicht später machen müssen?«

»Ja. Ich denke, das wäre eine gute Idee.« Sie legte ihre Notizen zurück auf den Tisch. »Ich würde auch gerne aus diesem Kleid rauskommen. Es ist nicht das Beste, um darin Pudding zu machen.«

Er legte eine Hand auf ihren Rücken und führte sie zur Tür.

»Wir gehen uns umziehen und suchen ihr ein paar Sachen für morgen«, sagte Jace zu Seb.

»Lasst euch Zeit. Es wird eine Weile dauern, bis die anderen mit dem Rest der Vorräte zurück sind. Wir haben hier alles unter Kontrolle.«

»Danke, Seb«, sagte Tara.

»Dafür ist Familie da, T.«

Sie schenkte ihm ein zittriges Lächeln. Jace nahm ihre Hand und zog sie nach draußen, half ihr in seinen Truck. Sie sackte in den Sitz, in dem sie vor nur ein paar Stunden so viel Spaß gehabt hatten, und schloss ihre Augen.

»Alles okay?«, fragte er, während er neben ihr einstieg.

Sie schaute zu ihm rüber, ihre Augenlider schwer. »Ja. Nur müde. Es war eine lange Woche.«

»Und du läufst auf Adrenalin. Irgendwann musst du zusammenbrechen.«

Sie verzog das Gesicht. »Ich hasse dieses Wort.«

»Welches Wort? Zusammenbrechen?«

»Nein. Adrenalin.«

Er runzelte die Stirn, während er aus dem Restaurantparkplatz fuhr. »Was ist falsch an dem Wort Adrenalin?«

»Es ist nicht so sehr das Wort, sondern die Verwüstung, die es anrichtet.«

Sie führte es nicht weiter aus, so dass er sich fragte, was sie damit meinte. Erst als sie fast am Haus waren, sprach sie wieder.

»Sean war ein Adrenalinjunkie. Das ist einer der Gründe, warum er den Teams beigetreten ist.« Sie seufzte und schaute aus dem Fenster. »Ich frage mich, ob er noch leben würde, wenn er es nicht getan hätte.«

Das erklärte viel. Einige ihrer Kommentare über sein Motorrad und seine Freizeitgestaltung kamen ihm in den Sinn. Es war nicht *er*, den sie nicht mochte. Es war das, was er repräsentierte.

Also, wie zur Hölle soll ich mit einem toten Mann konkurrieren?

Er bog in ihre Auffahrt ein und parkte hinter dem CSU-Wagen, in schwere Gedanken versunken. Es war mehr als nur die Erinnerung an ihren Ehemann, die er überwinden musste. Es war die Illusion von Sicherheit, die sie glaubte, von jemandem mit einem weniger gefährlichen Job und Hobbys bekommen zu können.

»Können wir reingehen, um zu holen, was wir brauchen?«

Jace nickte. »Sie sollten fast fertig sein.«

Er ging um den Wagen herum und hob sie herunter, nahm ihre Hand, um sie hineinzuführen.

Das Chaos im Inneren war nicht weniger erschütternd als beim ersten Mal, obwohl Katie und Emma einige Möbelstücke aufgerichtet hatten, während sie das Haus untersuchten.

»Katie?«, rief Jace. »Hier sind Jace und Tara.«

»Wir sind im Schlafzimmer«, rief sie zurück. »Ihr könnt durchkommen.«

Sie gingen den Flur entlang zum Hauptschlafzimmer. Tara sog scharf die Luft ein beim Anblick, und Jaces Augen weiteten sich. Die Matratze und der Lattenrost waren beide vom Bett genommen. Die Nachttische waren von der Wand weggezogen, und ihre Schubladen standen offen. Alle Kommodenschubladen waren offen, und was von der Kleidung noch darin war, hing heraus. Er konnte in den Kleiderschrank sehen und erkannte, dass er ähnlich aussah wie der im Gästezimmer. Die Regale waren leer, die Kleiderbügel ihrer Kleidung beraubt. Der Eindringling hatte sogar die Bilder von den Schlafzimmerwänden genommen, obwohl er sie glücklicherweise an die Wand gelehnt und nicht herumgeworfen hatte.

Katie erhob sich vom Abstauben der Kommodenfront, ihre Kamera um den Hals gehängt. »Wir sind fast fertig.«

»Lasst euch Zeit«, sagte Jace. »Wir werden heute Nacht nebenan übernachten. Wir sind nur kurz hier, damit sie ein paar Klamotten holen kann.«

Die Kriminaltechnikerin schaute über ihre Schulter zur offenen Schranktür. »Hey, Emma?«

»Ja?«

»Bist du fast fertig?«

»Ja.« Die jüngere Frau erschien in der Tür. »Ich habe gerade die letzten Bilder gemacht.« Sie trat aus dem Kleiderschrank in Richtung ihrer Chefin.

Katie wandte sich wieder Jace und Tara zu. »Ich muss nur noch die Kommode und die Nachttische fertig machen, dann sind wir fertig. Ihr könnt euch holen, was ihr aus dem Schrank braucht.«

Tara raffte ihren Rock und stieg über das Durcheinander. Jace blieb zurück, stemmte die Hände in die Hüften und betrachtete das Chaos.

»Habt ihr etwas gefunden?«, fragte er, als Tara verschwunden war.

Ihr Mund verzog sich zu einer dünnen Linie, und sie rückte ihre Brille mit dem Handrücken zurecht. »Ein paar Fingerabdrücke, aber die sind wahrscheinlich von Tara oder dir. Ansonsten ist es nur ein Haufen Zerstörung. Wir haben alles fotografiert für den Fall, dass etwas fehlt.«

Jace seufzte. »Ich habe auch nichts anderes erwartet.« Er fuhr sich mit den Händen durch die Haare. »Okay. Ich hole ein paar meiner Sachen.« Er warf noch einen kurzen Blick auf

den Kleiderschrank, aus dem er Tara zwischen ihren Sachen
herumwühlen hörte, dann drehte er sich um, um seine Zahn-
bürste zu suchen.

Fünfzehn

Sonnenlicht lugte durch die Jalousien und fiel auf Taras Gesicht. Sie rührte sich, blinzelte gegen die Helligkeit. Mit einem Blick um sich herum war sie kurz desorientiert, bis ihr klar wurde, wo sie war. Mit einem Stöhnen ließ sie ihren Kopf zurück auf die Matratze fallen und zog das Kissen über ihren Kopf. Sie wollte nicht aufstehen. Die Liste der Dinge, die sie heute erledigen musste, war überwältigend.

Aber sie konnte sich nicht ewig im Bett verstecken. All ihre Probleme würden immer noch auf sie warten. Diese Lektion hatte sie schon vor langer Zeit gelernt.

Sie rollte sich herum und schaltete den Wecker auf ihrem Handy aus, der noch nicht geklingelt hatte. Als sie sich aufsetzte, bemerkte sie, dass sie Kaffee roch.

Ein Gähnen überkam sie, und sie streckte sich, bevor sie aufstand und zu ihrer gepackten Tasche ging, um ein T-Shirt und Shorts herauszunehmen. Nach einer schnellen Dusche war sie angezogen und ging in den Hauptwohnbereich.

Jace saß am Tisch und starrte auf sein Handy. Er schaute auf, als sie den Raum betrat, und lächelte.

»Hey. Hast du etwas Schlaf bekommen?«

Tara ging zur Kaffeemaschine. »Etwas. Nicht genug.« Sie goss sich einen Becher Kaffee ein und drehte sich um. »Ich werde heute reichliche Mengen von diesem Zeug brauchen.«

Er stand auf und ging in die Küche, blieb vor ihr stehen. Ein Mundwinkel hob sich. »Mit einem Schuss Whiskey?« Er füllte seine Tasse nach.

Ihre Lippen nahmen einen sardonischen Ausdruck an. »Wenn wir später mein Haus wieder zusammenbauen, wird definitiv Wein im Spiel sein, das kann ich dir versprechen.«

»Ich bestelle uns eine Pizza, und wir gehen es an, nachdem wir gegessen haben.«

Sie nahm einen Schluck ihres Kaffees und verzog das Gesicht, als die heiße Flüssigkeit ihren Mund verbrannte. »Ich weiß nicht, wie du dieses Zeug direkt aus dem Topf trinken kannst.«

»Gehört zum Job. Entweder entwickelt man Hornhaut auf der Zunge oder schläft am Schreibtisch ein.« Er nahm einen Schluck. »Also, muss ich dieses Outfit heute wieder anziehen?«

Sie grinste. »Ja. Und worüber beschwerst du dich? Deine Kleidung unterscheidet sich kaum von dem, was du normalerweise trägst.« Sie deutete auf seine Jeans und das graue T-Shirt mit dem Wort »Army« auf seiner Brust. »Ich stecke in diesem verdammten lavendelfarbenen Hemdkleid fest.«

Hitze blitzte in seinen Augen auf, und Taras Körper reagierte entsprechend.

»Kann ich dir wieder beim Anlegen des Korsetts helfen?«

Sie lachte. »Nein. Ich glaube nicht, dass wir es dann aus dem Haus schaffen würden.«

Er stellte seinen Becher auf die Arbeitsplatte und lehnte sich vor, ein Arm schlang sich um ihre Taille, um sie an sich zu ziehen. Taras Gehirn setzte aus.

Jace nahm ihr die Kaffeetasse aus der Hand und stellte sie neben seine.

»Ich will keinen Kaffee auf meinem Rücken verschüttet haben.«

Jeder Spruch, den sie machen wollte, wurde ausgelöscht, als er seinen Mund auf ihren presste. Sie schlang ihre Arme um seinen Hals und küsste ihn zurück. Das Feuer, das sie letzte Nacht entfacht hatten, flammte wieder auf. Tara vergaß ihre To-do-Liste komplett.

Sie wusste, dass das nicht klug war – nicht, wenn sie ihr Herz schützen wollte – aber ihr Körper hatte zu diesem Zeitpunkt vollständig ihr Gehirn übernommen. Er wollte mehr von dem, was er im Truck mit ihr gemacht hatte, also als seine Hände unter ihrem Shirt an ihrem Brustkorb hochfuhren, erwiderte sie die Geste. Ihre Hände trafen auf warme Haut über Sehnen und Knochen, als sie sie unter sein T-Shirt schob.

Seine Finger umschlossen ihre Brust und sendeten Lichtblitze durch ihren Körper bis in ihr Innerstes. Sie hörte sogar Glocken.

Durch den Nebel der Begierde wurde ihr klar, dass das Klingeln nicht in ihrem Kopf war, und fast zeitgleich brach er den Kuss mit einem Stöhnen ab.

»Was ist das?«

»Mein Handy.« Er ließ sie los, um es aus seiner Gesäßtasche zu nehmen, dann schaute er auf den Bildschirm. »Es ist Seb.« Er wischte mit dem Daumen über den Bildschirm. »Travers.«

Tara stand da und lauschte dem tiefen Brummen der Stimme ihres Bruders. Sie konnte nichts verstehen, was er sagte, aber an der zunehmenden Falte auf Jaces Stirn erkannte sie, dass etwas passiert war.

»Okay. Ich bin unterwegs.« Er legte auf. Seine Kiefermuskeln arbeiteten, während er den Anruf verdaute.

»Was? Was ist los?«

»Es gab einen Unfall auf der Autobahn. Ein Auto ist über den Rand der Schlucht und in den Fluss gestürzt. Der Deputy, der reagiert hat, rief den Leichenbeschauer. Seb ist auf dem Weg dorthin und will, dass ich bei der Untersuchung helfe. Ich muss los.«

»Natürlich.« Sie drehte sich zu den Schränken und öffnete den, in dem die Kaffeetassen standen, und nahm einen von Sebs Thermobechern heraus. »Nimm den mit.« Sie füllte ihn und drückte den Deckel drauf, hielt ihn ihm hin.

»Danke«, sagte er, seine Finger schlossen sich um das Metall. Sie streiften ihre und sendeten einen Stromschlag ihren Arm hinauf. Seine Augen verdunkelten sich, und sie wusste, dass er es auch spürte.

Er räusperte sich. »Seb sagte, er habe deine Eltern angerufen. Sie sind auf dem Weg hierher, um dir zu helfen, das Essen zu verladen und mit dir in die Stadt zu fahren.«

»Das ist in Ordnung«, sagte sie, als er aus der Küche zurückwich und ins Wohnzimmer ging, wo er sich auf die Couch setzte, um seine Stiefel anzuziehen. Sein T-Shirt rutschte an seinen Armen hoch, als er die Schnürsenkel band, und enthüllte seine Tattoos und erinnerte sie daran, dass er ein Uniformhemd brauchte. Sie drehte sich um und ging ins Schlafzimmer, wo mehrere neue, kurzärmelige, khakifarbene Hemden mit dem Logo der Abteilung im fast leeren Schrank hingen. Tara nahm das nächstgelegene vom Bügel und ging zurück ins Wohnzimmer.

»Hier.« Sie hielt ihm das Hemd hin.

»Danke.« Er nahm es und zog es an, seine Finger flogen über die Knöpfe. »Da war ein Hut auf dem Regal im Schrank mit dem Logo der Abteilung. Kannst du ihn mir holen?«

Sie nickte und lief zurück, um ihn zu holen. Als sie ins Wohnzimmer zurückkehrte, überprüfte er gerade den Waffengürtel, den er um seine Taille geschnallt hatte.

Tara reichte ihm den Hut, ein bisschen traurig, dass er all das wunderschöne blonde Haar verdecken musste.

»Ich schaue beim Festival vorbei, wenn ich kann. Geh nicht alleine irgendwohin.«

»Werde ich nicht. Pass auf dich auf.« Sie folgte ihm zur Tür.

Er nahm seine Autoschlüssel vom Tisch im Eingangsbereich. »Werde ich. Bis später.« Er beugte sich hinunter, um einen schnellen Kuss auf ihre Lippen zu drücken, dann war er aus der Tür.

Tara stand in der Türöffnung, als er in seinen Truck stieg, und winkte, als er aus der Einfahrt fuhr und davonraste. Als sie die Tür schloss, wurde ihr klar, wie häuslich sie gewesen waren.

Sie fuhr sich mit den Händen durchs Haar und seufzte. Sie mussten denjenigen finden, der sie terrorisierte, damit sie wieder ihren eigenen Raum haben konnte, bevor sie jede Vernunft verlor, wenn es um Jace Travers ging.

Blinklichter wiesen Jace auf die Unfallstelle hin, als er die Autobahn aus der Stadt heraus entlangfuhr. Er fuhr um den Streifenwagen herum, der die Straße blockierte, und parkte hinter Sebs Truck, dann stieg er aus. Ein großer

Abschleppwagen mit einem Kranarm stand am Straßenrand, sein Bediener stand draußen und starrte nach unten, während er mehrere Hebel an der Seite des Wagens betätigte. Ein Motorwinde heulte, als sie das Kabel zurückzog.

Jace ging auf den Mann und den Ort des Geschehens zu. Als er den Truck erreichte, schaute er über den Rand. Mehrere Feuerwehrleute, darunter Declan Briggs, standen gestaffelt am Berghang und führten Drähte, die an einem Korb mit einem Leichensack befestigt waren. Der Gerichtsmediziner, Dr. Alex Randall, ging mit dem Korb.

Am Boden der Schlucht sah er Sebs große Gestalt neben dem Auto stehen. Jace ging zum Feuerwehrmann, der die Bergung der Leiche beaufsichtigte, und bat darum, sein Funkgerät zu benutzen.

Er drückte den Sprechknopf. »Sheriff, hier ist Travers. Wo wollen Sie mich haben?«

Das Funkgerät knisterte. »Komm runter. Du musst das sehen.«

Neugierig bestätigte Jace über Funk und gab dem Feuerwehrmann sein Funkgerät zurück, dann ging er zum Straßenrand und begann den langen, seitlichen Abstieg zum Fluss am Boden der Schlucht.

Erde rutschte unter seinen Schuhen, ließ seinen Schritt mehr als einmal ins Stocken geraten. Jace war dankbar für die kleinen Bäume und Schösslinge, die den Boden übersäten. Er benutzte mehrere, um seinen Abstieg zu verlangsamen.

»Was hast du?«, rief er, als er nah genug war.

Seb stand auf einem Felsen am Rand des Flusses und schaute in das Auto, das auf dem Dach lag. Er blickte bei Jaces Frage auf, ein besorgter Ausdruck auf seinem Gesicht.

»Erkennst du das Auto?«

Jace blieb am Flussufer stehen und runzelte die Stirn, bevor er das Auto ansah. Es war ein schwarzer, neues Modell Mercedes SUV. Niemand, den er kannte, fuhr so ein Auto.

»Nein. Sollte ich?«

Seb sprang vom Felsen. »Wahrscheinlich nicht. Der einzige Grund, warum ich es tue, ist, weil es jede Nacht vor dem Gasthaus geparkt war. Es ist Doug Browns Auto.«

Jaces Augen weiteten sich.

»Das ist er, den sie den Berg hochziehen.« Seb deutete auf den Rettungskorb, der nun fast an der Straße war.

»Heilige Scheiße.«

»Ja.«

»Wie lange ist er schon hier unten?«

»Randalls beste Schätzung im Moment ist zwei Tage.«

Furcht durchdrang Jaces Eingeweide. »Verdammt. Das bedeutet, dass Brown nicht derjenige war, der das Restaurant und Taras Haus verwüstet hat.«

»Nein. Ich denke, wer auch immer ihn angeheuert hat, hat die Geduld verloren. Das Gefahrenniveau ist gerade deutlich gestiegen.«

Jace rieb sich mit der Hand übers Gesicht und starrte auf den zerquetschten SUV. »War das wirklich ein Unfall und die Person, nach der wir suchen, wurde verzweifelt und beschloss, selbst zu suchen, oder hat er die Geduld mit Brown verloren und beschlossen, die Dinge selbst in die Hand zu nehmen?«

»Das ist die gleiche verdammte Frage, die ich mir stelle, seit ich gesehen habe, wer in dem Auto war. Mein Bauchgefühl sagt Letzteres, aber wir werden es nicht mit Sicherheit wissen, bis wir das Fahrzeug aus dem Wasser holen und Katie es in die Hände bekommt.«

»Das ist ein Albtraum«, murmelte Jace und richtete seinen Hut neu. Terror schlich sich in die Ränder seines Bewusstseins, als ihm klar wurde, dass die Bedrohung für Tara gewachsen war. Er war nicht sicher, ob er es ertragen könnte, auch sie zu verlieren.

GELÄCHTER UMGAB SIE, ABER TARAS GEDANKEN WAREN ALLES andere als fröhlich, während sie Maisbrot für die Kirchengemeinde schnitt und anrichtete, die gleich über sie hereinbrechen würde. London war früher vorbeigekommen, um ihr zu sagen, dass Doug Brown in den Unfall auf der Autobahn verwickelt war.

Sie wusste nicht, was sie denken sollte, jetzt, wo sie wusste, dass er tot war. Bedeutete es, dass der ganze seltsame Scheiß aufhören würde? Oder würde es jetzt von jemand anderem kommen? Jemandem, auf den sie nicht achteten? Sie hoffte, dass Seb und Jace in seinem Auto irgendeinen Hinweis finden würden, der sie zu demjenigen führte, der ihn angeheuert hatte.

»Tara.«

In ihre Gedanken vertieft, erkannte sie die Stimme, die ihren Namen rief, nicht, bevor sie sich umdrehte. Als sie es tat, rutschte ihr das Messer aus der Hand und fiel mit einem dumpfen Aufprall zu Boden, als ihr Gehirn die Identität des Mannes registrierte, der im Zelteingang stand.

»Rob?«

Ihr Redakteur lächelte und zeigte seine leicht schiefen Zähne und Krähenfüße um seine Augen, die tiefer waren, seit sie ihn zuletzt gesehen hatte. Silbersträhnen durchzogen sein dunkles Haar und verliehen ihm ein distinguiertes Aussehen.

»Hi.«

Wut kochte in ihr hoch, verdrängte den Schock, ihn zu sehen, und holte sie aus ihrer Erstarrung. »Was zum Teufel machst du hier? Hast du nicht den Hinweis verstanden, dass ich nicht zurückkommen will, als ich keinen deiner Anrufe oder Textnachrichten beantwortet oder erwidert habe?«

Seine Augen weiteten sich ein wenig. »Ich bin nicht hier, um dich zu überreden, wieder für mich zu arbeiten. Hast du meine Nachrichten nicht angehört oder irgendetwas gelesen, was ich dir geschickt habe?«

Sie schüttelte den Kopf. »Nein. Ich bin fertig mit diesem Kapitel meines Lebens.«

Er schloss für einen Moment die Augen und murmelte auf Spanisch vor sich hin. Als er sie wieder ansah, leuchtete Besorgnis aus ihren dunklen Tiefen. »Ich wünschte, du hättest es getan. Gibt es einen Ort, an dem wir reden können?«

Verwirrt, aber immer noch nicht überzeugt, dass er nicht versuchen würde, sie zur Rückkehr in ihren alten Job zu überreden, nahm sie das Tablett mit Maisbrot und bewegte sich um ihn herum. »Ich kann jetzt nicht reden. Wir werden jeden Moment überrannt.«

Er stellte sich vor sie, stoppte ihren Fortschritt. »Bitte, Tara. Es geht um Sean.«

Das Tablett wackelte in ihren Händen. Sie atmete tief ein, um sich zu beruhigen, bevor sie das Maisbrot auf den Boden fallen ließ. »Was?«

Robs Augen wanderten im Zelt umher, sein Ausdruck ernst. »Jemand hat mich kontaktiert und mir Dinge gesagt, die du wissen solltest. Gibt es einen ruhigen Ort, an den wir gehen können?«

Mit klopfendem Herzen wirbelte ihr Verstand. Was zum Teufel ging hier vor? Erst fanden sie den Ordner über Seans letzten Einsatz; jetzt tauchte ihr Redakteur aus heiterem Himmel mit Informationen über ihn auf.

»Lass mich dieses Tablett nach vorne bringen. Wir können an einem der Tische sitzen. Ich verlasse nicht das Zelt.«

Er sah aus, als wollte er protestieren, aber sie ging weg, bevor er es aussprechen konnte. Sie trat durch die Abtrennung, die den Zubereitungsbereich von den Essenden trennte, und ging zu den Tischen, die sie als Theke aufgestellt hatten. Mit zitternden Händen stellte sie das Tablett auf den Tisch hinter der Kasse.

Jenny schaute von dort auf, wo sie stand und Serviettenspender füllte. Das Lächeln auf ihrem Gesicht erstarb, als sie Taras Gesichtsausdruck sah. »Liebes, was ist los?«

»Rob ist hier.«

»Rob?« Ihre Stirn runzelte sich, dann weiteten sich ihre Augen, als sie die Verbindung herstellte. »Du meinst deinen alten Redakteur Rob?«

Tara nickte.

»Was will er?«

»Er sagt, er hat Informationen über Sean.«

Schock zeigte sich auf Jennys Gesicht. »Was geht hier vor? In was war dein Mann dort drüben verwickelt?«

Tara zuckte mit den Schultern. »Ich habe keine Ahnung. Ich werde sehen, was er zu sagen hat. Wir werden an einem Tisch sein, falls du mich brauchst.«

»Wir kommen klar. Geh schon. Hol dir ein paar Antworten.«
Sie legte eine Hand auf Taras Arm.

»Oder mehr Fragen. Wir werden sehen.« Sie holte tief Luft
und ging weg.

Rob stand am Rand der Abteilung. Sie bedeutete ihm, vorzu-
treten, und führte ihn zu einem leeren Tisch, abseits der
anderen Gäste. Sie setzten sich gegenüber, und Tara faltete
ihre Hände in ihrem Schoß, um das nervöse Zittern, das
durch sie lief, zu verbergen.

»Es ist lange her«, sagte Rob. »Wie geht es dir?«

»Mir geht's gut. Oder zumindest ging es mir gut, bis jemand
anfing, mich zu belästigen und in mein Haus und mein
Geschäft einzubrechen.«

Seine Augen weiteten sich, bevor er sie schloss und den Kopf
hängen ließ. Er öffnete sie wieder mit einem Seufzer. »Ich
wusste, dass ich früher hierher kommen sollte.«

»Warum bist du überhaupt hier? Was hast du mir über Sean
zu sagen?«

Er lehnte sich vor, seine Stimme leise. »Vor ein paar Monaten
bekam ich einen Anruf von einem Typen, der mich treffen
wollte. Als ich fragte, worüber er reden wollte, sagte er ›Sean
Miller‹, dann weigerte er sich, am Telefon mehr zu sagen. Er
sagte nicht einmal seinen Namen. Er gab mir nur eine Zeit
und einen Ort und meinte, er würde mich finden, wenn ich
dort ankäme. Du wirst nie erraten, wer auftauchte.«

»Ich bin nicht in der Stimmung für Spielchen, Rob. Sag es mir
einfach.«

Er runzelte die Stirn. »Mann, du bist ja ein richtiger Miese-
peter geworden, seit du Kalifornien verlassen hast.«

Sie starrte ihn an.

Er hob seine Hände. »Gut, gut. Es war Evan Shephard.«

Tara blieb die Luft weg. Das war ein Name, den sie lange nicht gehört hatte. Sie schluckte ein paar Mal, bevor sie etwas Luft einsog und es schaffte zu sprechen. »Warum wollte einer von Seans Teamkollegen mit dir über ihn reden?«

»Es scheint, dass bei ihm unheilbarer Krebs diagnostiziert wurde und er sein Gewissen reinwaschen wollte, bevor er seinen Schöpfer trifft.«

»Sein Gewissen reinwaschen wovon?«

Rob zuckte mit den Schultern. »Weiß nicht. Alles, was er mir sagte, war, dass er Informationen über Seans Tod hatte und dass sie an einem sicheren Ort waren.«

Sie lehnte sich zurück und starrte ihn für ein paar Momente an. »Seinen Tod? Was ist damit? Al-Aziz hat ihn getötet. Und warum hat er die Informationen nicht zum Treffen mitgebracht oder dir wenigstens gesagt, was es war?«

»Er sagte, er wollte sicherstellen, dass ich nicht verfolgt wurde. Er sagte mir, ich würde in den nächsten Tagen ein Paket erhalten, das alles erklärt, dann ging er. Ich habe das Paket nie bekommen.«

Tara runzelte die Stirn. »Hat er es nicht verschickt?«

Rob schüttelte den Kopf. »Er hatte keine Chance dazu. Er wurde getötet, als sein Haus in dieser Nacht explodierte.«

Ihre Augen weiteten sich.

»Was auch immer er wusste, jemand wollte nicht, dass es ans Tageslicht kommt.«

Sie bedeckte ihr Gesicht mit den Händen. »Das erklärt, warum all dies jetzt passiert und nicht direkt nach seinem Tod. Aber was ich nicht verstehe ist, warum sie hinter mir her sind. Ich weiß nichts über seinen Tod außer dem, was mir gesagt wurde.«

»Vielleicht ist es nicht das, was du weißt, sondern das, von dem du nicht weißt, dass du es hast.«

»Häh?«

»Meine Vermutung ist, dass Sean etwas Belastendes über jemanden hatte und es versteckt hat. Es könnte immer noch in deinem Besitz sein, und wer auch immer davon betroffen ist, will sicherstellen, dass es zerstört wird.«

»Warum würden sie dann nicht einfach mein Haus in die Luft jagen wie Evans?«

»Weil du auf der Ranch deiner Familie lebst. Es könnte überall dort sein, und alle Gebäude in die Luft zu jagen, würde viel Aufmerksamkeit erregen. Hast du noch etwas von Seans Sachen?«

Sie nickte. »Einiges. Hauptsächlich Bilder und Andenken. Ich habe alle seine Kleidung und andere Sachen weggegeben. Seine Eltern haben einige Dinge genommen.« Ihre Augen weiteten sich. »Oh mein Gott. Jim und Kathy. Geht es ihnen gut?« Sie hatte nicht einmal daran gedacht, nach ihnen zu sehen, nachdem Seb und Jace Seans Beteiligung aufgedeckt hatten.

»Soweit ich weiß, geht es ihnen gut. Ich habe nicht bei ihnen nachgesehen, aber ich habe nach Seans Namen im Internet gesucht, nachdem ich mit Evan gesprochen hatte, und nichts Aktuelles kam auf, was sie betraf.«

Sie atmete etwas leichter, aber gelobte trotzdem, Seb oder Jace zu bitten, Polizeiberichte zu durchsuchen, um zu sehen, ob etwas passiert war.

»Vielleicht solltest du durch seine Sachen – deine Sachen – gehen und schauen, was du finden kannst. Und ich meine nicht nur einen kurzen Blick. Ich meine, nimm Dinge auseinander. Schüttel Zeug, das nicht klappern sollte. Sean war ein SEAL und ein verdammt kluger Mann. Er hätte es – was auch immer *es* ist – nicht offen sichtbar platziert.«

Ein wehmütiges Lachen kam über ihre Lippen. »Ich schätze, es ist gut, dass mein Haus bereits verwüstet ist. Ich kann alles durchgehen, wenn ich es wieder einräume.«

Er streckte die Hand über den Tisch und bedeckte ihre mit seiner. »Es tut mir leid. Ich weiß, das bringt viele schlechte Erinnerungen hoch.«

»Eigentlich war es etwas kathartisch. Versteh mich nicht falsch, ich bin bereit, dass all das aufhört, aber es hat mich gezwungen, mich mit Emotionen auseinanderzusetzen, mit denen ich nie wirklich umgegangen bin.«

»Das freut mich. Ich habe mir Sorgen um dich gemacht, als du gegangen bist. Ich wünschte, du hättest Kontakt gehalten.«

Sie seufzte. »Ich weiß, dass ich das hätte tun sollen, aber ich musste einen klaren Schnitt machen. Jede Erinnerung an den Nahen Osten war zu viel.«

»Tara?«

Sie schaute zum Zelteingang zur tiefen Stimme, die ihren Namen sagte. Jaces große Gestalt bahnte sich einen Weg durch die Picknicktische.

»Hi.« Sie drehte sich um und lächelte zu ihm hoch, als er ihren Tisch erreichte. »Wie läuft die Untersuchung?«

Der kurze Blick, den er ihr gab, sagte, dass sie später reden würden. Er schaute zu Rob und streckte eine Hand aus. »Hallo. Jace Travers. Ich arbeite mit ihrem Bruder Seb.«

Rob gab ihr einen fragenden Blick. »Seb ist ein lokaler Polizist? Ich dachte, er wäre beim FBI.«

»Er ist jetzt Sheriff. Er hat das FBI vor etwa zwei Jahren verlassen.«

Rob nickte. »Verstehe.« Er streckte Jace eine Hand entgegen. »Rob Maldonado. Taras Redakteur.«

»Redakteur?« Eine tiefe Falte verunstaltete Jaces Gesicht, als er Robs Hand schüttelte. Er wandte sich ihr zu. »Gehst du zurück in den Journalismus?«

Sie wedelte mit ihren Händen. »Nein. Gott, nein.« Sie rutschte auf der Picknickbank zur Seite und klopfte auf das Holz. »Setz dich. Du musst das hören.«

Er schwang ein langes Bein über die Bank und setzte sich, ihr zugewandt. Sein Knie drückte sich an ihren Oberschenkel und verbreitete eine Wärme durch ihren Körper, die nichts mit den Sommertemperaturen zu tun hatte.

Sie zwang ihren Verstand zurück zum Thema. »Also, Rob ruft mich seit einer Weile an und schreibt mir. Ich habe nicht geantwortet oder auch nur eine seiner Textnachrichten gelesen, weil Fotojournalismus das Letzte ist, wozu ich zurückkehren möchte. Aber er versuchte nicht, mich zur Rückkehr zu überreden. Einer von Seans Teammitgliedern kam vor ein paar Monaten zu ihm mit Informationen über Seans Tod, aber bevor er sie Rob geben konnte, starb der Typ bei einer Explosion seines Hauses.«

Jaces Augenbrauen schossen nach oben, und er schaute zu Rob. »Und du weißt nicht, was er dir sagen wollte?«

»Nein, aber das Timing der Explosion hat mich genug beunruhigt, dass ich anfing, sie zu kontaktieren, um ihr zu sagen, dass sie aufpassen soll.«

»Hat der Brandermittler eine Ursache für die Explosion bekannt gegeben?«, fragte Jace.

Rob nickte, sein Mund eine grimmige Linie. »Gasleck.« Er spottete. »Als ob ich das glaube.«

Tara auch nicht.

»Evan brachte mich jedoch zum Nachdenken. Über den Grund seiner Paranoia. Die einzige Antwort, die ich finden kann, ist, dass jemand aus dem Team in Seans Tod verwickelt war.«

Jace setzte sich ein wenig aufrechter und richtete seinen Blick auf sie. »Ich sagte dir, die Details seines letzten Einsatzes schienen seltsam.«

Sie stieß einen Atemzug aus. Es sah so aus, als gäbe es viel mehr zu Seans Tod, als dass ein regionaler Kriegsherr den Feind ausgeschaltet hatte.

»Ich würde sagen, du hast wahrscheinlich recht. Ich denke, Sean wurde reingelegt«, sagte Rob.

Tara sog schnell Luft ein, Tränen bildeten sich. Warum würden seine eigenen Teamkollegen – seine Freunde – so etwas tun? Wut brodelte in ihrem Bauch gegen die namenlose Person, die für den Tod ihres Mannes verantwortlich war.

Jace legte eine Hand auf ihren Rücken, rieb beruhigende Kreise, und schaute zu Rob. »Hast du mit anderen Mitgliedern seines Teams gesprochen?«

»Nein. Ich denke, der einzige Grund, warum ich nicht tot bin, ist, dass Evan nie die Chance hatte, mir viel zu sagen. Ich rühre an der Dose Würmer nicht, ohne bereits handfeste Beweise zu haben.«

Ein nachdenklicher Ausdruck überzog Jaces Gesicht.

»Woran denkst du?«, fragte Tara ihn.

»Seb hat Anfragen bei der Marine über Seans SEAL-Team gestellt, aber ich denke, wir könnten mehr herausfinden, indem wir eine grundlegendere Suche durchführen. Hintergrundüberprüfungen, Nachrichten – sowohl von hier als auch aus dem Nahen Osten – sogar Verschwörungsblogs. Es könnte uns einen Ausgangspunkt geben, um herauszufinden, was Shephard aufdecken wollte.«

»Ich kann mit den Nachrichtenartikeln beginnen«, sagte Rob. »Ich habe Zugang zu allen Archiven. Ich kann dich sogar auf einige der verrückten Verschwörungsblogger hinweisen.«

»Gut. Wenn einer von euch mir eine Liste von Seans Teammitgliedern gibt, beginne ich mit den Hintergrundüberprüfungen.« Sein Telefon piepte, und er zog es aus seiner Hosentasche, um die SMS zu lesen. Er seufzte. »Nachdem ich an Browns Autopsie teilgenommen habe. Dr. Randall ist bereit anzufangen.« Er schickte eine schnelle Antwort, dann steckte er das Telefon weg.

»Möchtest du etwas zu Mittag essen, bevor du gehst?«, fragte Tara. »Das gegrillte Hähnchen würde halten, wenn du es nicht sofort essen willst.«

»Nein, das ist okay. Ich komme zurück, wenn ich fertig bin, und hole mir dann etwas. Ich werde zu diesem Zeitpunkt bereit für eine Pause sein.« Er lehnte sich vor und drückte einen Kuss auf ihren Mund, bevor er aufstand.

Er streckte Rob eine Hand entgegen. »Herr Maldonado, es war schön, Sie kennenzulernen. Danke für die Informationen.«

Rob stand auf und nahm Jaces Hand. »Nenn mich Rob, und es war kein Problem. Ich wollte nur sicherstellen, dass Tara in Sicherheit ist.«

»Das ist auch mein Ziel. Nochmals, es war schön, Sie kennenzulernen.« Er tippte seinen Hut zu Rob, dann schaute er zu Tara hinunter. »Ich sehe dich in ein paar Stunden.«

Sie nickte, und er drehte sich um und ging davon.

Rob setzte sich wieder, ein Grinsen auf seinem Gesicht. »Arbeitet mit deinem Bruder, hm? Es scheint, als hätte er sich besser als dein Freund vorstellen sollen.«

Tara errötete. »Ja, nun, wir haben nicht wirklich darüber gesprochen, was wir sind.«

»Du solltest das lieber früher als später tun, denn der Blick, den er mir gab, als er heraufkam und sah, dass wir Händchen hielten, deutete darauf hin, dass er dich sehr wohl als seine betrachtet.«

Ihre Röte vertiefte sich. »Es ist kompliziert, Rob.«

»Nur, wenn du es so machst.« Er klopfte mit den Knöcheln auf den Tisch. »Also, wie wäre es mit etwas von dem gegrillten Hähnchen, das du erwähnt hast? Das klingt fantastisch. Ich verhungere.«

Tara lachte und stand auf. »Ich sehe, dein bodenloser Magen hat sich nicht geändert.«

Er grinste. »Nö.«

Sie bedeutete ihm, zur Kasse zu gehen. »Komm. Besorgen wir dir etwas zu essen.«

Sechzehn

Jace zog die Ohrenschlaufen seiner Maske über die Ohren und atmete den scharfen Duft von Pfefferminz-Öl ein. Er ging zum Obduktionstisch hinüber, wo Dr. Randall gerade dabei war, seine Instrumente bereitzulegen.

»Was kannst du mir bisher sagen, Doc?«

Randall blickte auf. »Er ist ziemlich übel zugerichtet. Und ich würde sagen, das kommt nicht nur vom Unfall. Ich habe Blutergüsse gefunden, die nicht zu einem Unfall passen.«

»Zum Beispiel?«

»Seine Fingerknöchel zum einen«, sagte Alex und zeigte auf Browns Hände.

Jace betrachtete die ihm am nächsten liegende Hand des Mannes. Blutergüsse entstellten die Knöchel. Er blickte wieder zum Gerichtsmediziner auf. »Ja, die sehen aus, als kämen sie von einer Schlägerei.«

»Das dachte ich auch. Ich habe bereits Proben unter seinen Fingernägeln entnommen und ans Labor geschickt. Er hat auch einige ungewöhnliche Blutergüsse am Oberkörper. Sie sehen aus, als könnten sie von Faustschlägen stammen.« Er deutete auf mehrere runde Verfärbungen. »Das andere, was mir auffiel, ist das Fehlen eines Gurtabdrucks.«

»Was meinst du damit?«

»Er war im Auto angeschnallt, fuhr eine steile Schlucht hinunter und krachte in den Fluss. Da sollte eine Markierung vom Sicherheitsgurt sein, aber da ist keine. Selbst wenn er beim Aufprall gestorben wäre, müsste etwas zu sehen sein, aber da ist nichts. Ich glaube, er war bereits tot, bevor das Auto von der Straße abkam.«

Jaces Augen weiteten sich über seiner Maske. »Okay. Was hat ihn dann getötet?«

Alex nahm ein Skalpell zur Hand. »Das ist eine gute Frage. Lass es uns herausfinden.« Er setzte das Messer an Browns Brust an und machte einen Y-Schnitt.

»Ich rufe kurz Seb an und sage ihm, was du denkst.«

Alex nickte, auf seine Aufgabe konzentriert.

Jace schlüpfte aus dem Raum und zog sein Handy heraus. Er fand Sebs Namen in seinen Kontakten und rief ihn an. Sein Chef nahm beim dritten Klingeln ab.

»Also, Randall glaubt, Brown war schon tot, bevor das Auto von der Straße abkam«, sagte er ohne Umschweife.

»Verdammt nochmal. Ich wusste, es war zu einfach zu glauben, er hätte einfach einen Unfall gehabt. Ich schwöre, jemand hat ein 'Mörder willkommen'-Schild vor der Stadt aufgestellt und vergessen, mir Bescheid zu sagen.« Seb stieß einen schweren Seufzer aus. »Also, warum denkt er, dass Brown bereits tot war?«

»Seltsame Blutergüsse. Es gibt Anzeichen, dass er in einen Kampf verwickelt war, und es fehlen Verletzungen, die er bei einem solchen Unfall haben müsste. Randall hat gerade erst angefangen, also kenne ich die Todesursache noch nicht, aber es wird nicht der Unfall sein.«

»Was die Frage aufwirft, wie er und sein Auto in die Schlucht gekommen sind, wenn er bereits tot war?«

»Genau.« Jace blickte durch die Fenster der Doppeltüren der Leichenhalle. Alex hatte den Brustkorb entfernt und untersuchte die Brusthöhle.

»Ich lasse die Deputies die Straße oberhalb der Unfallstelle absuchen und schauen, ob es Hinweise auf eine andere Person gibt. Lass mich wissen, was er sonst noch findet.«

»Mach ich.« Jace legte auf und trat zurück in die Leichenhalle. Er zog einen Hocker unter der Theke hervor und rollte ihn hinüber, um sich am leeren Tisch neben Alex zu setzen.

Er stützte einen Ellbogen auf den Tisch, schloss die Augen und rieb an seiner Schläfe, drückte auf den Punkt über seiner linken Augenbraue, wo ein Schmerz pulsierte.

»Alles okay?«

Er blickte zum Gerichtsmediziner, der ihn durch sein Visier beobachtete.

»Ja, mir geht's gut. Bin nur müde, und das hat mir Kopfschmerzen bereitet. Es war sicherlich eine interessante erste Arbeitswoche.«

Alex lachte leise. »Feuertaufe.«

»Das ist wahr.«

»Wie kommt Tara zurecht?«

»Es geht ihr okay. Ich denke, sie wird einen Urlaub brauchen, wenn das alles vorbei ist, um etwas aufzutanken.«

Ein wissendes Grinsen breitete sich auf Alex' Gesicht aus. »Also, wohin nimmst du sie mit?«

Jace lachte. »Wird noch entschieden.« Er wurde etwas ernster. »Ich muss sie erst dazu bringen, mir zuzustimmen, mit mir auszugehen.«

Alex hob eine Augenbraue, Überraschung zeigte sich auf seinen Zügen. »Ihr seid noch nicht zusammen?«

Jace schüttelte den Kopf.

»Hmm. Ihr zwei saht gestern ziemlich vertraut aus, als ihr durch die Stadt spaziert seid.«

Und letzte Nacht, konnte Jace nicht umhin zu denken. »Sie gewöhnt sich an mich, aber sie hat noch einige Dinge, die sie verarbeiten muss. Ironischerweise haben die Stalking-Vorfälle und Einbrüche dabei geholfen.«

»Nun, ich hoffe, sie findet ihren Weg. Sie ist nett, aber sie wirkt ein bisschen traurig. Es wäre toll, sie wirklich glücklich zu sehen.«

»Allerdings.« Jace seufzte. »Ich muss nur herausfinden, wer sie terrorisiert, damit sie sich auf sich selbst konzentrieren kann.«

»Ich habe Vertrauen«, antwortete Alex und wandte sich Browns Bauchinhalt zu. »Seb ist gut in seinem Job. Er hätte dich nicht eingestellt, wenn du es nicht auch wärst.«

Jace wusste, dass er recht hatte, aber bei diesem Fall fragte er sich, ob seine Fähigkeiten ausreichten. Er war bei jeder Wendung nur auf Sackgassen gestoßen. Er brauchte einen Durchbruch – nur ein kleines Teil, das herausfällt, um ihm zu zeigen, in welche Richtung er suchen sollte.

Seine Augen wanderten über den Körper auf dem Tisch. Er

hoffte, dass Alex etwas fand, das ihnen eine Spur geben würde.

»Erzähl mir etwas über dich, Doc«, sagte er, um das Thema zu wechseln. Er brauchte eine Ablenkung. »Kommst du von hier?«

Alex schüttelte den Kopf. »Nein. Oregon. Ich bin an der Küste nahe der kalifornischen Grenze aufgewachsen. Habe Medizin an der UCLA studiert, meine Facharztausbildung in Phoenix gemacht und dann mein forensisches Stipendium in Salt Lake City absolviert. Ich habe dort im Büro des Gerichtsmediziners als Assistenzarzt gearbeitet, bis die Stelle hier frei wurde. Ich bin jetzt fast vier Jahre in Silver Gap.«

»Was hat dich bewogen, hierher zu kommen? Ich meine, dieser Ort ist winzig im Vergleich zu den Orten, an denen du gelebt hast.«

Alex diktierte einige Notizen in das Mikrofon, das über dem Tisch hing, bevor er Jaces Frage beantwortete. »Ich bin in einer Kleinstadt aufgewachsen, und das Stadtleben wurde mir zu viel. Das und ich wollte mein eigenes Labor leiten.«

»Weißt du, was ich nicht verstehe? Wie ein so kleiner Landkreis seinen eigenen Gerichtsmediziner hat. Wir sind nahe genug an Denver und Colorado Springs, dass man meinen würde, der Job würde an eine dieser Städte ausgelagert.«

»Das war eine Zeit lang so, aber das Krankenhaus hier ist fantastisch.« Er nahm sein Skalpell wieder auf und begann, Organe freizuschneiden. »Da kannst du den Archers danken. Vor ein paar Jahren haben sie eine beträchtliche Summe für die Einrichtung eines forensischen Wissenschafts- und Pathologiezentrums gespendet.« Er grinste. »Ich glaube, sie versuchten, Seb zur Rückkehr nach Hause zu bewegen, aber sie sahen auch einen Bedarf hier. Bevor das Zentrum eröffnet wurde, wurden alle ungeklärten Todesfälle in eine der größeren Städte geschickt, wo es Wochen dauern konnte, bis sie den Leichnam zur Bestattung an die Angehörigen freigaben. Es belastet Familien, so lange auf einen Abschluss warten zu müssen.«

Jace verstand das nur zu gut. Seine Familie war nach North Platte geschickt worden, und es hatte mehrere Wochen gedauert, bis er sie beerdigen konnte.

Er verschränkte die Hände in seinem Schoß, sein Daumen rieb über den Rand des Lederarmbandes an seinem rechten Handgelenk. »Bekommst du genug Arbeit, um einen Vollzeit-Gerichtsmediziner zu rechtfertigen? Ich meine, du musst ja, sonst wärst du nicht hier. Ich kann es mir nur nicht vorstellen.«

»Ich bin technisch gesehen der Leiter des Zentrums. Das hier ist nur ein Teil meiner Arbeit. Wir haben genug unerwartete, ungeklärte Todesfälle im Landkreis, dass ich mehrere Obduktionen im Monat durchführe. Obwohl sie in den letzten paar Wochen ein bisschen aufregender waren, muss ich zugeben.«

»Allerdings.« Jace lächelte den Arzt an.

Alex wollte zurücklächeln, aber eine tiefe Stirnrunzelung verdrängte es, als er das Herz aus der Brust hob.

»Was?« Jace stand auf, um näher heranzutreten.

»Ich glaube, Mr. Brown hat dir gerade deinen ersten Hinweis geliefert.« Alex legte das Herz auf den tragbaren Tisch zu seiner Rechten und benutzte sein Skalpell, um hineinzuschneiden.

»Was meinst du?«

Alex machte noch ein paar schnelle Schnitte, dann hob er ein Stück Plastik heraus. »Das hier. Es ist eine mechanische Aortenklappe. Und sie hat eine Seriennummer.«

Hoffnung wallte in Jaces Brust auf. »Wir können das zurück-
verfolgen und herausfinden, wer er wirklich ist.«

»Genau.«

SCHWEIßPERLEN ROLLTEN ÜBER TARAS GESICHT, ALS SIE DIE
letzte Ladung Dinge, die zurück zum Restaurant mussten, auf
der Ladefläche von Thomas' Truck verstaute. Sie schloss die
Heckklappe und lehnte sich dagegen, während sie die Feuchtigkeit am Ärmel ihres Kleides abwischte.

»War's das?«, fragte er, als er aus dem Zelt kam.

Sie nickte. »Jap. Danke, dass du gekommen bist, um mir beim
Aufräumen zu helfen.« Jace hatte früher angerufen und
gefragt, ob einer ihrer Brüder ihr beim Aufräumen helfen und
sie zurück zur Ranch bringen könnte. Sein tödlicher Unfall
hatte sich in einen Mord verwandelt.

Er stellte sich neben sie und zuckte mit den Schultern. »Kein
Problem. Du hast mich vor einem Abend bewahrt, an dem ich
an den Büchern für meine Klinik arbeiten müsste.«

»Na dann, gern geschehen.« Sie seufzte und fächerte sich mit
der Hand Luft zu, da sie in ihrem Kleid schwitzte. Sie hätte
Wechselkleidung zum Aufräumen mitbringen sollen.

Ein Mundwinkel hob sich, als er auf sie herabsah. Er legte
einen Arm um ihre Schultern und zog sie in eine seitliche
Umarmung. »Gern geschehen.«

Sie hob ihre Hand und tätschelte seine Brust, während sie die
Umarmung erwiderte. Er bedeckte ihre Hand mit seiner eigenen, und seine Finger stießen an das Armband an ihrem
Handgelenk. Sie versteifte sich und wollte sich wegziehen,
aber er sah auf die Manschette, bevor sie konnte.

Eine Grimasse verzog seinen Mund, als er den Namen sah. »Jace sagte, sie sei auf der Ranch am See begraben. Ich würde gerne mal sehen, wo.«

Tara riss ihre Hand zurück und richtete sich auf, starrte ihren Zwilling mit weit aufgerissenen Augen an. »Was?« Das Wort kam kaum als Flüstern heraus, weil keine Luft in ihren Lungen war.

Aber dann erfasste sie vollständig, was er gesagt hatte, und sie holte tief Luft, als die Wut sie traf, scharf und heiß.

»Er hat dir von ihr erzählt?« Röte blühte auf ihren Wangen, und ihre Augen verengten sich.

Thomas wedelte mit den Händen. »Nein. Nun, ja. Hat er. Irgendwie.« Er verzog das Gesicht und fuhr sich mit einer Hand durchs Haar. »Ich wusste bereits vom Baby. Ich wusste nur nicht, dass du ein Mädchen hattest oder ihren Namen, oder dass sie auf der Ranch begraben ist. Er hat am Freitag nur die Lücken gefüllt, nachdem ich ihn gesehen habe, wie er mit Mom sprach, während wir den Aufbau vorbereitet haben. Sie umarmte ihn fest und hatte diesen schockierten, aber glücklichen Blick und Tränen in den Augen. Als ich ihn danach fragte, sagte er nur, sie hätten über etwas gesprochen, was du ihm am Abend zuvor erzählt hast. Ich habe eins und eins zusammengezählt, und er hat mir den Rest erzählt.«

Er nahm ihre Hände in seine, während sie zu schockiertem Schweigen zurückkehrte.

»Warum hast du es uns nicht gesagt? Wir wären für dich da gewesen.« Qual färbte seine tiefe Stimme.

Schuld traf sie in die Magengrube. Sie biss sich auf die Lippe und sah weg. »Ich weiß, aber ich konnte nicht. Es tat so weh – Sean zu verlieren, dann Lucy zu verlieren – ich konnte kaum atmen, geschweige denn über sie reden.«

Sie blickte wieder zu ihm auf. »Und ich wollte keine mitleidigen Blicke mehr. Ich hatte genug davon von Leuten bekommen, die ihr Beileid zum Tod meines Mannes ausdrückten. Als ich endlich das Gefühl hatte, mit allem umgehen zu können, waren Monate vergangen, und dann fühlte es sich seltsam an, einfach zu sagen: 'Hey Leute. Erinnert ihr euch, als ich im Krankenhaus war und operiert wurde? Es war nicht wegen meiner Blinddarmentzündung. Es war, um meine Tochter zu entbinden, die ich in der neunzehnten Woche verloren habe, und um zu verhindern, dass ich verblute.'« Ihre Stimme brach.

Tränen bildeten sich in Thomas' Augen, und er zog sie an seine Brust und umarmte sie fest.

»Ich wünschte, du hättest es trotzdem getan«, flüsterte er in ihr Haar. »Es tut mir so leid, T.«

Sie schluckte die Tränen hinunter und sah zu ihm auf. »Es tut mir auch leid. Ich hätte es euch sagen sollen – euch allen.« Jetzt, wo sie es getan hatte, wurde ihr klar, welche Last das Geheimnis gewesen war. Sie hatte keine Ahnung gehabt, wie befreiend es sich anfühlen würde, mit ihrer Familie über Lucy zu sprechen.

Er ließ sie los und wischte die Nässe von seinem Gesicht. »Ist schon okay. Ich bin nur froh, dass du endlich zu heilen scheinst. Jace hat dir gutgetan.«

Sie verdrehte die Augen und wischte sich über ihr eigenes Gesicht. »Ja, ich nehme an.« *So wie es gut für dich ist, wenn jemand Stiche reißt, ohne sie vorher zu durchtrennen.*

Thomas starrte sie ein paar Sekunden an. »Ich weiß, du denkst, er ist wie Sean. Dass er losziehen und etwas Gefährliches tun und dabei sterben wird. Aber du kannst nicht zulassen, dass Angst dein Leben kontrolliert. Du könntest das

Beste verpassen, was dir je passiert ist, wenn du das tust. Glaub mir, ich weiß das.«

Tara runzelte die Stirn, ihre Gefühle waren durcheinander. »Thomas-«

Er hob die Hände und wich zurück, unterbrach sie. »Ich sage nur. Schreib nicht ab, was du mit ihm haben könntest, nur weil du Angst hast.« Er drehte sich auf dem Absatz um und ging zum Führerhaus des Trucks.

Sie starrte ihm einen Moment nach, seine Worte hallten durch ihren Kopf. Es war nicht weit hergeholt für sie zu erkennen, dass er mit beidem Recht hatte, aber sie war nicht sicher, ob sie die lähmende Angst überwinden konnte, um Jace eine Chance zu geben.

Das Grollen des Trucks, der ansprang, riss sie aus ihren Gedanken. Sie ging zum Beifahrersitz und stieg ein.

»Warum hast du mich nie nach dem gefragt, was passiert ist? Und wie lange weißt du es schon?«, fragte sie und schnallte sich an.

Er blickte zu ihr hinüber. »Ich wusste es in dem Moment, als ich dich das erste Mal umarmte. Du hast versucht, uns allen weiszumachen, du hättest nur zugenommen, aber ein Baby- bauch und ein Fettbauch fühlen sich überhaupt nicht gleich an«, sagte er mit einem Grinsen.

Sie lachte. »Ich dachte nicht, dass es so offensichtlich war, dass jemand es bemerken würde.«

Er fuhr vom Bordstein weg und lenkte den Truck Richtung Heimat. »Falls es hilft, ich glaube nicht, dass jemand außer- halb der Familie es durchschaut hat.«

»Warte. Ihr wusstet es *alle*?« Ihre Augen quollen hervor, als sie diese Tatsache verdaute.

»Mmm-hmm. Als du ins Krankenhaus kamst, erzählte Mom irgendwas von einer Blinddarmentzündung. Wir konnten erkennen, dass sie log, also hielten wir ein Familientreffen ab, ohne Mom und Dad. Wir hatten es alle herausgefunden, wollten aber nichts sagen, aus Angst, wir könnten falsch liegen. Als wir feststellten, dass wir alle Bescheid wussten, beschlossen wir, deine Privatsphäre zu respektieren und gingen davon aus, dass du es uns sagen würdest, wenn du bereit wärst. Nur dass du es nie getan hast.«

Sie lehnte sich zurück und starrte durch die Windschutzscheibe, unfähig zu glauben, dass sie all die Jahre ein Geheimnis bewahrt hatte, das keines war.

»Eines verstehe ich aber nicht: Warum hast du es uns nicht gesagt, bevor du die Fehlgeburt hattest?«

Sie seufzte. »Wir wollten alle mit einem Ultraschallbild und dem Geschlecht überraschen, wenn wir zu Besuch nach Hause kommen würden, deshalb habe ich nichts gesagt, als ich es herausfand. Das, und ich wollte nicht, dass Mom sich Sorgen macht, während ich noch im Ausland war. Als Sean getötet wurde, konnte ich mich nicht dazu durchringen, etwas zu sagen und von den Leuten zu hören, wie glücklich ich sei, noch ein Stück von ihm zu haben. Ich wollte kein Stück. Ich wollte *ihn*. Es war eher eine Taktik, um zu verhindern, dass ich jemand anderem weh tue, als Selbstschutz.«

Er lachte leise. »Okay, das macht Sinn. Dein Temperament und deine Impulsivität haben dich in unserer Jugend in mehr als genug Schwierigkeiten gebracht.«

Sie lächelte ihn an. »Das tun sie immer noch.« Ihr Blick wanderte zurück zur Landschaft, aber sie sah sie nicht wirklich. »Ich war so wütend. Auf den Kriegsherrn, der ihn getötet hat. Auf das Militär, das ihn auf die Mission geschickt hat. Auf Seans Team, weil sie nicht mehr getan haben, um ihn zu schützen oder am

Leben zu halten. Auf Gott, weil er es zugelassen hat. Verdammt, sogar auf Sean selbst, weil er gestorben ist und mich verlassen hat. Ich habe die Beerdigung kaum überstanden. Alles, was ich tun wollte, war schreien. Dann war es nur noch Schock, als es einsank, dass er wirklich weg war. Ich erinnere mich nicht einmal daran, wie ich von Kalifornien nach Hause gefahren bin.«

Thomas streckte die Hand aus und tätschelte ihr Bein. »Nun, du musst die Trauer nicht mehr allein tragen. Wir werden alle für dich da sein.«

Sie schenkte ihm ein zittriges Lächeln. »Ich weiß. Danke.«

»Jederzeit, T.«

Tara fühlte sich leichter als seit Jahren und entspannte sich. Das Wissen, dass ihre Familie mit ihr trauerte, war wie ein Balsam für ihre verwundete Seele. Sie lächelte und beobachtete die vorbeiziehenden Bäume, während Thomas sie nach Hause fuhr, mit dem Gefühl, endlich auf dem Weg zu sein, sich selbst wiederzufinden.

Die Haustür des Haupthauses öffnete sich und ließ eine Welle heißer, trockener Luft herein, als Jace durch die Türöffnung trat. Tara blickte von ihrem Platz auf dem Sofa ihrer Eltern auf, als er hereinkam und neben ihr stehen blieb.

Sie strahlte zu ihm hoch. »Hallo.«

Ein Lächeln umspielte seine Lippen. »Hallo.« Er schaute sich bei ihrer Familie um, die mit ihr zusammensaß. Fotoalben lagen auf dem Couchtisch und in den Schoßen ihrer Mutter und London ausgebreitet. »Was ist hier los?«

Sie stand auf und stellte sich vor ihn. »Etwas, das schon vor langer Zeit hätte passieren sollen.« Sie blickte über ihre Schulter zu den anderen und lächelte. Sie lächelten zurück. »Aber ich glaube, ich bin jetzt bereit, nach Hause zu gehen.«

Er kniff die Augen zusammen und schaute neugierig auf sie herab, bevor sich sein Gesichtsausdruck klärte und Verständnis in seinen Augen aufblitzte. »Du hast es ihnen erzählt.«

Ein strahlendes Lächeln breitete sich auf ihrem Gesicht aus. »Ja, habe ich.«

Jace lächelte, und Taras Herz machte einen kleinen Purzelbaum in ihrer Brust, als sein ohnehin schon gutaussehendes Gesicht atemberaubend wurde.

»Gut.« Er deutete auf die Fotoalben. »Was ist das alles?«

»Wir haben nur in Erinnerungen geschwelgt. Wir haben auch ein Familienpicknick für den Feiertag morgen geplant. Am See.«

»Du bist eingeladen«, sagte Brady von seinem Stuhl aus.

Tara nickte und trat näher. »Ja. Das wäre nicht passiert, wenn du mich nicht gedrängt hättest, sie wieder in mein Leben zu bringen. In ihr Leben.«

Er schluckte schwer, sein Adamsapfel bewegte sich. »Es wäre mir eine Ehre, mit dir zu kommen.«

»Gut, denn ich hätte ein Nein nicht akzeptiert«, sagte sie.

Er lachte leise. »Natürlich nicht.« Er streckte die Hand aus und strich mit einem Finger an ihrer Wange entlang. »Bist du sicher, dass du nicht noch ein bisschen bleiben willst?«

Sie blickte zu den anderen. Ihre Mutter machte eine kleine scheuchende Bewegung mit der Hand.

Als sie sich wieder Jace zuwandte, nickte sie. »Ich bin sicher. Lass uns gehen.«

Er streckte eine Hand aus, und sie nahm sie.

»Wir sehen euch morgen«, sagte sie zu den anderen.

Sie nickten und verabschiedeten sich. Jace schenkte ihnen allen ein Lächeln und ein Nicken und führte sie dann zur Tür.

»Weißt du, sie werden alle anfangen, über uns zu reden, sobald die Tür ins Schloss fällt, oder?«, murmelte sie, als sie weggingen.

Sein Grinsen war spitzbübisch. »Ich kann dir garantieren, dass es harmloser sein wird als das, was mir gerade durch den Kopf geht.«

Sie errötete und schlug spielerisch nach seinem Arm. »Teufel.«

Er öffnete die Tür und führte sie zu seinem Truck. »Vielleicht ein bisschen.«

Sie erreichten das Fahrzeug, aber bevor sie ihre Tür öffnen konnte, drängte er sie zwischen den Truck und seinen muskulösen Körper. Ihr Atem entwich ihr mit einem Whoosh, als er sich gegen sie presste. Diese tiefblauen Augen blickten auf sie herab, eine Zärtlichkeit gab ihnen eine weiche Kante.

»Ich bin stolz auf dich. Das kann nicht leicht gewesen sein.«

Sie legte ihre Hände auf seine Brust und starrte auf seinen Kragen, spielte damit. »Es hat geholfen, dass sie es bereits wussten.« Sie blickte auf. »Thomas hat mein Armband gesehen und zugegeben, dass er von ihr wusste. Dass sie alle Bescheid wussten. Als wir zurückkamen, habe ich alle zu Mama und Papa gerufen und ihnen von ihr erzählt. Nachdem alles raus war, war es, als ob die schwere Luft nach einem Regensturm sich plötzlich gelichtet hätte. Ich wusste nicht, wie sehr mein Geheimnis uns alle belastet hat.«

»Ja?« Er wickelte eine Locke ihres Haares um seinen Finger, während er ihr zuhörte.

Sie lächelte ihn an und schätzte, wie er ihr zuhörte. »Ja. Wir hatten ein schönes Gespräch dort drinnen. Ich wünschte, ich hätte mich damals ihm anvertraut.« Sie schniefte und erinnerte sich an den verletzten Blick in den Augen ihrer Geschwister, als sie ihnen die Wahrheit über Lucy gestand. Es tat ihr so leid für all den Schmerz, den sie ihnen zugefügt hatte, und sie schwor, nie wieder Geheimnisse vor ihrer Familie zu haben.

»Ich bin froh, dass du ihnen alles erzählt hast. Von jetzt an kann es nur noch besser werden.«

Sie nickte. »Ich weiß.«

Er beugte sich vor und gab ihr einen flüchtigen Kuss auf die Lippen. »Lass uns zu deinem Haus zurückfahren. Ich habe Pizza gekauft, als ich aus der Stadt rausfuhr. Ich weiß, es ist etwas spät, aber wir können essen und dann zumindest mit dem Aufräumen anfangen.«

»Hört sich gut an. Ich bin am Verhungern.« Sie stieg in seinen Truck, ihr Herz leichter, als es seit Jahren gewesen war. Selbst die Aussicht, ihr verwüstetes Haus aufzuräumen, konnte ihre Stimmung heute Abend nicht trüben.

Sorgloses Lachen hallte von den Bergen wider, als Tara und ihre Familie durch den Pass zu dem kleinen See auf ihrem Grundstück ritten. Obwohl sie wusste, wohin sie gingen und warum, war sie weder ängstlich noch traurig. Lucy würde immer ein Teil ihres Lebens sein, aber sie war fort. Es war längst an der Zeit, dass Tara das begriff und vorwärts ging, anstatt in ihrer Trauer zu verharren.

Tara blickte dankbarer denn je zu ihrer Familie hinüber. Sie hatten ihre Gründe akzeptiert, warum sie ihnen nichts vom Baby erzählt hatte, und ihr vergeben. Ihr Verständnis war mehr, als sie verdiente. Lucy war nicht nur ihre alleinige Trauer gewesen. Sie war eine Enkelin und eine Nichte gewesen, und Tara bedauerte, dass sie ihnen so lange vorenthalten hatte, sie zu lieben.

»Bist du bereit dafür?«, fragte Jace neben ihr, als der See in Sicht kam.

Sie blickte zu ihm auf, wie er auf Pikes jüngerem Bruder, Elbert, saß. Das Pferd hatte Pikes silberne Färbung, aber nicht sein Temperament. Er lief gerne und war nicht immer zufrieden damit, zurückgehalten zu werden, was ihn manchmal etwas schwierig machte. Wenn Tara Jace nicht hätte reiten sehen, hätte sie ihn niemals auf das Pferd gelassen. Elbert schien ihn jedoch zu mögen. Er benahm sich.

»Ja, mir geht's gut. Ich bin nicht einmal nervös. Ich hätte das schon vor langer Zeit tun sollen. Danke, dass du mir geholfen hast, das zu erkennen.«

»Freut mich, dass ich helfen konnte.«

»Hey, ihr zwei!«

Tara wandte ihre Aufmerksamkeit Maggie zu, die vor ihnen zum Stehen gekommen war. Ein keckes Lächeln bedeckte ihr hübsches Gesicht.

»Lust auf ein Wettrennen?« Sie wackelte mit den Augenbrauen.

Tara sah zu Jace, ein kleiner Kitzel durchfuhr sie. Es war eine Weile her, seit sie mit ihren Geschwistern um die Wette geritten war.

Er grinste auf sie herab. »Ich bin dabei.«

Sie wandte sich wieder ihrer Schwester zu und trieb Brandywine zum Trab an. »Ich bin dabei.« Sie sah zu ihren Brüdern. »Wie sieht's bei euch aus?«

»Auf jeden Fall«, sagte Thomas und stellte sich mit seiner schwarzen Stute, Raven, neben sie.

»Du weißt, dass du verlieren wirst, oder?«, sagte Brady zu ihm und reihte sich auf Thomas' anderer Seite ein. Sein Pferd, Titan, warf seinen kastanienbraunen Kopf hin und her und ließ ein Schnauben hören.

Thomas schnaubte. »Träum weiter.«

»Ihr werdet beide verlieren«, sagte Seb, der außen heranritt. Pike tänzelte unter ihm, in Erwartung des Rennens.

»Ach was«, erwiderte Maggie und rollte mit den Augen. »Beatrice wird euch allen in den Arsch treten.« Sie tätschelte den flachsblonden Hals ihres Pferdes. »Stimmt's, Bea?«

»Ich glaube, ihr liegt alle falsch«, sagte Tara.

»Ach bitte«, sagte Thomas. »Glaubst du, Brandywine wird uns schlagen, besonders Seb auf Pike?«

Sie grinste ihren Zwillingsbruder an. »Ich habe nicht gesagt, dass ich gewinnen werde. Ich denke, Jace und Elbert werden euch im Staub stehen lassen.« Sie sah zu Jace hinüber und zwinkerte.

Er grinste auf sie herab. Elbert schnaubte und scharrte mit den Hufen auf dem Boden, bereit loszulaufen.

Ja, ihre Brüder hatten keine Chance.

»Nun, dann finden wir es doch heraus, oder?«, sagte Lee. Er und Jenny saßen quer zu ihnen, London und Abigail zu beiden Seiten.

»Machst du mit, London?«, rief Tara.

Sie lachte. »Das ist ein klares Nein. Delilah ist ein feines Pferd, aber sie hat es nicht eilig.« Sie tätschelte die schwarz-weiße Schecke am Hals. Das Pferd hatte die Nase am Boden und knabberte am Unkraut unter ihren Füßen.

»Alle in einer Reihe aufstellen«, sagte Jenny. »Maggie, rück zurück. Vielleicht hast du mit zehn einen Vorsprung bekommen, aber jetzt nicht mehr.«

Maggie verdrehte die Augen und schenkte Jenny ein reumütiges Lächeln. Elbert tänzelte nach vorne, als sie Beatrice mit den anderen zurückzog. Jace zügelte ihn, aber das Pferd stampfte und warf den Kopf hoch und runter, während es in Reih und Glied stand.

»Du solltest dich besser festhalten«, sagte Tara.

»Keine Scheiße. Ich glaube, du hast Recht, wer gewinnen wird. Ob er mich mitnimmt oder nicht, Elbert wird als Erster über die Ziellinie gehen.« Er zog erneut an den Zügeln, als Elbert nach vorne drängte.

»Okay. Der Erste, der an der knorrigen Eiche vorbeikommt, gewinnt«, sagte Lee und zeigte mehrere hundert Meter entfernt auf einen einsamen Baum, hundert Fuß vom Seeufer entfernt.

Tara lehnte sich nach vorne, bereit, Brandywine anzutreiben.

»Fertig. Los!«, dröhnte Lees Stimme über die Ebene.

Die Reihe von Pferden schoss vorwärts, die Reiter über ihre Rücken gebeugt. Wind peitschte an Taras Gesicht vorbei, während Brandywine über den Boden galoppierte und ihr Bestes gab, um mit den größeren, schnelleren Pferden mitzuhalten.

Nach hundert Metern war klar, dass weder sie noch Maggie das Rennen gewinnen würden. Selbst Thomas – dessen Stute die größte der drei war – fiel hinter den anderen zurück. Pike und Elbert rannten Kopf an Kopf, Titan nur eine halbe Länge zurück. Tara wurde jedoch nicht langsamer. Sie wollte einen direkten Blick auf das Finale haben.

Mit hundert Metern vor dem Ziel fiel Brady weiter zurück, als die zwei silbernen Wallache noch einen Gang höher schalteten. In wenigen Augenblicken waren sie mehrere Längen vor dem kastanienbraunen Pferd und Lichtjahre vor allen anderen.

Tara beobachtete mit Freude, wie Elbert an Pike vorbeizog und fast um eine volle Länge als Erster am Baum vorbeiraste.

Sie jubelte, stand im Sattel und bejubelte, wie Jace langsamer wurde und sein Pferd zu ihnen zurücklenkte.

»Wo hast du so reiten gelernt?«, fragte Seb, der ebenfalls zurückkam.

Jace grinste und setzte seine Baseballkappe zurecht. »Ich bin auf einem Bauernhof aufgewachsen. Ich bin fast jeden Tag geritten.«

»Nun, das sieht man«, sagte Brady. »Du hast im Sattel geschwebt. Ich bin nicht sicher, ob Elbert wusste, dass du auf seinem Rücken warst.«

»Er ist ein unglaubliches Pferd. Ich dachte, Pike wäre schnell, aber Elbert ist etwas Besonderes.«

Lee, Jenny, London und Abigail trabten heran und schlossen sich der Gruppe im Schatten der großen Eiche an.

»Schatz, ich habe verloren«, sagte Seb schmollend zu seiner Verlobten.

Sie grinste. »Das hast du allerdings.«

»Du kannst es später besser machen.« Er wackelte mit den Augenbrauen.

Abigail machte ein würgendes Geräusch. »Oma Jenny, bring sie zum Aufhören.«

Die Gruppe lachte.

»Nun, Kinder«, begann Jenny, die strenge Warnung durch das Funkeln in ihren Augen widerlegt.

Abigail verdrehte die Augen, während Seb sie angrinste.

»Kommt schon. Gehen wir und geben diesen Pferden etwas zu trinken.« Seb lenkte Pike zum See, die anderen folgten hinter ihm.

Nachdem die Tiere genug getrunken hatten, banden sie sie an den Baum und einen Anbindepfosten, den sie vor Jahren aufgestellt hatten.

Ohne dass es ausgesprochen werden musste, führte Tara sie am Ufer entlang, an der Eiche vorbei, zu Lucys Grab. Jace nahm ihre Hand und bot schweigende Unterstützung. Sie drückte sie, dankbar für seine Anwesenheit. Sie war nicht nervös, ihrer Familie die Stelle zu zeigen, aber es tat immer noch weh zu wissen, dass ihr Baby fort war.

In der Nähe einer Gruppe von Felsen blieb sie stehen und bückte sich, um etwas hohes Gras beiseite zu schieben. An die Felsen geschmiegt befand sich ein kleiner Granitstein.

Sie fuhr mit einer Hand über den glatten Stein, zeichnete den Namen ihrer Tochter nach, bevor sie zu ihrer Familie aufblickte, die einen Halbkreis um sie gebildet hatte. Tränen schimmerten in den Augen ihrer Mutter.

»Lernt Lucy kennen.«

J ace lehnte sich auf seine Ellbogen zurück, die Beine an den Knöcheln überkreuzt, während er Tara, Thomas und Maggie dabei zusah, wie sie Steine über die spiegelglatte Oberfläche des Sees hüpfen ließen. Ein überwältigendes Gefühl des Stolzes brannte in seiner Brust für die Frau, die sein Herz gestohlen hatte. Als sie niedergekniet war, um Lucys Grabstein zu enthüllen, und dann mit ihrem Herzen in den Augen zu ihnen aufgeblickt hatte, hatte er sich genau in diesem Moment in sie verliebt. Er konnte nicht glauben, dass es so schnell passiert war, aber er konnte nicht leugnen, was er fühlte.

Seb setzte sich neben ihn, zwei Plastikbehälter voll mit Apfelkuchen in seinen Händen. Jace richtete sich auf, als er ihm einen reichte, zusammen mit einer Gabel.

»Danke.« Er zog den Deckel ab und spießte ein Stück klebrigen Apfel auf.

»Gern geschehen.« Seb öffnete seinen eigenen Behälter und nahm einen Bissen.

»Also, ich habe von Seans Kommandeur gehört.«

Jace sah überrascht zu ihm hinüber. »Wirklich? Was hatte er zu sagen?«

»Nicht viel. Er deutete an, dass er nicht am Telefon sprechen könne. Sagte, er würde übermorgen hier sein.«

»Hmm.« Jace nahm einen weiteren Bissen und starrte auf das Wasser hinaus. »Wirkte er ängstlich oder einfach nur unwillig, über geheime Dinge auf einer unsicheren Leitung zu sprechen?«

Seb zögerte. »Besorgt. Er schien besorgt.«

»Glaubst du, er weiß etwas?«

»Vielleicht. Zumindest vermutet er etwas.«

»Hast du schon etwas über die DNA unter Browns Nägeln gehört oder über die Herzklappe, die Dr. Randall gefunden hat?«

»Noch nicht. Das habe ich aber wegen des Feiertags auch nicht wirklich erwartet. Ich bin nur froh, dass Alex zugestimmt hat, die Autopsie gestern durchzuführen, anstatt bis morgen zu warten.«

»Das ist einer der Vorteile eines kleinen Landkreises.«

»Und einen eigenen Gerichtsmediziner zu haben. Ich kann mir gar nicht vorstellen, wie lange dieser Fall sich hinziehen könnte, wenn wir die Leiche nach Denver oder Colorado Springs schicken müssten. Wie lange meine Schwester in Angst leben müsste. Es war schon lange genug.«

Jaces Blick wanderte zu Tara, die über etwas lachte, was Thomas gesagt hatte. Zumindest hier oben musste sie sich keine Sorgen machen, dass jemand hinter ihr her sein könnte.

»Ich schulde dir Dank«, sagte Seb mit leiser Stimme.

Jace sah hinüber und bemerkte, dass auch er seine Geschwister am Wasser beobachtete.

Seb drehte sich zu ihm. »Wenn du nicht gewesen wärst, hätte sie uns wahrscheinlich nie von Lucy erzählt. Also, danke dafür. Du hast es meiner Familie ermöglicht, offen und gemeinsam zu trauern, und du hast meiner Schwester geholfen zu heilen.«

Er rutschte unruhig hin und her und starrte auf seine Hände, während er in den letzten Resten des Kuchens in dem Behälter stocherte. »Sie erinnerte mich so sehr an mich selbst. Gefangen in Verleugnung und Wut. Ich bin nur froh, dass sie mich nicht weggestoßen hat, als ich sie gedrängt habe, sich zu öffnen.«

»Thomas hat mir von deiner Familie erzählt. Es tut mir leid. Ich kann mir nicht vorstellen, wie das gewesen sein muss.« Er legte eine Hand auf Jaces Schulter. »Aber wisse, du bist nicht mehr allein. Wir sind jetzt deine Familie.« Er ließ seinen Arm fallen. »Nicht um zu ersetzen, was du verloren hast, sondern um dazu beizutragen.«

Emotion schnürte Jaces Brust zusammen. »Danke, Seb.« Er schnaubte, ein ironisches Lächeln zog einen Mundwinkel nach oben. »Wer hätte gedacht, dass ein Serienmörder mein Leben zum Besseren verändern würde?«

Seb lachte. »Ich schätze, es stimmt, dass es in jeder Situation immer etwas Gutes gibt.«

Das Geräusch galoppierender Pferde lenkte ihre Aufmerksamkeit nach links. Lee und Brady ritten tief über den Rücken ihrer Reittiere gebeugt, als sie von dem Ausritt zurückkehrten, den sie über den Grat genommen hatten, um nach ein paar Nachzüglern ihrer Herde zu sehen.

Jace grinste. »Ich schätze, dein Vater wollte beim Wettrennen nicht ausgelassen werden.«

Seb lächelte zurück, aber es verblasste schnell, als er sie näherkommen sah.

»Was?«

»Etwas stimmt nicht. Sie lächeln nicht.« Er stand auf, Besorgnis im Gesicht.

Jace erhob sich und folgte ihm weg vom See, um die Männer zu treffen, als sie in einer Staubwolke zum Halt kamen.

»Wir müssen los«, sagte Brady. »Im Westen brennt es. Wir konnten es vom Grat aus sehen. Die einzige Gnade ist, dass es sich von der Stadt wegbewegt.«

»Scheiße. Hier oben gibt es keinen Handyempfang, und ich habe das Satellitenradio vergessen. Habt ihr beide es zufällig mitgenommen?«, fragte Seb.

Beide schüttelten den Kopf.

Er fuhr sich mit einer Hand übers Gesicht. »Okay, packen wir zusammen. Hoffentlich wird jemand anders es sehen und melden, aber darauf können wir uns nicht verlassen.«

»Es war noch klein. Vielleicht hundert Hektar. Aber so trocken, wie es gewesen ist, wird es nicht lange dauern, bis es wächst«, sagte Brady.

Die anderen, die den Aufruhr bemerkten, kamen herüber, um herauszufinden, was los war. Lee klärte sie auf.

»Du und Jace reitet voraus. Eure Pferde sind die schnellsten«, sagte Jenny. »Wir räumen hier alles auf und treffen euch später auf der Ranch.«

Jace war bereits in Bewegung, während Jenny sprach, denn er wusste, wie schnell ein Waldbrand außer Kontrolle geraten konnte. Er könnte Tausende von Hektar verbrennen, bevor die Feuerwehrleute überhaupt eintrafen.

Er nahm Taras Hand für einen Moment und begegnete ihren besorgten Augen. »Bleib bei deiner Familie, bis ich zurückkomme.«

Sie nickte. »Das werde ich. Sei vorsichtig.«

Er gab ihr einen schnellen Kuss und ließ ihre Hand los. »Klar.« Er drehte sich um und sprintete in Richtung Elbert, Seb direkt neben ihm.

Jace erreichte den Wallach, seine Hände flogen, als er das silberne Pferd losband. Er warf die Zügel über den Kopf des Tieres, setzte seinen Fuß in den Steigbügel und stieg auf. »Gibt es einen schnelleren Weg den Berg hinunter?«, fragte er, während er das Pferd vom Baum weg führte.

»Wenn wir nach Westen gehen, kommen wir schneller in den Handyempfangsbereich. Es wird uns aber länger dauern, nach Hause zu kommen.«

»Sie können uns mit einem Anhänger abholen. Wir müssen Declan anrufen.« Jace wendete sein Pferd in die Richtung, aus der Lee und Brady gekommen waren.

»Einverstanden. Los geht's.«

Jace stupste Elbert leicht in die Flanke und tippte mit den Zügeln gegen seinen Hals. Das große Pferd, das die Dringlichkeit seines Reiters spürte, sprang nach vorne und galoppierte von den anderen weg.

Sie ritten in voller Fahrt über die Ebene, bis sie anfing anzusteigen, als sie den Grat erklommen. Beide Pferde verlangsamten beim Aufstieg, hielten aber ein gleichmäßiges Tempo.

Als sie den Gipfel erreichten, spiegelte Sebs scharfes Einatmen Jaces Schock wider. Sie rissen ihre Pferde zum Halt, um die Szene vor ihnen aufzunehmen. Feuer peitschte durch die Bäume mehrere Kilometer westlich von ihnen und verzehrte Holz, während es sich nordwärts ausbreitete.

»Herr, erbarme dich«, murmelte Seb. »Das ist nicht gut.«

»Das sind mehr als hundert Hektar.« *Viel* mehr. »Wir brauchen Empfang. Schnell.« Er trieb Elbert wieder an und sie stürmten den Grat so schnell hinunter, wie sie es wagten.

Beide Pferde erwiesen sich als ebenso geschickt wie schnell, bewegten sich behände über Felsen und dann Äste, als sie die Baumgrenze passierten.

»Mit welchen Pferden ihr diese beiden auch gezüchtet habt, ihr solltet es noch mal tun«, sagte Jace, als er sich wieder in den Sattel setzte, nachdem Elbert im schnellen Galopp über einen umgestürzten Baum gesprungen war, ohne aus dem Tritt zu kommen.

Ein Mundwinkel von Seb zuckte. »Ich wünschte, wir hätten keinen von beiden kastriert.«

Das tat Jace auch. Er hatte noch nie ein Pferd wie Elbert geritten. Er hatte einen sanften, rollenden Gang und ein Bewusstsein für sich selbst in seiner Umgebung, wie er es noch nie gesehen hatte. Es war, als würde man auf einer Wolke reiten.

Der Wald öffnete sich vor ihnen zum Fluss hin, der hier oben nicht viel mehr als ein Bach war. Sie führten beide Pferde ins flache Wasser und durchquerten es in wenigen Augenblicken.

»Wir kommen in die Nähe«, sagte Seb, als sie wieder in den Wald eintauchten. »Die Straße ist etwa einen Kilometer von hier entfernt.«

»Gut. Ich kann jetzt Rauch riechen.«

»Ich auch.« Sebs Stimme klang grimmig.

Der flachere Boden auf dieser Seite des Flusses erlaubte ihnen, die Pferde schneller anzutreiben, und sie tauchten ein paar Minuten später aus den Bäumen auf. Hufeisen klapperten in ungleichmäßigem Stakkato auf dem Asphalt, als

Elbert und Pike gegen den plötzlichen Tempowechsel zum Schritt protestierten.

Elbert warf seinen Kopf hoch und machte mehrere schnelle Schritte zur Seite, immer noch begierig zu laufen.

»Whoa, langsam, Junge. Mann, du gibst einfach nie auf.« Das Pferd beruhigte sich bei dem Klang seiner Stimme und schnaubte, als sein einstündiger Sprint zu Ende ging.

»Prüf dein Handy«, rief Seb.

Jace stand im Sattel auf und steckte seine Hand in seine vordere Hosentasche, um sein Handy herauszufischen. Er drückte auf den Home-Button, und es leuchtete auf. »Ich habe einen Balken.« Er schaute zurück zu Seb. »Ist deins besser?«

»Nein. Hoffentlich geht ein Anruf durch.« Er scrollte durch seine Kontakte und tippte auf einen von ihnen, dann hielt er das Telefon an sein Ohr.

Jace betete, dass die Verbindung zustande kam. Sie könnten versuchen, eine SMS zu schicken, aber es wäre einfacher, alle Details durch einen Anruf zu übermitteln.

»Deck! Gott sei Dank. Hier ist Seb. Es gibt einen Brand südöstlich der Stadt. Er breitet sich schnell aus und bewegt sich nach Süden.«

Vor Erleichterung ausatmend, entspannte Jace seine Schultern, während er dem Rest von Sebs Anruf lauschte. Er hoffte, dass Declan die Feuerwehrtruppe mobilisieren konnte, bevor das Feuer noch größer wurde.

Seb beendete den Anruf und stieß einen Seufzer aus. »Er hat vor ein paar Minuten einen Anruf von den Nyderts bekommen. Sie haben es gesehen und gemeldet.« Er blickte zum Himmel, dann zurück zu Jace. »Jesus, was für ein Tag.«

»Da kann ich nur zustimmen.«

»Komm.« Seb neigte seinen Kopf nach links. »Lass uns in Richtung Stadt reiten. Sie ist näher als die Ranch, und ich muss bei der Notfallmanagement helfen.«

Als Jace Elbert herumdrehte, um ihm zu folgen, ließ sich Unruhe in seinem Bauch nieder. Etwas anderes stand bevor. Er konnte es spüren.

KAPITEL

Zwanzig

Das Geräusch von Stiefeln auf der Veranda riss Tara aus ihrem Nickerchen auf dem Sofa ihrer Eltern. Sie setzte sich auf und streckte sich, bevor sie aufstand, um auf das leise Klopfen zu antworten. Sie tappte barfuß zur Tür und schaltete das Außenlicht ein.

Jace winkte ihr zu. Selbst durch das facettierte Glas konnte sie die Erschöpfung in seinem Gesicht erkennen. Sie schloss die Tür auf und öffnete sie.

»Hi.« Sie trat zurück und bedeutete ihm einzutreten.

»Hey. Tut mir leid, dass ich so spät komme.« Seine Stimme war leise, aus Rücksicht auf die späte Stunde.

»Ist schon okay. Wir sind auch noch nicht so lange zu Hause. Nachdem wir zurückgekommen sind, haben mir die anderen geholfen, mein Haus zu putzen, dann sind Mom und ich ins Restaurant gefahren, um dort nach dem Rechten zu sehen. Cassie und der Rest des Personals haben alles prima in Ordnung gebracht. Wir sind bereit für das Geschäft morgen. Wie laufen die Löscharbeiten?«

Jace seufzte und rieb sich die müden Augen. »Sie sind etwas vorangekommen. Es ist erst zu etwa fünf Prozent unter Kontrolle, und es hat sich auf dreitausend Hektar ausgeweitet. Sie hoffen, dass der Wind nicht dreht. Wenn das passiert, könnte er zurück in Richtung Stadt oder sogar bis hierher wehen.«

»Ja, davor haben Dad und Brady auch Angst. Sie sind gleich nach ihrer Rückkehr mit frischen Pferden wieder losgeritten, nachdem sie Pike und Elbert abgeholt hatten. Sie wollen einige der Rinder näher an unser Zuhause und weg vom Feuer treiben. Sie haben Campingausrüstung mitgenommen und mehrere Rancharbeiter.«

»Können sie so viele Tiere von hier wegbringen, wenn das Feuer in diese Richtung schwenkt?«

»Sie werden sie nicht transportieren, sondern Tore öffnen lassen, damit sie vor dem Feuer fliehen können. Teile der Weiden, die den Ranchgebäuden am nächsten liegen, sind als Brandschutzstreifen vegetationsfrei.«

Ein Gähnen ließ seinen Kiefer knacken, als er nickte. »Entschuldige. Bist du bereit zu gehen?«

»Jup.« Sie schlüpfte in ihre Schuhe und nahm ihre Handtasche.

Er führte sie zurück zur Tür, und sie schloss hinter ihnen ab.

»Ich bin froh, dass dein Vater daran gedacht hat, dass deine Brüder meinen Truck und Sebs in die Stadt fahren, als sie die Pferde holen kamen. Ich habe nicht wirklich darüber nachgedacht, wie ich wieder hierherkommen würde, nachdem wir in die Stadt geritten sind.«

Sie sprang in den Truck und lächelte. »Ich wette, es war ein Anblick, euch beide reinreiten zu sehen.«

Er lächelte zurück, seine Zähne blitzten weiß im dunklen Innenraum auf, und fuhr rückwärts aus der Einfahrt, in Richtung ihres Hauses. »Wir haben tatsächlich einige Blicke auf uns gezogen. Das könnte daran gelegen haben, dass wir nicht gerade im Schritttempo unterwegs waren. Ich habe gelernt, dass Elbert zwar weiß, was Tempo ist, es aber verabscheut.«

Sie lachte. »Ja, er ist ein Energiebündel, das ist sicher.«

Er schüttelte den Kopf, Unglaube lag deutlich in seiner Stimme. »Und das war *nachdem* wir wie wild den Berg hinuntergerast waren.«

Sie kicherte. »Hast du dich verknallt?«

Ein tiefes Lachen grollte aus seiner Brust. »Vielleicht ein bisschen.«

Er fuhr in ihre Einfahrt und stellte den Motor ab. Sie stiegen aus und gingen zur Haustür. Sie schloss auf und ließ sie hinein, schaltete das Licht ein.

»Wow. Ihr habt heute Abend eine Menge Arbeit geleistet.« Er schloss die Tür hinter ihnen und verriegelte sie. »Habt ihr etwas gefunden?«

»Nein.« In ihrer Stimme lag Abscheu. »Ich muss noch den Schlafzimmerschrank durchsehen, aber danach weiß ich nicht, wo ich sonst noch suchen soll.« Sie kickte ihre Schuhe ab und warf ihre Handtasche auf den Tisch neben der Tür.

Jace legte seine Schlüssel neben ihre Tasche und streifte seine Stiefel ab. »Vielleicht hatte er wirklich nichts und dieser Typ dachte nur, er hätte etwas. Wenn das, was Sean wusste, so belastend ist, wie ich glaube, würde derjenige, der hinter all dem steckt, alles tun, um sicherzustellen, dass nichts da ist, was ihn belasten könnte. Selbst wenn er einem Phantom hinterherjagt.«

Sie seufzte. »Nun, was auch immer es ist, ich möchte heute Abend nicht mehr darüber nachdenken. Es war ein Tag wie eine Achterbahnfahrt, und alles, was ich will, ist ein Bad nehmen und ins Bett gehen.«

Seine Augen verdunkelten sich, und Tara konnte erkennen, dass er an sie in der Badewanne dachte. Ihr Körper wurde warm, als sie sich ihn dort mit ihr vorstellte.

»Tara, schau mich nicht so an. Nicht, wenn du schlafen willst.«

Seine tiefe Stimme rollte über sie hinweg und ließ sie erschauern. Sie betrachtete sein gutaussehendes Gesicht, nahm den starken, kantigen, stoppligen Kiefer wahr; diese festen Lippen; und seine tiefen, ozean-blauen Augen, die eine Tiefe an Emotionen ausdrückten, von denen sie wusste, dass sie sich auch in ihren eigenen zeigten.

Sie nahm einen zittrigen Atemzug. »Vielleicht will ich gar nicht schlafen.«

Mit einem langen Schritt war er nur noch Zentimeter entfernt.

»Bist du sicher?«

Als Antwort schlang sie ihre Arme um seinen Hals und drückte ihm einen Kuss auf die Lippen.

Er vergrub seine Finger in ihrem Haar, zerstörte den Zopf, den sie sich am Morgen geflochten hatte, und neigte ihren Kopf, um den Kuss zu vertiefen. Sie stand in Flammen, und er hatte sie kaum berührt. Ihre Füße verließen den Boden, als er sie hochhob und in Richtung der Schlafzimmer ging.

Sie erreichten ihr Zimmer, stolperten im Dunkeln über die Schwelle. Er steuerte auf das Bett zu und stieß sich das Schienbein am Pfosten.

Tara kicherte, als er in ihren Mund fluchte.

Er zog sich zurück. »Du findest das lustig, ja?« Seine Hände umfassten ihre Taille, und er löste sie von seinem Körper, um sie aufs Bett zu werfen.

Sie quietschte, als sie durch die Luft flog und dann auf dem Berg aus Kissen landete. »Ich werde es küssen und wieder gutmachen«, sagte sie lachend.

Im Mondlicht, das durch das Fenster fiel, konnte sie gerade so das raubtierhafte Grinsen auf seinem Gesicht erkennen.

»Nicht, bevor ich nicht erst dich überall geküsst habe.«

Ein Schauer durchfuhr sie. Er musste zu ihr aufs Bett kommen. Sofort.

Sie setzte sich auf, packte eine Handvoll seines Hemdes und zog ihn zu sich. Er fiel auf sie, was sie beide zum Lachen brachte. Ihre Kicherei erstarb jedoch in ihrer Kehle, als er seinen Mund auf ihr Schlüsselbein presste und hineinbiss. Sie wob ihre Finger in sein goldenes Haar und klammerte sich an die Strähnen, während er das in ihrem Körper lodernde Feuer nur mit seinem Mund anfachte.

Er bewegte sich zu ihrer Brust hinunter, ließ seine Lippen über ihre sensibilisierte Haut streichen. Tara stieß ein frustriertes Stöhnen aus, als der Stoff ihres Oberteils und BHs das Gefühl dämpfte. Sie schob ihn zurück, damit sie sich aufrichten und das Tanktop über den Kopf ziehen konnte.

»Langsam, Tiger«, sagte er, als sie nach dem Verschluss ihres BHs griff. »Es eilt nicht.«

In ihren Augen blitzte Trotz auf. Sie wollte nicht langsam. Langsam konnte später kommen.

Während sie seinen Blick hielt, griff sie weiter nach dem Verschluss, öffnete ihn mit einer schnellen Drehung ihrer Handgelenke. Das Kleidungsstück fiel ab und entblößte sie seinen Augen und Berührungen.

»Frechdachs.« Er zog sie zu sich, schloss seinen Mund über der Spitze einer Brust.

Viel besser...

Sie warf ihren Kopf zurück, überflutet von Empfindungen. Mit seinen Zähnen und seiner Zunge trieb er sie höher, bis der Drang, den Rest ihrer Kleidung und seine auszuziehen, überwältigend wurde. Sie zog an seinem Haar und hob sein Gesicht.

»Zieh dich aus.«

Er grinste, mit schräg geneigtem Kopf. »Aber ich habe Spaß.«

Sie erwiderte sein Lächeln, ihr Ausdruck kokett. »Du wirst mehr Spaß haben, wenn du deine Kleider ausziehst.« Sie fuhr mit ihren Händen über seine Schultern und seine Brust hinunter. Ein feines Zittern durchlief seine Muskeln bei ihrer Berührung.

Er wich zurück und streifte sein T-Shirt ab, während er sich bewegte. Tara biss sich auf die Ecke ihrer Unterlippe, als er seinen muskulösen Oberkörper dem Mondlicht aussetzte. Seine Tattoos hoben sich im Dunkeln stark von seiner Haut ab.

Das Rascheln seines Reißverschlusses ließ ihre Augen über seine Waschbrettbauchmuskeln zu seiner Taille wandern. Der Stoff seiner Jeans teilte sich und befreite seine geschwollene Männlichkeit. Sie streckte die Hand aus, um ihre Finger in den Bund seiner Boxershorts zu haken, und zog sie herunter, während er seine Hose auszog. Er streifte sie mit den Füßen ab, und sie streckte eine Hand aus, um mit einem Finger über seine Länge zu streichen, was ein Zischen hervorrief.

Weil sie den Anblick von Seide über Stahl liebte, tat sie es noch einmal. Bevor sie die Spitze erreichen konnte, packte er ihr Handgelenk und stoppte ihren Fortschritt.

»Du bist dran«, knurrte er.

Er schob sie zurück, sie fiel wieder in die Kissen. Er kniete sich aufs Bett, umklammerte ihre Knie und öffnete ihre Shorts. Tara hob ihre Hüften, um ihm zu helfen, sie und ihr Höschen ihre Beine hinunterzustreifen. Nachdem er sie von ihrem Körper befreit hatte, warf er sie über die Bettkante zu seinen Kleidern.

Sie setzte sich auf und schlang ihre Hände um seinen Nacken, zog ihn für einen betäubenden Kuss zu sich herunter. Er verlagerte sein Gewicht, um zwischen ihren Beinen zu ruhen.

Ein Stöhnen, gefolgt von einem rauen Wimmern, entfuhr ihr, als sie seine harte Länge auf ihrer erhitzten Haut spürte. »Ich brauche dich. So sehr.«

Sie spürte ihn an ihrer Brust lächeln. Er glitt mit einer Hand an der Außenseite ihres Oberschenkels hinunter, dann über ihr Knie und die Innenseite ihres Beines hinauf. Mit jedem Zentimeter, den er sich ihrem Zentrum näherte, stieg die Temperatur im Raum, bis Tara das Gefühl hatte, in Flammen aufzugehen. Bei der ersten Berührung seiner Finger durch ihre Falten zuckte sie bei dem Anstieg der Intensität zusammen. Nie hatte es sich so gut angefühlt.

»Jace, bitte.«

Als Antwort tauchte er einen Finger in ihren Kanal und streichelte sanft.

»Noch nicht. Ich habe dich noch nicht überall geküsst.«

Er beugte sich hinunter, strich federleichte Küsse über ihre Brüste und ihren Bauch, während er sie weiterhin mit seiner Hand streichelte. Taras Bedürfnis wuchs, schürte das Feuer, das sie verschlingen wollte. Er rutschte ein wenig zurück, seine Lippen wanderten zu ihren Hüftknochen, dann zu ihren Beinen. Als er seine Hand wegzog, um ihre Knöchel und

Füße zu erreichen, schrie sie ihr Missfallen heraus und verfluchte ihn.

Sein leises Lachen war kaum hörbar. »Geduld, meine Liebe.«

Scheiß auf Geduld...

Tara sprang nach vorne, stieß ihn zurück, während sie sich erhob, bis er auf dem Rücken lag, diagonal über das Bett gestreckt. Sie setzte sich rittlings auf seine Hüften, seine Erektion neckte ihren Eingang.

»Ich hab dir gesagt, dass du mehr Spaß ohne deine Kleidung haben wirst.« Sie richtete sich auf und senkte sich auf ihn herab.

Beide stöhnten bei der exquisiten Reibung. Ihre Haut errötete, Hitze durchflutete ihren ganzen Körper, während Jaces Muskeln sich anspannten. Adern traten an seinem Hals und seinen Armen hervor, als er sich still hielt und ihrem Körper Zeit gab, sich anzupassen.

Sobald sie sich wohl fühlte, lehnte sie sich nach vorne, um ihre Handflächen auf seine Brust zu legen, und hob ihre Hüften. Sie war bereits so angespannt, dass nur wenige Bewegungen nötig sein würden, damit sie ihre Erlösung fand.

Als es sie traf, war sie auf das Ausmaß nicht vorbereitet. Es löschte jeden rationalen Gedanken aus ihrem Kopf, setzte ihren Körper schneller in Brand als ein Flammenüberschlag und ließ sie atmen, als hätte sie gerade Pikes Peak im Laufschritt erklommen.

Während sie noch von ihrem Höhepunkt herunterkam, rollte Jace sie herum, ohne ihre Verbindung zu unterbrechen, und übernahm die Kontrolle. Als ihr erster Orgasmus abklang, baute er einen zweiten auf. Diesmal, als sie über die Kante ging, ging er mit ihr.

TARA ÖFFNETE IHRE AUGEN ZUR DUNKELHEIT, EIN SCHWERES Gewicht über ihrer Mitte. Sie spannte sich an, ihr Alptraum noch frisch in ihrem Gedächtnis, bevor sie sich erinnerte, wo sie war und mit wem. Jaces langsame, gleichmäßige Atmung änderte sich nicht, als sie seinen Arm anhob und aus dem Bett stieg. Sie fand ihre Unterwäsche und hob sein T-Shirt vom Boden auf, schlüpfte in beides und zog sich in die Küche zurück.

Ihre Hände zitterten, als sie ein Glas aus dem Schrank nahm und es mit Wasser füllte. Trotz ihres entspannten, glücklichen Zustands, als sie eingeschlafen war, plagten sie noch immer Alpträume. Sie wusste, dass es wahrscheinlich von dem Trauma der letzten Woche herrührte und ihr Gehirn versuchte, all die Veränderungen in ihrem Leben zu verarbeiten, aber das machte die Träume nicht weniger beängstigend.

Diesmal hatte sie von einem namenlosen, gesichtslosen Mann geträumt, der einbrach, um sie wegzutragen, und Jace tötete, als er versuchte, sie zu retten. Es unterstrich nicht nur ihre Angst vor der Person, die in ihrem Leben Unheil anrichtete, sondern auch ihre Gefühle für den Mann, der in ihrem Bett schlief. Letzteres ließ mehr als alles andere ihre Hände zittern; die Tiefe des Schmerzes und der Trauer, die sie im Traum empfand, als der Eindringling Jace erschoss, war vergleichbar mit oder stärker als das, was sie fühlte, als Sean starb, und das jagte ihr eine Heidenangst ein.

Sie schluckte ihr Wasser hinunter und starrte aus dem Küchenfenster auf die mondbeleuchtete Landschaft. Es waren noch ein paar Stunden bis zum Morgen, aber sie würde jetzt unmöglich wieder einschlafen können. Sie trank ihr Wasser aus, stellte das Glas in die Spüle und drehte sich um. Sie brauchte etwas zu tun, um sich zu beschäftigen.

Mit leisen Schritten ging sie zurück ins Schlafzimmer. Jace hatte sich auf den Bauch gerollt, und die Decke war bis zu seiner Taille heruntergerutscht, entblößte seinen muskulösen Rücken und den Raben, der auf seiner Haut tätowiert war. Es juckte sie in den Fingern, zurück ins Bett zu kriechen und den Vogel nachzuzeichnen, aber sie wagte es nicht. Die letzte Nacht hatte sie erschüttert. Die Intensität ihrer Handlungen machte ihr Angst. Sie musste alles verarbeiten, und wieder ins Bett zu klettern würde das nicht erreichen.

Stattdessen ging sie lautlos durch den Raum zum Kleiderschrank und schloss sich darin ein. Sie würde den Rest des Aufräumens erledigen, da sie hellwach war.

»Das ist so ein Durcheinander«, flüsterte sie mit einem Seufzer. Sie bückte sich und begann, die Dinge in Haufen zu sortieren – Kleidung, Bügel, Schuhe und die Sachen, die auf den Regalen waren. Es dauerte nicht lange, bis sie alles getrennt hatte. Sobald sie ihre Haufen hatte, begann sie, die Kleider aufzuhängen, dankbar, dass ihr Stalker ihre Kleidung nicht zerstört hatte. Sie waren nur zerknittert. Nichts, was ein Bügeleisen nicht beheben könnte.

Leise vor sich hin summend arbeitete sie, fand einen Rhythmus und ging in ihrer Aufgabe auf. Sie streckte sich, um ein Fotoalbum auf das Regal zu legen, als die Tür aufgerissen wurde.

»Keine Bewegung!«

Tara schrie auf und sprang zurück. Ihr Fuß traf den Haufen Schuhe auf dem Boden, und sie stolperte. Sie streckte die Hand aus, griff nach den Kleidern, die sie gerade aufgehängt hatte, und verhinderte ihren Sturz, machte aber einen Teil ihrer Arbeit rückgängig.

»Herrgott, Tara.« Verärgerung und Erleichterung färbten Jaces Stimme.

Sie gewann ihr Gleichgewicht zurück und sah gerade noch rechtzeitig auf, um zu sehen, wie er seine Waffe senkte und den Sicherungshebel umlegte. Er stand nur mit seiner Boxershorts bekleidet in der Tür. Sein vom Schlaf zerzaustes Haar fiel ihm in die Stirn und milderte den genervten Ausdruck auf seinem Gesicht.

»Was zum Teufel machst du hier? Es ist halb sechs.«

Selbst verärgert über ihre Reaktion auf seinen fast nackten Zustand, riss sie die nun leeren Bügel von der Stange und begann, sie in die Pullover zu stopfen, die sie heruntergezogen hatte. »Ich konnte nicht schlafen. Dies schien die produktivste Art, die Zeit zu verbringen. Warum platzt du hier mit gezogener Waffe herein?«

»Ich bin aufgewacht, und du warst nicht im Bett, also habe ich das Bad und den Wohnbereich überprüft. Als ich dich dort nicht fand, kam ich hierher zurück, um nach Anzeichen zu suchen, wo du hingegangen bist. Da habe ich das Licht unter der Tür bemerkt.«

»Und du hast angenommen, es sei unser mysteriöser Eindringling?«

»Ich wusste nicht, was ich denken sollte. Nach allem, was passiert ist, wollte ich die Idee sicher nicht ausschließen.« Er stieß einen Atemzug aus und legte seine Pistole auf ein Regal, bevor er weiter hineintrat. »Beim nächsten Mal, wenn du nicht schlafen kannst, sag es mir bitte, damit ich nicht das Schlimmste annehme.«

Sie sah ihn durch ihre Wimpern hindurch an und nickte. Sie drehte sich weg, hängte den Pullover in ihren Händen auf und nahm einen anderen. Er musste zurück ins Bett gehen. Jetzt sofort. Der Anblick all seiner gebräunten Haut und dunklen Tattoos weckte ihre weiblichen Regionen. So gut es auch zwischen ihnen gewesen war, sie war nicht scharf auf eine Wiederholung. Genug ihrer Gefühle waren bereits involviert. Und sie war noch wund von ihrem Alptraum.

Aber er ging nicht. Er kam zu dem Stapel Kleidung herüber und begann, ihre Jeans zu falten.

»Du musst nicht helfen. Ich kann das alleine machen.«

Er schaute sie mitten beim Falten an. Sie versuchte, ihren Gesichtsausdruck neutral zu halten, aber als er die Augen verengte, wusste sie, dass sie gescheitert war. Er legte die Hose auf ein Regal und machte dann einen langen Schritt, um vor ihr zu stehen, ein Stirnrunzeln zog seine Augenbrauen nach unten.

»Okay. Was ist los?«

»Nichts.« Sie bückte sich und nahm die Schuhschachtel, die als ihre Erinnerungsbox diente. Es war etwas, das sie als Teenager begonnen hatte, und sie hatte die Gewohnheit als Erwachsene nicht ablegen können. Wie alles andere war sie vom Regal gefallen, ihr Inhalt über den ganzen Schrankboden verstreut. Anstatt Jace anzusehen, durchsuchte sie den Haufen verschiedener Gegenstände, die sie gesammelt hatte, nach den Dingen, die in die Schachtel gehörten.

»Es ist nicht nichts. Du bist gereizt. Warum bist du sauer?«

Sie stopfte eine Handvoll Bilder in die Schachtel. »Ich bin nicht sauer. Ich will nur damit fertig werden.«

»Dann solltest du meine Hilfe wollen.«

Ein Knurren der Frustration bahnte sich seinen Weg durch ihre Kehle. Sie griff nach mehr Bildern und hielt ihren Mund geschlossen. Sie hatte Angst, was herauskommen würde, wenn sie es nicht täte.

»Das wird nie funktionieren, wenn du nicht mit mir redest, Tara.« Er hob ihre Ringschachtel auf und hielt sie ihr hin.

Als sie die Schachtel in seiner Hand sah – das Symbol der Liebe, die sie gehabt und verloren hatte – wurden die in ihr durcheinandergewirbelten Gefühle freigesetzt.

»Ich weiß nicht einmal, was *das* ist! Du bist in mein Leben gestürmt und hast all die kleinen Risse in meinen Mauern gefunden und dich hindurchgezwängt, hast ein größeres Loch hinterlassen, als du vorgefunden hast. Ich weiß ehrlich nicht, ob ich dich gerade lieben oder hassen soll.« Sie schnappte ihm die Schachtel aus der Hand, während er mit einem verblüfften Ausdruck dasaß. Sie wollte sie gerade in die Schuhschachtel werfen, als ein Rasseln im Inneren sie stoppte.

Tränen stiegen in ihre Augen. Dieser Bastard hatte besser nicht ihre Ringe beschädigt, als er ihr Haus auf den Kopf stellte. Sie hob den Deckel an und sah, dass die Ringe noch sicher in der Samtpolsterung ruhten. Sie schüttelte die Schachtel erneut, und sie rasselte wieder.

»Sollte sie das tun?«

»Nein.« Sie zog an der Lasche an der Rückseite, um die Polsterung anzuheben, aber darunter war nichts. »Woher kommt es?« Sie schüttelte sie noch einmal. Jetzt, da die Schachtel leer war, konnte sie spüren, wie etwas am Boden gegen die Seiten schlug.

»Ich glaube, sie hat einen falschen Boden.« Sie legte ihre Ringe auf den Schrankboden und drehte die Schachtel in ihren Händen, untersuchte sie genau.

Jace rutschte näher, um ebenfalls zu schauen. »Fahre mit deinen Fingern über die Kanten. Du kannst vielleicht fühlen, was du nicht sehen kannst.«

Sie berührte die Naht und ließ ihren Finger über das glatte schwarze Leder gleiten. Zwei Drittel des Weges herum spürte sie eine raue Kante.

»Da ist etwas...« Ihre Stimme verstummte, als sie ihren Fingernagel in die Naht drückte und schob. Er glitt zwischen den Boden und die Seite der Schachtel. Sie krümmte ihn unter der Kante und zog nach oben. Der Boden der Ringschachtel sprang auf.

»Heilige Scheiße«, flüsterte sie.

Sie griff hinein und holte einen kleinen USB-Stick heraus und schaute Jace an. Seine Augen waren so weit aufgerissen wie ihre.

»Wie konntest du nicht wissen, dass der da drin war?«

Sie zeigte ihm den Boden der Schachtel. Da hing ein Stück Klebeband lose herunter. »Es muss sich gelöst haben, als der Typ das Haus durchsuchte.«

Jace nahm ihn ihr aus den Fingern, ein triumphierendes Lächeln zog eine Seite seines Mundes nach oben. »Lass uns mal sehen, was drauf ist, oder?«

Sie standen auf und verließen den Schrank, Jace führte den Weg zum Gästezimmer und ihrem Laptop. Er zog den Schreibtischstuhl heraus und drehte ihn, bedeutete ihr, sich zu setzen. Sie nahm Platz und klappte den Laptop auf. Der Bildschirm leuchtete auf und fragte nach ihrem Passwort. Ihre Finger flogen über die Tasten, als sie es eintippte.

Als sich der Bildschirm änderte, hielt sie ihre Hand nach dem Stick aus. Jace legte ihn in ihre Handfläche. Tara schob ihn in einen der USB-Anschlüsse und tippte mit dem Fuß auf den Boden, während sie darauf wartete, dass der Computer die Dateien las.

Komm schon, Sean. Du hast mir besser etwas hinterlassen, womit ich arbeiten kann...

Das Fenster, das aufsprang, war jedoch keine Liste der Dateien auf dem Laufwerk. Sie las die Nachricht ungläubig.

»Er hat ihn verschlüsselt? Verdammt!« Tara ließ ihren Kopf mit einem dumpfen Schlag auf den Schreibtisch fallen.

Jace fluchte, und sie hörte ihn weggehen.

Sie setzte sich auf. »Wenn er nicht schon tot wäre, würde ich ihn umbringen.« Mit einem schweren Seufzer lehnte sie sich im Stuhl zurück und drehte sich um, um Jace anzusehen. »Was jetzt?«

Er fuhr sich mit der Hand durch die Haare. Die blonden Strähnen wurden noch zerzauster als zuvor. Sie bedeckte ihre Augen und rieb sich übers Gesicht, um die Bewegung zu verbergen. Er brachte sie um mit seiner frisch aus dem Bett nach einer Runde atemberaubenden Sex Ausstrahlung.

»Vielleicht kennt Seb jemanden, der ihn knacken kann«, sagte er.

Sie wagte einen Blick auf ihn, behielt ihre Augen auf seinem Gesicht.

»Hast du eine Ahnung, welche Art von Verschlüsselung er verwendet haben könnte?«

»Nein. Aber es könnte etwas extrem Kompliziertes sein. Sean hat die Kommunikation für das Team gehandhabt. Nachrichten entschlüsseln gehörte zu seiner Stellenbeschreibung.« Sie stöhnte. »Ich sollte nicht überrascht sein, dass er so etwas tun würde. Besonders wenn das, was auf diesem Stick ist, es wert ist, dafür zu töten.«

Jace ging auf sie zu und beugte sich hinunter. Jede Zelle in ihrem Körper wurde alarmiert bei der Nähe seines fast nackten Körpers in ihrem Raum. Er küsste sie jedoch nicht. Stattdessen lehnte er sich um sie herum, um den USB-Stick aus dem Computer zu nehmen.

Er richtete sich auf und streckte eine Hand aus. »Komm.«

Sie runzelte die Stirn, nahm aber seine Hand. Er zog sie aus dem Stuhl.

»Wo gehen wir hin?«

»Uns anziehen. Bis wir geduscht und gegessen haben, wird es nicht viel früher sein als die Zeit, zu der ich normalerweise zur Arbeit gehe.«

Sie spannte sich an, als sie ihr Schlafzimmer betraten und er sie zum Hauptbadezimmer führte. So sehr sie auch alle Männlichkeit bewunderte, die sich ihr bot, sie war nicht in der richtigen Geistesverfassung für eine Wiederholung der letzten Nacht. Sie begann zu fühlen, als ob Bienen durch ihr Gehirn schwirrten. Gefühle kamen von allen Seiten auf sie zu, keines verharrte lange genug, damit sie es verarbeiten konnte. Sie brauchte etwas Raum, damit sie nachdenken konnte.

Aber er versuchte nicht, sich ihr anzuschließen. Er ließ sie in der Türöffnung stehen, mit einem Kuss auf ihre Stirn und einem anhaltenden Blick, der Verständnis zeigte, aber auch etwas Traurigkeit.

Dieser letzte Teil tötete sie. Sie starrte auf die nun geschlossene Tür, Frustration ließ Tränen in ihren Augen aufsteigen.

»Verdammt.«

Das Letzte, was sie wollte, war, ihn zu verärgern. Er war nichts als geduldig und freundlich zu ihr gewesen. Warum konnte sie sich nicht zusammenreißen und die Art von Frau sein, die er verdiente?

Jace starrte auf seinen Computerbildschirm, ohne wirklich die Liste der E-Mails zu sehen, durch die er scrollte. Seine Gedanken kreisten um Tara und ihre Reaktion auf ihr Liebesspiel. Die letzte Nacht war etwas Besonderes gewesen. Es war, als hätte er die Sonne berührt und überlebt, um davon zu erzählen. Aufregend und unglaublich. Er dachte, sie hätte dasselbe gefühlt. Sie hatte sich jedenfalls nicht beschwert, bevor sie einschliefen.

Aber irgendetwas hatte sich zwischen diesem Moment und ihrem Erwachen verändert. Er wünschte nur, er wüsste was und wie er es beheben könnte.

Der Computer piepte und riss Jace aus seinen Gedanken. Er konzentrierte sich auf den Bildschirm und sah, dass er eine neue Nachricht hatte. Sein Herz schlug schneller, als er erkannte, dass sie vom Vertreter der Firma stammte, die die Herzklappe herstellte, die Dr. Randall in Browns Brust implantiert gefunden hatte.

Er klickte auf die E-Mail und überflog den Inhalt. Triumph wallte in ihm auf und verdrängte die Gedanken an seine Beziehung zu Tara. Endlich hatten sie eine solide Spur.

Er wechselte den Bildschirm und tippte Browns richtigen Namen in die Datenbank ein, zusammen mit einigen anderen Parametern, um die Suche einzugrenzen. Mehrere Namen erschienen. Er klickte auf den ersten und musste sich zurückhalten, nicht vor Triumph zu schreien, als Browns Gesicht ihn anstarrte. Jace scrollte durch die Akte und notierte den Beruf des Mannes und seinen Wohnort.

Er schob sich von seinem Schreibtisch weg und ging zum Nachbarbüro von Seb. Die Tür stand einen Spalt offen, also klopfte er mit den Knöcheln dagegen und trat dann ein.

Seb sah von seinem Computer auf.

»Matthew Douglas Claybaugh.«

Der andere Mann runzelte die Stirn. »Wer ist das?«

»Doug Brown.«

Seine Augen weiteten sich. »Du hast einen Treffer bei dem Implantat?«

»Jap. Und ich habe seinen Namen bereits überprüft. Er ist ein Privatdetektiv aus Colorado Springs.«

»Was zum Teufel? Wer würde einen PI von dort anheuern, um hierher zu kommen und meine Schwester auszuspionieren?« Seb seufzte. »Fahr nach Colorado Springs. Suche sein Büro und sein Haus. Ich besorge dir einen Durchsuchungsbefehl für beides, dann rufe ich das dortige Polizeipräsidium an, um dir Backup zu organisieren. Ich würde mit dir gehen, aber ich habe heute Vormittag eine Menge Meetings.«

»Lass mich Gentry mitnehmen. Er lernt schnell und ist ein guter Polizist.«

Seb nickte und winkte mit einer Hand, die ihn zur Tür hinausscheuchte. »Geh.«

Jace wirbelte herum, sein Herz klopfte. Es war Zeit, Taras Albtraum zu beenden.

DER HIMMLISCHE DUFT VON FRISCHEM KAFFEE UND GEBÄCK umhüllte Taras Nase, als sie durch die Tür von Peppy Brewster trat. Sie brauchte einen Latte-Fix. Und etwas Mädchengespräch.

Macy winkte hinter dem Tresen und deutete dann zur hinteren Ecke des Cafés. »Setz dich zu den anderen, und ich bringe dir deinen Kaffee in einer Minute rüber.«

Tara nickte und überließ ihr die Abwicklung des Kunden am Tresen. Sie ging zu ihren Freundinnen und zog einen Stuhl heraus, in den sie mit einem Seufzer sank.

»Ich bin so froh, dass du das vorgeschlagen hast«, sagte sie und schaute zu London.

London lächelte. »Ich dachte, du hättest einiges zu erklären. Wein wäre wahrscheinlich besser, aber es ist zehn Uhr morgens.«

Tara lehnte sich auf ihre Ellbogen und rieb sich mit den Händen übers Gesicht. Sie hatte dieses Gespräch gefürchtet. »Können wir auf Macy warten, damit ich es nur einmal sagen muss?«

»Klar«, sagte Rayna. »Du kannst uns in der Zwischenzeit erzählen, warum du die Stirn runzelst.«

»Die Tatsache, dass ich erklären muss, warum ich mein Baby geheim gehalten habe, ist kein ausreichender Grund?«

Sie schüttelte nur den Kopf.

Tara schnaubte. »Na gut. Es ist Jace.«

»Was ist mit ihm?« fragte London.

»Alle meine Gründe, keine Beziehung mit ihm zu wollen, stehen immer noch, aber verdammt, ich schaffe es nicht, mich fernzuhalten.«

»Dann tu es nicht«, sagte London. »Nimm es von jemandem, der viel zu lange gewartet hat, um nach seinen Gefühlen zu handeln. Seb und ich haben viele Jahre verschwendet. Ich werde immer die Zeit bereuen, die wir hätten haben können und nicht hatten. Sei nicht wie wir.«

»Wovor hast du Angst?« fragte Rayna, immer scharfsinnig.

»Er ist Sean so ähnlich - immer bereit, in Gefahr zu stürzen. Ich bin mir nicht sicher, ob ich es verkraften könnte, noch jemanden zu verlieren, den ich liebe.«

»Wird es einen Unterschied machen, ob ihr zusammen seid oder nicht, wenn er stirbt?« Raynas Frage war leise.

»Wenn wer stirbt?« fragte Macy, die mit zwei Kaffeetassen in der Hand zum Tisch kam. Sie reichte eine an Tara und setzte sich dann.

»Jace«, sagte London. »Tara ist immer noch gegen eine Beziehung, weil sie befürchtet, dass er im Dienst sterben wird.«

»Oder bei einem Motorradunfall, oder wenn er Elbert in halsbrecherischem Tempo reitet, oder aus unzähligen anderen adrenalinsteigernden Gründen«, sagte Tara.

»Weißt du, früher hast du auch die adrenalinsteigernden Sachen gemacht«, wies Macy hin. Sie nahm einen Schluck von ihrem Getränk und fuhr fort. »Ich habe Fotos, falls du es vergessen hast.«

»Nein, ich habe es nicht vergessen. Das bin ich einfach nicht mehr.«

»Oh, das ist Bullshit«, sagte Rayna. »Niemand, der in das Haus des Schuldirektors einbricht, um Fotos von ihm zu machen, wie er in seiner Unterhose mit Chipkrümeln auf der Brust im Sessel schläft, entscheidet plötzlich, dass sie kein Adrenalinjunkie mehr sein will. Du kannst nicht dasitzen und mir erzählen, dass du nicht willst, dass Jace dich auf seinem Motorrad mitnimmt und die Bergstraßen ein bisschen zu schnell befährt.«

Tara biss sich auf die Lippe, sagte aber nichts. Sie konnte nicht. Sie *hatte* daran gedacht. Mehr als einmal.

»Du hast die Angst dein Leben beherrschen lassen, seit Sean gestorben ist. Jetzt will das wahre Ich raus, und es fordert dich richtig heraus. Die Frage ist, wen lässt du gewinnen? Dein 'wahres' Ich oder dein 'ängstliches' Ich?« sagte Rayna.

»Ich denke, sie wird ihr wahres Ich gewinnen lassen«, sagte Macy.

Tara sah sie verwirrt an, während sie über sie sprachen, als säße sie nicht dort.

»Ihr ängstliches Ich würde nicht mit Jace ins Bett springen. Sie würde ihn auf Armeslänge halten. Aber es gibt keine gerade, ungebundene Frau auf dem Planeten, die diesen Mann nicht seinen Willen haben lassen würde.«

Tara errötete. Sie hob ihre Kaffeetasse, um es zu verbergen, aber es half wenig.

London setzte sich nach vorn und deutete auf sie. »Du hast mit ihm geschlafen!«

»Sag es lauter für die Leute auf der anderen Straßenseite«, sagte Tara mit einem lauten Flüstern. »Ich glaube nicht, dass sie dich gehört haben.«

London hatte den Anstand, beschämt auszusehen. »Tut mir leid. Aber du hast es getan. Ich weiß, dass du es getan hast!«

Tara schaute zur Seite. »Das könnte stimmen, ja.«

Macy quietschte. »Erzähl.« Ihr Gesicht wurde ernst, und sie lehnte sich vor. »Es war nicht schlecht, oder?«

Tara lachte. »Nein. Es war definitiv nicht schlecht.«

»Also, wenn du mit ihm geschlafen hast, heißt das, dass die ängstliche Tara auf der Flucht ist?« fragte Macy.

Tara stöhnte. »Ich weiß es nicht. Vielleicht. Ich weiß nur nicht, ob ich bereit bin, weißt du?«

»Warum?« fragte Rayna. »Sean ist seit drei Jahren tot. Liebst du ihn noch?«

»Ein Teil von mir ja. Ich werde Sean immer lieben. Ich bin mir nur nicht sicher, ob ich über den Schmerz seines Verlustes hinwegkommen kann, um mich wieder zu verlieben.«

»Ich glaube, du liebst ihn bereits«, sagte London. »Er hat in einer Woche mehr aus dir herausgeholt als deine gesamte Familie in Jahren. Da ist offensichtlich etwas.«

»Ja, aber er versteht es, weil er selbst dort war.«

»Stimmt, aber glaubst du wirklich, du hättest mit jedem beliebigen Mann geteilt, was du geteilt hast?« sagte Rayna.

Tara presste ihre Lippen zusammen, während sie das überlegte. »Ich bin mir nicht sicher. Wahrscheinlich nicht.« Sie seufzte. »Ich muss nur nachdenken. Verarbeiten, was passiert. Bei allem anderen, was los ist, haben meine Gefühle hintenanstehen müssen.«

»Nun, wir sind für dich da, wenn du die Dinge weiter sortieren musst«, sagte Macy.

Tara nickte. »Ich weiß das zu schätzen. Ich verdiene keine Freundinnen wie euch. Ich fühle mich, als hätte ich alle im Stich gelassen, indem ich Lucy geheim gehalten habe.«

Rayna bedeckte Taras Hand mit ihrer. »Liebes, die einzige Person, die du im Stich gelassen hast, warst du selbst. Du hast mit ihrem Tod und mit Seans alleine fertig werden müssen, aus Angst vor dem Schmerz, ohne zu verstehen, dass du da durchgehen musst, um zu heilen. Mehr als alles andere denke ich, dass Jace dir das bewusst gemacht hat. Habe ich Recht?«

Tara nickte wieder. Sie *hatte* Recht. Er hatte sie gedrängt, sich mit ihren Gefühlen auseinanderzusetzen, anstatt sie weiterhin zu vergraben. Wegen ihm begann sie sich wieder wie ihr altes Selbst zu fühlen.

Sie seufzte und lehnte sich zurück, nahm einen Schluck von ihrem Latte und schaute nachdenklich im Café umher. Diese Sache mit dem Stalker musste enden, damit sie sich auf ihre Gefühle und auf das, was sie wirklich für die Zukunft wollte, konzentrieren konnte.

Die Stimme in ihrem Hinterkopf, die Jaces Namen rief, wurde lauter.

»ALSO, DAS IST CLAYBAUGHS BÜRO?« AARON GENTRY SCHAUTE durch die Windschutzscheibe auf das dreistöckige Backsteingebäude in der Innenstadt von Colorado Springs.

Jace lehnte sich über das Lenkrad nach vorne, um auf das Gebäude zu schauen. »Das ist die Adresse, die auf seiner PI-Lizenz steht.« Er schaltete den Motor aus und griff nach dem Türgriff. »Komm schon. Lass uns sehen, was wir finden können.«

Sie stiegen aus und gingen den Gehweg hinauf. Ein Detektiv der Polizei von Colorado Springs erwartete sie an der Tür.

Jace streckte eine Hand aus. »Chief Deputy Jace Travers.« Er deutete auf Aaron. »Das ist Deputy Aaron Gentry.«

Der Detektiv nahm seine Hand und schüttelte sie. »Detective Charlie Gibson. Dein Chef hat angerufen und mich eingeweiht. Ich muss sagen, ich bin nicht überrascht, dass Claybaugh in etwas Schmutziges verwickelt war.« Er drehte sich zur Eingangstür des Gebäudes.

»Wirklich? Warum sagst du das?«

»Er war immer schon zwielichtig. Man kann nicht gerade behaupten, dass seine Methoden ganz korrekt waren.«

Gibson deutete auf die Tür. »Habt ihr einen Schlüssel dafür?«

»Nein.« Jace zog ein Lockpicking-Set aus der Cargotasche seiner Hose. Er kniete vor der Tür und steckte zwei der langen, dünnen Stäbe ins Schloss, manipulierte sie, bis er das Klicken der Verschlusstrommel hörte. Er zog die Picks heraus, stand auf und drehte den Knauf. Die Tür schwang nach innen.

»Ich glaube, ich verstehe, warum der Sheriff dich eingestellt hat«, sagte Aaron, als er hinter ihm Claybaughs Büro betrat. »Ihr beide seid euch sehr ähnlich.«

»Euer Sheriff knackt Schlösser?« fragte Gibson. Er schaltete das Licht ein und schloss die Tür hinter ihnen.

»Wenn nötig«, antwortete Jace. »Seb war beim FBI. Ich war bei der Army. Wir bringen beide etwas Farbe in den Job.«

Gibson grinste. »Ich glaube, ich sollte mal zu Besuch kommen.« Er klatschte in die Hände und schaute sich im Raum um. »Also, wonach suchen wir?«

»Alles, was uns sagen könnte, wer ihn angeheuert hat, um Tara Miller zu überwachen.«

Die drei teilten sich auf und verbrachten die nächsten Stunden mit der Durchsuchung von Claybaughs Büro, ohne etwas über ihren Fall zu finden, aber genug über andere, um zu wissen, dass er mehrere Personen erpresste.

Jace legte die letzte Akte in den Karton, den Gibson mit zu seinem Revier nahm, und warf einen Blick auf Gentry. »Ich denke, wir sollten einige dieser anderen als Verdächtige in Claybaughs Tod in Betracht ziehen.«

Der junge Deputy hob eine Augenbraue. »Du glaubst wirklich, einer von ihnen ist verantwortlich?«

Er zuckte mit den Schultern. »Es ist möglich. Ich verdächtige immer noch unseren unbekannten Drahtzieher, aber ich schreibe niemanden zu diesem Zeitpunkt ab.« Er blickte zu Gibson. »Weißt du, ob es eine Videoüberwachung um diesen Ort gibt?«

»Ich werde bei den umliegenden Unternehmen nachfragen, aber dieser Ort hat keine.«

Er hatte das Gefühl, dass dieser ganze Ort ein Flop sein würde. Es war unwahrscheinlich, dass Claybaughs Auftraggeber an einem so öffentlichen Ort gesehen werden wollte, wo er mit dem PI in Verbindung gebracht werden könnte.

»Lass uns zu seinem Haus fahren. Es wird wahrscheinlich genauso viel bringen wie dieser Ort, aber vielleicht haben wir Glück.«

Gibson nahm seinen Karton und führte den Weg nach draußen. Sie trennten sich und gingen zu ihren jeweiligen Fahrzeugen. Jace gab Claybaughs Heimatadresse in sein GPS ein und startete seinen Truck.

Die Fahrt durch die Stadt war schnell. Er bog in ein wohlhabendes Viertel ein und schlängelte sich die baumgesäumte Straße hinauf, während sie den Hügel hinauf fuhren. Er hielt vor einem terrakottafarbenen, weitläufigen zweistöckigen Haus.

Gentry pfiff leise beim Anblick des Hauses. »Ich glaube, wir sind in der falschen Branche.«

Jace stellte den Truck ab und öffnete seinen Sicherheitsgurt. »Ja, aber ich wette, er hat das meiste davon durch seine Erpressungsschemata bekommen.« Er öffnete seine Tür und stieg aus.

Gibson hielt hinter ihnen.

Ohne auf den Detektiv zu warten, ging Jace zur Haustür. Er benutzte wieder seine Lockpicks, um sie zu öffnen. Ein Alarm ertönte, als die Tür nach innen schwang.

»Ich sorge dafür, dass er ausgeschaltet wird«, sagte Gibson und zog sein Telefon heraus.

Jace nickte und begann herumzuwandern.

»Das ist wie ein Ausstellungsraum«, sagte Gentry. »Es sieht nicht einmal so aus, als ob hier jemand wohnt.«

Da stimmte er zu. Aber Claybaugh war mehrere Monate unterwegs gewesen, also gab es nicht viel aufzuräumen. »Fang oben an. Ich suche hier unten.«

Gentry nickte ihm zu und ging die Treppe hinauf. Jace wanderte durch das Wohnzimmer, schaute in das massive Unterhaltungsschrank und fand nichts als teure Geräte.

Der Alarm verstummte, die Stille war fast so ohrenbetäubend wie der Lärm. Er hörte Gibson über den Fliesenboden gehen.

»Ich nehme die Küche«, sagte der andere Mann.

Jace ging den Flur hinunter und bog in ein Arbeitszimmer ein. Er seufzte und kratzte sich am Hinterkopf, während er die büchergesäumten Regale betrachtete. Das würde eine Weile dauern.

~

»Oben ist alles sauber«, sagte Gentry, als er ein paar Stunden später ins Arbeitszimmer kam.

Jace sah von dort auf, wo er vor dem Bücherregal am anderen Ende des Raumes hockte. Er stellte das letzte Buch zurück ins Regal und verzog das Gesicht, als seine Knie knackten, als er aufstand. »Ich hätte dich hier unten suchen lassen sollen.«

Gentry zeigte ein schnelles, amüsiertes Grinsen. »Hast du etwas gefunden?«

»Nein.« Frustration nagte an Jaces Eingeweiden. Konnte der Kerl nicht wenigstens ein Versteck irgendwo mit einem Hinweis haben, wer ihn angeheuert hatte?

Gibson kam herein. »Der Rest des Erdgeschosses ist leer. Keine Papiere, die sich auf etwas außerhalb des Hauses beziehen. Ich habe ein paar USB-Sticks gefunden, aber es waren Steuererklärungen und Bilder.«

Wut über den Mangel an Hinweisen ließ Jace die Fäuste ballen, als er aus dem Raum stürmte. Er hatte einen ganzen Tag verschwendet, und alles, was er dafür hatte, war ein nagender Hunger, weil er das Mittagessen ausgelassen hatte. Seine Stiefel hallten im Eingangsbereich. Er stieß durch die Haustür und blieb am Ende des Gehwegs stehen. Die Hände in die Hüften gestemmt, hob er sein Gesicht zum Himmel und unterdrückte den Drang, seine Frustrationen hinauszuschreien.

»Weißt du. Mir ist nicht aufgefallen, dass Kameras Teil von Claybaughs Sicherheitssystem waren, aber ich bin bereit zu wetten, dass die Nachbarn auf der anderen Straßenseite eine dieser Video-Türklingeln haben.«

Jace blickte neugierig zu Gentry. »Was lässt dich das denken?«

»Erstens, ihr Auto. Es hat die neueste Technik. Zweitens, sie haben Kinder.« Er zeigte auf den Basketballkorb und die Fahrräder in der Einfahrt. »Und drittens, als ich oben war, bemerkte ich, dass sie eine Paketlieferung bekamen. Die Frau, die die Tür öffnete, schien mit dem Fahrer auf Du und Du zu sein. Mit der Zunahme von Paketdiebstählen-«

»Würden sie ein Kamerasystem wollen, um ihre Veranda zu überwachen.« Jace unterbrach ihn. »Ich wusste, es gibt einen Grund, warum ich dich mitgebracht habe.«

Gentry grinste, und die beiden joggten über die Straße, um an der Tür der Nachbarn zu klopfen. Gibson rannte hinter ihnen her.

»Was machen wir?«

Jace deutete auf die Kamera-Türklingel, die Aaron richtig vermutet hatte. »Überprüfen des Videomaterials.«

Die Haustür schwang auf und enthüllte eine Frau mittleren Alters in Leggings und einem Tanktop, ihre blonden Haare in einem hohen Pferdeschwanz zusammengefasst.

»Kann ich Ihnen helfen?«

Alle drei Männer hielten ihre Dienstmarken hoch.

»Ma'am, wir untersuchen den Tod Ihres Nachbarn, Matthew Claybaugh«, sagte Jace.

Sie keuchte, eine Hand ging zu ihrem Hals. »Oh mein Gott! Was ist passiert?«

»Das versuchen wir herauszufinden. Wären Sie bereit, das Filmmaterial von Ihrer Türklingel-Kamera mit uns zu teilen? Es könnte ein Bild des Mannes aufgenommen haben, nach dem wir suchen.«

Sie räusperte sich und trat zurück, hielt die Tür weit auf. »Ja, natürlich. Bitte, kommen Sie herein.«

Sie traten ein, und sie führte sie durch das Foyer und einen langen Flur hinunter zu einem Büro.

»Das gesamte Videomaterial wird in unserer Cloud gespeichert.« Sie setzte sich an den Schreibtisch und öffnete den Laptop, der dort stand, meldete sich an. »Nach welchem Tag suchen Sie?«

»Wir sind uns nicht wirklich sicher. Könnten Sie ein paar Wochen zurückgehen und vorspulen? Wir suchen nach Aktivitäten an seinem Haus.«

Sie warf ihnen einen skeptischen Blick zu. »Sind Sie sicher, dass Sie so weit zurückgehen wollen? Selbst beim Vorspulen wird es eine Weile dauern, bis Sie das durchgesehen haben.«

Jace nickte. »Wir sind sicher.«

Sie starrte ihn noch einen Moment an, bevor sie auf den Computer schaute. »Okay.« Sie rief das Videomaterial auf und wählte das Datum. »Hier bitte. Ich lasse Sie hier sitzen und es durchsehen, da Sie wissen, wonach Sie suchen. Möchten Sie etwas zu trinken?« fragte sie und erhob sich vom Stuhl.

»Nein, danke, Ma'am.«

Sie lächelte. »Gern geschehen. Ich bin in der Küche, wenn Sie mich brauchen.«

»Danke. Wir wissen das zu schätzen.«

»Gern geschehen. Ich hoffe, Sie finden, was Sie suchen. Mr. Claybaugh war nett. Ruhig, aber nett.«

Sie ging weg, und Jace setzte sich auf ihren nun freien Platz. Aaron und Gibson kamen herum, um hinter ihm zu stehen.

»Willst du wirklich wochenlange Aufnahmen durchgehen?« fragte Aaron. »Wäre es nicht besser für uns, die Datei zurück zur Dienststelle zu nehmen und sie dort

durchzugehen, anstatt ihren Computer zu beanspruchen?«

»Ich will zuerst einen schnellen Blick werfen, bevor wir das
tun. Ich wette, unser Mörder hat Claybaugh einen Besuch
abgestattet, irgendwann nachdem London das Gespräch
während der Serienmörder-Ermittlung mitgehört hat. Er hat
das Inn für über eine Woche verlassen, nachdem Marsters
gestorben ist.«

»Und du denkst, er ist hierher zurückgekommen«, folgerte
Aaron.

»Jap.«

Jace rief das Filmmaterial von dem Tag ab, an dem Claybaugh
Silver Gap verließ, und drückte auf Vorspulen. Sie sahen, wie
er spät in der Nacht in seine Einfahrt fuhr. Zwei Tage später
sahen sie einen dunkelblauen Truck mitten in der Nacht in
die Einfahrt fahren. Jace stoppte die Wiedergabe und startete
sie in normaler Geschwindigkeit.

»Es ist zu weit entfernt, um das Nummernschild zu sehen«,
bemerkte Gibson.

»Vielleicht. Das Video ist tatsächlich von großartiger Qualität.
Unser Kriminallabor könnte in der Lage sein, es zu verbes-
sern. Gentry, hol die Hausbesitzerin. Wir brauchen ihre
Erlaubnis, um eine Kopie davon zu machen.«

Während der jüngere Mann loslief, um zu tun, worum er
gebeten wurde, drückte Jace wieder auf Vorspulen. Der Truck
fuhr etwa eine Stunde später weg. Er beschleunigte das
Material weiter, aber das einzige andere Fahrzeug, das in
Claybaughs Einfahrt ein- und ausfuhr, war sein Mercedes
SUV.

Aaron kam mit der Frau im Schlepptau zurück.

»Haben Sie etwas gefunden?« fragte sie.

»Möglicherweise. Wir brauchen nur Ihre Erlaubnis für einen Videoabschnitt.« Er rief das Datum und die Uhrzeit auf, an denen er interessiert war.

»Nehmen Sie, was Sie brauchen.«

»Könnten Sie das Filmmaterial per E-Mail senden?«

»Natürlich.«

Jace stand auf und deutete auf sie, sich zu setzen. »Ich habe es bereit. Von wo es beginnt bis zu einer Stunde danach ist das, was wir brauchen.«

»Okay.« Sie machte eine Kopie des Videos, das er angefordert hatte, und schickte es an die E-Mail-Adresse, die Jace ihr für das forensische Labor gab.

»Da haben Sie es, meine Herren.« Sie lächelte zu ihnen hoch.

»Danke, Ma'am«, sagte Jace. »Sie waren eine große Hilfe.«

»Gerne. Wenn Sie wieder einen Blick auf unsere Sicherheitsaufnahmen werfen müssen, lassen Sie es mich bitte wissen.«

»Das werde ich tun.« Er reichte ihr eine Visitenkarte und deutete dann zu den anderen. »Wir finden selbst hinaus.«

Gentry und Gibson folgten ihm durch das Haus und nach draußen. Jace juckte es, auf die Straße zu kommen. Nicht nur, um zu Tara zurückzukehren, sondern auch, um sich dieses Filmmaterial anzusehen. Er hoffte, Katie könnte während der Fahrt zurück ihre Magie an dem Material wirken lassen.

Er wandte sich an Detective Gibson. »Charlie, danke für deine Unterstützung heute.«

Der andere Mann schüttelte seine Hand. »Jederzeit. Du könntest mehrere Fälle für mich gelöst haben, nur mit dem, was wir in Claybaughs Büro gefunden haben. Wenn du noch etwas brauchst, zögere nicht anzurufen.«

»Ich werde das im Hinterkopf behalten.« Er dankte dem Detektiv noch einmal, und sie gingen getrennte Wege.

»Glaubst du wirklich, Katie kann etwas aus diesem Filmmaterial herausholen?« fragte Gentry, als sie vom Haus wegfuhren.

»Gott, ich hoffe es. Es gibt eine wirklich klare Aufnahme vom Heck des Trucks, als er in die Einfahrt fährt. Es ist nur eine Frage, ob er zu weit weg war.«

»Sie wird dich lieben. Zuerst der verschlüsselte USB-Stick und jetzt die Sicherheitsaufnahmen.«

»Ich werde sie für eine Gehaltserhöhung empfehlen. Besonders wenn sie diese Verschlüsselung knacken kann.«

Nervosität ließ Jace härter auf das Gaspedal drücken. Alles, was sie brauchten, war in diesen beiden Dingen. Er hoffte nur, dass sie auf die Informationen zugreifen konnten, bevor der Drahtzieher hinter all dem herausfand, was sie hatten.

TARA SCHAUTE AUF, ALS DIE VORDERTÜR VON LONDONS B&B sich öffnete. Jaces große Gestalt trat ein, was ihren Herzschlag in die Höhe schießen ließ. Nachdem sie die letzte Woche so viel um ihn herum war, war ein ganzer Tag ohne ihn eine Qual. Sie wollte ihn umdrehen und zurück zu ihrem Haus bringen, wo sie allein sein konnten. Stattdessen gab es Dinge, über die sie ihn informieren mussten. Wie die Identität des Mannes, der ihr gegenübersaß.

Jace kam in den Raum und setzte sich neben sie auf die Couch. Er lächelte sie an, seine Augen vermittelten, dass er sie vermisst hatte, bevor er sich dem Fremden in ihrer Mitte zuwandte.

»Jace, das ist Commander Tim Jacobsen«, sagte Seb. »Er war Seans Kommandeur. Commander, das ist mein Chief Deputy, Jace Travers.«

Der ältere Mann lächelte und enthüllte ein Nest von Krähenfüßen um seine Augen. »Freut mich, Sie kennenzulernen, Deputy.«

»Ebenfalls«, sagte Jace.

»Der Commander hat uns über Seans letzte Mission informiert. Warum erzählst du ihm nicht, was du uns erzählt hast? Die Kurzversion, jedenfalls«, sagte Seb.

»Also, nachdem Seb mich kontaktiert hatte, habe ich den Missionsbericht überprüft, und mir ist etwas aufgefallen. Einige der Aussagen, die die Männer abgegeben haben, scheinen zu übereinstimmend. Jeder hat seine eigene Aussage über den Vorfall geschrieben, aber sie lesen sich alle, als ob eine Person sie alle geschrieben hätte.«

»Haben sie das?«

Jacobsen schüttelte den Kopf. »Nein. Sie wurden getrennt und befragt, dann aufgefordert, ihre Missionsberichte zu schreiben.«

»Warum wurde das nicht schon früher bemerkt?«

»Ich war nicht derjenige, der ihre Berichte überprüft hat, also weiß ich es nicht.«

»Warum nicht?«

»Es war eine Todesermittlung bei einer ziemlich hochkarätigen Mission, also ging sie an den Kommandeur der Basis, Colonel Paul Mazur. Ich war damit beschäftigt, Arrangements zu treffen, um Seans Leiche nach Hause zu transportieren und den mentalen Zustand des Restes seines Teams zu evaluieren.«

»Und was war deine Einschätzung zu letzterem?«

»Ich habe mit jedem von ihnen einzeln gesprochen, und sie schienen alle bestürzt über seinen Tod zu sein, einige mehr als andere. Shephard hat es besonders hart getroffen.«

Tara kochte, während sie der Geschichte des Kommandeurs lauschte. Sie würde wetten, dass der Grund, warum Evan so aufgebracht war, Schuldgefühle waren. Aber was auch immer er wusste, er hatte es mit ins Grab genommen. Sie hoffte, dass der USB-Stick, den sie gefunden hatten, genug Beweise enthielt, um denjenigen, der hinter all dem steckte, für lange Zeit ins Gefängnis zu bringen.

»Sie wurden auch von einem Navy-Psychologen evaluiert und nach einer kurzen Urlaubsphase wieder für den Dienst zugelassen.«

»Wir wissen, was mit Shephard passiert ist, aber was ist mit dem Rest des Teams?« fragte Seb.

»Petty Officer Liam Dotson ist noch bei der Navy. Er wurde zum Chief Petty Officer befördert und ist immer noch Teil der SEAL-Teams. Lieutenant Commander Jared Fetter wurde vor etwas über einem Jahr bei einem IED-Angriff schwer verletzt und medizinisch entlassen.«

»Gab es zur gleichen Zeit andere SEAL-Teams auf Bagram?«

Jacobsen nickte. »Eines. Es war ein Sechsmann-Team.«

»Weißt du, was mit ihnen passiert ist?« fragte Seb.

»Nein. Ich kann es herausfinden, aber ich bezweifle, dass sie etwas mit dieser Mission zu tun hatten. Sie waren auf einer eigenen, um einen afghanischen Informanten und seine Familie zu retten.«

»Was hast du in Colorado Springs gefunden?« fragte Seb und wandte sich an Jace.

Das wollte Tara auch wissen. Sie hatte nur eine Textnachricht erhalten, dass er auf dem Heimweg war.

»Nicht viel. Ein Bild eines Trucks, der mitten in der Nacht zu Claybaughs Haus fährt, von der Türklingel-Kamera eines Nachbarn während der Woche, in der er das Inn verließ. Ich habe es an Katie geschickt. Ich hoffe, sie kann das Nummernschild vergrößern und uns einen Namen geben. Welche Dokumente er auch immer hatte - wenn überhaupt - darüber, wer ihn angeheuert hat, wurden entweder von demjenigen mitgenommen, der ihn getötet hat, oder sie sind im Fluss weggeschwemmt worden.«

»Ich werde dieser armen Frau nach all dem eine Gehaltserhöhung geben müssen«, murmelte Seb. »Okay. Ich denke, es ist Zeit, für heute Schluss zu machen. Bis Katie uns etwas geben kann, und die Hintergrundrecherchen, die ich zum Rest von Seans Team durchgeführt habe, zurückkommen, stecken wir in einer Sackgasse. London hat wie wild gekocht, also wie wäre es, wenn wir alle essen und versuchen, uns zu entspannen?«

»Die Idee gefällt mir«, sagte Jace. »Ich habe das Mittagessen ausgelassen und auf dem Heimweg nur einen Proteinriegel runtergeschlungen.«

Als sie aufstanden, um ins Esszimmer zu gehen, überkam Tara ein Unbehagen. Sie versuchte, es abzuschütteln, während sie den anderen aus dem Raum folgte, sicher, dass es nur eine Reaktion auf das Wartespiel war, das sie spielen mussten. Aber ein kleiner Teil ihres Gehirns bestand darauf, dass dem nicht so war, und sie würde verdammt sein, wenn sie ihn zum Schweigen bringen könnte.

KAPITEL

Zweiundzwanzig

Das Klingeln seines Handys riss Jace aus dem Tiefschlaf. Tara stöhnte neben ihm, als er auf dem Nachttisch herumtastete, um das Telefon zu finden.

»Mach das aus«, murmelte sie und zog sich das Kissen über den Kopf.

»Ich versuche es.« Frustration färbte seinen Tonfall. Er fand es schließlich, aber nicht bevor er es auf den Boden stieß.

Während er denjenigen verfluchte, der ihn zu so einer Uhrzeit anrief, setzte er sich auf und schlug die Decke zurück. Er beugte sich vor und schnappte sich das störende Gerät vom Teppich. Unbehagen lief ihm den Rücken hinunter, als er Sebs Namen auf dem Bildschirm sah.

Er nahm ab und lehnte sich rüber, um Tara wachzurütteln, da er wusste, dass der Anruf des Sheriffs sie zum Aufstehen zwingen würde. »Ja, Seb?«

»Das Kriminallabor ist explodiert.«

Jace blieb die Luft weg.

Ihre Beweise...

Einen Moment lang saß er wie betäubt auf der Bettkante, unfähig, sich zu bewegen. Dann holte ihn die Realität ein. Er sog scharf die Luft ein, sein Kopf schwirrte.

»Was ist passiert? Wurde jemand verletzt?«

»Weiß noch nicht. Es waren Leute drin, aber Berichten zufolge ging etwa eine Minute vor der Explosion der Feueralarm los.«

»Gasleck?«

»Vielleicht. Komm einfach her. Bring Tara mit, damit sie nicht allein ist. Sie kann bei Macy bleiben. Sie ist mit Declan gekommen.«

»Wir sind unterwegs.« Er legte auf.

Sanftes Licht erhellte das Schlafzimmer, als Tara die Lampe neben dem Bett einschaltete.

»Was ist los?«

Er drehte sich zu ihr um. Sie saß aufrecht im Bett, das Laken unter ihre Arme geklemmt.

»Das Kriminallabor ist in die Luft geflogen.«

Ihre Augen weiteten sich. »Oh mein Gott! Ist alles in Ordnung mit allen? Und was ist mit den Beweisen, an denen Katie gearbeitet hat?«

»Seb hatte noch keine Antworten. Komm schon. Wir müssen los.«

Sie runzelte die Stirn. »Muss ich auch mitkommen?«

»Ich lasse dich nicht allein. Seb sagt, Macy ist da. Du kannst bei ihr bleiben.«

Sie stöhnte, stand aber auf. »Na gut.«

Sie zogen sich schnell an, schnappten sich Jacken gegen die kühle Nachtluft und waren schon draußen.

Er fuhr die zehn Meilen in die Stadt in Rekordzeit und hielt beim Polizeikomplex inmitten eines Chaos. Flammen leckten noch immer am Kriminallabor, während die Feuerwehr Wasser auf das Gebäude sprühte und versuchte, das Feuer einzudämmen. Polizeiautos säumten an beiden Enden die Straße und hielten neugierige Schaulustige zurück.

Jace parkte am Ende der Reihe, und sie stiegen aus und joggten auf das Getümmel zu. Er nickte Reeves zu, der am Rand stand, duckte sich dann unter dem Absperrband durch, wobei er Taras Hand fest in seiner hielt.

»Das ist verrückt«, sagte Tara.

Er stimmte zu. Außerdem war er ziemlich sicher, dass die Ursache der Explosion kein Unfall war. Es war zu viel des Zufalls.

Seb winkte ihnen von einem der Feuerwehrwagen aus zu. Declan stand neben ihm und bellte Befehle in ein Funkgerät. Sie eilten hinüber.

»Gibt's Neuigkeiten?«, fragte Jace.

»Zwei Personen werden vermisst. Ein Techniker und der Hausmeister«, antwortete Seb.

»Ich nehme an, es gibt noch keine Informationen darüber, was die Explosion verursacht hat?«

»Tatsächlich denke ich, es war eine Bombe«, sagte Declan.

Tara keuchte. »Was?«

»Keiner der Evakuierten hat Gas gerochen oder hatte Symptome einer Vergiftung – Schwindel, Kopfschmerzen, Übelkeit. Alles, was sie sagten, ist, dass der Feueralarm losging und der Ort etwa eine Minute später in die Luft flog. Einige kamen kaum aus der Tür, bevor es explodierte; sie haben Splitter- und Druckverletzungen. Wir mussten den Nachtschichtleiter zur Behandlung nach Denver fliegen.«

»Oh mein Gott«, hauchte Tara. Sie taumelte gegen Jace.

Er drückte ihre Hand. »Jetzt stehen wir in diesem Fall wieder am Anfang, oder?«

Sebs Gesichtsausdruck war grimmig. »Es sei denn, Katie kann aus diesem Video ein Kennzeichen ermitteln, ja. Was auch immer auf Seans USB-Stick war, ist längst verloren.«

»Das soll der Bösewicht ruhig denken.«

Sie drehten sich alle beim Klang von Katie Mitchums Stimme um. Sie stand da, mit einem nachdenklichen Ausdruck auf ihrem Gesicht, während sie ihr brennendes Labor betrachtete.

Seb verengte die Augen. »Was meinen Sie damit?«

Sie konzentrierte sich auf sie und trat näher, senkte ihre Stimme. »Ich meine, ich habe den Stick heute mit nach Hause genommen, um daran zu arbeiten. Er ist genau hier.« Sie klopfte auf ihre Hosentasche.

»Oh mein Gott, Katie, ich könnte dich küssen!«, rief Tara.

Sie hielt eine Hand hoch. »Küss mich noch nicht. Ich habe die Verschlüsselung immer noch nicht geknackt. Ich denke aber, ich bin nah dran. Ich habe es auf zwei verschiedene Verschlüsselungen eingegrenzt, aber beide sind komplexe Algorithmen, deren Durchlauf Zeit braucht.«

Jace konnte sehen, wie es in Sebs Kopf arbeitete.

»Okay. Katie, Sie stehen offiziell unter Polizeischutz.«

»Was? Oh *Mann*!« Sie stampfte mit dem Fuß auf. »Ist das wirklich notwendig?«

»Ja«, sagten Seb und Jace gleichzeitig.

»Wenn die Person, die das getan hat, herausfindet, dass sie den Stick nicht zerstört haben, und wenn sie herausfinden, dass Sie ihn haben, könnten Sie in großer Gefahr sein«, fuhr Seb fort. »Wir brauchen Sie, um die Verschlüsselung zu knacken, deshalb fürchte ich, Sie stecken mit mir oder einem meiner Deputies fest, bis wir entdecken, was auf diesem Ding ist.«

Er wandte sich an Jace. »Bring sie und Tara rüber zu Peppy Brewster. Macy ist dort und macht Kaffee für alle Ersthelfer. Wenn sich alles beruhigt hat, nehme ich Katie mit zu mir ins Gasthaus. Sie kann heute Nacht bei uns bleiben, bis wir andere Vorkehrungen treffen können.«

»Moment, ich habe keine Kleidung oder sonst was dabei«, protestierte sie.

»Ich bin sicher, London hat einen Schlafanzug, den Sie tragen können. Ich lasse einen Deputy Sie morgen früh nach Hause begleiten, damit Sie sich umziehen und eine Tasche packen können.«

Sie stöhnte und strich mit den Händen über ihren dunklen Pferdeschwanz. »Das ist Mist.«

Tara hakte sich bei der anderen Frau ein. »Ich weiß, wie du dich fühlst.«

»Hey!«, sagte Jace.

Sie drehte sich um, um ihn anzusehen, und er breitete die Arme aus. »Ich dachte, wir wären gut.«

Ihr Grinsen kam schnell. »Na ja, jetzt sind wir es.«

Er verdrehte die Augen. »Lasst uns euch zwei zum Café bringen.« Er blickte zu seinem Chef. »Ich bin gleich zurück.«

Sie bahnten sich einen Weg durch die Menge, duckten sich unter der Absperrung durch und gingen den Bürgersteig hinunter in Richtung Macys Café. Als sie das Café betraten, traf sie der Duft von frischem Kaffee. Macy stand hinter der Theke und goss Kaffee in Pappbecher. Sie hatte eine Reihe von Getränkehaltern voller Kaffee bereitstehen. Sie drehte sich bei ihrem Eintreten um und unterbrach ihre Aufgabe.

»Hey. Was macht ihr hier?«

»Ich muss zurück und Seb bei den Ermittlungen helfen«, sagte Jace. »Tara kann nicht allein sein, und jetzt Frau Mitchum auch nicht.«

Macy runzelte die Stirn. »Warum?«

»Weil sie uns allen den Arsch gerettet hat«, sagte Tara und ging auf die Theke zu. Sie ging herum, um neben ihrer Freundin zu stehen, und nahm eine Karaffe, um Becher zu füllen. »Sie hat den USB-Stick, den ich gefunden habe, mit nach Hause genommen. Niemand außer uns und Seb weiß das bisher. Wir wollen, dass das auch so bleibt.«

»Oh, das ist großartig! Okay. Die Explosion war also kein Unfall?«

»Sieht nicht danach aus«, sagte Jace. »Ich muss zurück. Alles klar bei euch dreien?«

Sie nickten alle. Jace trat vor und lehnte sich über die Theke, wobei er Tara mit einem Fingerwinken zu sich heranwinkte. Sie beugte sich vor, und er gab ihr einen schnellen Kuss auf die Lippen. »Bleib hier, okay? Ich lasse ab und zu einen Deputy hier vorbeikommen und nach euch sehen.«

»Okay. Sei vorsichtig.«

»Das werde ich.« Er biss sich auf die Zunge, um die anderen Worte zurückzuhalten, die er sagen wollte. So sehr sich ihre Beziehung auch weiterentwickelt hatte, sie war noch nicht bereit zu hören, dass er sie liebte. Er drehte sich auf dem Absatz um und machte sich auf den Weg zurück zum Labor.

»H a!«

Jace blickte von seinem Schreibtisch auf, als er den Ausruf aus dem Großraumbüro hörte. Er stand auf und ging aus seinem Büro, um zu sehen, wie Katie an dem Schreibtisch, den sie für sie eingerichtet hatten, einen kleinen Freudentanz aufführte.

Seb kam aus seinem Büro, und sie tauschten einen amüsierten Blick, bevor sie auf die Frau zugingen.

»Hast du etwas gefunden?«, fragte Seb.

Sie schaute mit einem Lächeln auf, das die Sonne zum Leuchten bringen könnte. »Darauf kannst du wetten, Sheriff. Ein Kumpel von mir hat eine experimentelle Software zur Bildverbesserung, also habe ich ihm das Foto von dem Truck geschickt. Er hat ein Kennzeichen bekommen, und ich habe es überprüft. Es gehört Derrick Thorpe, einem Bauunternehmer aus Pueblo.«

Beide Männer sogen scharf die Luft ein und sahen einander an. In Jaces Kopf schrillten die Alarmglocken.

»Rayna«, flüsterte Seb mit weit aufgerissenen Augen.

Jace schaute zu Katie hinunter. »Hast du Adressen für Thorpe? Zuhause und Geschäft?«

Ihr Lächeln verschwand, als sie ihre Gesichtsausdrücke wahrnahm. »Äh, ja. Ich nehme an, wir wissen, wer das ist?«

Ein grimmiges Nicken von beiden war ihre einzige Antwort.

Jace wünschte, er wüsste es nicht. Er hasste den Gedanken, wie am Boden zerstört Rayna sein würde.

Katie wandte sich wieder ihrem Computerbildschirm zu, klickte durch verschiedene Fenster und notierte dann die Informationen auf einem Notizblock. Sie riss das Blatt Papier ab und reichte es ihm.

Er nahm es und sah zu Seb. »Ich besorge einen Durchsuchungsbefehl und rufe dann die Polizei in Pueblo an, um zu sehen, ob sie ihn festnehmen können.«

Seb nickte. »Ich werde Rayna suchen und mit ihr sprechen. Schauen, was sie wissen könnte. Ich bezweifle, dass es viel ist, aber sie kann uns vielleicht seinen Aufenthaltsort verraten, falls er nicht bereits über alle Berge ist.«

Jaces Füße bewegten sich bereits. »Klingt gut. Danke, Katie!«, rief er über seine Schulter.

Adrenalin schoss durch seinen Körper. Es war Zeit, diesen Kerl zu schnappen.

TARA BLICKTE AUF, ALS SICH DIE TÜR ZU RAYNAS GEWÄCHSHAUS öffnete. Sie lächelte Seb an, als er hereinkam, aber ihr Lächeln erstarb schnell, als sie seinen grimmigen Gesichtsausdruck bemerkte.

Er sah sie und seine Stirn runzelte sich noch mehr. »Was machst du hier?«

Sie zeigte auf die Kisten mit Gemüse zu ihren Füßen. »Rayna hatte überschüssiges Gemüse und hat es mir angeboten. Und keine Sorge. Ich bin nicht selbst hierher gefahren. Sie hat mich abgeholt. Und ja, ich habe Jace eine Nachricht geschickt.«

Er winkte ihre Erklärung weg. »Ist schon gut. Das ist nicht, warum ich hier bin. Ich muss mit Rayna sprechen.« Seine Augen wanderten zu der schwarzhaarigen Frau, die drei Reihen entfernt stand und Tomaten pflückte.

»Mit mir?« Rayna zeigte auf sich selbst. »Worüber?«

Seb zögerte und schaute kurz zu Tara, bevor sein Blick zu Rayna zurückkehrte.

Tara legte die Gartenschere weg, die sie zum Pflücken von frischem Basilikum benutzte. »Seb? Was ist los?« Es war nicht seine Art zu zögern. Etwas stimmte nicht.

Er nahm seinen Hut ab und fuhr sich mit der Hand durch sein dunkles Haar, seufzend. »Es geht um deinen Freund, Ray«, sagte er und benutzte den Spitznamen, den Thomas ihr gegeben hatte, als sie Kinder waren.

Rayna schluckte schwer, ihre Augen weit aufgerissen. »Derrick? Was ist mit ihm?«

»Er-« Seb pausierte und begann erneut. »Rayna, er wurde gesehen, wie er zu Claybaughs - Doug Browns - Haus ging, in derselben Woche, als Claybaugh Silver Gap verlassen hat.«

Taras Augen weiteten sich. Sie drehte sich um, um ihre Freundin anzuschauen, die einen ebenso verblüfften Gesichtsausdruck trug.

»Was? Nein. Du musst die falsche Person haben. Wer auch immer ihn gesehen hat, muss sich irren.«

»Es ist auf Video.« Sebs Stimme war sanft.

»Oh mein Gott«, hauchte Tara.

Rayna wich von der Pflanzenreihe zurück und stieß gegen das erhöhte Beet hinter ihr. Ihre Hände flogen hoch, um sich zu stabilisieren, aber sie bewegte sich weiter und umrundete die Reihe, um neben Tara zu stehen. »Nein. Nein, das ist er nicht.«

»Das Kennzeichen des Trucks stimmt überein. Es tut mir leid.«

Sie schnipste mit den Fingern und zeigte auf ihn. »Da! Vielleicht hat jemand seinen Truck gefahren. Er arbeitet mit vielen Leuten zusammen.«

»Wie wahrscheinlich ist es, dass er sein Fahrzeug verleiht?«

Rayna runzelte die Stirn, ihre Schultern sackten herab. »Nicht sehr. Er hat nicht wirklich viele Freunde.«

»Wann hast du das letzte Mal mit ihm gesprochen?«

»Gestern. Wir sollten zum Abendessen gehen, aber er rief an und sagte ab. Meinte, etwas sei bei seinem Projekt aufgetaucht.«

»Kennst du die Adresse dieses Projekts?«

Sie schüttelte den Kopf. »Nein. Er hat mich nie dorthin mitgenommen. Ich weiß nur, dass es im Nordosten von Pueblo liegt.«

»Okay. Was kannst du mir über seine Vergangenheit erzählen?«

»Nicht viel. Er sagte, er sei aus Montana. In der Nähe von Billings. Und er war beim Militär. So hat er die Narben bekommen.«

Seb versteifte sich. »Wann wurde er verletzt?«

Rayna zuckte mit den Schultern. »Vor einem Jahr vielleicht. Er wurde in einer IED-Explosion erfasst.«

»Scheiße.«

»Was?«, fragte Tara.

»Kam er dir bekannt vor?«, fragte Seb zurück.

Tara runzelte die Stirn. »Vielleicht ein bisschen. Es war mehr die Art, wie er sich bewegte, als sein Gesicht. Warum?«

»Ich glaube, Derrick Thorpe ist in Wirklichkeit Jared Fetter.«

Sie starrte ihn fassungslos an. »Was?« Sie wusste, dass sie sich wie eine kaputte Schallplatte anhörte, aber sie konnte nicht anders.

»Commander Jacobsen sagte, Fetter sei vor etwas mehr als einem Jahr bei einer IED-Explosion verletzt und aus medizinischen Gründen entlassen worden, erinnerst du dich? Wenn es um Sean geht, macht es Sinn, dass Thorpe Fetter ist.«

»Er hat mich die ganze Zeit belogen? Er hat mich benutzt?« Ihre Stimme zitterte und verstummte zu einem Flüstern, als die Tränen fielen.

Sebs Handy vibrierte, und er zog es aus seiner Tasche, um nachzusehen, was Tara und Rayna einen Moment gab, um das zu verarbeiten, was er ihnen gerade erzählt hatte. Tara streckte die Hand nach ihrer Freundin aus und strich ihr tröstend über die Schulter.

Die andere Frau schaute mit verweinten Augen zu ihr auf. »Es tut mir so leid. Ich wusste es nicht, ich schwöre.«

»Shhh. Ich weiß, dass du es nicht wusstest.«

»Rayna.«

Beide schauten zu Seb, als er sprach.

»Kennst du irgendeinen Ort, an den Thorpe gehen könnte? Das war Jace. Die Polizei in Pueblo hat ihn weder zu Hause noch in seinem Büro gefunden.«

Sie wischte sich die Augen. »Nur diese Baustelle, aber wie gesagt, ich bin mir nicht sicher, wo sie ist.«

»Du sagtest, es ist eine Einrichtung für Veteranen?«

Sie nickte. »Es sollen Wohnungen für behinderte Veteranen sein und ein Gemeindezentrum, das für alle, die gedient haben, offen ist.«

»Das sollte leicht zu finden sein. Gibt es andere Orte, die er regelmäßig aufsucht?«

»Ähm, nur ein Diner in der Nähe seines Büros. Marie's.«

»Okay.« Sein Handy vibrierte erneut. Er las die Nachricht und stieß einen Fluch aus.

»Was jetzt?« Tara starrte ihren Bruder an, Frustration machte ihren Ton scharf.

»Der Waldbrand hat die Richtung geändert. Einer der Tanker hat es bemerkt, als sie über unseren See flogen, um Wasser zu holen. Er bewegt sich jetzt in Richtung Ranch.«

»Wie viel Zeit haben wir?«

»Höchstens ein paar Stunden. Ich muss los.«

»Ja. Ich komme mit dir.«

Er nickte. »Lass uns gehen.«

Tara drehte sich um, um sich von Rayna zu verabschieden. »Ich rufe dich später an. Geh und erzähle deinen Eltern von dem Feuer. Wenn ihr Hilfe braucht, lass es mich wissen, und ich werde Brady bitten, einige der Rancharbeiter zu euch zu schicken.«

Rayna nickte. »Wir sollten zurechtkommen. Aber ich rufe an, wenn wir etwas brauchen.«

»Tara, komm schon«, drängte Seb von der Tür aus.

Sie winkte Rayna noch einmal zu und rannte ihrem Bruder nach. Sie stiegen in seinen SUV, und er fuhr mit blinkenden Lichtern los.

»Ruf Brady an. Lass ihn wissen, was los ist. Wir müssen die Weidegatter öffnen, die am nächsten zum Haus liegen, und das Vieh vom Berg herunterholen, bevor wir die Pferde verladen.«

Sie tat, worum er sie gebeten hatte, während er sie die drei Meilen zur Ranch fuhr. Nachdem sie aufgelegt hatte, machte sie im Kopf eine Liste von dem, was sie sowohl aus dem Restaurant als auch aus ihrem Haus holen musste. Sie hoffte, dass die Feuerwehrleute dem Brand zuvorkommen könnten, damit er nicht viel von der Ranch beschädigte, aber sie würden auf das Schlimmste vorbereitet sein.

Kies schlug gegen die Karosserie des SUVs, als Seb auf die Haupteinfahrt einbog.

»Wohin soll ich dich bringen?«

»Zum Restaurant. Ich helfe Cassie, es zu schließen und alle rauszubringen.«

»Klingt gut.«

Wenig später fuhr er auf den Parkplatz des Heartwood und zur Hintertür.

»Geh zu Mom und Dad, wenn du fertig bist. Wir treffen uns alle später dort.«

Sie griff nach dem Türgriff. »Ja.« Sie sprang heraus und schloss die Tür, eilte auf das Gebäude zu. Mit ihrem Schlüssel öffnete sie die Küchentür und winkte Seb zu, der darauf wartete, dass sie sicher drinnen war. Er hupte kurz und fuhr weg.

»Hey, Chefin«, sagte Cassie.

Tara drehte sich um und sah ihre Assistentin lächelnd.

»Hast du das Gemüse von Rayna bekommen?«

»Nein. Wir müssen alles herunterfahren und die Gäste hier rausbringen. Der Waldbrand hat die Richtung geändert und kommt hierher.«

Die Augen der jüngeren Frau wurden größer. Sie legte das Messer weg, mit dem sie Zwiebeln schnitt, und wischte sich die Hände an dem Handtuch ab, das in ihre Schürze gesteckt war. »Oh, Mensch. Okay. Was soll ich tun?«

»Schließ die Küche. Ich gehe raus und spreche mit dem Servicepersonal und lasse sie alle bezahlen und abfahren. Zum Glück ist es Nachmittag, also sind nicht zu viele Leute hier.«

Cassie sprang in Aktion und klatschte in die Hände, um die Aufmerksamkeit aller zu erregen. Tara schlüpfte durch die Tür zum Speisebereich und schnappte sich die erste Kellnerin, die sie sah, und informierte sie.

Sie gingen durch den Speisesaal und nahm jeden ihrer Kellner beiseite, um ihnen zu sagen, was passierte und was sie tun sollten. Als das erledigt war, half sie ihnen, To-Go-Boxen zu holen und ihre Tische zu kassieren. Innerhalb von dreißig Minuten hatten sie den Speisesaal geleert.

Nachdem sie das Servicepersonal nach Hause geschickt und die Kasse geleert hatte, ging sie zurück in die Küche und sah, dass Cassie alles unter Kontrolle hatte. Tara ging in ihr Büro, um die benötigten Akten und den Computer des Restaurants sowie die Handkasse zu holen. Sie stellte alles am Ende eines der Tische ab und stürzte sich dann ins Getümmel, um bei der Reinigung der Küche zu helfen.

Als das Essen verstaut und die Herde und Grills abgeschaltet waren, schickte sie das Personal nach Hause.

»Kannst du mich zu meinem Haus bringen, bevor du gehst?«, fragte sie Cassie. »Seb hat mich abgesetzt, und mein Auto steht in meiner Garage.«

»Klar.«

Tara nahm den Computer und die Geldkassette, während Cassie die Tür offen hielt und sie dann hinter ihnen abschloss. Sie stiegen in den dunkelgrünen SUV der jüngeren Frau und fuhren die kurze Strecke zu Taras Haus.

»Danke für die Fahrt.« Sie grub ihren Hausschlüssel aus ihrer Tasche, öffnete dann ihre Tür und jonglierte mit ihrer Last.

»Jederzeit. Lass mich wissen, wenn du etwas brauchst.«

»Werde ich. Ich rufe dich heute Abend oder morgen an. Wir sollten bis dahin wissen, wie sich alles entwickelt.«

»Klingt gut. Sei vorsichtig.«

»Ja, du auch.« Tara schloss die Autotür mit dem Fuß und lief zu ihrer Veranda. Sie würde eine Tasche packen, wichtige Dokumente und einige Familienfotos holen und dann zu ihren Eltern gehen, um zu sehen, wo sie bei der Evakuierung helfen konnte.

Sie schob die Tür auf, stieß sie mit der Hüfte zu und ging in ihre Küche, wo sie die Sachen aus dem Restaurant abstellte. Sie ging den Flur hinunter zu ihrem Schlafzimmer und in ihren Kleiderschrank, nahm ihren Koffer heraus und legte ihn auf ihr Bett. Als sie das nächste Mal aus dem Schrank kam, hatte sie einen Arm voller Kleidung, die sie in den offenen Koffer warf.

Sie hörte, wie sich die Haustür öffnete, dann das schwere Geräusch von Stiefeln auf dem Boden.

»Ich bin hier hinten«, rief sie und nahm an, dass es Jace oder einer ihrer Brüder war, die nach ihr schauen kamen. Sie hoffte, es wäre Jace. Was früher mit Rayna passiert war, ließ sie darüber nachdenken, wie glücklich sie war, einen Mann gefunden zu haben, der nicht log oder Halbwahrheiten erzählte. Zu wissen, dass er sie um ihretwillen mochte und nicht für das, was sie für ihn tun konnte. Es wurde immer schwieriger, sich selbst zu verleugnen, dass sie in ihn verliebt war. Tatsächlich wollte sie es nicht mehr leugnen.

Vor sich hin summend ging sie zurück in ihren Kleiderschrank, um mehr Kleidung zu holen.

»Ich packe gerade ein paar Sachen ein, bevor ich zu Mom und Dad fahre.« Sie kam mit einem weiteren Armvoll aus dem Schrank. »Hast du noch etwas darüber gehört, wie nah-«

Die Worte blieben ihr im Hals stecken. Es war weder Jace noch einer ihrer Brüder, die in der Tür standen.

»Derrick.« Sie beschloss, sich dumm zu stellen und herauszufinden, was er wollte. Nach einer kurzen Pause ging sie weiter zum Bett - und näher an die Waffe, die Jace vor ein paar Tagen in ihren Nachttisch gelegt hatte. »Was machst du hier? Rayna ist auf der Double Moon und hilft ihren Eltern bei den Vorbereitungen zur Evakuierung. Solltest du nicht auch dort sein?«

Er trat weiter ins Zimmer. »Weißt du, für eine so geschickte Journalistin bist du eine schreckliche Lügnerin.«

Sie warf ihre Kleidung in den Koffer und bewegte sich in Richtung des Nachttisches. »Ich weiß nicht, wovon du sprichst. Rayna ist wirklich zu Hause.«

Er lächelte, sein halb erstarrtes Gesicht verstärkte den beängstigenden Blick in seinen haselnussbraunen Augen. Sie verschob ihre Füße, um sicherzustellen, dass sie näher an den Tisch herankam.

»Ach komm schon, Tara. Du erinnerst dich nicht an mich? Ich weiß, ich sehe etwas anders aus, aber die Veränderung ist nicht so dramatisch. Sicherlich erinnerst du dich daran, mir beim Poker den Hintern versohlt zu haben. Oder hattest du nur Augen für Sean und kannst dich an keines der Mitglieder seines Teams erinnern?«

Wut stieg in ihr auf bei der Erwähnung ihres Mannes. Sie verengte ihre Augen. »Ich erinnere mich an euch alle«, zischte sie.

»Gut.« Das Lächeln verschwand aus seinem Gesicht. »Jetzt, wie wäre es, wenn du mir sagst, wo der Rest von dem, was Sean genommen hat, versteckt ist?«

Sie runzelte die Stirn. »Wovon redest du?«

»Spiel nicht die Dumme. Ich weiß, dass du einen USB-Stick mit Beweisen gefunden hast, die er über unsere Taten zusammengetragen hat, aber wo ist das Artefakt?«

Artefakt?

»Ich habe keine Ahnung.«

Er stürzte nach vorne und packte ihren Arm, drückte fest genug zu, um blaue Flecken zu hinterlassen. Sie presste die Zähne zusammen, um nicht aufzuschreien.

»Wo ist es?«, knurrte er. »Dieses Ding ist mein Ticket in die Freiheit.« Er schüttelte sie. »Sag mir, wo du es versteckt hast!«

Eine Wildheit trat in seine haselnussbraunen Augen, die ihr mehr Angst machte als alles, was er oder Brown ihr in den letzten Wochen angetan hatten. Sie machte einen weiteren Schritt rückwärts und zerrte an seinem Griff. Ihr Verstand wirbelte, während sie versuchte, einen Plan zu schmieden.

»Gut«, sagte sie bissig. »Ich habe es vergraben. In einer Geldkassette im Garten.«

»Gehen wir.« Er zog sie in Richtung Tür, aber sie stemmte sich mit den Fersen dagegen.

»Ich muss den Schlüssel für die Box holen.«

»Ich brauche keinen Schlüssel. Die Schlösser dieser Dinger sind schwach.« Er zerrte wieder an ihrem Arm.

»Nicht dieser hier. Es ist einer dieser feuerfesten Tresore. Der Schlüssel ist im Nachttisch.«

Er hob eine Augenbraue und spottete: »Ja, klar.«

»Ehrlich, er ist es. Du kannst ihn selbst holen.« Sie zeigte auf den Tisch und hielt den Atem an. Sie hatte eine Idee, aber er musste sie loslassen, wenn das funktionieren sollte.

Stirnrunzelnd starrte er sie einen Moment an, bevor er ihren Arm losließ und zum Kopfende des Bettes ging.

Sobald seine Finger ihre Haut verließen und er sich zur Schublade beugte, stürzte sie zum Kleiderschrank.

»Hey!«

Die Überraschung gab ihr nur eine Sekunde mehr, aber es reichte, um die Schrotflinte zu erreichen, die in der Ecke gegenüber der Tür stand. Sie griff danach, während sie hineinging, drehte sich um und lud die Waffe im selben Moment nach.

Er hielt inne, als sie die Waffe auf ihn richtete, und hob die Hände.

»Du wirst nicht auf mich schießen.« Ein selbstgefälliges,

selbstsicheres Grinsen verzog die Seite seines Gesichts, die nicht gelähmt war, und gab ihm einen bösen Blick.

Tara starrte ihn an. »Versuch es doch. Ich bin nicht mehr die Frau, an die du dich erinnerst, Jared.«

Er zuckte mit den Schultern. »Vielleicht nicht, aber ich glaube immer noch nicht, dass du das Zeug dazu hast, einen Menschen zu töten.«

»Wer hat etwas vom Töten gesagt?«

Das Grinsen verschwand und ein harter, gefährlicher Glanz trat in seine Augen. »Wenn du an mir vorbei willst, musst du es tun.«

Seine Hände senkten sich ein wenig und gaben Tara einen Moment Vorwarnung, bevor er sich bewegte. Als er vorwärts trat, um sie zu entwaffnen, schoss sie. Schrotkugeln durchsiebten die rechte Seite seiner Brust und Schulter. Der Aufprall warf ihn seitwärts und schleuderte ihn in die Kleiderständer. Sie huschte an ihm vorbei und aus dem Schlafzimmer.

»Das war das Falsche, Tara.« Seine Stimme hallte den Flur entlang. Sie hörte seine Stiefel auf dem Boden, als er ihr nachkam. »Du hättest von deinem Mann lernen sollen, dich nicht mit mir anzulegen.«

Horror erfüllte sie, als ihr klar wurde, dass Al-Aziz Sean nicht getötet hatte. Jared hatte es getan.

Als sie das Wohnzimmer betrat, blickte sie über ihre Schulter und sah ihn aus dem Schlafzimmer kommen. Blut durchtränkte die rechte Seite seines Hemdes. Wut machte seine Augen zu Stahl.

Er schlich auf sie zu.

Sie drehte sich um und hob die Schrotflinte, lud eine weitere Patrone nach. Sie war es leid, wegzulaufen und sich zu verstecken.

»Du hast Sean getötet? Warum?«

Er hielt inne, lehnte sich gegen die Wand und starrte sie an. »Er kam unserem Plan auf die Schliche. Begann, Beweise zu sammeln, um uns zur Strecke zu bringen. Das konnten wir nicht zulassen. Ich dachte, die ganze Sache sei mit ihm gestorben, aber stell dir meine Überraschung vor, als Evan anrief und mir sagte, er würde sterben und könnte das Geheimnis, was wirklich passiert ist, nicht mit ins Grab nehmen. Als er deinen alten Redakteur kontaktierte, wusste ich, dass es nur eine Frage der Zeit war, bis du zu graben beginnst und den USB-Stick und das Artefakt findest, das Sean mir gestohlen hat.«

»Ich weiß immer noch nicht, von welchem Artefakt du sprichst. Dieser Teil war keine Lüge.«

Ein Lachen begann tief in seiner Brust, wurde aber schnell unterbrochen, als er vor Schmerz wegen der Bewegung zusammenzuckte. Ein grinsendes Lächeln kam über sein Gesicht. »Es hat dich wahrscheinlich die ganze Zeit angestarrt. Es war ein goldener Haarkamm mit Lapislazuli-Einlagen. Ich weiß nur nicht, was du damit gemacht hast. Claybaugh hat die Ranch von oben bis unten durchsucht.«

Taras Augen weiteten sich, als ihr klar wurde, wovon er sprach. Er hatte den Kamm nie gefunden, weil er nicht auf der Ranch war. Sie hatte ihn Macy vor Monaten geliehen und es vergessen. Sie hatte keine Ahnung, dass es nicht ein Geschenk war, das Sean für sie gekauft hatte. Er war am Boden seiner Notfalltasche gewesen, eingewickelt in eines seiner Hemden.

»Also weißt du doch, wovon ich spreche.« Er machte einen weiteren Schritt auf sie zu, als er ihren Gesichtsausdruck richtig deutete, der Blick in seinem Gesicht bedrohlich. »Wo ist er?«

»Nicht hier. Und ich werde dir auch nicht sagen, wo er ist. Du wirst dich auf den Boden setzen und warten, bis Seb oder Jace hier sind und dich in Gewahrsam nehmen.«

Er trat einen weiteren Schritt näher. »Unwahrscheinlich.«

Tara presste die Schrotflinte fester an ihre Schulter. »Jared, nicht. Du weißt, dass ich auf dich schießen werde.«

»Bevor ich zuerst auf dich schieße?«

Als sie seine Worte registrierte, zog er eine Pistole – ihre Pistole – aus seinem Hosenbund am Rücken hervor.

Tara drückte ab.

Diesmal trafen die Schrotkugeln ihn direkt in die obere Brust und den Hals. Sein Schuss ging ins Leere, als er fiel, gurgelnd, während sich seine Atemwege mit Blut füllten.

Sie lud die Schrotflinte nach, die Mündung folgte ihm zu Boden. Sie hielt das Gewehr auf ihn gerichtet, bis er sich nicht mehr bewegte und sein Atem sich von einem Gurgeln zu einem Würgen änderte, bevor er ganz aufhörte.

Sie ließ ihre Arme entspannen, ihre Schultern sackten herab. Sie blies einen Atemzug aus, schob sich das Haar von der Stirn, ihre Hand zitterte, als ihr Adrenalin nachließ und die Realität einsickerte. Da lag ein toter Mann in ihrem Wohn-zimmer – den sie getötet hatte – aber es war endlich vorbei.

KAPITEL
Vierundzwanzig

Jaces Handy klingelte, als er die Tür seines Trucks öffnete, um zurück zur Ranch zu fahren. Die Polizei von Pueblo suchte immer noch nach Fetter. Bis sie ihn fanden, gab es nicht viel zu tun, also fuhr er zur Ranch, um den Archers bei der Evakuierung zu helfen. Er hoffte, dass die Feuerwehrleute das Feuer aufhalten könnten, bevor es die Ranchgebäude erreichte oder die Herde bedrohte.

Er nahm sein Handy aus der Tasche, als er in den Truck stieg, und sah die Nummer der Polizeibehörde. Neugierig, was in den dreißig Sekunden seit seinem Verlassen des Gebäudes aufgetaucht sein könnte, nahm er den Anruf an.

»Travers.«

»Jace, hier ist Katie. Ich habe gerade die Verschlüsselung des USB-Sticks geknackt. Ich habe versucht, den Sheriff anzurufen, aber er geht nicht ran. Du musst dir dieses Zeug durchlesen. Lieutenant Miller hatte Beweise, dass Fetter Artefakte aus dem Nahen Osten schmuggelte, um sie auf dem Schwarzmarkt zu verkaufen, und er arbeitete nicht allein. In den Dokumenten werden vier weitere Personen genannt.«

Das erklärte sicherlich Fetters Wunsch, den Stick zurückzubekommen. Er würde einer umfangreichen Gefängnisstrafe gegenüberstehen, wenn diese Informationen ans Licht kämen. Ebenso wie die anderen auf der Liste.

»Warte.« Die Anzahl der beteiligten Personen drang in sein Bewusstsein. Es gab nur vier Männer in Seans SEAL-Team, *einschließlich* ihm.

Er umklammerte das Telefon so fest, dass es ein Wunder war, dass es nicht zerbrach. »Hast du *vier* andere gesagt?«

»Mmm-hmm.«

Er hörte ihre Finger über die Tasten klackern. »Oh, warte, es sind fünf. Er hat auch den Vermittler gefunden.« Sie ratterte die Namen herunter.

Jace spürte, wie sein Blut gefror. Sie hatten am falschen Ort gesucht.

»Okay, danke, Katie. Versuch weiter, den Sheriff zu erreichen.«

»Geht klar. Tschüss.«

Sie legte auf, und er wählte Taras Nummer.

»Komm schon, komm schon. Nimm das Telefon ab, Babe«, murmelte er, während er dem Klingeln lauschte.

Als die Mailbox ansprang, fluchte er und startete den Truck, während sich ein ungutes Gefühl in seinem Magen ausbreitete. Er hoffte nur, dass er nicht zu spät kam.

TARA LEHNTE DIE SCHROTFLINTE GEGEN DIE WAND, IHR GANZER Körper zitterte vor Schock und Adrenalin. Sie brauchte einen starken Drink und musste Jace anrufen. In dieser Reihenfolge. Sie machte einen Schritt Richtung Küche.

Das Geräusch der sich öffnenden Hintertür ließ sie innehalten. Ihre Augen weiteten sich, als Commander Jacobsen hereinstolzierte und klatschte.

Sie starrte ihn an, nicht ganz sicher, was passierte. Er blieb wenige Meter entfernt stehen, seine Augen wanderten zu Fetters Leiche und dann zurück zu ihr.

»Ich schulde dir großen Dank«, sagte er, wobei sich eine Seite seines Mundes zu einem Lächeln verzog.

»Was?« Sie konnte den verwirrten Ton in ihrer Stimme nicht unterdrücken, während sich gleichzeitig ein Gefühl des Grauens einschlich.

Er zeigte auf Fetter. »Du hast mir ein Problem abgenommen. Dotson hatte vor ein paar Tagen einen tragischen Unfall. Mit Fetter aus dem Weg bist nur noch du übrig, bevor ich in ein Flugzeug in den Nahen Osten steigen kann. Ich habe vor, meine Tage damit zu verbringen, türkischen Kaffee und feinen italienischen Wein an meinem privaten Strand zu schlürfen.«

Das Grauen erblühte und füllte ihre Brust, raubte ihr den Atem. »Du warst es? Du steckst hinter all dem?«

»Nicht von Anfang an. Fetter hat es begonnen, aber sie haben mich mit einbezogen, als ich entdeckte, was sie vorhatten. Es war ein einträgliches Nebengeschäft. Wenn ich dich loswerde, muss ich nie wieder arbeiten.« Er zog eine Pistole aus seinem Hosenbund. »Besonders, weil alle Beweise im Labor in die Luft geflogen sind.« Sein Lächeln war kalt. »Hat dir das gefallen? Ich habe versucht, der Gute zu sein und die Laborangestellten rausgehen zu lassen. Ich bin schließlich kein Monster. Ich glaube, ich habe aber ein paar verpasst.«

Sie verengte ihre Augen, als sie an die beiden Personen auf der Intensivstation in Denver dachte, sowie an den Labortechniker und den Hausmeister, die Declans Team heute früh in den Trümmern gefunden hatte. Er hörte sich kein bisschen traurig darüber an, was ihnen zugestoßen war.

Er hob die Waffe und richtete sie auf ihre Brust. »Nichts für ungut, Tara. Es ist nur ein Geschäft, und du stehst mir im Weg.«

»Warte!« Sie hielt ihre Hände vor sich. »Was ist mit dem Artefakt?«

Jacobsen runzelte die Stirn, aber die Waffe zitterte nicht. »Welches Artefakt?«

Tara hob überrascht eine Augenbraue. »Du weißt es nicht?«

»Was weiß ich nicht?«

»Sean hat Fetter einen Kamm abgenommen, bevor Fetter ihn tötete. Ich habe ihn vor Jahren gefunden, dachte aber, es sei ein Geschenk, das er mir nie geben konnte.«

Die Muskeln in seinem Kiefer zuckten. Sie konnte sehen, wie er ihre Worte abwog.

»Du lügst.«

»Tue ich nicht. Deswegen war Jared hier. Er wollte ihn zurückhaben, damit nichts mehr da war, was ihn mit Seans Tod in Verbindung bringen könnte.«

Seine Augen huschten wieder zu Fetters Leiche. Er korrigierte seinen Griff an der Waffe. »Wo ist er?«

»Ich habe ihn hinten im Garten vergraben, nachdem wir herausgefunden haben, was es war.«

»Du hast ihn vergraben?« Er spottete. »Erwartest du wirklich, dass ich das glaube?«

Sie zuckte mit den Schultern und betete, dass sich all die Jahre Pokerspielen auszahlten. »Es ist mir egal, ob du es glaubst oder nicht. Es ist die Wahrheit.« Sie musste ihn dazu bringen, ihr zu glauben. Ihr Plan erforderte, dass sie nahe an ihn herankam.

»Gut. Zeig es mir.« Er trat zur Seite, damit sie vorbeigehen konnte, hielt aber seine Waffe auf sie gerichtet.

Tara zwang ihre Muskeln, entspannt zu bleiben, während sie auf ihn zuging. Als sie auf gleicher Höhe mit ihm war, drehte sie sich nach links, ihre Hände schlugen gegen sein Handgelenk und die Waffe. Sie rutschte ins Wohnzimmer und unter das Sofa.

Bevor er auf den Verlust seiner Waffe reagieren konnte, schwang sie ein Bein tief und fegte ihm die Füße unter dem Körper weg. Als sie sich umdrehte, um wegzulaufen, packte seine Hand ihren Knöchel, und sie fiel zu Boden, ihre Knie knallten auf das Holz.

Dankbar für den Adrenalinstoß, der den Schmerz dämpfte, rollte sie sich auf den Rücken und trat mit ihrem anderen Fuß aus, traf sein Gesicht. Sie spürte, wie seine Nase unter ihrem Schuh zerbrach, und Blut spritzte aus seinen Nasenlöchern, als er grunzte.

Sie riss ihr Bein aus seinem Griff, krabbelte rückwärts und kam auf die Füße. Jacobsen stand ebenfalls auf, Blut tropfte in einem dicken Band sein Kinn hinunter.

»Ich wollte dich einfach erschießen. Es schnell und schmerzlos machen. Jetzt wird es verdammt wehtun.«

Ihre Augen huschten zu ihrer Schrotflinte. Sie war zu weit außer Reichweite, aber zum Glück stand sie zwischen ihm und der Waffe, sodass er sie nicht gegen sie einsetzen konnte. Sie musste einen anderen Weg finden, ihn zu stoppen.

»Du musst mich erst mal zu fassen kriegen«, höhnte sie. Langsam wich sie zurück, ein Bild von der anderen Seite der Halbwand blitzte in ihrem Kopf auf. Ein Ordnungsfanatiker zu sein hatte seine Vorteile. Wie zum Beispiel genau zu wissen, wie viele Schritte es um die Wand herum waren und wie viele Zentimeter ihr Messerset vom Rand der Arbeitsplatte entfernt war.

»Du weißt, dass du mir nicht davonlaufen kannst, oder?« Er rückte auf sie zu.

Tara wich weiter zurück. Noch vier Schritte und sie wäre an der Türschwelle.

»Du magst groß sein, aber du bist immer noch eine Frau.«

Sie kämpfte gegen den Drang an, mit den Augen zu rollen, während sie weiter rückwärts ging. Dieser Kerl hatte so viele Menschen getäuscht. Er spielte die Rolle des kultivierten, netten Kerls sehr gut, aber er war nichts anderes als ein chauvinistisches, gieriges Arschloch.

Ihr Fuß erreichte die Türschwelle zur Küche. Mit klopfendem Herzen schnappte sie mit ihrer linken Hand nach einem Schälmesser aus dem Block. Sie wirbelte herum, wechselte das Messer in ihre dominante Hand und ließ es fliegen, als sie Jacobsen wieder gegenüberstand. Ihre Wurffähigkeiten waren etwas eingerostet, aber sie schaffte es trotzdem, seinen Oberschenkel zu treffen. Er brüllte auf und fiel auf ein Knie.

Tara wartete nicht ab, ob er es herauszog. Sie drehte sich um und rannte durch die Hintertür. Ihre Augen suchten die Gegend nach jemandem ab, aber es schien, als ob alle noch dabei waren, Vieh vom Berg zu treiben. Sie wusste, dass ihre Eltern zu Hause waren und wichtige Familienunterlagen packten, aber es kam nicht in Frage, diesen sadistischen Mistkerl in ihre Nähe zu locken.

Ihr Blick fiel auf Brandywine, die auf der Rückseite der Pferdescheune auf der Weide graste.

Der Knall ihrer Schrotflinte erschreckte Tara, und sie stolperte. Es gelang ihr, aufrecht zu bleiben, und sie schaute über ihre Schulter, um Jacobsen zu sehen, der mit ihrer Schrotflinte in den Händen auf sie zuhumpelte. Er lud nach und hob sie wieder, aber sie hatte keine Patronen mehr. Sie dankte ihren Glückssternen, dass er beim ersten Mal daneben geschossen hatte.

Mit einem Knurren warf er sie zu Boden und begann auf sie zuzurennen, sein Gang langsamer dank der Messerwunde.

Scheiße! Selbst verwundet war er schnell. Mit pumpenden Beinen rannte sie zum Gehege. Sie verlangsamte nicht, als sie zum Zaun kam. Ihr Fuß traf die unterste Stange, und sie sprang über die Oberseite. Sie stieß einen scharfen Pfiff aus, der die Pferde zu ihr lockte, Brandywine an der Spitze.

»Zeit für einen Ausritt, Mädchen.« Tara packte eine Handvoll der Mähne der Stute und sprang auf ihren Rücken. Mit ihren Schenkeln fest zudrückend, lenkte sie das Pferd Richtung Berge und weg von ihrer Familie.

Sie blickte zurück und sah, wie Jacobsen über den Zaun kletterte und zu einem der anderen Pferde ging – einer fügsamen Stute namens Winnie. Zu ihrem völligen Unglauben schwang er sich auf ihren Rücken und begann, ihr nachzureiten.

Tara wandte sich nach vorne, ihr Kopf kreiste, als sich eine Idee formte. Sie kannte diese Hügel besser als jeder andere. Es bestand eine hohe Wahrscheinlichkeit, dass sie ihn abhängen – oder absichtlich in die Irre führen könnte.

Sie gab Brandywine einen weiteren Druck mit den Schenkeln und forderte sie auf, schneller zu gehen. Das musste funktionieren. Sie hatte einen Mann, zu dem sie zurückkehren wollte, um ihm zu sagen, dass sie ihn liebte.

JACE ERREICHTE DIE ABZWEIGUNG ZUR RANCH IN REKORDZEIT und verlangsamte kaum, als er die Steinauffahrt hochfuhr. Ein schneller Blick auf das Restaurant zeigte einen verlassenen Parkplatz, also fuhr er weiter zu ihrem Haus und hielt quietschend in der Einfahrt an.

Ein unbehagliches Gefühl kroch seinen Rücken hinauf. Nichts schien in Unordnung zu sein, aber er konnte das Gefühl nicht abschütteln, dass etwas nicht stimmte.

Er ging zur Haustür und drehte am Knauf. Er drehte sich, und er schob die Tür nach innen, trat über die Schwelle, seine Hand am Griff seiner Waffe.

Seine Augen fielen auf den Körper, der am Eingang des Flurs lag. Er eilte auf leichten Füßen vorwärts.

Scheiße. Es war Fetter.

Er beugte sich hinunter, um nach einem Puls zu tasten, fand aber keinen. Als er aufstand, umrundete er den Körper und zog seine Waffe, ging in den Flur, um die Schlafzimmer zu überprüfen. Beide waren leer, aber er sah Anzeichen eines Kampfes im Hauptschlafzimmer.

Jace ging zurück, sah mehr Blut in der Küche. Er überprüfte die Garage, und als er keine Spur von Tara fand, ging er zurück und durch die Hintertür. Blut besprenkelte das braune Gras direkt hinter dem Haus und führte in einer Spur zur Pferdescheune.

»Verdammter Dreckskerl!« Er nahm sein Handy heraus und wählte Sebs Nummer. Es ging zur Mailbox, und er fluchte erneut. Er scrollte durch seine Kontakte, bis er Bradys Nummer fand. Nach dem fünften Klingeln war Jace bereit aufzugeben und zum Haupthaus zu fahren, um *irgendjemanden* zu finden, als Brady abhob.

»Hallo?«

»Brady! Ist Seb bei dir? Oder Tara?«

»Seb ist hier. Tara habe ich nicht gesehen.«

»Stell Seb ans Telefon.«

Er hörte ein Rascheln, als Brady das Telefon an seinen Bruder weitergab.

»Was gibt's?«

»Katie und ich haben versucht, dich zu erreichen. Sie hat die Verschlüsselung auf dem USB-Stick geknackt. Und ich habe gerade Fetter tot in Taras Haus gefunden. Er wurde erschossen. Es gibt aber keine Spur von Tara, nur eine Blutspur, die von der Rückseite des Hauses Richtung Pferdescheune führt.«

Seb murmelte mehrere Flüche, und Jace hörte etwas rascheln. »Verdammt. Ich habe mein Handy irgendwie auf Vibration gestellt. Brady und ich sind draußen und öffnen Weidetore. Ich bin mir nicht sicher, ob jemand in der Nähe der Ranchgebäude ist. Nur die Pferde sind dort und wir sind noch nicht bereit, sie zu verladen und vom Grundstück zu bringen.«

Jace drehte sich um und begann zurück zu seinem Truck zu joggen. »Ich bin auf dem Weg dorthin. Schau in deine E-Mails.« Er legte auf und sprintete die letzten Meter zu seinem Fahrzeug.

Er stieg ein und startete den Motor, warf den Truck in den Rückwärtsgang und fuhr zurück auf die Straße, dann schaltete er in den Vorwärtsgang und gab Gas Richtung Scheune.

In Sekunden hatte er wahllos vor dem großen Gebäude geparkt. Mit gezogener Waffe rannte er hinein. Sein Herzschlag donnerte in seinen Ohren, während er jeden Stall und die Arbeitsräume durchsuchte. Es gab keine Spur von jemandem. Er rannte hinaus auf die Weide und hoffte, dass er Tara nicht verletzt – oder schlimmer – auf dem Boden finden würde.

Sein Verstand bemerkte jedoch etwas anderes. Brandywine fehlte. Er begann, die Tiere zu zählen, rannte zurück in die Scheune, um zu sehen, wie viele Pferde noch in ihren Ställen waren, und es fehlte noch eines.

Ein leises Wiehern zog seine Aufmerksamkeit auf sich. Er drehte sich um und sah Elbert am Eingang zur Weide stehen, der ihn beobachtete.

Jace ging auf das Pferd zu, das seinen Kopf schüttelte und seine Schulter anstupste.

»Hey, Junge.«

Elbert scharrte mit dem Huf auf dem Boden und stupste ihn wieder an.

Er runzelte die Stirn. »Weißt du, wo Tara ist?«

Ein weiterer Stupser und ein Schnauben.

Das ist verrückt. Ein Pferd kann mir nicht sagen, wo sie ist.

Aber als er in Elberts dunkle Augen blickte, konnte er das Gefühl nicht abschütteln, dass das Pferd genau wusste, wo sie war.

Jace stieß einen Atemzug aus. »Gut.« Er nahm ein Führseil von der Wand und befestigte es an Elberts Halfter, führte ihn zum Sattelraum. Er band das Tier an einen Pflock an der Wand und ging in den Raum, um zu holen, was er brauchte.

So schnell wie nie zuvor hatte er Elbert in Minuten gesattelt. Bevor er ging, rief er Seb an.

»Hey. Ich glaube, sie ist in die Berge geritten mit Jacobsen auf den Fersen. Brandywine und ein anderes Pferd fehlen. Ich nehme Elbert und folge ihnen.«

Seb fluchte. »Nimm eines der Satellitenradios im Büro. Benutze Kanal drei. Ich werde Dad Bescheid geben, damit er ihn überwachen kann. Sei vorsichtig, Jace. Ich habe gerade von Declan gehört. Das Feuer kommt immer noch und es wird näher.«

Befürchtungen ließen seine Muskeln anspannen. »Das werde ich.« Er legte auf und joggte quer durch den Gang zum Scheunenbüro. Die Tür war verschlossen. Er wusste nicht, wo der Schlüssel war und hatte keine Zeit, danach zu suchen, also trat er zurück und versetzte dem Holz in der Nähe des Schlosses einen schnellen Tritt. Die Tür schwang nach innen. Er ging hinein und nahm ein Radio, dann rannte er zurück zu seinem Pferd und verstaute es in einer Satteltasche, bevor er die Zügel löste und in den Sattel stieg.

»Also gut, Elbert. Zeig mir, wohin sie gegangen ist.« Er schnippte mit den Zügeln und drückte die Seiten des Pferdes.

Elbert gab ein lautes Wiehern von sich und stürmte vorwärts, raste über die Weide zum Tor. Er donnerte über den Boden, schneller als je zuvor.

Der Zaun erhob sich vor ihnen. Jace setzte sich auf, um ihn zu zügeln, damit er das Tor öffnen konnte, aber Elbert weigerte sich, langsamer zu werden.

»Scheiße!« Er beugte sich tief und betete, während Elbert seinen Gang verlängerte. Wenige Meter vor dem Zaun spürte er, wie sich die Muskeln des Pferdes anspannten und dann in einem mächtigen Stoß freigaben, als er über die oberste Stange sprang, um sanft auf der anderen Seite zu landen, ohne aus dem Tritt zu kommen.

Gott, er liebte dieses Pferd.

Er ließ Elbert den Kopf frei und ließ ihn den Weg in die Berge planen.

»Finde sie, Elbert«, murmelte er. »Wenn du das tust, sorge ich dafür, dass du den Rest deines Lebens eine Fünf-Sterne-Behandlung bekommst.«

Sie schlängelten sich durch die niedrigen Hügel und über den Fluss, bevor sie höher kletterten. Eine halbe Stunde nach dem Ritt wusste Jace, wohin sie gingen – zum See. Es war das Einzige auf diesem Pfad. Er hatte Taras Plan noch nicht herausgefunden – warum sie nicht von Anfang an Hilfe geholt hatte oder warum sie zum See und in Richtung eines Waldbrandes ritt – aber er wusste, dass sie einen hatte.

Elbert hielt ein gleichmäßiges Tempo auf dem Pfad, und Jace behielt den Himmel im Auge. Er wurde orangefarbener und dunkler, je weiter sie nach Westen kamen. Er konnte den Rauch hier oben auch riechen. Er betete, dass sie nicht den See erreichen würden, nur um eine Feuerwand auf sie zukommen zu sehen.

Jace verdrängte die düsteren Gedanken aus seinem Kopf und konzentrierte sich auf den Pfad. Für den Fall, dass sie nicht dorthin gingen, wo er vermutete, wollte er sich nicht verlaufen.

Aber Elbert blieb auf einem unfehlbaren Pfad zum See. Als er den Hügel überquerte und das Wasser in Sicht kam, hörte er einen Mann rufen.

Er zügelte Elbert und versuchte, ihn ruhig zu halten, während er feststellte, woher der Ruf kam.

Ein zweiter Ruf erlaubte ihm, das Ende des Sees anzupeilen. Er gab Elbert einen kräftigen Druck, und sie eilten in Rich-tung des Geräusches. Als er näher kam, konnte er Tara in scharfen Stößen pfeifen hören. Das Pferd, auf dem Jacobsen ritt, drehte sich bei jedem Pfiff zurück in die Richtung, aus der sie gekommen waren. Ohne Zügel oder Sattel hatte er Mühe, das Pferd bei der Sache zu halten.

Gutes Mädchen. Jace hatte gesehen, wie die anderen Pfiffe benutzten, um die Pferde zurück zur Scheune zu rufen. Es bedeutete Fütterungszeit. Elbert ignorierte es natürlich, weil er alles ignorierte, was Menschen von ihm wollten. Aber das Pferd, auf dem Jacobsen ritt, war so gehorsam, wie sie nur sein konnte.

Jace senkte den Kopf und ließ Elbert zu dem silbernen Blitz werden, der er sein wollte.

Tara und der Commander hörten ihn kommen. Beide schauten zurück, als sie das Geräusch von Elberts Hufen hörten, die über den trockenen Boden donnerten. Tara grinste, aber Jacobsen trat sein Pferd in Aktion und versuchte, die kleine Stute wegzureiten.

Ja, lauf, du Bastard.

Das Pferd des Commanders würde Elbert niemals davonlaufen. Jace raste an Tara vorbei, Jacobsen hinterher. In Sekunden war er neben dem Mann. Jace stellte sich im Sattel auf, dann befreite er einen Fuß aus dem Steigbügel. Er brachte sein Bein hoch, drehte sich und warf sich von seinem Pferd, tackelte Jacobsen von seiner Stute.

Er zog seinen Körper ein und rollte sich ab, als er landete, ebenso wie Jacobsen. Sie sprangen beide auf die Füße, aber bevor Jace nach seiner Waffe greifen konnte, zog Jacobsen ein Messer aus seinem Stiefel und stürzte sich auf ihn. Er wehrte den Schlag ab, aber der Commander ließ das Messer in seine andere Hand fallen und schwang es. Die Klinge schnitt durch die Vorderseite seines T-Shirts, die Spitze streifte seinen Bauch. Jacobsen kam wieder auf ihn zu, aber Jace wich zur Seite aus, packte den Unterarm des anderen Mannes und benutzte seine freie Hand, um ihm das Messer abzunehmen.

Jacobsen brüllte und rannte auf ihn zu, benutzte ein ähnliches Manöver, um es zurückzubekommen. Er schwang es nach unten auf Jaces Brust, aber Jace hob eine Hand, um den Schwung nach unten zu stoppen, und benutzte seine freie Hand, um einen kräftigen Schlag auf den Kiefer des Commanders zu landen.

Er taumelte zurück, und Jace zog seine Waffe.

»Keinen Mucks! Es ist vorbei, Jacobsen. Lass das Messer fallen.«

Der andere Mann hob seine Hände, ließ aber das Messer nicht fallen. Ein böses Lächeln breitete sich auf seinem Gesicht aus und kräuselte die Ecken seiner blauen Augen.

Jace zielte ruhig und war sich nicht sicher, was Jacobsens Endspiel war.

Das Lächeln des Commanders verschwand, Entschlossenheit in seinen Augen, und er drehte das Messer so, dass er die Spitze hielt. In dem Moment, als er das Messer zurückkippte, erkannte Jace, dass er es auf ihn werfen wollte, und schoss.

Das Messer glitt aus Jacobsens Hand, als sich ein Blutfleck auf seinem Poloshirt in der Mitte seiner Brust ausbreitete. Seine Augen rollten zurück, und er brach in einem Haufen zusammen.

Jace richtete sich langsam auf und steckte seine Waffe ins Holster. Als er auf die leblose Gestalt des Commanders hinabstarrte, stieß er einen Atemzug aus.

»Jace!«

Er drehte sich gerade rechtzeitig um, um Tara aufzufangen, als sie in seine Arme sprang. Sie schlang ihre Beine um seine Taille und vergrub ihr Gesicht in seinem Nacken.

Er hielt sie fest, atmete ihren Duft ein. Seine Hand zitterte, als er sie über ihren Hinterkopf strich und um ihren Kiefer herum, um ihr Gesicht hochzubringen, damit er in ihre Augen schauen konnte.

»Geht es dir gut?«

Sie nickte, Tränen liefen ihre Wangen hinunter. »Mir geht's gut.«

»Gut. Ich weiß, du bist vielleicht noch nicht bereit, es zu hören, aber ich liebe dich, Frau. Du hast keine Ahnung, wie erschrocken ich war, als ich in dein Haus ging und Fetter tot fand, dann diese Blutspur sah, die zur Scheune führte.«

Ihre Augen wurden groß, aber dann teilte ein breites, sonniges Lächeln ihr Gesicht. Sie umfasste seinen Kopf mit ihren Händen und lehnte ihre Stirn gegen seine.

»Ich liebe dich auch.«

Sie küsste ihn dann. Jace spürte all die Leidenschaft und Liebe in ihrem Herzen in dieser einen Berührung und tat sein Bestes, um ihr auch zu zeigen, wie er fühlte.

Ein lautes, erschrockenes Wiehern von Elbert ließ sie auseinandergehen. Sie schauten hinüber und sahen ihn den Boden mit den Hufen scharren, seine Augen so weit aufgerissen, dass man das Weiße sehen konnte.

Jace schaute sich um und bemerkte, dass es dunkler geworden war und die Temperatur um mindestens zehn Grad gestiegen war. Seine Augen schossen zum Grat. Schwarzer Rauch wallte gegen den dunkelorangefarbenen Himmel.

»Scheiße, das Feuer ist hier. Wir müssen los.« Er stützte Tara, als sie ihre Füße auf den Boden setzte, dann nahm er ihre Hand und führte sie zu seinem Pferd.

»Wo sind Brandywine und Winnie?«, fragte sie.

Er schaute sich um, aber es war zu dunkel und rauchig, um viel zu sehen. Jetzt schwebten Glutstücke in der Luft. »Ich weiß es nicht, aber wir müssen jetzt hier raus. Sie haben wahrscheinlich das Feuer gespürt und sind abgehauen. Elbert ist geblieben, weil er eben Elbert ist.«

»Nein, Elbert ist geblieben, weil er entschieden hat, dass du sein Mensch bist und er dich nicht in Gefahr zurücklassen will. Aber das spielt keine Rolle. Wir werden dem Feuer nicht entkommen, selbst auf ihm nicht. Nicht wenn er uns beide tragen muss.«

Jace schaute zurück zum Grat. Das Feuer fraß sich jetzt über die Kuppe, das trockene Gras und die kümmerlichen Bäume brannten, als wären sie in Benzin getränkt worden. Er drehte sich zu ihr zurück, musterte sie, dann das Pferd und wieder zurück. Er hatte einen Plan, aber er glaubte nicht, dass er ihr gefallen würde.

Sie funkelte ihn an. »Denk nicht mal daran. Ich gehe nicht ohne dich.«

Er drückte ihr Elberts Zügel in die Hand. »Und ich bin nicht bereit, dich sterben zu lassen. Steig auf ihn und reite los. So schnell wie möglich.«

Sie schlug seine Hand weg. »Nein.«

»Tara-«

»Ich gehe nicht, Jace, und das ist endgültig.«

Er knurrte, da ihm klar wurde, dass Streiten mit ihr nur Zeit verschwendete. »Was schlägst du vor, was wir tun sollen?«

Sie zeigte auf den See. »Wir gehen schwimmen.«

Fünfundzwanzig

Tara hielt sich fest an Jaces Taille, als er Elbert am Rand des Wassers zu einem abrupten Halt brachte, wo sie vor einigen Tagen Steine über die Wasseroberfläche hatten springen lassen. Nach einem kurzen Moment des Unglaubens hatte er den Wert ihrer Idee erkannt, und sie waren auf das Pferd gestiegen und den kurzen Weg zu der Stelle geritten, die Tara für den einfachsten Zugang zum Wasser für das große Tier hielt. Der See war hier flacher, mit einem sanfteren Abhang ins Wasser. Sie hoffte, dass er sich nicht zu sehr gegen das unerwartete Bad sträuben würde.

Sie schwang ihr Bein über den Hals des Pferdes und rutschte herunter, nahm die Zügel und wartete darauf, dass Jace abstieg. Seine Stiefel wirbelten eine kleine Staubwolke auf, als sie den Boden berührten. Sie blickte zum Himmel und beobachtete die Glut, die auf den vom Waldbrand erzeugten Luftströmungen schwebte. Sie konnte ihn jetzt hören. Er hatte den Bergrücken überwunden und toste nun den Berg hinab auf sie zu.

»Komm schon, Elbert.« Sie zog an seinen Zügeln und ging

auf das Wasser zu. Er folgte recht bereitwillig, bis sie anfingen, hineinzuwaten.

»Herrgott, ist das kalt«, sagte Jace, als das Wasser über ihre Füße schwappte und ihre Beine berührte.

Sie stimmte zu. Trotz der sommerlichen Temperaturen blieb der See dank seiner Tiefe und seiner schneegespeisten Quelle kühl.

»Es ist nur ein bisschen kühl«, sagte sie mit beruhigender Stimme, während sie versuchte, das silberne Pferd vom Ufer wegzulocken. »Komm schon, großer Junge. Wir müssen ein kleines Bad in diesem großen Teich nehmen, bis das Feuer vorüber ist. Es wird sich gut anfühlen nach deinem langen Lauf, versprochen.«

Elbert wieherte und schüttelte den Kopf, trat aber noch einen Schritt vorwärts.

»Das ist ein braver Junge. Komm nur noch ein bisschen näher, Kumpel. Wir nehmen unser Bad, dann können wir nach Hause reiten und du bekommst ein paar schöne Leckerbissen.«

Seine Ohren zuckten bei dem letzten Wort.

»Einen großen, saftigen Apfel und ein paar knackige Karotten. Ich werde Brady sogar bitten, eine Schaufel Getreide in deine Futterbox zu tun. Wie klingt das?«

Er warf wieder den Kopf, ging aber weiter. Tara zog sanft und watete hinein, bis das Wasser an ihrer Taille stand.

»Wir müssen noch ein bisschen weiter, Tara.«

Sie wandte ihren Blick einen Moment vom Pferd ab, um das Feuer einzuschätzen. Es brannte jetzt am anderen Ende des Sees und breitete sich mit rasender Geschwindigkeit an beiden Seiten des Ufers aus.

»Komm schon, Elbert. Keiner von uns will als knuspriges Kleingetier enden, nicht einmal du, also gehen wir noch ein bisschen tiefer, hmm?« Sie zog an seinen Zügeln. Er widersetzte sich einen Moment lang, die Augen wild, ließ sie ihn aber schließlich weiter hineinziehen, bis das Wasser die Höhe seiner Schultern erreichte.

Tara sog scharf die Luft ein, als das kühle Wasser sie umgab. Es reichte jetzt fast bis unter ihre Brüste, und es war *kalt*.

Die Luft um sie herum wurde heiß, und der Rauch verdichtete sich. Tara hustete.

Jace zog sein Hemd aus. »Zieh dein Hemd aus. Mach es nass und leg es über deine Nase und deinen Mund.«

Er riss sein T-Shirt in der Mitte durch. Er tauchte eine Hälfte unter, band sie über sein Gesicht, dann tauchte er die andere Hälfte unter und wickelte sie um Elberts Nase.

Das Pferd gab ein leises Wiehern von sich und warf den Kopf.

»Ich weiß, Kumpel. Es tut mir leid, aber du brauchst den Filter.«

Die Flammen leckten an der Vegetation, nur etwa hundert Meter von ihnen entfernt. Rauch wallte auf und ließ ihre Augen brennen. Jace nahm Elberts Zügel von ihr, als er unruhiger wurde. Tara strich mit den Händen über seinen Hals und seine Schulter, sprach mit beruhigendem Ton zu ihm und tat ihr Bestes, um ihn ruhig zu halten. Sie hielten seinen Rücken zum Feuer gerichtet, aber er konnte es immer noch hören und riechen, ganz zu schweigen davon, dass er die Hitze spüren konnte.

Sie blickte zurück, ihre Augen weiteten sich, als sie erkannte, dass die Flammen nun direkt über ihnen waren. Das Ufer brannte nur wenige Meter entfernt. Elbert wieherte und bäumte sich auf, seine Hufe wirbelten Wasser auf. Jace tat sein Bestes, um das Pferd zu halten. Im Wasser, mit dem felsigen Boden unter ihren Füßen, verlor er den Halt und fiel mit einem Platschen. Er tauchte prustend wieder auf, hielt aber immer noch die Zügel fest.

Sie beide murmelten dem Pferd beruhigende Worte zu, während das Feuer brüllte. Die Hitze wärmte Taras Körper oberhalb der Wasserlinie, ließ ihr Gesicht anfühlen, als hätte sie den ganzen heißesten Tag des Jahres ohne Sonnenschutz in der Sonne verbracht. Flammen leckten mit einem Knistern durch die Luft. Das Weiß in Elberts Augen leuchtete hell im schwachen Licht. Er bäumte sich erneut auf, diesmal schleuderte er Jace mit dem Gesicht voran ins Wasser. Die Hufe des Pferdes kamen dort herunter, wo er in der Trübe verschwand, und Tara schrie auf.

Elbert bäumte sich wieder auf und drehte sich zum Ufer. Er erblickte das Feuer und tänzelte im Wasser, Panik in jeder Linie seines Körpers.

Jace tauchte durch die Wasseroberfläche auf. Blut rann mit dem Wasser sein Gesicht hinunter, und er taumelte, als er versuchte, sich aufzurichten.

Sie eilte zu ihm, behielt Elbert im Auge, der nun einige Meter entfernt auf und ab ging.

»Jace! Bist du in Ordnung?« Sie streckte die Hand aus und umfasste seinen Arm, um ihn zu stützen.

Er schüttelte den Kopf, als wolle er ihn klären, und Wassertropfen spritzten umher. »Ja. Mir geht's gut. Ich habe einen streifenden Schlag von einem seiner Hufe abbekommen, aber ich bin in Ordnung.« Er zeigte auf Elbert. »Wir müssen ihn einfangen. Wenn er davonläuft, sobald das Feuer vorüber ist, könnte er nach Hause rennen und dabei direkt ins Feuer laufen.«

Sie nickte und ließ ihn los, beide wandten sich dem verängstigten Pferd zu. Sie wateten durch das Wasser, näherten sich ihm langsam und murmelten ihm zu.

»Stell dich zwischen ihn und das Feuer, damit er nicht davonläuft, wenn es vorbei ist«, sagte Jace ihr. »Ich werde versuchen, seine Zügel zu bekommen.«

Tara behielt das Pferd im Auge, umkreiste es, bis sie zwischen ihm und dem Ufer stand, ignorierte die Flammen, die jetzt gefährlich nahe waren. Die Hitze stach in ihre Kopfhaut, ließ sie jucken.

Sie schnalzte mit der Zunge, versuchte Elberts Aufmerksamkeit zu bekommen. Er hielt an und schaute sie an, kam aber nicht näher. Sie konnte es ihm nicht verübeln. So nah an den Flammen fühlte sie sich, als würden ihre Kleider jeden Moment Feuer fangen. Glutstücke wirbelten durch den Rauch um sie herum und zischten, als sie das kalte Wasser des Sees berührten.

Sie machte ein paar Schritte auf Elbert zu, sprach immer noch mit ihm. Sein Atem kam in harten Schnaubern, und Tara bemerkte, dass er die Abdeckung verloren hatte, die sie über seine Nase gelegt hatten.

Hinter dem Pferd konnte sie Jace sehen, der sich seiner linken Flanke näherte. Sie betete inständig, als er die Hand ausstreckte und Elberts Seite berührte, dem Pferd zuflüsternd.

Elberts Ohren zuckten, aber er scheute nicht zurück. Jace machte zwei Schritte, ließ seine Hand an der Seite des Pferdes entlang gleiten und erwischte die Zügel.

In dem Moment, als er das Pferd gesichert hatte, riss Tara die Abdeckung von ihrem Gesicht und benutzte ihre Zähne, um eine Kerbe in den Stoff zu reißen und ihn in der Mitte durchzureißen. Sie band eine Hälfte um ihr Gesicht, bevor sie sich

Elbert näherte und die andere Hälfte über seine Nase legte. Er warf seinen Kopf, stand aber still.

Sie strich mit beruhigender Hand über seinen Hals, während er weiter schwer atmete. Sie hoffte, er könnte den Berg hinuntergehen. Sie alle mussten aus dem Rauch heraus. Glücklicherweise hatte er sich etwas beruhigt. Das Feuer zog weiter, ließ eine Spur verkohlter Vegetation zurück.

Gemeinsam wateten die drei aus dem See. Die Wassertropfen, die von ihnen herabfielen, erzeugten Dampf, als sie den Boden berührten, der sich mit dem wirbelnden Rauch vermischte. Kleine Grasbüschel und einige größere Pflanzen brannten hier und da noch immer, aber das Hauptfeuer bewegte sich weiter.

Tara lehnte sich an Elberts Seite, zitternd vom kalten Seewasser und dem Adrenalin, das ihren Körper verließ. Sie hatte genug von all den Adrenalinschüben. Das große Pferd zitterte unter ihrer Berührung, als auch bei ihm das Adrenalin abflaute.

Jace trat neben sie und öffnete die Satteltasche, zog ein Funkgerät heraus.

Ein erleichtertes Lachen glitt über ihre Lippen. »Ich hoffte, du würdest eines davon mitbringen. Besonders nachdem wir es am Montag vergessen hatten, als wir alle hierher kamen.«

Er zog die Abdeckung von seinem Gesicht und grinste, während er die Antenne hochdrehte. »Ich glaube nicht, dass irgendjemand von uns es wieder vergessen wird.«

»Wahrscheinlich nicht.«

Er brachte das Funkgerät an seinen Mund und drückte die Mikrofontaste. »Broken Bow, hier ist Travers. Hört ihr mich? Over.«

Tara hielt den Atem an, während sie auf eine Antwort warteten. Ein paar Sekunden später knackte das Funkgerät.

»Travers, hier ist Broken Bow. Was ist dein Status, Sohn? Over.«

Sie hätte fast geweint vor Erleichterung beim Klang der Stimme ihres Vaters.

»Tara und ich sind wohlauf. Commander Jacobsen ist tot. Ihr müsst nach Brandywine und-« er machte eine Pause, ließ das Mikrofon los und sah zu ihr hinunter. »Wie heißt das andere Pferd?«

»Winnie.«

Er nickte kurz und drückte wieder den Knopf. »Haltet Ausschau nach Brandywine und Winnie. Sie sind davongelaufen, als das Feuer nahekam. Elbert ist bei uns. Over.«

»Das Feuer? Habt ihr einen Fluchtweg? Over.«

»Es ist bereits an uns vorbeigezogen. Wir haben ein Bad im See genommen. Over.«

»Wette, das war ein kaltes Bad. Over.«

Beide lachten kurz auf. »Das war es. Wir werden über den Bergrücken wandern und brauchen eine Abholung an der Landstraße in ein paar Stunden oder so. Stellt sicher, dass Thomas dabei ist. Elbert hat etwas Rauch eingeatmet. Sagt Seb, er soll Declan kontaktieren und ihn bitten, den Waldbrandbekämpfern mitzuteilen, dass sie die Bäume in der Nähe des Flusses mit Feuerschutzmittel besprühen sollen. Es wird der beste Ort sein, um dieses Biest zu stoppen.«

»Verstanden. Ich schicke Thomas mit einem Anhänger zur Straße und rufe Sebastian an. Und Jace? Danke, dass du auf mein kleines Mädchen aufgepasst hast. Over.«

Emotion verstopfte Taras Kehle beim Klang von Tränen in der Stimme ihres Vaters.

Jace nahm ihre Hand und drückte sie. »Sie hat auf sich selbst aufgepasst. Travers Ende.« Er faltete das Funkgerät zusammen und steckte es weg.

Sie lehnte sich an ihn, genoss das Gefühl, am Leben zu sein und bei dem Mann zu sein, der ihr so viel bedeutete.

Er legte seine Arme um sie und drückte einen Kuss auf ihren Kopf. Als er ein wenig zurücktrat, schaute sie hoch, wobei die Abdeckung von ihrem Gesicht rutschte.

»Also, willst du mir sagen, was dein Plan war? Warum bist du hierher geflohen, anstatt zum Haus deiner Eltern zu gehen, um Hilfe zu holen? Und was ist passiert, als du hier oben ankamst?«

Sie seufzte und legte ihre Stirn für einen Moment an seine nackte Brust. »Ich wollte ihn nicht zu ihrem Haus – oder irgendjemandes Haus – bringen, weil ich nicht riskieren wollte, dass er eine Geisel nimmt. Ich habe Brandywine einfach von den Gebäuden weggelenkt und sie laufen lassen. Mein Plan war, ihn auf der anderen Seite des Bergrückens zu verlieren, wo die Vegetation dichter ist, und ihn vielleicht in Richtung des Feuers zu führen – ohne selbst gefangen zu werden. Aber dann bist du aufgetaucht, über den Boden schießend wie ein Blitz.« Sie klopfte auf Elberts Hals. »Brady hätte ihn für ein paar Rennen anmelden sollen. Ich glaube, das war das Schnellste, was ich ihn je habe laufen sehen.«

»Nun, er hatte heute einen Grund, den Nachbrenner einzuschalten.« Er strich mit dem Daumen über ihre Wange, und sie lächelte, Liebe brannte in ihren Adern so heiß wie das Wildfeuer.

Er lächelte zurück und starrte auf sie herab. »Was ist passiert? Ich habe Fetters Leiche im Haus gesehen.«

Sie holte tief Luft. »Nachdem wir das Restaurant geschlossen hatten, hat Cassie mich zu Hause abgesetzt, damit ich ein paar Sachen holen konnte.«

Seine Augenbrauen senkten sich zu einem Stirnrunzeln bei diesen Worten, aber sie hob eine Hand, um die Worte zu ersticken, von denen sie wusste, dass er sie sagen wollte.

»Es war ein kalkuliertes Risiko. Ich wollte nur ein paar Minuten dort sein. Gerade lange genug, um ein paar Dinge einzupacken, bevor ich zu Mom und Dad rübergehe. Das Zeitfenster war winzig, also muss Fetter mir gefolgt sein, und keiner von uns hat ihn gesehen. Jedenfalls hörte ich die Tür aufgehen und dachte, du wärst es, also rief ich, aber es warst nicht du, der in der Tür stand. Er wollte wissen, was ich mit dem Artefakt gemacht hatte, das Sean ihm abgenommen hatte. Anscheinend war der USB-Stick nicht das Einzige, was er in seiner Einheit hatte. Er nahm einen goldenen Kamm von Fetter und versteckte ihn am Boden seiner Notfalltasche. Er war nicht in meinem Haus, weil ich ihn vor einer Weile an Macy verliehen habe. Ich hatte keine Ahnung, dass es ein gestohlenes Artefakt aus dem Nahen Osten war. Ich dachte, es wäre ein Geschenk, das er mir nie überreichen konnte.«

»Jedenfalls überzeugte ich Jared, dass ich es im Garten in einer feuerfesten Box vergraben hätte. Es gelang mir, freizukommen und die Schrotflinte in meinem Schrank zu schnappen. Er dachte nicht, dass ich auf ihn schießen würde, aber er kannte mich nicht sehr gut. Mein erster Schuss verletzte ihn nur, aber beim zweiten habe ich nicht verfehlt. Ich war gerade dabei, dich anzurufen, als Commander Jacobsen durch die Hintertür kam. Er muss Fetter gefolgt sein. Ich benutzte die gleiche List, um ihn abzulenken, und schaffte es, ihn zu entwaffnen. Es gab mir genug Zeit, zu meinen Messern zu gelangen. Meine Wurffähigkeiten sind jedoch eingerostet. Ich zielte auf seine Brust und traf seinen Oberschenkel. Aber es verlangsamte ihn. Genug, damit ich zur Pferdekoppel gelangen konnte.«

»Warte, du weißt, wie man Messer wirft? Und wie hast du ihn entwaffnet? Er ist ein SEAL.«

»Du vergisst, mein Mann war auch ein SEAL. Er hat mir ein oder zwei Dinge beigebracht, und ich habe nichts davon je vergessen. Es half, dass ich ihn überraschte. Er erwartete diese Bewegungen nicht von einer Frau. Von mir.«

Sie strich ihr Haar zurück. »Jedenfalls ritt er mir nach, und als wir hier oben ankamen, benutzte ich den Pfeiftrick, um ihn auf Abstand zu halten, was ihn wahnsinnig machte. Wenn das Feuer nicht gewesen wäre, wäre ich wahrscheinlich schon über dem Bergrücken gewesen, als du ankamst, aber ich konnte am Aussehen des Himmels erkennen, dass es nahe war. Ich plante meine nächsten Schritte, als ich dich sah.«

»Hat er gesagt, warum er es getan hat?«

»Die Länder bestehlen, die er beschützen sollte?«

Jace nickte.

»Geld, natürlich. Er ertappte Fetter und die anderen beim Schmuggeln von Artefakten und sagte ihnen, er würde sie nicht anzeigen, wenn sie ihn daran beteiligten. Sean fand es heraus, und sie töteten ihn dafür.«

Ihr Gesicht brannte, als Tränen drohten; diese aus Wut und Frustration darüber, dass ihr Mann starb, weil die Männer, die ihm den Rücken freihalten sollten, Geld mehr wertschätzten als Leben.

Jace umarmte sie fester. »Ich bin froh, dass du einen Abschluss gefunden hast und weißt, was wirklich passiert ist.«

Sie schniefte. »Ich auch. Jetzt, wo alles vorbei ist, kann ich endlich weitermachen.«

Sein Grinsen war schief. »Ach ja?«

Sie lächelte zurück und stellte sich auf die Zehenspitzen, um einen langen Kuss auf seine Lippen zu drücken. »Ja. Willst du mit mir weitermachen?«

»Musst du fragen?«

Sie kicherte. »Wahrscheinlich nicht.«

Er drückte einen leidenschaftlichen Kuss auf ihre Lippen, zog sich dann zurück, eine Fülle von Emotionen leuchtete in seinen Augen. »Ich liebe dich.«

Sie strahlte zu ihm hoch. »Ich liebe dich auch.«

»Komm.« Er trat zurück und nahm ihre Hand, hielt mit der anderen Elberts Zügel fest. »Lass uns unsere Mitfahrgelegenheit finden.«

ALS SIE DIE STRAßE ERREICHTEN, WAR DIE SONNE untergegangen. Taras Füße schmerzten vom Wandern über den felsigen Boden, und sie brauchte wirklich etwas zu trinken. Erst Wasser, dann etwas Stärkeres. Es war ein Höllentag gewesen.

Sie brachen durch die Baumgrenze, und sie hätte fast geweint beim Anblick ihres Bruders Thomas, der gegen die Front seines Trucks lehnte, mit verschränkten Knöcheln und Armen, während er auf sie wartete.

Er entdeckte sie und richtete sich auf. Tara ließ Jaces Hand los und rannte zu ihrem Zwilling. Er kam ihr auf halbem Weg entgegen und nahm sie in eine feste Umarmung, ohne Rücksicht auf ihren hemdlosen Zustand.

»Ich bin so froh, dass es dir gut geht«, flüsterte er in ihr Haar.

Sie zog sich zurück, damit sie sein Gesicht sehen konnte. »Ich auch.«

Er ließ sie los, gerade als Jace mit Elbert herankam. Thomas wandte seine Aufmerksamkeit dem erschöpften Tier zu.

»Dad sagte, er hätte Rauch eingeatmet?«

Jace nickte. »Wir versuchten, eine Abdeckung über seine Nase zu legen. Er warf die erste ab, als er bei uns durchdrehte. Es dauerte eine Weile, ihn zu fangen und eine weitere Abdeckung anzubringen.«

Thomas betrachtete ihren Zustand der Entkleidung. »Ich nehme an, dahin sind eure Hemden gegangen?«

Sie nickten.

»Mein Koffer ist im Truck, falls ihr etwas anziehen wollt, während ich ihn untersuche.«

Dankbar ging Tara um ihn herum, um genau das zu tun. Sie öffnete die hintere Tür und öffnete den Reißverschluss der Tasche auf dem Sitz, nahm zwei T-Shirts heraus. Sie gab eines an Jace und zog das andere über ihren Kopf.

Sie wandten sich wieder Thomas zu, der Elbert am Anhänger festgebunden hatte und ein Stethoskop an die Seite des Pferdes drückte.

»Wie geht es ihm?«, fragte sie.

Thomas zog ein Ohrstück aus seinem Ohr und sah sie an. »Er keucht ein wenig, aber nicht allzu sehr. Ich habe Sauerstoff mitgebracht. Jace, kannst du ihn holen? Er ist im Staufach am Anhänger.«

Jace nickte und trat weg.

»Wie steht es um die Ranch? Haben sie das Feuer gestoppt?«

Thomas nickte. »Mit Hilfe des Flusses und ein paar Ladungen dieses Flammenschutzmittels haben sie die vorderste Linie aufgehalten. Es breitet sich noch seitwärts aus, aber nicht so schnell. Es hat den Wind nicht mehr im Rücken. Bei letztem Stand wollten sie die Ostflanke angreifen, damit es nicht die Feldfrüchte der Nyderts vernichtet.« Er richtete sich auf und starrte sie einen Moment an. »Bist du sicher, dass es dir gut geht? Seb hat uns erzählt, was mit Fetter passiert ist.«

Tara holte tief Luft und versuchte, sich nicht das Blut vorzustellen, das auf Jareds Hemd blühte, nachdem sie auf ihn geschossen hatte. »Mir geht's gut, Thomas. Wirklich. Ich werde wahrscheinlich ein paar Albträume haben, aber ich tat, was ich tun musste, um mich zu retten. Ich bin einfach froh, dass es vorbei ist.«

Jace kam herüber, trug die Sauerstoffflasche und die lange konische Maske, die daran befestigt war. »Wir sind alle froh, dass es erledigt ist.« Er hielt die Flasche hin. »Wusstest du, dass deine Schwester weiß, wie man Messer wirft?«, sagte er, als Thomas den Sauerstoff nahm.

»Was? Nein.« Er lachte und schüttelte den Kopf, drehte das Ventil an der Flasche auf und setzte die Maske über Elberts Nase. »Ich sollte nicht überrascht sein. Sie war früher ziemlich wagemutig.«

Tara grinste. »Ich glaube, du wirst davon jetzt wieder mehr sehen.« Aber wahrscheinlich nicht für eine kleine Weile. Sie hatte genug Adrenalin für eine Zeit gehabt.

Thomas verdrehte die Augen. »Wunderbar. Sei vorbereitet, Jace.«

Jace legte einen Arm um ihre Schultern und zog sie an seine Seite. »Oh, das bin ich. Ich kann es kaum erwarten zu sehen, welche anderen Überraschungen sie für mich hat.«

I*ch werde ihn umbringen.*

Tara umklammerte die Toilette in der Damentoilette der Empfangshalle. Ihr kornblumenblaues Brautjungfernkleid breitete sich auf dem Boden um sie herum aus.

Die Außentür quietschte beim Öffnen, der Lärm der Feier drang zu ihr durch, bevor die Tür wieder zufiel.

»Tara? Bist du hier?« Londons Stimme hallte durch den gefliesten Raum.

Ihre Antwort bestand darin, noch mehr von ihrem Abendessen in die Toilette zu würgen.

»Hey, geht es dir gut?« Sie blieb vor Taras Kabine stehen.

»Mir geht's gut.« Sie griff nach etwas Toilettenpapier und wischte sich den Mund ab.

»Du klingst aber nicht gut.«

Die Tür quietschte erneut, als sie sich wieder öffnete.

»Was ist los? Hast du sie gefunden?« fragte Macy.

Tara stöhnte. »Lasst uns gleich eine große Party daraus machen. Ist Rayna bei euch? Ihr könnt alle zusehen, wie ich kotze.«

London hämmerte gegen die Tür. »Mach auf, Tara, oder ich hole deine Mutter.«

Da sie kein noch größeres Publikum wollte, streckte sie die Hand aus und schob den Riegel zurück. Sie blickte hoch und sah die Gesichter ihrer drei engsten Freundinnen zusammengedrückt durch den schmalen Spalt spähen. Wenn sie sich nicht immer noch so schwach fühlen würde, würde sie über dieses Bild lachen.

»Dieser Boden ist nicht besonders hygienisch, weißt du«, bemerkte Macy. »Genauso wenig wie die Toilettenschüssel, die du umklammerst.«

»Leck mich.« Sie lehnte ihren Kopf gegen die Wand. Das kühle Metall fühlte sich gut auf ihrer feuchten Haut an.

»Bist du krank?« fragte Rayna.

»Nein, sie kotzt zum Spaß«, sagte Macy. »Natürlich ist sie krank.«

»Hoffentlich war es nicht das Essen«, sagte London. »Ich sollte rumfragen und schauen, ob sich noch jemand unwohl fühlt.«

»Ich bin nicht krank.« Tara hob ihren Kopf und öffnete die Augen, um sie anzusehen. »Ich bin schwanger.«

Alle drei Frauen schnappten nach Luft.

»Was?«

»Wie lange schon?«

»Weiß Jace es?«

Die Schnellfeuer-Fragen entlockten ihr ein Lächeln. »Schwanger, London. Das, was du bald sein wirst, wenn mein Bruder etwas zu sagen hat.«

London errötete.

»Ich bin ungefähr neun Wochen«, sagte sie zu Rayna. »Und ja, Jace weiß es«, antwortete sie auf Macys Frage.

»Du bist neun Wochen und wir erfahren es erst jetzt? Ich dachte, wir hätten darüber gesprochen, keine Dinge voreinander zu verheimlichen.« Macys Stirnrunzeln war grimmig und passte zu denen auf Londons und Raynas Gesichtern.

Tara seufzte. »Ich weiß, aber ich war schon sieben Wochen, bevor ich es überhaupt bemerkt habe. Da es so kurz vor der Hochzeit war, wollte ich nicht, dass sich alles nur um mich dreht. Ich wollte es euch allen erzählen, wenn du und Seb von eurer Hochzeitsreise zurück seid.« Sie schaute London an. »Ich schwöre. Ich hatte alles für unseren monatlichen Mädelsabend geplant.«

Sie hielt ihre Hände hoch. »Helft mir auf.«

Sie packten sie und zogen sie vom Boden hoch. Ihre Beine zitterten noch ein bisschen, aber ihr Magen blieb ruhig.

Sie wischte sich mit dem Unterarm über die an der Stirn klebenden Haare. »Ugh. Ich hatte gehofft, dass diese Schwangerschaft wie die letzte sein würde und ich nicht kotzen müsste. Ich war bisher gut dabei. Ich glaube, es war eine Kombination aus der Hitze da drinnen und dem schweren Essen.«

»Hattest du viel mit Übelkeit zu kämpfen?« fragte Rayna.

»Nicht zu sehr. Manche Gerüche verdrehen mir den Magen, aber das ist das erste Mal, dass ich mich wirklich übergeben habe.« Sie ging zum Waschbecken, um sich die Hände zu waschen, und stöhnte, als sie sich selbst erblickte. »Ich kann nicht so zurückgehen.« Jace würde einen Blick auf sie werfen und darauf bestehen, dass sie nach Hause gehen.

»Spritz dir etwas Wasser ins Gesicht und richte deine Haare. Das wird schon«, antwortete Macy.

Tara warf ihr einen sarkastischen Blick zu.

Macy grinste, dann verdrehte sie die Augen. »Du siehst gut aus. Vielleicht ein bisschen blass, aber das wird schon wieder. Wir schenken dir ein Glas Merlot-oh. Ich habe vergessen. Daran muss ich mich erst gewöhnen.«

»Aber es ist so aufregend!« London legte ihre Arme um Taras Schultern und drückte sie.

Ein glückliches Grinsen breitete sich auf Taras Gesicht aus. Das war es. Als sie bemerkt hatte, dass ihre Periode ausgeblieben war, hatte sie zunächst eine ordentliche Portion Angst verspürt, die aber schnell von einem Gefühl der Verwunderung abgelöst wurde. Sie hatte so lange um das Kind getrauert, das sie nie in den Armen halten konnte, dass sie sich nicht erlaubt hatte, sich vorzustellen, wie es sein würde, ein weiteres zu bekommen.

Als es dann eingesunken war, übernahm die Aufregung. Sie hatte Jace zum Mittagessen nach Hause gerufen und ihn mit dem Schwangerschaftstest überrascht. Seine Reaktion war alles, was sie sich erhofft hatte. Er hatte laut gejubelt und sie herumgewirbelt. Als er sie abgesetzt hatte, hatte sie Tränen in seinen Augen schimmern sehen, bevor er ihr einen festen Kuss auf die Lippen drückte.

An diesem Nachmittag hatten sie auch ein langes Gespräch geführt, in dem sie über ihre Ängste bezüglich der Schwangerschaft und darüber hinaus sprachen. Beide waren sich einig, dass sie nicht zulassen würden, dass diese Ängste das färbten, was eine glückliche Zeit sein sollte. Sie war immer noch ein wenig beunruhigt, aber die Vorfreude machte die

Nervosität zu kaum mehr als einem Flackern in ihren Gedanken.

»Ich wünschte, du hättest früher etwas gesagt, damit wir feiern könnten. Jetzt müssen wir bis nach meinen Flitterwochen warten.«

Tara lächelte ihre Freundin an. »Wir können immer noch das machen, was ich für den Mädelsabend geplant hatte. Wie klingt das?«

»Das klingt gut.« London umarmte sie noch einmal.

Die Tür öffnete sich erneut, das ohrenbetäubende Quietschen erfüllte den Raum. Jace stand in der Türöffnung, eine Hand über seinen Augen.

»Tara, Schatz, bist du hier?«

»Ich bin hier. Du kannst deine Hand runternehmen; wir sind unter uns.«

Er nahm die Hand weg, ein Lächeln auf seinem gutaussehenden Gesicht. Taras Herz machte wie immer in seiner Nähe einen Sprung. Nicht nur, weil er umwerfend aussah, sondern weil er ihre Welt besser und heller machte. Sie würde für immer dankbar sein, ihn in ihrem Leben zu haben. Er hatte sie aus ihrem Loch voller Trauer gezogen und ihr gezeigt, wie schön das Leben wieder sein konnte.

Dieses charmante Grinsen verschwand jedoch, als er ihr Gesicht sah. Besorgt zog er die Augenbrauen zusammen und betrat die Toilette.

»Hey, geht es dir gut? Du siehst ein bisschen blass aus.«

Sie lächelte zu ihm hoch. »Mir geht's gut. Junior hat beschlossen, das Übelkeitsspiel heute Abend zu steigern, das ist alles.« Sie legte eine Hand auf die kaum vorhandene Wölbung ihres Bauches.

Jaces Augen weiteten sich bei der Erwähnung des Babys, dann huschten sie umher, um ihre Freunde anzuschauen, bevor sie wieder bei ihr landeten. Tara konnte nicht anders, als zu lachen.

»Entspann dich, Liebling. Die Katze ist aus dem Sack. London hat mich beim Kotzen erwischt. Sie war bereit, Seb loszuschicken, um den Caterer über Verfallsdaten und Zubereitungsmethoden auszufragen, also habe ich sie eingeweiht.«

Seine Schultern entspannten sich und sein Lächeln kehrte zurück. »Okay, gut. Ich wollte die Überraschung nicht verderben, die du geplant hattest.«

Sie trat in seine Arme und gab ihm einen Kuss auf den Kiefer. »Nein, du bist fein. Wie wäre es, wenn wir noch etwas von dieser Hochzeitstorte finden? Ich muss diesen Geschmack aus meinem Mund bekommen, und ich denke, ich habe mir noch ein Stück Kuchen verdient.«

Er gab ihr einen schmatzenden Kuss auf die Wange. »Dein Wunsch ist mir Befehl.«

»Oh, das gefällt mir«, sagte Tara mit einem Lachen.

Er legte einen Arm um ihre Taille und führte sie aus der Toilette. »Kommt schon, Ladys. Ich denke, wir alle brauchen mehr Kuchen.«

»Hört, hört«, sagte Macy. »Das Einzige, was das noch besser machen würde, wäre, wenn er mit Rum getränkt wäre.«

»Ja, warum hattest du keinen Rumkuchen?« fragte Rayna.

»Meine Hochzeit wird Rumkuchen haben«, antwortete Macy, bevor London etwas sagen konnte.

»Deine Hochzeit?« sagte London. »Wen heiratest du?«

Tara lächelte, während sie ihren Freundinnen beim Zanken zuhörte. Sie schmiegte sich noch etwas näher an Jaces Seite, dankbar für ihn. Seine Unterstützung und Führung hatten ihr geholfen, sich aus einem Loch voller Trauer zu befreien und wieder den Sonnenschein zu sehen. Und der war verdammt schön.

Ich hoffe, euch hat Liebe in Flammen gefallen! Buch 3 der Reihe, Direkt vor Ihnen, ist jetzt erhältlich. Wenn Sie über Neuerscheinungen auf dem Laufenden bleiben möchten, tragen Sie sich bitte in meine Mailingliste ein. Allein für die Anmeldung erhalten Sie ein kostenloses E-Book! Danke fürs Lesen!

So melden Sie sich für meine Mailingliste an: https://ashleyaquinn.com/deutsch